KB045934

"누어!"

미라는 간신히 몸을 틀었지만
너무도 갑작스러웠던 탓에 충돌을 피하는 것이 한계였고
기세를 죽이지 못하고 그대로 다리가 엉켜서 바닥에 철퍽 넘어졌다.

낙법을 하기는 했지만
스커트가 완전히 들춰져버렸다.
남사스러운 차림새가 되기는 했지만
미라는 일단 "갑자기 이게 무슨 짓이냐!" 라고 불평을 입에 담았다.

"아아, 미안.
하지만 그보다 긴급사태야."

현자의 제자를
자칭하는 현자

She professed herself
pupil of the wise man.

11

$$\langle 1 \rangle$$

고대지하도시의 7층. 그 최심부에 도사리고 있었던 것은 거대한 기계장치 괴물, 마키나 가디언이었다.

그 크기는 50미터에 달하며 생물적이면서도 무기질적인 몸은 끊임없이 구동음을 내었다. 그 소리에 동조하듯 여덟 개의 금속 다리가 격렬하게 움직였다. 기계장치라는 것이 믿기지 않을 정도로 민첩하게 움직여, 홀에 발을 들이는 자들을 모두 제거할 기세로 날뛰고 있다.

그와 맞서고 있는 것은 무수히 많은 해골과 크고 작은 온갖 종류의 골렘 군단이다. 그리고 그곳에는 그것들을 조종하는 사령술사. '거벽의 소울하울'이 있었다.

그런 전장에 새로운 전력이 보태졌다. 마키나 가디언에 뒤지지 않는 거구를 자랑하는 황룡 아이젠파르드와 일곱 명의 전쟁의 처녀들이다.

하지만 거기서 끝이 아니었다. 일찍이 '군세'라는 이명으로 알려졌던 소환술사의 현재 모습인 소녀, 미라가 그 전장을 질주하고 있었다.

전장에는 사령술로 만든 탑과 요새가 늘어서 있다. 그중 하나인 가장 커다란 요새의 꼭대기. 미라는 그 장소에 서 있는 소울하울의 등 뒤에 내려서서 다가갔다.

"아이젠파르드에 발키리 일곱 자매. 장로, 이곳에 당신이 있는 건 우연이야?"

소울하울은 미라가 말을 붙이기도 전에 전장을 바라본 채 의미심장한 투로 그렇게 말하더니 짓궂은 미소를 띠고서 뒤를 돌아보았다.

"응?"

그리고 직후, 소울하울은 얼빠진 사람의 표본이라 할 수 있을 정도로 보기 좋게 당황한 표정을 지었다.

"어?"

완전히 몸을 돌린 소울하울은 다시 한번 이해가 안 된다는 듯 의문 섞인 목소리를 내며 미라를 바라보았다. 하지만 그럴 만도 했다. 그가 생각했던 인물과 현재 미라의 모습은 너무도 다르기 때문이다.

"아~ 오랜만이구나. 소울하울이여."

미라는 미라대로 그 의문 섞인 시선을 정면으로 받으며 쓴웃음을 지은 채 손을 흔들어 보였다. 지금의 모습이 된 이유를 말하기는 너무도 껄끄러우니 되도록 깊이 캐묻지 말아주기를 바라며.

"그렇지? 장로, 맞지? 화장 도구 상자를 쓴 거야? 왜 쓴 거지? 루미 누나에게 물들기라도 한 거야?"

하지만 그건 말도 안 된다. 덤블프가 자신의 모습을 매우 마음에 들어한다는 것은 동료들 사이에서도 유명한 이야기였다. 그런데 지금은 완전히 딴 사람이 되었다. 신경 쓰지 말라는 것 자체가 무리다.

참고로 장로라는 것은 소울하울이 덤블프를 부를 때 사용하는 별명이다. 그리고 루미 누나는 루미나리아를 말한다. 여담이지만, 처음에는 루미 형이라고 불렀더랬다.

"뭐어, 사정이 있어서 말이다. 나중에 설명하마. 좌우간 지금은 이 상황을 어떻게 하는 게 먼저니 말이야. 저 앞으로 가야만 하는 게지?"

미라는 말을 쏟아내어 화제를 슬쩍 바꿨다. 또한 나중에 설명하겠다고 했지만, 미라는 당연히 그 이야기는 대충 얼버무릴 생각이었다.

"아무래도 우연히 이곳에 온 건 아닌 것 같군."

미라의 언동을 통해 그 사실을 알아챈 소울하울은 의아하다는 눈으로 미라를 바라보았다. 그에 미라는 살며시 어깨를 으쓱해 보일 따름이었다.

"그 부분도 사정이 있어서 말이다. 해서, 승산은 있는 게냐?"

"그래, 당연하지."

지금은 세세한 문제 같은 것은 아무래도 좋다는 듯, 두 사람은 다시금 전장으로 시선을 돌렸다. 그곳에서는 소울하울의 전력에 미라의 전력이 더해짐으로 인해 더욱 격렬한 전투가 펼쳐지고 있었다.

아이젠파르드의 일격이 착실하게 마키나 가디언의 장갑을 깎아냈다. 하지만 적은 그리 만만한 상대가 아니다. 무수히 많은 다리를 구사해서 공격으로 인해 생겨난 빈틈을 정확하게 찌르고 들고 있다. 이미 메인 탱커 역할을 하던 아이젠파르드가 두른 방호막의 내구치가 절반까지 깎여 있었다.

그리고 알피나 일행 역시 선전을 하고는 있지만 마키나 가디언의 압도적인 장갑 앞에서 고전하고 있는 듯했다.

소울하울의 전력 역시 과연 대단하다고 해야 할지, 대화하는 도중에도 포탑과 골렘이 수시로 추가되어 건재했다. 하지만 수백 마리는 되었던 스켈레톤이 지금은 수십 마리 정도밖에 남지 않아, 미끼 역할을 계속하는 것은 무리일 듯했다.

"마침, 때가 됐나. 일단 철수하지. 장로……는, 저 녀석들을 송환하고 입구까지 물러나 줘."

잽싸게 상황을 확인한 소울하울은 그 즉시 판단을 내렸다. 함께 싸우건 그러지 않건 지금은 일단 당초의 예정대로 움직이기로 한 모양이다.

"음, 알겠다."

그는 무엇을 할 생각일까. 그건 모르겠지만 작전이 없다면 이러한 무모한 싸움은 하지 않았을 것이다. 미라는 망설임 없이 고개를 끄덕여 답한 후, 아이젠파르드와 알피나 일행을 송환하고서 입구로 되돌아갔다.

미라가 뒤를 돌아보니 전장은 격변하고 있었다. 스켈레톤이라는 미끼에 지금까지 버티고 있던 아이젠파르드와 알피나 일행까지 사라진 탓에 그곳 전체를 마키나 가디언이 유린하기 시작한 것이다.

수십 개나 되던 포탑이 눈 깜짝할 새에 무너졌고 거구의 골렘도 속수무책으로 쓰러졌다. 소울하울이 딛고 선 장갑 요새, 아머 포트리스 골렘만이 남았다.

근처에 있던 표적 전체를 모조리 파괴한 마키나 가디언이 비로소 소울하울을 조준했다. 그리고 여덟 개의 다리로 즉시 전장을 질주해 육박했다.

최상급 레이드 보스. 혼자서 싸우는 것은 무모함 이외의 그 무엇도 아닌 적이 눈앞에 있는, 그야말로 절망적이라 할 수 있는 광경이다. 하지만 미라는 아무렇지도 않게 그것을 지켜보고 있었다. 철수한다고 말한 소울하울이 무엇을 할 속셈인지 잘 알고 있기 때문이다.

마키나 가디언의 다리가 장갑 요새의 두꺼운 벽을 어렵지 않게 꿰뚫었다. 그와 같은 공격을 두 번, 세 번 반복하자 아머 포트리스 골렘은 눈 깜짝할 새에 구멍투성이가 되고 말았다.

다음 순간, 소울하울은 바이콘의 뼈 등에 올라타, 그 자리에서 도약해 후퇴했다. 그러자 장갑 요새가 급격하게 붉게 빛나며 화산이 분화하기라도 한 듯 용암을 뿜어냈다.

사령술의 일종인 추장술(追葬術)의 위력은 골렘의 크기에 비례한다. 어지간한 집채보다 훨씬 커다란 아머 포트리스 골렘을 핵으로 발동한 그 술식은 그야말로 진짜 화산 분화에 필적하지 않을까 싶을 정도의 굉음과 열기를 뿜어냈다.

용암이 눈 깜짝할 새에 마키나 가디언을 집어삼켰다. 소울하울은 그런 광경을 등지고 입구까지 돌아와, 그대로 돌아보지도 않고 바이콘의 뼈에서 내려 입구 앞에 골렘을 늘어놓기 시작했다.

그 골렘은 사령술의 초보 중의 초보라 할 수 있는 것으로, 크기도 1미터 남짓한 것들이었다.

"이건 설마, 회복 방해용이냐?"

미라가 그렇게 묻자 소울하울은 "그래"라고 말하며 고개를 끄덕였다. 아무래도 이 골렘들은 9분에 한 마리씩 마키나 가디언에게 돌격해 자폭하도록 되어 있는 모양이다.

예상한 대로 소울하울은 일전에 덤블프가 제창하기는 했으나 실행까지는 하지 않았던 작전을 지금 실행하고 있는 듯했다.

그 작전은 사역 계열 술사이기에 실행이 가능한 것이었다.

마키나 가디언은 적대하는 존재가 없어지고 일정한 시간이 경과하면 수리를 시작한다. 하지만 그것은 일정 시간 이내에 조금이라도 적대할 뜻을 보이는 존재가 나타날 경우, 그 순간 수리까지의 대기 시간이 초기화 된다는 뜻이기도 했다.

마키나 가디언의 수리가 개시되기까지의 대기 시간은 10분. 따라서 9분마다 적대할 뜻을 지닌 존재가 돌격하면 이 수리를 계속해서 방해할 수 있다. 그 역할을 맡은 것이 지금 늘어세운 골렘들이다.

다시 말해서 이 골렘을 많이 준비할수록 휴식시간을 벌 수 있는 셈이고, 마키나 가디언과 같은 레이드 보스와 초장기전을 전제로 싸울 수가 있는 것이다.

"장로가 생각해낸 이 작전, 잘 쓰고 있어. 아직까지는 제법 쓸만한 걸."

그렇게 대답하며 오십 마리에 가까운 골렘을 늘어세운 소울하울은 전장을 흘끔 쳐다보고는 "아직 20퍼센트 정도인가"라고 중얼거렸다.

"그렇다니 다행이구나."

전장을 보니 좀 전까지 용암에 삼켜졌던 마키나 가디언이 아무 일도 없었다는 듯이 서 있었다. 하지만 조금이나마 외장에 손상을 입은 듯 보였다. 방금 전에 입힌 일정량의 대미지는 또렷하게 남아있는 모양이었다.

"이쪽이야. 따라와."

소울하울은 말 끝나기 무섭게 냉큼 걸어나갔다.

"곧 저녁 식사 시간 아니냐. 이 몸이 비장의 디저트를 먹게 해 주마."

밤이 다 된 시간이다. 소울하울의 뒤를 따르며 미라가 그렇게 말하자 소울하울은 "그 붉은 열매라면 거부하겠어"라고 말하며 미라를 노려보았다. 아무래도 이름 없는 과실을 이미 아는 모양이다.

미라는 작은 소리로 혀를 찼다.

소울하울이 안내한 곳은 마키나 가디언이 수호하는 최심부에서 500미터 정도 떨어진 장소에 위치한 커다란 방이었다. 어째서 이렇게 멀리 떨어진 장소를 거점으로 삼은 것이냐고 묻자, 가까우면 정기적으로 울리는 폭음 때문에 잠을 잘 수 없기 때문이라고 소울하울은 답했다. 미라는 크게 납득했다.

7층에 위치한 방 중에서 최심부 다음으로 넓은 그곳은, 마물도 출현하지 않기에 곧잘 작전회의 등에 사용했던 방이다.

역시나 상당한 장기전을 상정한 것인지, 안에는 조리 기구를 비롯한 여러 가지 물건들이 놓여 있었다.

"그래서…… 장로, 그냥 장로라고 불러도 되겠지? 장로는, 어째서 여기 있는 거야?"

아무래도 소울하울도 디누아르 상회의 침낭을 애용하고 있는 듯했다. 그는 그 위에 털푸덕 앉아, 적당히 음료수를 꺼내며 의아한 눈으로 미라를 노려보았다.

"지금은 미라라는 이름을 쓰고 있으니, 미라라 불러도 상관없다."

미라는 소울하울의 시선을 흘려넘기며 그렇게 답하고는 그와 마찬가지로 침낭을 바닥에 깔고 거기에 앉았다.

"겉모습이 바뀌었을 뿐이야. 장로라 불러도 상관없잖아."

"매정한 녀석 같으니."

소울하울은 예전과 같은 호칭이, 익숙지 않은 이름보다는 친숙한 호칭 쪽이 편한 모양이다.

그런 소울하울의 모습에 '여전하구나'라는 생각을 하며 미라는 지금에 이르기까지의 경위에 관해 말했다.

한정부전조약의 기한이 다가오고 있어, 국방의 중심인 아홉 현자를 찾고 있다고. 어디에 있을지 가장 예상하기 쉬웠던 소울하울의 거성, 고대신전 네뷸러폴리스에 위치한 백아의 성을 찾아갔었다고. 그곳에 있던 자료를 토대로 여러 방면으로 단서를 찾은 끝에 겨우 여기까지 왔다고. 그리고 얼어 있던 여성을 구하기 위해 신명광휘의 성배를 만들고 있다는 사실도 안다고.

간결하게나마 대략적인 흐름을 설명한 미라는 쾌활하게 웃으며 "이렇게나마 붙잡아서 다행이구나"라는 말로 이야기를 끝맺었다.

"그렇군. 거기까지 알고서, 여기 온 건가. 수고가 많았군."

미라 일행이 예상한 소울하울의 행동 이유는 대체로 맞았던 모양이다. 그는 못 말리겠다는 듯 어깨를 으쓱하고서 대담한 미소를 띤 채 "그럼, 도와줄 거지?"라고 말했다. 그 말에는 지금의 용건이 끝나면 나라로 돌아가겠다는 또렷한 의지가 담겨 있었다. 그리고 그 대신 힘을 빌려달라는, 협박 같은 의미도.

"뭐어, 예상은 했다만."

현재 상황을 조속히 해결하고 싶다면 협력해서 마키나 가디언을 조금이라도 빨리 타도하는 편이 낫다. 어렴풋이는 예상했지만 미라는 카구라 때와 같은 상황이 되었구나, 하고 생각하며 마지못해 승낙했다.

"해서, 마키나 가디언의 파괴에 앞서 한 가지 물어도 되겠느냐?"

좌우간 당장 해야 할 일은 정해졌다. 우선은 마키나 가디언을 쓰러뜨리고 성배를 제작하는 데 필요한 아이템 중 하나를 입수해야 한다. 그러는 데 있어 전투는 피할 수 없다. 하지만 싸움을 앞두고 한 가지 신경 쓰이는 것이 있었다.

"뭐지? 전리품이라면 일이 이렇게 되었으니, 전부 장로에게 줄게."

"오오, 그러냐! 통도 크구나! 아, 그게 아니고. 묻고 싶은 것은 좀 전의 전투에서 어째서 상급 술식을 하나도 사용하지 않았는가 하는 것이다."

이제 곧 강적과의 격전이 시작될 것이다. 실력을 아낄 여유 따원 없는 싸움이 될 것이다. 그것을 앞두고 그 점만은 확인해둘 필요가 있었다.

"아아, 그거? 지금은 제한이 걸려 있는 상태거든. 쓸 수가 없어."

소울하울은 담담한 말투로 그렇게 답하더니 그리 대단한 일도 아니라는 듯 웃어 보였다.

"제한이라……? 어찌된 게냐. 어쩌다 그러한 사태에 빠진 게야?"

제한으로 인해 상급 술식만을 쓸 수 없게 되었다니. 그런 경우는 들어본 적도 없었기에 미라는 소울하울에게 상세한 설명을 요구했다. 그러자 소울하울은 "아~ 그 여자를 봤댔지?"라고 약간 말을 흐리고서 그 이유를 말했다.

상급 술식을 사용할 수 없는 제한의 원인은 소울하울의 거성에 있던 얼어붙은 여성이라고 한다.

명부의 저주, 악마의 축복이라 불리는 각인이 등에 새겨진 여성. 지금은 그 각인이 진행되지 않도록 술식을 써서 그녀의 시간을 멈춰, 일시적으로 세계의 섭리에서 분리한 상태다. 그것이 미라가 확인한 그 동결 상태라는 모양이다.

그리고 그것을 가능케 한 술식, 《저승의 감옥》은 세계의 섭리를 억지로 비트는 매우 강력한 금술인 탓에 효과를 지속하는 동안에는 반동으로 상급 술식을 사용할 수 없게 된다고 한다.

"허어……. 요컨대 그대는 성배 제작을 시작하고서 계속 그러한 상태였던 게냐."

아홉 현자 정도의 실력이 있으면 중급까지의 술식으로도 충분히 싸워나갈 수는 있다. 하지만 해독한 자료에 의하면, 성배를 제작하기 위해서는 이번의 마키나 가디언 말고도 상급 토벌 대상을 사냥해야 충족할 수 있는 조건들이 다수 있었다. 소울하울의 실력이라면 불가능하다고 단언할 수는 없지만, 그래도 중급까지의 술식으로 밀어붙이려면 몹시 많이 무리를 해야 할 것이다. 그 일을 해내기 위한 노고를 생각하면 미라조차도 한숨이 절로 나올 정도로 어려운 조건이었다.

"이 정도는, 별것 아니야. 소소한 제한 플레이 같은 거지. 장로도 좋아했잖아, 그거. 그 연장선 같은 거야."

일부러 제한을 둠으로써 달성시의 기쁨을 배가되는 제한 플레이. 하지만 현재 소울하울이 하고 있는 것은 어지간한 제한 플레이와는 난이도가 다르다. 게다가 아무 문제도 없다는 듯 설명한 소울하울의 눈에는 그런 노력도 아깝지 않다는 듯한 각오 같은 것이 떠올라 있었다.

"그렇군……. 그대에게 그 아이는, 그토록 소중한 존재인 모양이군그래. 살아있는 소녀에게 애정을 느끼다니, 그대도 많이 변했구나. 시간의 흐름이란 참으로 신기해."

아무리 큰 어려움이 있어도 반드시 해내겠다는 소울하울의 열의에 깊이 감동한 미라는 친구의 변화가 당황스러운 동시에 기뻤다. 드디어 참인간이 되었구나 싶었던 것이다.

하지만, 그 직후.

"아니아니아니, 바보 같은 소리. 누가 그딴 여자를 좋아한다고. 그건 그냥 시끄러운 종교가일 뿐이야."

그녀에게 반했다는 전제로 내뱉은 미라의 말에, 소울하울은 혐

오감을 훤히 드러내며 있는 대로 얼굴을 찌푸렸다.

"흠… 무슨 소리냐? 그 아이는, 그대가 사랑하는 여자가 아닌 게냐? 사랑하기에 이렇게 분발하는 게 아닌 게야?"

확실하게 죽음을 맞게 된다는 악마의 각인. 그 운명에 사로잡힌 사랑하는 이를 구하기 위해, 최대의 전력인 상급 술식조차 봉인한 채 힘든 여행에 나선 남자 소울하울. 그의 사정을 안 미라는 마치 이야기 속의 주인공 같다고 생각했었다. 이곳에 없는 솔로몬도 같은 생각을 했을 것이다.

"그 여자를? 말도 안 되는 소리 마. 살아있는 여자 중에서도, 최고로 궁합이 안 좋은 여자야."

하지만 어찌된 일인지, 소울하울은 쑥스러워서가 아니라 진심으로 부정하는 듯했다.

어떻게 된 일인가 싶어 이유를 묻자, 소울하울은 그 여자에 관해 상세히 설명하기 시작했다.

그녀는 소울하울이 모은 여성들의 시체를 두고, 제대로 장례를 치러줘야 한다고 떠들어대는 시끄러운 종파의 일원이라고 한다. 10년 정도 전부터 세력을 확대하기 시작한 종파인 모양인데, 운 나쁘게도 여성의 시체를 회수하던 참에 마주치고 말았다는 모양이다.

그리고 그대로 거성까지 찾아온 것도 모자라 여성들을 신의 곁으로 돌려보내야 한다며 은혜로운 설법까지 늘어놓기 시작했다고 한다. 심지어 끝내는 멋대로 화장하려 들어서 아주 골치가 아팠다며 소울하울은 쓴웃음을 지었다.

"저런, 꽤나 열성적인 종교가인 모양이로군."

소울하울의 거성이 위치한 장소는 C랭크 던전의 최하층이다. 굳이 설법을 하기 위해 그곳까지 내려온 걸 보면 그 여성은 상당히 열성적인 신자인 모양이다.

"무슨 소리야. 그건, 종교가 행세를 하는 도둑이라고."

참고로 이 세계는 마물과 같은 존재도 있어서 마을에서 나가면 여러모로 위험과 맞닥뜨릴 위험이 많다. 그 때문에 그러한 상황에서 목숨을 잃은 이의 시체를 처리하는 법 같은 것은 느슨한 편이라, 장례를 지내주건 장비를 벗겨내건, 사령술로 조종하건 기본적으로 처벌의 대상이 되지는 않았다. 그렇기에 소울하울은 마음 내키는 대로 할 수 있었던 것이다.

이러한 윤리관은 미라를 비롯한 플레이어 출신자들과 다소 다르다 할 수 있었지만, 세계의 정세를 생각하면 어쩔 수 없는 일이라 할 수 있었다. 시체의 수가 많아 처리가 어려운 것이 실정이니.

그런 가운데 나타난 것이 얼어붙은 여성이 신앙하는 새로운 종파였다.

하다못해 시신은 화장해서 장사지내 주고, 유품 등도 친지들에게 전달해주자. 그렇게 하면 남겨진 자들의 마음도 조금은 편해질 것이다. 그리고 사람들의 눈이 미치지 않는 오지에서 죽어간이라 하더라도 언젠가 누군가가 발견하면 고향땅으로 돌아갈 수 있을지도 모른다. 그런 희망을 품고 죽을 수 있다는 것이 교리의 근간이라고 한다.

그것은 굳이 말하자면 죽은 자가 아니라 산 자를 위한 교리라

할 수 있었다.

그리고 이 종파는 아무래도 플레이어 출신자 측의 윤리관에 가까운 측면이 있는 듯했다. 때문에 미라는 소울하울처럼 그 여성 종교가를 혐오하지 않았다. 그저 참 열심인 신자구나, 라는 감상뿐이었다.

하지만 소울하울에게는 오랜 세월에 걸쳐 모은 보물을 낚아채려는 도적과 다를 바가 없었던 모양이다.

"그대가 그렇게까지 누군가를 싫어하다니, 별일이구나. 옛날부터 아무리 상대가 아니꼬워도 심드렁했건만."

"어쩔 수 없잖아. 그 녀석은 이상해. 아무리 멀리 떼어놓아도, 가까이 오려고 들어. 심지어 웃는 얼굴로. 정말이지 끔찍해."

그 모습이 떠올랐는지 소울하울은 실로 떨떠름한 표정을 지은 채, 어쩐지 체념에 가까운 감정을 실어 그렇게 말했다.

"그대가 그렇게까지 말하다니, 어지간히 싫은 모양이로군."

미라는 그런 소울하울의 모습을 보고 별일도 다 있다며 대담하게 웃었다. 그리고 미소를 지은 채로 더욱 깊이 캐물어 보기로 했다.

"허나 그대는 그런 여자임에도 불구하고, 이렇게까지 해서 구하려 하고 있지 않으냐. 희한하기도 하구나."

이야기를 들어보니 구해준다 해도 소울하울에게는 아무런 득도 없는 상대인 듯했다. 하지만 그럼에도 구해주려는 데에는 모종의 이유가 있을 것이다. 그냥 내버려 둘 수 없었다는 이유도 그중 하나이리라. 미라의 머릿속에 가장 먼저 떠오른 이유 역시 '그냥 내버려 둘 수 없었기 때문'이었다.

첫 만남과 관계가 어떠했건 간에 자신이 아는 자가 죽을 위기에 처했다면 구하고 싶다고 생각하는 것이 도리다. 이 대상이 만약 악인(惡人)이었다면 생각이 조금은 흔들렸겠지만, 여성 종교가는 기본적으로 선하다. 불편한 상대임에도 구하고 싶다는 생각이 들 만도 하다.

하지만 소울하울은 그러한 감성이 다소 애매하다는 사실을, 미라는 오랜 교류를 통해 알고 있었다. 생사관이 실로 담백하다. 죽든 살든 그 사람의 자유다. 굳이 간섭할 필요는 없다는 것이 소울하울의 감각이다.

그런 그가 진정으로 사랑하는 사람을 위해서가 아니라, 오히려 싫어하는 여성 한 명을 구하기 위해 길고도 험난한 고난의 여행을 시작했다. 미라는 그 점이 다소 의아했지만 세월이 사람을 변하게 했을 수도 있다는 생각도 들었다.

그러자 소울하울은 미라의 말에 떨떠름한 얼굴을 한 채 쓴웃음을 짓더니 "내가 변한 게 아니야"라고 단언했다.

그리고 "그냥, 울고 있었기 때문이지"라고 작은 목소리로 말했다.

그녀는 언제나 불쑥 찾아와서는 한참동안 떠들어대고 떠나고는 했는데, 언젠가부터 서서히 소란스러움이 줄기 시작하더니, 어느 날 결국 악마의 각인으로 쓰러졌다고 한다. 그 후, 그 여성은 하루하루 쇠약해졌고 그러던 가운데 처음으로 소울하울에게 약한 모습을 보였다고 한다.

"그 녀석은, 죽는 게 무섭다고 울었어. 그러니, 그런 그 녀석에게 말해줄 거야. 너를 구한 건, 네가 그렇게나 싫어했던 사령술이다, 꼴 좋다, 라고."

소울하울은 그렇게 말하더니 어딘가 과장되게 웃어 보였다. 결코 여성의 눈물에 넘어간 것이 아니라면서.

그리고 소울하울은 어쩐지 얼버무리는 듯한 투로 설명을 이어 갔다. 일이 성공할 경우, 실제로 그녀를 구할 것은 신명광휘의 성배지만 그것을 만드는 과정에서 사령술이 큰 도움이 되었다. 생명을 연장하기 위해 그녀의 시간을 멈춘 것도 사령술이다. 요컨대 사령술 덕분에 목숨을 건졌다 해도 과언이 아니라고.

이쯤 되니 거의 변명이나 다름없었다.

"그래, 그렇지. 그렇고말고."

아무래도 눈물에 넘어간 모양이다. 그렇게 확신한 미라는 따스한 눈빛으로 소울하울을 바라보았다. 생사관은 담백하고 본인이 적극적으로 움직이지는 않지만, 누군가가 도움을 구하거나 자신을 의지하거나 할 경우, 소울하울은 이래저래 불평을 내뱉으면서도 온 힘을 다해 돕는 성격이었다.

죽는 게 무섭다고 울었다. 단지 그뿐이었지만 소울하울이 움직일 이유로는 충분했던 것이다.

역시 전혀 변하지 않았어. 미라는 미소를 지은 채 속으로 그렇게 중얼거렸다.

"그럼, 자세한 이야기는 나중에 다시 하고, 밥부터 먹을까."

소울하울이 어쩐지 얼버무리는 듯한 투로 말하더니 주변에 있던 조리기구를 모아 식사 준비를 하기 시작했다. 아무래도 쑥스러운 모양이다.

"그렇다면 더 좋은 게 있다!"

이 이상 추궁할 필요는 없을 것 같다고 판단한 미라는 기분을 전환하여 매우 의기양양한 얼굴로 일어섰다.

"글쎄, 빨간 열매는 필요 없다니까."

소울하울이 싸늘한 눈으로 돌아보았다. 그런 그의 모습에 미라는 칫, 하고 혀를 차고서 대담한 미소를 지어 보였다.

"식재료 쪽을 두고 한 말이 아니다. 조리기구 쪽을 두고 한 말이지."

미라는 더욱 짙은 미소를 지어 보이고는 곧장 바로 옆에 '저택 정령'을 소환했다.

그럭저럭 넓은 방에 작은 저택이 나타나자, 그것을 본 소울하울은 "오오?" 하고 놀란 듯이 말했다.

"이거 재미있는걸. 새로운 소환술이야?"

"음. 저택의 인공정령인데 말이다. 만난 지 얼마 되지는 않았지만, 상당히 의지가 되는 술식이지."

미라는 자랑이라도 하듯 가슴을 편 채 말했다. 하지만 그런 미라의 말 같은 것은 들리지도 않는지, 소울하울은 흥미롭다는 얼굴로 저택의 문손잡이로 손을 뻗었다.

"응? 안 열리는데."

밀어도 당겨도 꿈쩍도 안 했다. 소울하울은 문손잡이를 돌리며 찌푸린 얼굴로 뒤를 돌아보았다.

"흠, 그럴 리가 없지 않으냐."

미라는 문으로 달려가서 문손잡이를 당겼다. 그러자 문은 가볍게 열렸다.

"주인이 아니면 열 수 없는 건가?"

"시험해본 적은 없지만 그러한 것일지도 모르지."

그런 말을 주고받은 미라와 소울하울은 그럼 어디 시험해보자며 낸수심이 이끄는 대로 이런저런 실험을 하기 시작했다. 그 결과, 미라 자신이나 미라가 허가한 자가 아니면 저택 정령―― 마이홈의 문뿐 아니라 모든 설비를 사용할 수 없다는 사실을 알 수 있었다.

"실로 주인에게 충실한 저택인걸. 그런고로, 샤워실 사용을 허락해 줘."

개운하게 샤워를 하고 싶다는 것은 본능의 일부인지, 검증을 마친 소울하울은 곧바로 샤워실 앞에서 옷을 벗기 시작하며 미라에게 허락을 구했다.

"정 그렇다면 어쩔 수 없지. 허가해 주마."

미라는 약간의 우월감에 젖어 샤워실 사용을 허락했다. 소울하울은 "감사, 감사"라고 말하며 샤워실로 사라졌다.

'흠, 저녁 식사는…… 저 녀석에게 만들게 하면 되겠군!'

바닥에 특제 침낭을 반듯하게 다시 깐 미라는 그대로 위에 뒹굴 드러누웠다. 배는 고프지만 식사 준비는 아직 하지 않았다. 그 이유는 소울하울의 특기가 요리이기 때문이다.

1인분을 만드나 2인분을 만드나 별 차이는 없을 것이라고 생각한 미라는 조리장을 제공하는 김에 본인이 먹을 것도 만들게 할 속셈이었다.

'요리가 다 되는 동안 이 몸도 샤워를 마치면 완벽하겠구나!'

개운하게 샤워를 마치고 나오니 저녁 식탁이 차려져 있는 광경을 상상한 미라는 완벽한 전개라며 득의양양한 미소를 지은 채, 무슨 요리를 부탁할까 하고 소울하울의 레퍼토리를 돌이켜 보았다.

바로 그때였다.

『으음~ 저기, 심 님. 이제 연결된 건가요? 미라 씨~. 미~라~ 씨~. 들리나요~?』

문득 미라의 머릿속에 그런 목소리가 들려왔다.

『무엇인가?! 이 목소리는 설마, 마텔 공인가?』

정령왕의 목소리가 갑자기 들려오는 일에는 적응이 되기 시작했지만, 이번에는 지금까지와 다른 목소리가 들려와서 미라는 깜짝 놀랐다.

목소리의 주인공은 아무래도 시조정령인 마텔인 듯했다.

목소리와 들려온 말을 통해 그렇게 판단한 미라는 무슨 일이냐고 되물었다.

그러자 미라가 반응한 것이 기뻤는지『아, 미라 씨~! 어머어머, 제대로 연결됐나 보네~』라는, 마텔이 기뻐하는 소란스러운 목소리가 돌아왔다.

『미안하군, 미라 공. 나만 미라 공과 대화할 수 있는 건 치사하다며 마텔이 고집을 부려서 말이지.』

잔뜩 들뜬 듯한 마텔의 목소리 사이로, 이번에는 정령왕의 목소리가 들려왔다.

들자 하니 정령왕은 평소처럼 미라의 감각을 통해 모험을 함께 즐기고 있었다는 모양이다. 하지만 그러던 도중에 마텔의 잡담에 휘말려 들었다고 한다. 그리고 지금까지 계속 잡담에 어울려준 탓에 아깝게도 모험을 지켜보지 못했다며 낙담하고 있었다.

그리고 잡담을 나누다 보니 정령들뿐 아니라 미라와 대화하는 방법도 가르쳐주게 되고 말았다고 한다. 하지만 대화를 할 수 있는 것은 정령왕이 미라와 연결되어 대화를 나눌 때뿐이다. 다시 말해서 정령왕과 대화를 나눌 때는 언제든 마텔이 끼어들 수 있는 상태인 셈이다.

일전의 펜리르 구조 작전 때는 마텔이 만든 봉인 안에 있었기에 마텔은 미라와 원격으로 대화가 가능했다. 말하자면 내부 방송 같은 것이다. 하지만 봉인에서 나온 현재는 정령왕만이 미라와 대화할 수 있는 상태였다.

마텔은 그것을 매우 부러워했다고 한다.

『뭐어, 상관없네. 그만큼 여러모로 의지가 될 것 같으니 말이야.』

여차할 때 의지할 수 있는 고참 상담 상대가 둘이나 있는 셈이다. 이것 참 믿음직스러우면서도 떠들썩해질 것 같다는 생각에 미라는 쓴웃음을 지은 채 즐거운 듯 웃었다.

『헌데 미라 공. 누가 있는 듯한데, 폐가 되지는 않은 건가?』

『어머, 그랬나요? 미안해, 미라 씨.』

샤워실에서 들려오는 희미한 물소리. 정령왕은 그것을 듣고 미라 말고도 누군가가 있다는 사실을 알아챈 모양이다.

『아니, 문제될 건 없네. 저 녀석은 지금 샤워를 만끽하고 있는 참이니 말이야. 당분간은 나오지 않을 걸세.』

미라가 알기로 소울하울은 목욕을 오래 하는 경향이 있었다. 샤워만 해도 상당히 오래 걸릴 것이라고 생각해, 미라는 그렇게 답했다.

『말투로 짐작건대, 미라 공의 지인인 건가. 그렇다면 찾던 이를 만난 모양이로군. 내가 없는 동안에…….』

가호로 공유된 감각 정보를 통해 정령왕은 미라가 친구를 찾고 있다는 사실을 알았다. 그렇기에 정령왕은 재회 장면을 기대하고 있었는데, 마텔의 잡담에 휘말려드는 바람에 그 순간을 놓친 것을 너무도 아쉬워하는 눈치였다.

『어머, 미라 씨는 사람을 찾아 여기까지 온 거였구나.』

그런 정령왕을 밀쳐내기라도 하듯 마텔의 목소리가 끼어들었다.

『음, 그 녀석은 신명광휘의 성배를 만들고 있는데 말일세. 그 발자취를 쫓다가 겨우 붙잡은 것이 지금의 상황이네.』

『어머나! 성배를? 굉장하네.』

미라가 간단히 설명하자 마텔은 놀란 듯 탄성을 터뜨렸다. 과연 시조정령이라고 해야 할지, 신명광휘의 성배에 관해 아는 모양이었다. 심지어 제작 방법도 모두 파악하고 있는 데다 그 난이도도 알고 있었다. 인간의 몸으로 이 단계까지 절차를 밟는 것은 무시무시하게 어려운 일이었을 텐데, 하고 감탄한 듯한 투였다.

『그것을 만들 생각을 한 것이 용하군. 미라 공의 친구는 실로 별난 이인가 보군.』

정령왕 역시 감탄한 듯 그렇게 말했다. 정령왕이 보기에도 제작 공정이 상당히 까다로운 모양이었다.

그런 이야기를 듣던 미라는 문득 생각했다. 아무래도 정령왕과 마텔은 신명광휘의 성배에 관해 잘 아는 듯하다. 그렇다면 성배의 힘으로 정말 악마의 각인을 없앨 수 있는지 물어볼까.

사실 성배의 힘으로 악마의 각인을 없앨 수 있다는 것은 아직 가설에 불과했다. 현재로서는 거기에 명확한 근거가 없는 셈이다. 하지만 가능성이 있는 방법이 그것밖에 없기에 소울하울은 이렇게 분발하고 있는 것이다.

『헌데, 묻고 싶은 게 있네만.』

그의 노력이 결실을 맺을 수 있을지, 아니면……. 미라가 결심을 굳히고 그렇게 말하려 하자, 정령왕과 마텔은 만반의 준비가 다 되었다는 듯 무엇이든 물어보라고 답했다.

미라는 가능성을 믿고 소울하울의 노력이 헛수고로 끝나지 않기를 바라며 물었다.

『악마의 각인이라…….』

정령왕이 생각을 하는 듯한 낌새가 전해져 왔다. 설마 성배의 힘으로도 악마의 각인은 어떻게 할 수가 없는 것인가. 미라는 최악의 답이 돌아올지도 모른다고 마음의 대비를 했다.

하지만 그러한 각오는 이어진 말에 의해 순식간에 안개처럼 사라지고 말았다.

『악마의 각인이, 뭘까요?』

『들어본 적이 없군.』

어떻게 된 일인지 마텔과 정령왕이 입을 모아 그렇게 말한 것이다.

『뭣이라고……?』

이 세계의 역사와 견줄 정도로 기나긴 시간을 살아온 두 정령이 악마의 각인을 모른다니. 미라는 이루 말로 형용할 수 없을 정도로 놀랐다.

『왜, 그것 말이네. 명부의 저주니, 악마의 축복이니 하는 이름으로 불리는, 그 각인.』

미라는 그렇게 설명했지만 정령왕과 마텔은 전혀 짚이는 바가 없다고 대답할 뿐이었다.

바로 그 순간, 미라는 문득 기억이 났다. 그리고 보니 명부의 저주, 악마의 축복이라는 이름은 플레이어가 멋대로 붙인 것이었다는 사실이. 그리고 악마의 각인이라는 것 역시 편의상 그렇게 부르는 것뿐, 각인 자체에 정식 명칭은 없었다는 사실이.

따라서 미라는 각인에 관해 상세히 설명했다. 어느 날 갑자기 피부가 찢어지고 몸에 떠오른다고. 육망성과 그 주변을 둘러싼

그리고 또 하나의 조건은, 반대로 사악한 힘에 의한 간섭이다. 신성한 힘의 반대편에 위치한 사악한 힘. 그것이 가까운 곳으로 접근했을 때, 그에 대항하기라도 하듯 힘이 느닷없이 각성하기도 한다고 한다.

　『흠……. 그렇다면 그 아이의 곁에는, 그중 어느 한쪽이 있었다는 겐가.』

　『그렇게 보아야 할 거다. 하지만 어느 쪽 조건이 되었건 그리 쉽게 충족할 수 있는 것은 아니야. 미라 공이 말한 아이는, 어딘가에서 그 힘과 접촉한 것일 테지.』

　조건 중 하나인, 신성한 힘과 같은 종류의 힘이라는 것은 신이나 그와 같은 계보인 천사 등의 힘이다.

　또 하나의 조건인 사악한 힘에는 저주 등의 부정을 지닌 모든 것과 현재의 악마가 지닌 힘 등이 있다. 정령왕의 말대로 이러한 것들은 모두 다 흔하게 존재하는 것이 아니다. 매우 드물게 태어나는 신성한 힘이 깃든 영혼을 지닌 자가 이러한 힘의 영향으로 성흔의 발현에 도달할 확률은 지극히 낮다.

　하지만 성흔은 나타났다. 그 여성은 대체 어디서 조건을 충족시키고 만 것일까.

　'그러고 보니 소울하울이 거성으로 삼고 있던 그 장소에 악마가 있었지.'

　혹시나 하고 그런 생각을 한 순간, 미라는 문득 소울하울에게 들었던 말이 떠올랐다.

　그 여성은 언제나 멋대로 찾아와서 한참 동안 떠들어댔는데,

언젠가부터 소란스러움이 줄기 시작했다고. 그리고 결국 악마의 각인, 다시 말해서 성흔이 나타났다고.

소란스러움이 줄어들기 시작했다. 이것은 다시 말해서 서서히 부풀어 오른 신성한 힘에 의해 악영향이 나타나기 시작했다고 볼 수 있는 일이 아닐까. 그렇다면 사악한 힘이 아니라 신성한 힘에 의한 간섭이 원인일 것으로 추측되었다.

『예상컨대 그 아이는 어디선가 신성한 힘과 접촉한 것으로 보이네. 듣자 하니 신흥종교의 신자라 하더군. 성물(聖物) 같은 것의 영향을 받은 게 아닐까.』

미라는 그렇게 예상했지만 정령왕은 그럴 가능성은 높지 않을 거라 답했다.

『가능성으로 말하자면, 아주 없지는 않지. 하지만 영혼이라는 벽을 넘어 안에 잠든 힘에 간섭할 수 있으려면 신기와 동등하거나 그 이상의 힘을 지니고 있어야 해. 그 신흥종교의 규모가 어느 정도나 되는지는 모르겠다만, 성물이 그만한 힘을 얻으려면 최소한 3만 년이라는 시간은 필요할 것이야. 그것도 그 삼신교에 필적할 정도의 종파여야 하고 유일무이한 성물일 경우에 해당해서 말이다.』

『그것참 조건이 빡빡하다기보다는 불가능해 보이는구먼.』

신앙에 따라 성물이 신과 같은 힘을 지니는 일도 있다고 한다. 하지만 그 수준에 이르려면 엄청난 시간과 조건이 필요했다. 도저히 신흥종파가 달성할 수 있는 수준이 아니다.

『애초부터 힘이 있는 물건을 성물로 삼았을 경우에는 이야기가 달라지겠다만.』

　새로 만들어진 성물이 아니라 원래부터 힘이 깃들어 있던 물건, 혹은 사연이 있는 물건을 성물로 삼는 일도 드물지는 않다는 모양이다. 하지만 이 경우에도 그 얼어붙은 여성과 같은 상태가 되는 일은 거의 없을 것이라 한다.

　우선 신기급 성물은 그리 쉽게 조달할 수 있는 물건이 아니다. 그것은 플레이어들이 군웅할거했던 격동의 시대에 비추어 보아도 명확했다.

　신기── 그것은 수많은 카테고리 속에서도 부동의 최상위에 군림하는 신화급 보물이다. 누구누구가 손에 넣었다, 어디서 발견했다는 둥의 정보가 난립하기는 했지만, 그 모든 것이 허위여서 들리는바 이상으로 존재 여부가 애매한 존재였다.

　수많은 문헌을 해독한, 미라를 비롯한 과거의 톱 플레이어들이 경쟁적으로 온 대륙을 뒤지고 다녔음에도 불구하고 신기는 그림자조차 비치지 않았다.

　그리고 결국 그것을 손에 넣었다는 확실한 정보는 하나도 나오지 않아, 신기는 NPC(논 플레이어 캐릭터) 전용이라 플레이어가 다룰 수 있는 것은 전설급까지라는 것이 하나의 정설이 되었다.

　현재 그 소재가 확인된 신기는 삼신국의 장군이 소지한 세 개뿐이다. 신기란 그 정도로 머나먼 존재였다. 이를 성물로 삼고 있다면 그 소문은 눈 깜짝할 새에 온 대륙에 퍼졌을 것이다.

　하지만 불길한 물건, 주물(呪物)을 성물로 삼았다면 어떨까.

　이 경우, 상극이라 할 수 있는 사악한 힘을 위협으로 인식하여 영혼의 내면에 잠들어 있던 성스러운 힘은 반드시 각성할 것이라고 한다. 하지만 그랬다면 서서히 악영향이 일어났다는 증상과 일치하지 않는다.

이러한 이유로 신흥종교는 상관이 없을 것이라는 결론에 도달했다.

조건은 신성한 힘에 의한 느릿한 각성. 이를 만족시킬 수 있는 것은 신기나 그에 필적하는 무언가다.

'그러고 보니 신기 중 하나가 행방불명 상태였지. 관계가 있을까.'

봉귀의 관에 구멍을 낼 때 사용된 것으로 추측되는 신기, '황천길의 철퇴'. 그 신기는 당시, 흑악마인 바르바토스가 소지하고 있었다. 그것과 접점이 있었다면 서서히 각성하는 것이 아니라 악마의 사악한 힘에 의해 단번에 각성했을 터다.

거기까지 생각한 미라는 문득 또 하나의 의문에 다다랐다.

『헌데, 악마의 각인이 성흔이라는 것까지는 납득했네만, 그럼 어째서 성흔을 지닌 자는 모조리 비명횡사하는 겐가.』

떠오른 각인, 그리고 각인이 떠오른 자의 죽음에 반드시 그림자를 내비치는 악마. 그러한 요소들이 합쳐진 결과, 명부의 저주니 악마의 축복이니 하는 불길한 명칭이 붙은 것이었다.

하지만 그 정체는 신성한 힘에 의한 것이었다. 그럼 어째서 악마가 관계한 듯한 상황이 벌어진 것일까. 미라의 머릿속에 그러한 의문이 떠올랐다.

『그것은, 아마도 간단한 일일 거다. 좀 전에 말했듯, 드물기는 해도 신성한 힘을 자유자재로 다룰 수 있게끔 되는 자도 있기 때문일 것이야.』

　그렇게 말한 후, 정령왕은 악마의 행동 이유를 대략적으로 예측해 보였다.

　성흔이 발견되었다는 것은 다시 말해서, 내면에 잠들어 있던 신성한 힘이 각성했다는 뜻이다. 그리고 인간은 그 상태를 제어할 방도가 없으니, 힘은 계속해서 방출되는 상태가 된다. 상반되는 힘을 지닌 악마가 이를 알아채지 못할 리가 없다.

　성흔 보유자들은 내버려 두어도 발현한 힘에 견디지 못하고 자멸한다. 하지만 매우 드물게 그 힘이 몸에 익어 자유자재로 다룰 수 있는 자가 나타난다. 한 줌에 불과하다고는 하나 신의 힘이다. 그것은 사악한 힘이 깃든 악마들에게는 절대적인 위협이다.

　따라서 만일의 사태가 일어나지 않도록 악마는 성흔 보유자를 발견하는 대로 처리하는 것이리라고 정령왕은 주장했다.

　『확실히 그렇게 생각하면 납득이 가는군.』

　성흔은 신성하면서도 불길한 분위기를 띠었다. 하지만 그런 이미지에 큰 영향을 미친 것은 신성한 힘을 감지하고 모여든 악마들의 존재였다. 정령왕의 예측은 이치에 맞았고, 미라가 아는 모든 상황에 비추어 보아도 납득이 가는 이유였다.

　다만, 미라는 문득 생각했다. 그렇다면 어째서 얼어붙은 여성은 그 상태 그대로였던 것일까.

　미라는 고대 지하 신전의 최하층에서 무슨 일을 꾸미고 있던 악마와 조우하여, 이를 토벌한 적이 있다. 그리고 그 성흔이 발현된 얼어붙은 여성은 바로 그 근처에 있었다. 하지만 그 장소에는 딱히 누군가가 훼손한 듯한 흔적이 없었다.

'흠, 그 꽁꽁 얼려둔 술식에 비밀이 있을 것 같군그래…….'

언뜻 생각나는 가장 큰 요인은 한 가지였다. '저승의 감옥'이다. 세계의 섭리에서 분리시킨다는 이 술식의 효과로 악마의 눈을 속이고 있는 것이리라.

틀림없이 그럴 것이라고 확신한 미라는 정령왕들과의 대화에 다시 집중했다.

$\langle 3 \rangle$

『흠, 신기가 원인이 아니라면 무엇이 원인이었을꼬.』

다시 이야기는 어째서 그 성흔이 각성한 것일까로 돌아갔다.

사실 그녀는 삼신국의 신기에 접근할 수 있는 굉장히 높은 지휘의 인물이었을지도 모른다는 가능성을 미라가 제시해 보았지만, 정령왕은 신흥종교의 신자를 국보에 접근시킬 리가 없다며 일축했다.

사실 티리엘과 같은 천사가 곁에 있었을지도 모른다는 의견도 성흔이 각성할 것 같은 기적을 천사가 못 알아챌 리가 없다, 징후를 보았다면 발현하기 전에 거리를 두었을 것이라며 기각되었다.

『그렇다면…… 그 장소에 원인이 있었던 겐가.』

소란스러웠던 여성이 서서히 조용해졌다. 여러 가지를 생각한 끝에 이 증상을 보는 시점을 바꾸기로 한 미라는, 여성은 소울하울이 있는 장소에 들락거리기 시작하고 나서 악영향이 나타났다고 볼 수도 있다는 사실을 알아챘다.

장소는 고대신전이다. 신전이니 그에 상응하는 무언가가 있어도 이상할 것은 없다.

고대신전 네뷸러폴리스의 최하층에 위치한 백아의 성. 그 지하에서 발견된 커다란 공간, 그곳에서 무언가를 한 듯한 악마 등등, 그 장소는 수수께끼 덩어리였다.

미라는 정령왕과 마텔에게 그 사실을 이야기하고 가르침을 구했다. 그 결과 미라는 놀랍게도 오늘만 두 번째로 '들어본 적이 없다'는 말을 듣게 되었다.

『고대신전 네뷸러폴리스⋯⋯. 전혀 들어본 적이 없군.』

『미안해, 미라 씨. 나도 모르겠어. 삼신님의 나라에 있는 신전이라면 좀 알지만.』

『허어⋯⋯.』

정령왕과 마텔은 박식한 만물박사라 할 수 있을 정도였지만 인조물에 관해서는 잘 모르는 모양이었다. 하지만 인간은 온갖 것을 이곳저곳에 만들기에 그 모든 것을 파악하는 것은 어렵기 그지없는 일이라며 정령왕은 유쾌하게 웃었다.

'그렇다면 잘 알 것 같은 또 한 명의 녀석에게 물어보도록 할까.'

그렇게 생각한 미라는 곧장 샤워실 문 앞으로 다가갔다. 잘 알 것 같은 녀석, 그것은 그 장소를 거성으로 삼았던 소울하울이다. 오랫동안 살았으니 어쩌면 신성한 힘을 지닌 무언가를 알지도 모른다. 그렇게 생각한 미라는 말을 붙였다.

"소울하울이여. 궁금한 게 있는데 물어도 되겠느냐~?"

하지만 답이 없었다. 그저 빗소리 같은 샤워기의 물소리가 작게 들려올 뿐이다. 때문에 미라는 더욱 목소리를 높여 말하며 문을 두드렸다. 그제야 들린 것인지 샤워기의 물소리가 그쳤다.

"뭐가 궁금한데?"

그런 목소리와 함께 문을 열고 얼굴을 내민 소울하울은 알몸을 훤히 내보이며 미라를 쳐다보았다. 로브에 숨어 있어 잘 보이지 않았지만, 그 육체는 적절한 근육질이었고 군데군데 흉터도 나 있어서 그야말로 싸우는 남자의 몸 같았다. 그리고 키가 큰 탓에 소울하울은 자연스럽게 미라를 내려다보게 되었다.

일반적인 여성이라면 조금이나마 얼굴을 붉힐 만한 상황이었다. 하지만 당연히 미라는 예외였다.

"살짝 궁금한 것이 있어서 말이다. 그대가 살았던 그 고대신전에, 신성한 분위기를 풍기는 물건은 없었더냐?"

미라는 소울하울을 올려다보며 실로 당당하게 그렇게 물었다. 남자의 알몸에는 눈곱만큼도 관심이 없다. 아닌 게 아니라 미라는 남자의 알몸을 보고 있다는 의식조차 없었다. 한 지붕 아래 젊은 남녀가 단 둘이 있기는 했지만 한쪽은 엉큼한 영감, 또 한쪽은 불사 소녀 애호가. 서로의 정체를 아는 두 사람에게 실수가 일어날 가능성은 털끝만큼도 없었던 것이다.

"신성한 분위기를 풍기는 것? 꽤나 말이 두루뭉술한 걸. 어디, 신성한 분위기라……."

소울하울은 그렇게 중얼거리며 뭔가를 생각하기 시작했다. 하지만 얼마쯤 지나 "짚이는 게 없는데"라고 답했다.

"굳이 말하자면 그 성 자체는, 새하얘서 나름대로 신성해 보이기는 하지. 그래서, 왜 그런 걸 묻는 거지?"

"아니 무어, 이래저래 정보를 정리하던 참이라서 말이다. 정리가 되면 말하마. 방해해서 미안하구나."

미라는 샤워실 앞에서 침낭 위로 돌아와 드러누워서, 다시 한 번 자신이 가진 정보를 되짚어 보았다.

당연하다는 듯 당당하게 서 있었던 백아의 성의 모습이 성스러워 보이는가 아닌가를 따지자면, 확실히 성스러워 보이기는 했다. 미라는 그곳을 찾았을 때의 일을 떠올렸다. 그 이음매 하나 없이 새하얗던 거성의 모습을. 잘 생각해 보니 그것은 일전에 보았던 신령정석과 비슷한 듯했다.

『성 전체가 신령정석으로 되어 있다면, 어떠할까.』

신이 간섭하여 생성된 물질인 신령정석이라면 신기와 비교해도 손색이 없을 것이다. 만약 백아의 성이 신령정석으로 되어 있다면 신성한 힘을 띠고 있기에는 충분하고도 남을 만한 내력이라 할 수 있으리라. 미라는 그렇게 생각했지만 상당히 어려울 것이라는 답이 돌아왔다.

『지닌 힘으로 치자면 각성을 재촉하기에는 충분할 거다. 하지만 신령정석의 용도는 대부분 봉인이야. 그 때문에 내부로 고정하는 힘이 강하고, 힘의 파동을 전혀 발하지 않지. 따라서 성처럼 거대한 신령정석이라 해도 영혼의 내면에 잠든 신성한 힘에 닿지는 않을 것이야.』

"흐음……."

자신의 생각을 모조리 부정당한 미라는 신음소리를 내며 침낭에 엎드렸다. 그러던 중에 이번에는 마텔의 목소리가 들려왔다.

『나는 악마님이 뭔가 했다는 공간이 신경 쓰이는 걸?』

마텔의 말에 의하면 지하 공간에 있던 커다란 원통형 구멍이 수상하다는 듯했다. 악마가 그곳에 있던 신성한 무언가를 가지고 나오거나 파괴한 게 아니냐는 것이다.

그러자 정령왕도 악마가 관여했다면 그곳에는 반드시 무언가가 있었을 것이라며 마텔의 말에 동의했다.

『그렇군. 겉에 원인이 없다면 안에 있을 수밖에 없겠어.』

그 얼어붙은 여성에게 성흔이 발현된 원인은 그 지하공간에 있을 가능성이 높다. 여러모로 생각을 해본 결과, 세 사람의 의견은 그렇게 정리되었다. 하지만 현재, 그 장소에 관한 상세한 정보는 없다.

『헌데 결국, 그 성흔은 성배의 힘으로 어찌 할 수 있는 것인가?』

이 이상의 진전은 바라기 어려울 듯하다고 판단한 미라는 문득 생각이 난 듯 이야기를 원점으로 되돌렸다. 악마니, 성흔이니, 발현의 계기니 하는 이야기는 모두 그 의문에서 시작된 것이었다.

『오오, 그러했지.』

『어머, 이야기가 상당히 많이 탈선했네요.』

함께 이야기를 하며 생각한다는 것이 즐거웠는지, 그렇게 답하는 두 사람의 목소리는 어쩐지 밝게 들렸다. 하지만 곧이어 정령왕의 차분한 목소리가 들려왔다. 가능한지 아닌지로 말하자면 가능하다고.

『좀 전에 말했다시피 성흔이란 신성한 힘이 각성한 상태다. 그리고 한 번 각성하면 두 번 다시 잠재울 수는 없지. 그 뒤로는 육체가 한계를 맞거나, 각성 사실을 알아챈 악마에게 사냥당하기를 기다릴 수밖에 없어.』

정령왕은 지금까지의 정보를 일단 그렇게 정리하더니, 그를 전제로 신명광휘의 성배는 분명 문제를 해결할 가능성을 가지고 있다고 말을 이었다.

발현했을 뿐인 힘은 말하자면 폭주 상태에 가깝다고 한다. 그렇다면 그 폭주를 어떻게든 억제할 수 있다면 어떨까.

폭주를 억제하는 방법. 그 답이 신명광휘의 성배라는 모양이다. 소울하울이 도달한 답은 그리 빗나가지 않았던 듯하다. 다만 빗나간 점이 하나 있다면, 그것은 치유가 아니라 바로잡는 것이었다는 점이다.

터무니없이 복잡한 과정을 거쳐야 겨우 만들어낼 수 있는 최고의 회복 아이템, 신명광휘의 성배. 완성한 그것은 그 이름대로 신에 가까운 힘을 발휘한다고 한다. 하지만 그 힘에 범용성은 없으며 오로지 치유에 특화되어 있다는 모양이다. 그러나 이 경우에는 그 점이 가장 중요하다고 한다.

그 이유 중 하나가 피부를 찢고 나타나는 성흔이다. 이 상처는 신성한 힘에 의해 새겨진 탓에 영약이나 성술을 비롯한 온갖 치유의 힘을 동원해도 치유하는 것이 불가능하다. 하지만 같은 성질을 지닌 유일한 힘인 성배라면 치유할 수가 있다.

그리고 상처를 치유하는 동시에 신성한 힘은 형태를 잃게 된다. 하지만 당연히 다시 잠들지 않는 힘은 다시 형태를 이루고자 움직일 것이다. 그때, 비슷한 힘을 지닌 성배의 힘을 쏟아부음으로써 그 방향성을 인위적으로 조정하고, 다음에 이룰 형태를 성배와 같은 치유로 고정할 수가 있다는 모양이다.

『신성한 힘이 영혼과 체내의 마나에 적응되면 인간은 여러 가지 축복과 힘을 얻을 수 있을 거다. 하지만 성배를 사용해서 바로 잡는 이 방법은 그러한 가능성을 모두 치유의 기적이라는 형태로 집속시키고 마는 것이 결점이지.』

인간이라는 그릇에는 분에 겨운 신성한 힘이기는 하지만 인간은 제법 높은 가능성과 유연성을 가지고 있다. 능숙하게 제어할 수 있게끔 되면 여러 가지 분야의 정점에 설 수 있을 것이다. 하지만 성배를 사용해 조정할 경우, 이것이 치유 능력 하나로 한정되고 만다. 말하자면 다른 가능성을 뿌리뽑는 셈이다.

『뭐어, 사소한 결점이로군. 애매한 가능성에 목숨을 거는 것은 정신 나간 영웅 지망자나 할 짓이니 말일세.』

가능성이 있다고는 하나 그것은 절대적인 것이 아니다. 오히려 강한 힘에 패배하는 일이 더 많을 정도다. 신성한 힘이란 인간의 의지로 어떻게 할 수 있는 것이 아니기에.

그렇다면 확실하게 안정시키는 방법을 쓰는 편이 현명할 것이다.

『미라 공도 꽤 신랄한 소리를 하는군. 하지만 그 말이 맞다.』

인간은 때때로 분수에 맞지 않는 일을 한다. 현명함을 악으로 치부하고 무모한 일을 벌이는 것이다. 성공하면 좋겠지만 실패하면 비참한 결말이 기다리고 있다. 그리고 세상에는 성공했다는 이야기만 남기에 무모한 야심을 가슴에 품고 뒤를 따르는 자가 끝없이 나타나기 마련이다. 그러한 이야기를 숱하게 들어온 정령왕은 한숨 섞인 투로 그렇게 말하며 미소를 지었다.

악마의 각인은 성흔이었다. 하지만 정체를 알아냈다 한들 성흔이 인간을 죽음으로 몰고 갈 위험성을 지니고 있다는 사실은 변치 않는다. 그러나 그에 관한 확실한 치유법이 있다는 사실이 판명된 것은 다행이라 할 수 있었다.

'어찌 되었건 성배 제작은 헛수고가 아닌 것은 물론이고 확실한 치료법이었다 이거로군. 그 말을 들으니 좀 안심이 되는구먼.'

소울하울의 노력은 헛수고가 아니었다. 미라는 그 사실을 기뻐함과 동시에 어떠한 사실을 기억해냈다.

'그러고 보니 그 공간에 관해서는 알고 있었을는지.'

백아의 성 지하에는 의문의 공간이 있었다. 소울하울은 그 사실을 알았을까. 정식 입구는 성의 지하에 있었다. 상당히 교묘하게 숨겨져 있기는 했지만, 오랫동안 살았으니 알아챌 기회도 있었을 것이다.

만약 그 공간에 도달했다면, 그곳에 무엇이 있었는지 알지도 모른다. 어쩌면 성흔이 발현된 원인과 관련된 무언가가 있었을 수도 있다.

해결책이 판명되었으니 이제 원인은 그렇게까지 중요하지 않을 것이다. 하지만 궁금한 걸 어쩌겠는가.

다시 한번 물어보자는 생각에 미라가 자리에서 일어나 샤워실 문을 두드리려던 바로 그때.

"뭔가 이상하잖아!"

그런 말과 함께 소울하울이 샤워실에서 뛰쳐나왔다.

"누어!"

미라는 간신히 몸을 틀었지만 너무도 갑작스러웠던 탓에 충돌을 피하는 것이 한계였고, 기세를 죽이지 못하고 그대로 다리가 엉켜서 바닥에 철퍽 넘어졌다. 낙법을 하기는 했지만 스커트가 완전히 들춰져 버렸다. 남사스러운 차림새가 되기는 했지만, 미라는 일단 "갑자기 이게 무슨 짓이냐!"라고 불평을 입에 담았다.

"아아, 미안. 하지만 그보다 긴급사태야."

소울하울은 그다지 미안하지 않은 듯한 태도로 곧장 옷을 입기 시작하더니 어쩐지 다급해 보이는 눈으로 미라를 쳐다보았다.

"뭔가 장로도 긴급사태인 것 같지만, 그것보다 이쪽이 우선이야."

훤히 드러난 미라의 팬티를 쳐다본 후 소울하울은 옅은 미소를 짓기는 했지만, 그 얼굴은 곧 긴장감으로 굳어졌다.

"해서, 무슨 일이냐."

소울하울의 태도를 통해 상당한 긴급사태임을 직감한 미라는 불평을 거두고 잽싸게 일어나서 가볍게 움직여 몸을 풀었다. 그러자 소울하울은 아이템 박스에서 마나 회복약을 꺼내 그것을 한 입에 털어 넣고서 "골렘이 모두, 한순간에 소멸했어"라는 말로 사태를 설명했다.

"뭣이라고⋯⋯?"

소울하울은 골렘 50마리가 시간차를 두고 돌격하도록 세팅해 두었다. 경과한 시간상 아직 40마리 이상은 남아 있어야 할 그것이 순식간에 사라졌다. 그것은 확실히 긴급 사태라 할 만한 상황이었다.

소울하울이 배치한 것은 사령술에서도 최하급에 속하는 골렘으로, A랭크에 상응하는 이 계층이라면 돌파당할 가능성이 크기는 했다. 하지만 최하급이라고는 해도 미라와 동등한 힘을 지닌 아홉 현자의 일원, 거벽의 소울하울이 만들어낸 골렘이다. 그것을 한순간에 40마리 이상 소멸시키는 것은 쉬운 일이 아니다.

하지만 그 일은 실제로 일어났다. 그럼 대체 그 원인은 무엇일까.

"배회자가 지나간 겐가?"

"그럴지도 모르지만 그런 것치고는 좀……."

"한순간에 소멸했다는 것이 납득이 안 가는군그래."

그것이 가능할지도 모르는 존재가 두 사람의 머릿속에 떠올랐다.

그 이름은 '기계장치 배회자'.

고대지하도시의 7층 전역을 배회하며 마물 이외의 적을 가차 없이 파괴하는 존재다. 마키나 가디언이라는 상식을 벗어난 괴물을 제외하면 고대지하도시 최강의 존재로, 플레이어들이 꼽은 모든 던전을 통틀어 가장 만나고 싶지 않은 배회형 보스 순위 상위권에 드는 괴물―― 그것이 '기계장치 배회자'다.

하지만 그렇다 해도 위화감이 들었다. 미라 일행이라 해도 방심할 수 없는 상대이기는 하지만, 방심만 하지 않으면 당할 일은 없는 상대다. 그리고 '기계장치 배회자'에게는 40마리 이상의 골렘을 순식간에 파괴할 만한 공격 수단이 없을 터다.

"이대로 두면 회복을 방해할 수 없으니, 어찌 되었건 확인은 해 봐야겠군."

"그래. 회복이 시작되기 전에 해결을 해야 할 텐데."

어쩐지 상황이 이상하기는 했지만, 이대로 두면 어렵게 소모시킨 마키나 가디언이 회복하고 말 것이다. 두 사람은 상황을 확인하기 위해 신중하게 현장으로 향했다.

고대지하도시 7층 최심부. 그 앞에 위치한 기다란 통로. 쉬는 동안 마키나 가디언이 회복하지 못하도록 그곳에 시간차를 두고 돌격하도록 세팅해둔 50마리의 골렘. 소울하울은 그것들이 모두 한순간에 소멸했다고 말했다.

원인은 대체 무엇일까. 휴식 장소로 이용하던 큰 방에서 뛰쳐나온 미라와 소울하울은 '기계장치 배회자'를 경계하며 현장으로 향했다.

그리고 모퉁이를 몇 번 돌아서 앞으로 두 번 더 돌면 최심부가 나오는 지점에서 두 사람은 알아챘다.

"이봐라, 뭔가 탄내가 나는 것 같지 않으냐?"

탄내가 난다. 미라는 어쩐지 아무것도 없는 프라이팬을 불에 계속 올려놓았을 때와 비슷한 냄새와 열기를 감지해냈다.

"그래, 나도 그렇게 생각했어. 이건 무슨 냄새지?"

소울하울도 그것을 느낀 모양인지, 코를 킁킁거리며 전방을 노려보았다. 그것은 명백하게 현재 미라 일행이 향하고 있는 방향에서 풍겨왔다.

좀 전까지 느끼지 못했던 위화감이다. 목적지에서 무슨 일이 일어난 것이 분명하다고 확신한 미라 일행은 더욱 신중하게 걸음을 옮겼다.

그렇게 아무 일도 없이 두 번째 모퉁이를 돌아 마지막 모퉁이만 남은 그때, 미라와 소울하울은 그 모퉁이와 마주한 벽을 보고 걸음을 딱 멈췄다.

"허어, 이거 원. 무슨 일이 있었기에 이렇게 된 겐지……."

"그건 모르겠지만, 아무리 봐도 보통 일은 아니야."

7층은 하얀 금속질 벽이 끝없이 이어져 있는 곳이다. 하지만 미라 일행의 전방에 위치한 벽은 어째서인지 새까맣게 그을려 있었다.

"화염을 사용하는 마물은 마법전 타입의 스켈레톤 정도다만, 근처에 있었던가?"

까맣게 그을린 벽. 탄내와 희미하게 느껴지는 열을 통해 화염이 원인일 것이라고 미라는 추측했다. 이 7층에서 이런 일이 가능한 것은 마법전 타입의 스켈레톤뿐이다. 하지만 소울하울은 고개를 가로저으며 "아니, 없어"라고 답했다. 사령술사에게는 주변에 있는 불사 계열 마물을 감지하는 기능이 있다. 소울하울은 그것을 계속 조사하며 전진했던 모양이다.

"그 이전에, 저기에서는 애초에 마나의 잔재가 느껴지지 않아. 마법이나 술식을 사용한 건 아닐걸."

신중하게 전방을 바라보며 소울하울은 다시금 그렇게 단언했다.

마법과 술식 중. 우선 술식이라는 것은 가장 널리 알려진, 체계화된 아홉 종의 술식을 말한다. 그리고 마법은 그 이외의 마물이나 용, 정령, 그리고 일부 종족이 다루는 고유의 힘을 가리키는 말이다.

"흠…… 마나의 잔재라."

마법과 술식. 그것들을 행사하려면 반드시 마나가 필요하며, 그것들이 행사되면 일정 시간동안 잔재가 남는다. 그것이 있고 없고를 구분함으로써 그 현상에 마법이나 술식이 관여되었는지 어떤지를 판별할 수 있었다.

또한 마나의 잔재를 확인하려면 '마도의 관찰안'이라는 기능이 필요하다. 그리고 이 기능은 사실 게임이었던 시절에는 없었던 것으로, 최근 30년 동안 개발된 신기능이었다.

그 말은 곧, 요전에 손에 넣은 기능대전에 새로 등록된 기능이라는 뜻이기도 하다. 그러한 부분을 우선적으로 체크했던 미라는 그 기능이 있다는 사실을 알았다. 그리고 습득 난이도는 그다지 높지 않았기에 미라는 이미 습득한 상태이기도 했다.

"흠, 확실히 마나의 잔재는 느껴지지 않는군그래."

이 정도의 기능은 당연히 쓸 수 있다는 듯한 태도로 곧장 전방의 검은 벽을 확인한 미라는, 그 정도는 당연히 안다는 투로, 잘 나가는 술사인 척 입을 열었다.

"더 가까이 가야 자세히 알 수 있겠지만."

통로 끝에 무엇이 있는지 알 수 없기에 소울하울은 아이언골렘을 만들어, 그것을 앞장 세워 걷기 시작했다.

"배회자도 화염은 쓰지 않았으니 말이다. 신종이라도 나타난 겐가?"

미라 역시 만약을 위해 홀리나이트를 소환하여 그것을 거느리고 전진했다.

"신종이라. 가능성이 아주 없지는 않지. 여러 장소와 던전을 다니다가 그곳에서 가끔 본 적도 있어. 그중에는 때때로 엄청나게 강한 것도 있었고. 그리고 그런 녀석들은 대개 이런 던전 깊숙한 곳에 있었어."

신종. 두 사람이 입에 담은 그것은 게임이었던 시절에는 볼 수 없었던 마물의 총칭이었다. 어째서인지 이 세계가 현실이 된 시기부터 그것들의 목격 수가 폭발적으로 증대했다고 한다.

미라는 대부분의 마물, 마수와 한 번씩은 싸워본 적이 있었지만 신종이라는 말을 들으니 약간 마음이 들떴다. 하지만 지금만은 예감이 빗나가기를 간절히 바랐다.

"어째 갑자기 앞으로 가기가 싫구나……."

아홉 현자라도 방심할 수 없는 '기계장치 배회자'가 있는 7층. 그곳에 상식을 초월한 신종이 있다면, 대체 얼마나 강할까.

'이 장소에 천 마리의 다크나이트를 소환할 수는 없는 노릇이니 말이지.'

미라가 가진 비장의 카드 중 하나인 군세 소환. 하지만 통로가 주욱 이어진 이 장소에서는 그 힘을 최대한으로 발휘할 수가 없다. 거대한 몸을 자랑하는 아이젠파르드도 마찬가지다.

'뭐어, 소환할 곳으로는 좀 전의 방이 적절하지.'

여차하면 좀 전에 휴식을 취하는 데 썼던 방까지 유인해야겠다. 미라는 그런 생각을 하며 신중하게 통로를 나아갔다.

"허어…… 끝까지 이어져 있는데?"
"여전히 마나의 잔재는 확인이 안 돼. 다른 무언가 때문에 불이 난 것도 아닌 것 같은데."

마지막 모퉁이를 돌기 직전에 두 사람은 자세를 낮춘 채 얼굴만 반쯤 내밀어 통로 끝, 골렘들을 도열했던 장소를 확인했다. 그리고 안쪽까지 약 50미터 정도 되는 통로의 바닥과 벽, 천장까지가 몽땅 까맣게 그을려 있는 것을 목격했다.

"흐음~ 무엇이 원인 같으냐? 역시 신종인가?"

"아직 모르겠는걸. 하지만 여기까지의 길은 외길이고, 중간에 무언가와 마주치지도 않았어. 그렇다면 사건의 원흉은 보스방에 있다는 뜻이 되겠지."

아직도 열기를 띤 채 희미하게 연기가 나고 있는 통로를 바라보며, 미라와 소울하울은 신중하게 그 통로의 끝을 바라보았다.

그곳에 있는 것은 마키나 가디언이 수호하는 7층의 최심부다. 만약 그곳에 신종이 있다면 양쪽을 동시에 상대해야만 한다. 하지만 그것은 완전히 어리석은 짓이다.

"어쨌든 무언가가 있다면, 우선 이 몸이 통로 끝까지 끌어오도록 하마. 그동안 그대가 회복 방지용 골렘을 설치하는 게다. 그러면 어떨까?"

"그래. 그게 좋겠어. 정말로 신종이 있다면 말이야."

그렇게 간단한 상의로 방침을 결정한 두 사람은 곧장 옆에서 대기 중이던 홀리나이트와 아이언골렘에게 지시를 내려, 까맣게 그을린 통로로 전진시켰다.

홀리나이트와 아이언골렘은 묵직한 발소리를 내며 신중하게 걸어 나갔다. 그리고 미라와 소울하울은 그들에게서 한참 후방에 위치한 모퉁이의 위아래에서 얼굴만 내밀어 상황을 지켜보았다.

그리고 드디어 홀리나이트 일행은 골렘이 도열되어 있던 장소를 무사히 지나, 보스방의 입구에 도착했다. 방에서 무언가가 튀어나오는 등의 방해도 없어서 여기까지는 순조로웠다.

하지만 여전히 40마리 이상 있었던 골렘들에게 무슨 일이 있었는지는 알 수 없었다.

"우선 골렘을 선행시킬게."

소울하울이 그렇게 말하자 지시를 받은 골렘이 방에 한 걸음을 내디뎠다. 그리고 두 걸음, 세 걸음. 미라 일행이 확인할 수 있는 위치를 걸었다.

그 직후. 골렘이 거대한 창 같은 무언가에 꿰뚫려 순식간에 파괴되었다.

하지만 미라와 소울하울은 그 광경을 냉정하게 쳐다보고 있었다.

"방금 그건, 그냥 마키나 가디언이었군."

"그래, 그 다리로 공격한 거야. 보아하니 완전히 회복된 것 같지는 않던데."

마키나 가디언의 다리가 압도적인 파괴력으로 골렘을 분쇄했다. 희미하게 남은 파괴의 흔적을 통해 아직 수리가 완전히 이루어지지 않았음을 알 수 있었다. 두 사람은 그 사실에 가슴을 쓸어내리며 다시 한번 통로 끝을 유심히 확인했다. 마키나 가디언 이외의 존재의 모습은 없는지를.

그러던 그때.

"이봐라, 뭔가 이쪽을 보고 있는 것 같지 않으냐?"

"그래, 나도 그런 것 같다고 생각했어."

통로 끝. 그곳 입구에 있던 마키나 가디언은 그대로 돌아가지 않고 갑자기 자세를 낮추었다. 미라와 소울하울의 눈에는 어찌 된 일인지 계속 높은 곳에 위치해 있던 마키나 가디언의 몸통 부분이 보였다.

홀리나이트가 입구에 서 있는 탓에 약간 확인이 어렵기는 했지만, 그 모습은 마치 통로 안에 있는 이쪽을 쳐다보고 있는 것만 같았다.

마키나 가디언이 이러한 행동을 하는 것은 처음 본 두 사람은, 대체 이 행동이 무엇을 의미하는 것일까 싶어서 숨을 죽였다.

그리고 조금 걸리적거린다는 생각에 미라가 홀리나이트를 웅크리게 한 순간. 마키나 가디언의 몸이 둘로 쪼개지더니 그 안에 위치한 붉은 결정이 빛나기 시작했다.

"뭣이라?! 후퇴다~!"

"아니잠깐이런게어딨어?!"

그것을 본 순간, 미라와 소울은 동시에 외치며 그 자리를 벗어나, 서로 앞을 다투어 안쪽으로 도망치기 시작했다. 미라는 '축지' 기능을 사용해 온 힘을 다해 도주했고, 소울하울은 벽처럼 생긴 골렘을 몇 중으로 통로에 배치했다.

그리고 잠시 후, 그것이 방출되었다. 마키나 가디언의 붉은 결정이 유달리 밝게 빛나더니, 그곳에서 빛의 격류가 흘러나와 정면 통로를 관통한 것이다.

파괴의 빛이 압도적인 열량으로 그곳에 있는 모든 것을 불살랐다. 마키나 가디언의 비밀병기, 에인션트 레이다.

마치 폭죽이 터지는 것 같은 소리를 내며 강렬한 열과 빛이 폭발적으로 부풀어 올랐다. 통로 앞쪽에 있던 홀리나이트를 가볍게 소각해 버린 그것은 모퉁이 하나를 끼고 위치한 통로에까지 엄청난 여파를 초래해서, 소울하울의 벽골렘을 몇 마리나 분쇄했다.

방어에 특화된 골렘 다섯 마리가 여파에 의해 무너지고 나서야 통로가 잠잠해졌다.

"40마리 이상의 골렘이 순식간에 증발할 만도 한걸."

기분 나쁘도록 조용해진 통로를 바라보며 소울하울이 한숨 섞인 투로 투덜댔다.

"원흉은 가디언 그 자체였나. 설마 저러한 행동을 할 줄이야."

미라는 더욱 진해진 탄내와 은근히 전해지는 열기를 느끼며 연기로 뿌옇게 된 통로 끝을 노려보았다.

두 번째 모퉁이까지 도주한 두 사람은 일단 정보를 정리하기로 했다.

우선 좀 전의 광선 병기, 에인션트 레이의 존재 자체는 미라와 소울하울도 알고 있었다. 그렇기에 발동 준비가 개시된 시점에서 반응할 수 있었던 것이다.

하지만 알고 있었기에 두 사람은 몰랐다.

그 위력은 보다시피 인간이 견딜 수 있는 것이 아니었다. 아홉 현자들과 견줄 수 있는 자들 중, 방어력에 있어서는 최강이라 칭송받던 성기사 플레이어조차 직격하면 1초도 버티지 못할 정도의 위력이었다.

심지어 그 탄속은 광속에 이르러, 발동 순간이 보였다면 회피 자체가 불가능하다. 확실하게 회피하려면 준비 동작 단계에 조준 장소를 예측하는 기술이 필요했다.

"그나저나 이것도 현실이 된 것에 따른 변화인 겐가. 아직 2할 도 깎아내지 못했을 텐데?"

"그래, 그런 거겠지. 다른 부분도 그랬지만, 정말이지, 많은 것 들이 변했어."

미라와 소울하울은 더욱 까맣게 그을린 벽을 앞에 두고 통로 가장자리에 주저앉았다. 그리고 어이가 없다는 듯 쓴웃음을 지 었다.

두 사람이 아는 에인션트 레이는 말하자면 마키나 가디언의 비 장의 카드 같은 것이었다. 손상률이 8할을 넘었을 즈음부터 사용 하기 시작한다는 것이 모든 플레이어가 공유했던 공략 정보였고, 그것은 수차례에 걸친 전투로도 증명된 바였다.

현재, 마키나 가디언에게 입힌 손상은 2할 미만이다. 아직 에 인션트 레이를 사용하기에는 시기상조라 할 수 있었다.

하지만 두 사람은 그것을 발사하는 광경을 직접 눈으로 확인했 다. 다시 말해서 두 사람은 가장 경계해야만 하는 일격이 이미 해 금 상태라는, 성가시기 그지없는 상황에 봉착해 있는 셈이었다.

"심지어 장로의 홀리나이트에 반응했었지? 통로를 들여다보는 것도 그렇고, 저 반응도 그렇고, 아무리 봐도 골렘으로 시간을 버 는 것에 대한 대책이었어."

통로를 들여다봤다. 마키나 가디언은 그곳에 침입자가 있다는 것을 예상하고 있었다. 다시 말해서 여러 차례 반복된 시간 끌기 작전을 통해 학습해, 대책을 수립했다는 뜻이다.

"어젯밤부터 시작했으니, 하루 만에 학습했다는 뜻인가. 앞으로 꽤나, 귀찮아지겠는걸."

소울하울은 며칠 동안 쉬지 않고, 제법 긴 시간을 들여 공략할 예정이었는데 이렇게까지 대책을 빨리 세우면 향후의 예정이 엉망이 되지 않느냐며 쓴웃음을 지었다. 하지만 그 표정에서 체념과 같은 것은 전혀 찾아볼 수 없었다.

"어찌 되었건, 검증을 해야겠구나."

"뭐, 다른 방법이 없잖아."

미라와 소울하울은 옅은 미소를 머금은 채 자리에서 일어나, 곧장 그을린 통로를 향해 달려갔다.

검증. 미라 일행이 입에 담은 그것은 적의 움직임과 특정 행동을 할 때의 조건을 확인하는 작업을 말했다. 강적과 조우했을 때는 반드시 다 같이 그렇게 한 덕에 매우 익숙한 작업이었다.

우선 처음으로 확인한 것은 움직임의 여부에 따른 차이점이 있는가 하는 것이었다. 좀 전에는 홀리나이트가 움직여서 반응한 것처럼 보였다. 그럼 움직이지 않으면 어떻게 될까.

모퉁이에서 고개를 빼꼼 내밀어 보니 마키나 가디언은 이미 통로 끝에서 모습을 감춘 상태였다. 소정의 위치로 돌아간 것으로 추측되었다. 그것을 확인한 미라는 홀리나이트와 다크나이트를 소환해서 다크나이트만을 보스방으로 진입시켰다.

다크나이트가 똑바로 전진하자 좀 전과 비슷한 광경이 연출되었다. 완전히 같지는 않고 비슷한 광경이었다. 다크나이트는 날카롭게 날아든 일격을 보기 좋게 회피하고 흑검으로 반격했다. 하지만 그 반격을 끝으로 지체 없이 날아든 두 번째 다리에 의해 완전히 격파되고 말았다.

"어디, 도망칠 준비를 해야겠구먼."

"그래, 어떻게 될까."

미라와 소울하울이 마른침을 삼키며 지켜보는 가운데, 마키나 가디언이 움직였다. 그리고 예상한 대로 통로를 들여다보는 움직임을 취했다. 두 사람은 언제든 온 힘을 다해 도망칠 준비를 하고서 신중하게 마키나 가디언을 관찰했다.

홀리나이트는 보스방 근처에 위치한 통로에서 눈에 띄지 않게 가만히 서 있었다.

하지만 아무래도 움직임의 유무는 상관이 없었던 모양이다.

"후퇴다!"

"그래!"

만반의 준비를 하고 있던 미라와 소울하울은 순간적으로 발걸음을 돌려, 안쪽으로 도망쳤다. 그리고 통로를 지나며 여파를 막을 완충재로 벽골렘을 설치한 직후, 파괴의 격류가 봇물 터진 듯 밀려들었고 두 사람은 그것을 무사히 넘길 수 있었다.

"움직임의 여부는 상관이 없는 모양이로군."

"그런 것 같아."

이렇게 한 가지 검증을 마친 두 사람은 이어서 두 번째 검증을 시작하기 위해 또다시 검게 그을린 통로로 돌아갔다.

"남은 열기가 굉장하구나."

마키나 가디언은 검은 통로 끝에서 모습을 감췄다. 이미 소정의 위치로 돌아간 것이리라. 하지만 그 끝이 아지랑이가 일어난 듯 일렁거리는 것처럼 보일 정도로 통로에는 아직 에인션트 레이의 열기가 남아 있었다.

"그런 것치고는, 식는 것도 빠른 것 같은데."

"그러고 보니 그렇군그래."

에인션트 레이의 최고 온도는 겉모습과 실제 위력으로 미루어 수천 도는 될 듯했다. 하지만 어떤 원리에서인지 통로에 남은 열기는 결코 인간이 견딜 수 없을 정도는 아니었다.

"이 벽에 비밀이 있는 듯하다만……."

미라는 검게 그을린 벽에 살며시 손가락을 대보았다. 열기가 다소 남아있어도 이상할 것이 없건만, 모퉁이에 몸을 웅크렸을 때 벽에서 열기가 느껴지지 않기에 의아했던 것이다. 그리고 확실히 벽은 아무 일도 없었다는 듯이 뜨겁지도 차갑지도 않았다.

"흡수율이 좋은 건가? 뭐어, 현재로서는 잘된 일이지만."

"그러게 말이다. 고대문명 만세라고나 할까."

살이 타들어 갈 듯한 열기가 남아있으면 검증에 지장이 생긴다. 하지만 현재는 그런 일로 고민할 필요는 없을 듯했다. 분명 고대문명의 굉장한 기술이 사용된 것이리라. 고대라는 이름이 붙은 장소에서는 이런 경우가 많아서, 고대문명의 기술이라는 단어는 그러한 것들을 뭉뚱그려 표현할 때 매우 편리하게 쓰이고 있었다.

"그럼, 다음은 단발로 가보지."

두 번째 검증이 시작되었다. 미라는 통로 끝에 위치한 방을 바라본 채 다크나이트만 소환해서 그대로 보스방으로 돌입시켰다. 그리고 소울하울도 미라의 머리 위에서 고개를 내밀어 상황을 살폈다.

미라 일행의 시야가 미치는 범위에서 다크나이트가 직진했다. 그러던 중에 좀 전보다 날카로운 일격이 다크나이트를 덮쳤다. 그것을 회피한 다크나이트가 허공에서 떨어진 마키나 가디언의 다리에 일격을 가했다. 그리고 지체없이 날아든 두 번째 다리도 보기 좋게 피해, 두 번째 공격도 박아 넣었다.

"좋구나, 좋아!"

목적은 검증이었지만 미라의 승부욕이 살며시 고개를 든 상태였다. 검술을 다루는 다크나이트의 학습능력 역시 상당한 수준이었다. 하지만 아무리 그래도 상식 밖의 존재인 마키나 가디언을 상대하기에는 무리가 있었는지, 세 번째 공격을 가하기 전에 일격을 맞고 분쇄되고 말았다.

"크으으……."

분발은 했지만 다크나이트가 맥없이 쓰러지자 미라는 낙담했다.

"자아, 지금부터가 문제야."

소울하울은 그런 미라의 머리를 쿡 쥐어박아 주의를 주었다. 여차하면 온 힘을 다해 후퇴해야만 하기 때문이다.

미라는 마음을 다잡고 마키나 가디언의 동향을 주시했다.

움직임 자체는 좀 전과 완전히 같았다. 통로 앞까지 다가온 마키나 가디언은 몸을 웅크려 통로를 들여다보았다.

검게 그을린 통로 정면에 전차처럼 튼튼한 장갑판으로 뒤덮인 몸통이 보였다. 지금 보이는 그 몸통이 열리고 붉은 결정이 노출되면 에인션트 레이를 발사할 징조니 즉시 후퇴해야만 한다.

과연 어떻게 될까. 꼼짝도 않고 숨을 죽인 채 대략 2분 동안 상황을 살폈지만 놀랍게도 마키나 가디언은 에인션트 레이를 발사하지 않고 묵직한 발소리를 내며 방 안쪽으로 돌아가 버렸다.

"일단 통로에 아무것도 없으면 쏘지는 않는 모양이로군."

"그런 모양이야. 그리고 뭔가가 있으면 확정적으로 발사하는 건가."

모퉁이를 돌면 보이는 보스방과 일직선으로 이어진 통로. 무언가가 방에 침입한 후, 이 통로를 확인해서 다른 무언가가 있으면 에인션트 레이로 소각하고, 없으면 소정의 위치로 돌아간다. 이 패턴은 거의 확실한 것 같다고 두 사람은 확신했다.

"어디, 저것의 학습능력 말이다만 좀 전의 첫 번째 공격과 두 번째 공격은 같은 동작이었다. 마키나 가디언의 학습능력은 어느 정도의 수준이라 보아야 할까."

"여러 번 반복하면 학습하는 건 분명해 보이지만, 어느 정도의 수준인지는 모르겠는걸. 하지만 보아하니, 한두 번 정도는 문제없을 것 같아. 학습이 이루어지는 건 같은 일이 열 번, 스무 번 반복될 경우나, 시간이 경과할 경우가 아닐까. 정보 처리에 시간이 걸리는 일도 있으니까."

"흠, 그럴 가능성도 있구나."

소울하울의 말에 의하면 첫 번째 날에 배치했던 골렘 50마리
는 무사히 시간 벌이를 해냈다고 한다. 하지만 그다음 날인 오
늘, 몇 번인가 골렘을 돌입시켰더니 이렇게 대책을 강구해 왔다
는 것이다.

"어찌 되었건 같은 수법은 오래 통하지 않는다고 보아야 할 것
같군그래."

"맞아, 검증 결과로 미루어 이번에는 한 번 더 모퉁이를 돈 곳
에 있는 이 통로에 골렘을 배치하면 괜찮을 것 같아. 뭐어, 다음
에도 통할 거라는 보장은 없지만."

새까맣게 그을린 마지막 모퉁이 앞. 그곳에서 뒤쪽으로 뻗은
통로는 아직 하얗다. 이곳에 방해용 골렘을 배치해두면, 당분간
은 어떻게 될지도 모른다.

"이것 참, 일단 돌아가도록 할까."

소울하울은 피곤해 죽겠다는 듯 땅이 꺼지라고 한숨을 내쉬며
곧장 골렘을 배치했다.

"그게 좋겠구나. 배도 고프니 말이야."

하다못해 하루는 시간을 벌 수 있기를 바라며 미라는 그 자리
에 배치된 골렘을 보고, 지장보살에게 하듯 합장을 하고서 그 자
리를 뒤로했다.

〈5〉

"어디, 저녁 식사 준비는 맡겨도 되겠느냐?"

정령저택으로 돌아오자마자 미라는 기대감으로 가득한 표정으로 소울하울에게 말했다.

"그래, 뭐 상관없어. 1인분을 만드나 2인분을 만드나 별 차이는 없으니까."

소울하울은 그렇게 답하면서도 아주 싫지는 않은 눈치다. 다른 사람에게 요리를 대접하는 것은 썩 나쁘지 않다고 생각하는 모양이다. 그는 정령저택의 부엌 주변을 확인하며 "그래서, 뭐 먹고 싶은 거라도 있어?"라고 말을 이었다.

"흠, 글쎄다아……. 햄버그가 좋겠구나! 큼지막한 햄버그를 먹고 싶은 기분이다!"

잠시 생각을 하던 미라는, 때는 지금이라는 듯이 자신은 만들 수 없을 것 같은 요리를 주문했다. 적당히 식재료를 썰어 냄비에 넣기, 고기를 두껍게 썰어 철판에서 굽기 정도의 요리 스킬밖에 없는 미라에게 햄버그는 난이도가 높은 요리였다.

"햄버그라. 식재료는, 뭐어, 약간 부족하지만 어떻게든 되겠지."

아이템 박스에서 부엌칼과 같은 조리도구를 꺼내며 소울하울은 수중에 있는 식재료를 확인했다. 아무래도 약간 부족한 식재료가 있는 모양이다.

"이 몸도 식재료는 대충 챙겨왔다. 필요한 것이 있다면 말해 보거라."

미라는 어째서인지 의기양양하게 말하며 수중에 있는 것 중 가장 좋은 고기를 부엌에 꺼내놓았다. 부디 이걸로 만들어달라는 듯이. 현재 미라의 머릿속은 최고의 햄버그가 먹고 싶다는 생각으로 가득했다.

"꽤나 좋은 고기인걸. 그러면——."

그 좋은 고기가 소울하울의 요리 욕구에 불을 붙인 모양이다. 소울하울은 마침 잘 됐다는 듯 여러 가지 식재료의 이름을 늘어놓기 시작했다. 그러자 미라는 절반 이상이 알 수 없는 식재료였던 탓에, 결국 수중에 있는 식재료와 조미료를 몽땅 늘어놓아 보였다.

"가게라도 열 셈이야……?"

소울하울은 미라가 늘어놓은 식재료를 바라본 채 쓴웃음을 짓고서 "이런 것까지 있어?"라고 중얼거리며 필요한 것들을 고르기 시작했다.

"이거랑, 이거랑, 이것도 필요하겠어. 그리고 발사믹 식초랑, 토마토와 버터. 이 정도면 되려나."

소울하울은 엄선한 식재료를 부엌 옆에 진열하기 시작했다. 그 종류가 다종다양한 것으로 미루어, 아무래도 햄버그 말고도 뭔가 맛있는 것을 만들 모양이다.

"부족하면 또 말하거라."

대충 선별은 끝난 듯하다. 미라는 식재료를 정리하면서도 추가로 필요한 것이 있다면 얼마든 내놓겠다고 자신만만한 투로 말했다.

"그래, 그러도록 할게. 그나저나 어쩌다가 이렇게 많이 쟁여놓은 거야. 장로는 요리도 못 하면서 이런 걸 대체 어디에 쓰려고."

미라가 꺼내놓은 식재료 중에는 희한한 것도 잔뜩 있었다. 때문에 조리법이 한정적인 것이며 취급이 어려운 것들도 꽤 되었다.

"이만큼 있으면 뭐든 만들 수 있을 테니 편리하지 않겠느냐."

언제든 어디서든 좋아하는 음식을 먹을 수 있도록 챙긴 거다. 미라는 가슴을 편 채 그렇게 답했지만 소울하울은 떨떠름한 얼굴로 "요리 실력이 없으면, 소용없잖아"라고 딱 잘라 말했다.

"크으윽……."

확실히 너무 옳은 말이라, 미라는 아무 반박도 못 하고 조용히 신음소리를 흘릴 뿐이었다.

"뭐, 우리 같은 사람에게는, 고마운 일이지만."

소울하울은 어쩐지 위로라도 하듯 말하고서, 곧장 저녁 식사 준비에 착수했다. 요리를 잘하기로 정평이 난 만큼, 그 솜씨는 미라와 비교가 되지 않을 정도로 화려했다.

"암, 그렇고말고. 그럼 부탁 좀 하마. 이 몸은 샤워를 하며 기다리고 있을 테니 말이다!"

기분이 좋아진 미라는 요리 준비가 척척 진행되는 모습을 만족스럽게 바라본 후, 저녁 식사는 완전히 소울하울에게 떠맡기고 샤워실 앞에서 옷을 벗기 시작했다.

"그래그래. 그래서, 보통 샤워를 몇 분이나 하는데?"

고기를 잘게 다지며 소울하울이 묻자 미라는 "넉넉하게 30분 정도는 하지"라고 답하고서 속옷도 벗어 던졌다. 그리고 끝으로 "치즈가 들어있는 녀석이 좋겠구나"라고 말하고서 샤워실로 들어갔다.

"그래, 알았어."

실내에는 그렇게 중얼거리는 소울하울의 목소리와 경쾌한 도마 소리만이 울려 퍼졌다.

그날 저녁식사는 평소보다 훨씬 호화스럽고 맛도 훌륭했다.

"후우, 만족스럽구나~."

배 터지게 식사를 한 미라는 그대로 깔아둔 특제 침낭 위에 뒹굴 드러누워 천장을 올려다보았다.

"대체 어디로 이게 다 들어간 거람."

소울하울은 아담한 미라의 불룩해진 배를 보며 쓴웃음을 지었다. 눈앞에는 테이블 대신 소환한 골렘이 있다. 지금의 미라처럼 드러누운 그 배 위에는 여러 개의 빈 식기가 놓여 있었다.

다소 많은 식재료로 내일 아침에 햄버거에 넣어 먹을 햄버그도 이미 날카로운 눈으로 발견한 미라의 뱃속에 들어가 있었다.

"나 원, 먹고 바로 누우면 몸에 안 좋아."

소울하울이 식기를 정리하며 그렇게 정해진 대사를 날리자 미라는 "더는 못 먹는다~"라고 실로 심드렁한 말로 답했다.

이것이 일찍이 어깨를 나란히 했던 덤블프의 모습인가 싶어서 소울하울은 자신도 모르게 한숨을 내쉬고 말았다. 그리고 만약 지금 마물이 공격해오면 제대로 움직이지도 못할 거라는 생각에 어이가 없어졌다. 하지만 다른 사람도 아니고 미라니, 소환술만 쓸 수 있으면 무슨 일이든 해결하고도 남을 것이다.

어쩐지 부조리하다는 생각마저 들어서 다시 한번 쓴웃음을 지으며 소울하울은 설거지를 시작했다.

"헌데, 골렘의 상황은 어떠냐?"

"아아, 아직까지는 순조로워."

시간 경과에 의한 회복을 방해하기 위해 다시금 준비한 50마리의 골렘은 아무래도 제대로 제 역할을 하고 있는 모양이다.

골렘들은 첫 번째 모퉁이를 사이에 낀 통로에 배치해두었다. 마키나 가디언이 아직 그 대책을 수립할 정도로 학습을 하지 못했다는 뜻이다.

"그나저나 분명 내일이면 방법을 찾을 테니, 이쪽도 뭔가 작전을 세울 필요가 있겠구나."

"뭐어, 그렇지. 시간이 지나면 지날수록 학습할 테니, 이쪽만 소모가 될 테고."

지금은 계획대로 되고 있지만, 내일도 통하리라는 보장은 없다. 오히려 마키나 가디언에게 제대로 된 학습기능이 있다는 것이 밝혀졌으니 같은 수법을 사용해봐야 부질없을 테고, 장기전이 될수록 불리해질 것이다.

그렇다면 어쩌면 좋을까. 단순하면서도 어려운 답이 가장 먼저 떠올랐다.

"단기 결전에 나서고 싶다만, 아무리 그래도 둘이서는 전력이 부족할 테지."

"그래서 장기전을 각오했던 건데 말이지. 작전을 다시 짜야 한다니."

일찍이 솔로몬을 비롯한 아홉 현자가 모두 모여 마키나 가디언을 상대로 싸운 적이 있었다. 그리고 그만한 멤버들이 모였음에도 네 시간이라는, 게임치고는 파격적으로 긴 장기전 끝에 토벌했었다.

열 명이서 역할을 분담해서 적절하게 최대 화력을 박아 넣을 수 있었던 당시와 지금은 조건 자체가 다르다. 아무래도 단기 결전은 불가능할 듯했다.

"하지만 장로가 온 덕분에, 상당히 상황이 좋아질 것 같아."

설거지를 마친 식기를 순서대로 아이템박스에 넣으며 소울하울은 미소를 지어 보였다. 그 표정에는 조금도 포기한 듯한 기색이 없었다.

"무어냐, 갑자기. 칭찬해봐야 줄 건 레모네이드 오레 정도밖에 없다."

그 한 마디에 기분이 좋아진 미라는 베실베실 웃으며 자리에서 일어나, 소울하울의 앞에 레모네이드 오레를 턱 하고 내려놓고 자신도 꺼내 마시며 특제 침낭에 드러누웠다.

"상급 술식을 사용할 수 있으면, 조금은 방법이 많아질 텐데."

상급 술식은 술사에게 있어 일발역전의 가능성을 지닌 필살기나 다름없었다. 지금까지 그 필살기를 쓰지 않고 여기까지 온 소울하울도 굉장하기는 했지만, 역시나 이래저래 고충이 있었던 모양이다.

"그러게 말이다. 그 전력과 방어력이 아쉽구나. 하지만 상황상 어쩔 수 없지 않으냐."

소울하울이 상급 술식을 사용하지 못하는 것은 특별한 술식으로 한 명의 여성의 시간을 멈춰두었기 때문이다. 이를 해제하면 상급 술식이 해금되어 성배 제작은 비약적으로 빨라질 것이다.

하지만 그 대신, 여성의 생명의 카운트다운도 다시 시작될 거다. 또한 정령왕에게 들은 바에 의하면, 악마에게 공격을 당할 확률이 비약적으로 높아질 것이다.

성배를 완성한다 해도 그 여성이 무사하지 않으면 의미가 없다.

"어찌하면 좋을꼬."

"어떻게 할까."

학습능력을 지닌 마키나 가디언을 둘이서 빠르게 공략할 방법. 미라와 소울하울은 상당히 난이도가 높은 그것을 생각하며 입을 다물었다. 실내에는 물 흐르는 소리와 식기를 씻는 소리만이 울렸다.

바로 그때.

『헌데 미라 공. 저 사내는 상당한 실력을 지닌 술사로 보인다만, 상급 술식을 사용할 수 없는 이유라도 있는 것인가?』

문득 정령왕의 목소리가 미라의 머릿속에 들려왔다. 오늘 이른 시각부터 마텔에게 시달렸던 탓에 정령왕은 소울하울과의 대화 부분을 모두 듣지 못했던 것이다. 간신히 파악한 것은 성배와 성흔에 관한 부분—— 다시 말해서, 소울하울이 성배를 지닌 여성을 위해 신명광휘의 성배를 만들고 있다는 부분뿐이었다.

『그러고 보니 그에 관한 사정은 말하지 않았었군.』

그제야 생각이 난 미라는 성흔을 지닌 여성의 시간을 멈춘 술식과 그 반동에 관해 설명했다.

『과연, 섭리를 비틀었다 이건가……. 그만한 일을 하고도 그 정도 반동으로 그치다니, 놀랍군. 상당히 치밀한 술식으로 얼버무리고 있는 것일 테지.』

『그렇게까지 해서 사랑하는 여성을 지키다니. 멋져라!』

실로 냉정하게 분석을 하는 정령왕의 말에 이어, 사랑 이야기에 들뜬 듯한 마텔의 목소리가 들려왔다. 하지만 미라는 사실 그렇게까지 달콤한 이야기는 아니라며 쓴웃음을 짓고서, 겸사겸사 소울하울과 그 여성의 관계에 관해 말해주었다. 불사 소녀 애호가와 열렬한 종교가의 공방을.

『그런고로 사랑이니 연모니 하는 것과는 무관한, 저 녀석 나름의 정의를 관철하고 있는 것뿐이네.』

불사 소녀 이외의 여성에게는 관심이 없다고 단언하는 소울하울에게는, 흑심은커녕 순수한 연애 감정조차도 없다. 그저 신념만으로 그 여성을 구하고자 분투하고 있는 것이라고 미라는 말을 매듭지었다.

『그러한 이유로 이만한 고행을 불사하다니. 영웅 그 자체로군.』

정령왕은 진심으로 감탄한 듯한 투로 소울하울을 칭찬했다.

『역시 사랑인 거야. 그 남자는 고집을 부리고 있는 것뿐이고. 난 확신해.』

마텔은 어떻게든 사랑 이야기로 몰고 가고 싶은 모양이다. 왜 그렇게까지 집착하는지는 알 수 없지만 듣고 보니 확실히 고집을 부리는 것처럼도 느껴졌다. 하지만 한 가지 확실한 것은 그러한 행동에는 상당한 각오가 필요하다는 것이다.

다만 어느 쪽이 되었건 결과적으로 정령왕과 마텔의 소울하울에 대한 평가는 대폭 상향되었다.

그리고 그런 탓인지 정령왕과 마텔은 전과 비교할 수 없을 정도로 진지하게 생각하기 시작했고, 그 결과 새로운 선택지가 생겨났다.

『좋아, 그러하다면 내가 그 반동을 대신 떠맡아 주지.』

『그래, 나도 협력할게.』

갑자기 정령왕과 마텔이 그런 소리를 하기 시작한 것이다. 반동이란 것은 소울하울이 상급 술식을 행사할 수 없게 된 원인, 자연의 섭리를 거스른 것에 따른 업보를 말했다. 정령왕은 그것을 대신 떠맡아 주겠다고 한 것이다.

『허어, 그런 일이…….』

그것이 가능하다면 소울하울은 다시 상급 술식을 사용할 수 있게 될 테고, 그 대명사라 할 수 있는 '거벽' 역시 해금된다. 그렇게 되면 마키나 가디언을 상대로 단기 결전을 시도할 수단이 비약적으로 늘어난다. 거기에 미라가 최근 새로 구상하여 만들어낸 소환술과 새로 계약한 소환술까지 합치면 가능성의 폭은 더욱 넓어지게 될 것이다.

하지만 당장 결정할 수는 없는 일이었다.

『실로 매력적인 제안이기는 하네만, 그렇게 하면 정령왕과 마텔 공은 괜찮은 겐가?』

정령은 애초에 자연계를 안정시키는 존재이기도 하다. 그런 정령이 자연의 섭리를 거스른 반동을 대신 떠맡는 것은 위험하지 않을까. 미라는 그렇게 생각한 것이다.

하지만 그것은 아무래도 괜한 걱정인 듯했다. 정령왕과 마텔은 걱정 어린 미라의 말에 기쁜 듯 웃으며 마술의 트릭을 공개하기라도 하듯 사정을 설명했다.

애초에 정령왕이 현재의 장소에 틀어박혀 있는 것은 섭리를 어겼기 때문이다. 일찍이 오니족과의 전쟁에서 자연의 섭리를 무너뜨릴 정도로 커다란 힘을 행사한 정령왕은 그 반동으로 힘의 억제가 불완전해졌고, 그 후로 현세에 대한 영향을 염려하여 정령 궁전에서 나갈 수 없게 되었다.

그 원인을 말하자면 막대한 정령력을 지닌 정령왕은 그 힘을 더욱 커다란 힘으로 억제하고 있었기 때문이라고 한다. 반동으로 균형이 무너지면 그것을 제어하는 것도 어려워질 수밖에 없다.

정령궁전은 그런 막대한 힘을 수용하고 있었고, 이는 현세에서 격리된 장소에 위치했기에 아무리 정령력이 충만해도 모조리 세계를 순환하는 영맥에 녹아든다는 듯했다. 그리고 그 결과는 자연계가 다소 활기를 띠게 되는 것뿐이라고 한다.

다시 말해서 소울하울의 반동을 대신 떠맡아도 정령궁전에 있는 한 아무 영향도 없을 거라는 뜻이다.

『그리고 직접 확인해야만 자세히 알 수 있겠다만, 그의 상태로 미루어 볼 때 그 금술에는 반동을 극단적으로 경감하기 위한 술식이 치밀하게 구성되어 있을 것 같군. 본래 인간의 몸으로 섭리를 거스를 경우, 상급 술식에 제한이 걸리는 정도로 그칠 리가 없으니 말이야.』

『그래, 사랑의 힘은 참 멋지다니까.』

훌륭하다는 듯 칭찬한 정령왕의 말이 끝나기 무섭게 또다시 감동한 듯한 마텔의 목소리가 들려왔다. 어지간히 러브 로맨스를 좋아하는 모양이다.

『뭐어, 그런고로 애초에 나가려 해도 나갈 수 없는 상태니 말이다. 한두 개쯤…… 아니, 서너 개쯤 섭리를 어긴다 해도 이곳에 있으면 문제가 되지는 않아. 그리고 인간 한 명의 시간을 정지시키는 것은 내가 당시에 저질렀던 일에 비하면 소소한 문제에 불과하지.』

정령왕은 마음 놓고 맡기라고 말하며 웃음을 터뜨렸다. 그리고 마텔 역시 온 힘을 다해 보조할 테니 문제없을 거라며 의욕을 내비쳤다.

아무래도 두 사람은 소울하울이 꽤나 마음에 든 모양이다.

『그럼 그 제안을 감사히 받아들이기로 하지.』

정령왕과 마텔의 제안을 받아들이기로 한 미라는 곧장 "한 가지 유력한 선택지가 떠올랐다"라고 소울하울에게 말했다.

"유력한 선택지? 뭔데, 그게."

다른 공략법을 생각하던 소울하울은 어째 쓸데없이 자신만만한 미라의 얼굴을 의아하다는 눈으로 쳐다보았다.

"분명 놀랄 게다. 좌우간 그대의 상급 사령술을 해금할 방법을 찾았으니 말이다!"

미라는 마치 자신의 공인 듯 그렇게 말했다. 하지만 소울하울은 이렇다 할 반응을 보이지 않고 "술식을 해제하라는 거라면 거절하겠어"라고 답했다.

"알지, 알다마다. 그것을 유지하면서 할 수 있는 방법이 있다는 뜻이다."

당당하게 소울하울에게 다가간 미라는 그의 정면에 서서 씨익 웃어 보였다.

"정말?"

의미심장한 미라의 태도는 진지하다는 증거이기도 하다. 그 사실을 잘 아는 소울하울은 그제야 미라의 말에 관심을 보였다.

"정말이다. 다만 말로 설명하기보다 쉬운 방법이 있으니, 잠깐 손을 내밀어 보아라."

미라는 의기양양하게 가슴을 젖힌 채, 마치 여왕님이라도 된 듯 오른손을 내밀었다.

"그래, 알겠어."

뭘 어쩔 생각일까. 미라의 행동에 담긴 의미는 모르겠지만 소울하울은 시키는 대로 순순히 그녀의 손을 잡았다. 그러자 놀랍게도 갑자기 어디선가 신비한 기운이 넘쳐나서, 소울하울은 정체모를 터무니없는 힘에 접촉했음을 직감했다.

"이건, 뭐야……."

집중해 보니 의식이 무한히 퍼져 나갈 듯한 깊은 바다가 머릿속에 떠올랐다. 소울하울은 그 감각에 놀람과 동시에 그 바다에 펼쳐진 두 개의 커다란 기척을 감지했다. 그때, 그중 하나에서 말이 들려왔다.

『나의 이름은, 심비오상크티우스. 인연이 닿아 귀공에게 힘을 빌려주고 싶다고 생각하여, 미라 공을 통해 말하고 있다.』

"뭣?! 어디서 들리는 거지? 그보다, 그 이름은 분명 정령왕의……."

뇌리에 울리는 누군가의 목소리. 그리고 목소리가 말한 이름. 소울하울은 또다시 놀라며 주변을 둘러보았다. 하지만 그곳에는 당연히 아무도 없었다. 그 목소리는 바로 옆에서 들리는 것만 같았다. 대체 어떻게 된 일인가 싶어서 소울하울은 자신이 잡은 손으로 시선을 떨어뜨렸다.

그러자 또다시 목소리가 들려왔다.

『이야기는 전해 들었어, 소울하울 씨! 내 이름은 마텔. 당신의 사랑을 응원하는, 사랑의 정령이야!』

마텔의 목소리에서는 상당한 열의가 느껴졌다. 순간적으로 미라와 정령왕은 쓴웃음을 지은 채 사랑의 정령은 또 뭐냐고 중얼거렸다.

"이야기? 대체 무슨 이야기를 말하는 거지? 사랑의 정령이라는 것에게 응원을 받을 이유는 없는데……."

소울하울은 계속해서 들려오는 신비로운 목소리가 여전히 당황스러웠지만, 일단 우호적이라는 것만은 이해한 모양이었다. 하지만 마텔의 말에 담긴 의미를 도통 이해할 수가 없어서 얼굴을 찌푸릴 따름이었다.

〈6〉

"우선, 이 몸이 설명하도록 하지."

미라는 소울하울의 손을 잡은 채 그 자리에 앉아, 정령왕 네트워크(미라가 지어낸 명칭)에 관해 설명했다.

정령왕의 가호, 그 일부인 연결하는 힘. 그로 인해 정령왕과 언제든 대화가 가능하다는 것, 경우에 따라서는 그 자리에서 이런저런 지식들을 알려주기도 하고, 때로는 상담을 해주기도 하고 있는 상태라는 것을 설명했다.

『그리고 마텔 공은 사랑이 아니라 식물의 시조정령이라고 정정해두도록 하지.』

『아이, 미라도 참, 심술궂기는.』

미라는 미소를 띤 채 최근에 식물의 시조정령인 마텔과 만나 이렇게 대화를 할 수 있게 되었다는 설명으로 말을 마쳤다.

"시조정령이라. 어떤 문헌에 적혀 있었지. 정령왕에 버금가는 최초의 정령이라고 했던가. 그런데, 그 둘을 아군으로 끌어들이다니……. 역시 장로야."

신에 필적한다고 일컬어지는 정령왕과 그에 버금가는 힘을 지녔다는 시조정령. 그냥 아는 사이인 것도 아니고 이렇게 간단히 대화가 가능하다는 이야기를 듣고 선뜻 믿을 수 있는 이가 얼마나 될까.

하지만 소울하울은 그런 미라의 말을 의심하지 않고 받아들였다. 굳이 속일 필요가 없다는 이유도 있지만, 무엇보다도 멀리 떨어져 지내기는 했지만 둘은 절친한 친구였기 때문이다.

그러나 미라와 소울하울에게 그렇다는 자각은 없었다. 둘에겐 거의 무의식적인 사고의 흐름일 것이다. 다만, 그 신뢰의 형태를 가호를 통해 느낀 정령왕과 마텔은 인간들을 서로 엮어주는 강한 인연의 힘에 감탄했다.

『뭐어, 그런고로. 상담해 보니 정령왕께서 한 가지 제안을 해주셨다.』

미라는 거기까지 말하고서 자세한 설명을 정령왕에게 맡겼다. 발언권을 얻은 정령왕은 엄숙하고도 힘 있는 목소리로 말했다.

『사정은 모두 미라 공에게 들었다. 소울하울 공. 나는 귀공의 의기에 감명을 받았다. 따라서 그 업(業)을, 이 몸이 대신 떠맡아 주겠다!』

정령왕은 입을 열자마자 그렇게 선언하고서 미라에게 했던 것과 같은 설명을 소울하울에게 했다. 상급 술식이 제한되게 된 원인, 금술의 반동을 대신 떠맡아 줄 수 있다고. 그리고 다소의 반동은 정령궁전에 있는 한 자신에게 아무런 영향을 주지 않는다고.

"어째서, 그렇게까지 해주는 거지?"

술식을 유지한 채로 상급 술식을 사용할 수 있게 된다. 그런 정령왕의 제안에 소울하울은 놀라고 당황했다. 지나치게 좋은 조건이라고 느낀 것이리라.

『뻔하잖아. 두 사람의 사랑을 성취시키기 위해서지! 소울하울 씨, 당신의 뜨거운 마음은 잘 들었어!』

당황한 소울하울과는 달리, 신이 난 마텔의 목소리가 다시금 들려왔다.

"두 사람의 사랑? 누구와 누굴 말하는 거지?"

짚이는 바가 없어서 소울하울은 의아하다는 눈으로 미라를 쳐다보았다. 그러자 미라는 슬그머니 시선을 피하며 "아무래도 오해를 한 것 같아서 말이다"라고 중얼거려 답했다.

"아아, 그런 뜻인가."

아무래도 소울하울은 미라의 태도와 말을 통해 대략적인 상황을 파악한 모양이다. 두 사람은 소울하울과 여성 종교가를 뜻한다는 것을.

"이야기한 것을 뭐라 할 생각은 없지만, 사랑이니 연모니 하는 건 아니라고 단언했을 텐데."

"안다. 이 몸도 그리 전했고말고. 결과적으로 정령왕은 영웅 같다고 추어올렸지만 그게…… 마텔 공은 사랑이니 연모니 하는 것을 좋아하는 것 같아서 말이다……."

그렇게 철썩 같이 믿고 있다고 미라는 쓴웃음을 지으며 말했다. 그 말을 들은 소울하울은 납득한 듯한 투로 "같은 반에 그런 여자애가 한 명씩은 있었지"라고 말하며 오해를 풀 방도가 보이지 않는 상황 앞에서 메마른 미소만 지어 보였다.

"그게, 뭐냐. 그런 부분은 너그럽게 봐다오. 이 몸과 만나기 전까지 수천 년이나 혼자였다니 말이다."

"흐음~. 그 반동이라면 어쩔 수 없는 셈 칠까……."

미라와 소울하울은 그런 말을 주고받으며 이야기를 매듭지었다. 그런 두 사람의 대화를 들으며 마텔은 솔직하지 못하긴, 하고 따스한 눈빛으로 소울하울을 지켜보았다. 그리고 정령왕은 마음속으로 사과했다.

"그래서, 정말로 그런 게 가능한 거야? 중간에 술식이 끊어지지는 않겠지?"

소울하울이 다시금 물었다. 반동을 양도한 결과, 결계술의 효과가 끊어져서 여성의 시간이 다시 흐르기 시작하면 아무런 의미가 없다. 특히 이러한 시도 자체가 처음인 탓에 소울하울도 신중할 수밖에 없는 모양이었다.

『그래, 할 수 있다. 하지만 그에는 조건이 있지. 우선 소울하울 공이 사용했다는 금술에 관해 알려주시게. 술식과 이론, 그리고 그 수준으로 반동을 억제하고 있는 원리까지.』

정령왕의 말에 의하면 우선 술식의 구조를 모두 이해하고서 자신에게 양도하여, 술자와 같은 '그릇'을 만들 필요가 있다고 한다. 그리고 그릇과 소울하울의 마나를 연결해 동조시키는 것이다. 그 다음 그것이 안정되면, 가호를 통해 반동만을 이동시킨다. 간단히 요약하자면 그러한 절차가 필요하다고 한다. 하지만 이야기를 들어보니 어느 것 할 것 없이 복잡한 작업인 듯했다.

"과연. 알겠어. 알려주지."

정령왕의 이야기를 끝까지 들은 소울하울은 거기에서 확실한 가능성 같은 것을 느낀 모양이었다. 그는 고개를 끄덕여 답하고는 곧바로 금술 '저승의 감옥'에 관해 말하기 시작했다.

그 술식은 여러 가지 술식을 조합하여 만들어낸, 소울하울의 오리지널 합성술이라는 듯했다. 사령술을 기반으로 다종다양한 무형술에 퇴마술, 음양술의 요소도 집어넣었다고 한다.

소울하울은 그렇게 설명하며 아이템 박스에서 한 권으로 갈무리한 종이를 끄집어냈다. 자세히 보니 거기에는 복잡한 술식이 무수히 기재되어 있었다.

"반동의 경감 원리는 이거야. 동조하는 인장을 만들어서 아내들에게 심어두었지."

거기 적힌 바에 따르면, 그때 고대신전 네뷸러폴리스 최하층에서 보았던 메이드 복장의 여성들에게는 모종의 작업을 해두었다고 한다.

그 작업이란 여성들에게 특수한 술식 인장을 심는 것이었다. 그리고 그것의 효과는 여성들의 몸을 소울하울로 속이는 것이라는 모양이다.

영혼은 이미 빠져나간 뒤지만 육체의 구조는 그대로다. 사령술로 살짝 손을 보면 충분히 반동을 받아낼 수 있는 그릇으로 바꿀 수 있다고 소울하울은 말했다. 🖎

그리고 그 그릇을 수백 개 준비했다고 한다. 그렇게 하면 섭리를 어겼을 때 발생되는 막대한 반동이 소울하울 본인을 비롯한 그릇들에게 분산되기에 본래의 반동보다 경미한 수준으로 그친 것이라는 모양이다.

"그릇을 만드는 것부터 시작하려면, 그런 부분도 조금은 도움이 될걸."

소울하울은 그렇게 말하더니 술식 인장에 사용된 술식이며 시체를 어떤 식으로 처리했는지에 관해 보충 설명을 했다.

하나의 커다란 그릇이냐, 작은 여러 개의 그릇이냐. 구조와 규모는 달라도 원리는 같았기에 소울하울은 그 정보도 도움이 될 것이라고 내다본 모양이었다.

『흠…… 이만한 술식을 만들어내다니, 훌륭하군. 이만큼 상세한 정보가 있으면 당초의 예정과 달리, 나 자신을 그릇으로 삼을 필요도 없을 것 같군. 오히려 보다 완벽한 전용 그릇을 만들 수 있을 거다.』

여러 가지 이점과 결점 등을 망라한 소울하울의 설명은 제법 효과적이었던 모양인지, 상당히 특별한 그릇을 만들 수 있을 것 같다고 한다.

정령왕은 가호를 통해 간단하게 소울하울의 마나 파장을 분석한 후, 곧장 그릇을 만들기 시작했다.

그리고 거기에는 마텔의 힘이 필요했기에 얼마동안 조용해졌다. 작업을 시작하기 전에 마텔은『아내들이라니, 무슨 뜻이지?』라고 소울하울이 흘린 말에 다소 과한 반응을 보이기도 했다.

작업이 끝나면 여러모로 시끄러워질 것 같다.

"이거 꽤나 열심히 연구했구나."

자세한 설명 후, 정령왕의 작업이 끝나기를 기다리는 단계가 되자 미라는 소울하울이 기록한 종이다발을 낚아채 흥미롭다는 눈으로 들여다보았다.

기록된 술식은 수많은 고찰, 연구 결과, 그리고 이론이 결합된 것이었다. 거기에는 오랜 세월 동안 축적된 소울하울의 지식이 집약되어 있었다.

"이봐, 치사하잖아, 장로. 그거 볼 거면 장로 것도 내놔."

소울하울은 종이다발을 훑어보는 미라를 노려보며 재촉이라도 하듯 오른손을 내밀었다.

"크흠, 어쩔 수 없구나."

뺨을 쿡쿡 찔러대는 손에 못 이겨 미라는 한 권의 노트를 끄집어냈다. 그것은 지금까지 비는 시간에 짬을 내서 적은 미라의 연구 노트였다. 거기에는 소울하울의 종이 다발에 뒤지지 않을 수준의 술식과 고찰 등이 빼곡하게 적혀 있다.

"헤에, 정령 관련이 꽤나 많은걸. 심지어 아주 심오해. 과연 정령왕의 가호를 지닌 소환술사라고 해야 하려나."

그렇게 중얼거리며 소울하울은 미라의 연구 노트를 열심히 읽기 시작했다.

"암, 그렇고말고."

미라는 의기양양하게 웃으며 소울하울의 연구서를 읽어 나갔다.

미라—— 덤블프와 소울하울. 그리고 예부터 은의 연탑에 소속된 술사들은 나라를 번영시키기 위해 절차탁마하는 라이벌이자 동료이기도 했다. 따라서 그 지식의 대부분은 공유하고 있으며 지금의 두 사람처럼 정보 교환을 하는 것이 일상화되어 있었다.

그렇게 모든 이가 무언가에 열중하자 얼마 동안 침묵이 깔렸

다. 그저 미라와 소울하울이 페이지를 넘기는 소리가 때때로 들려올 뿐이다.

'호호오~ 이것 참 굉장하구나. 신경이 쓰이기는 했다만 과연, 옳거니. 합성술이란 이러한 원리로 되어 있는 겐가.'

합성술. 말 그대로 각종 술식을 합성해서 새로운 술식을 만들어내는 기술이다. 미라는 그것이 알카이트 학원에서도 연구되고 있다는 이야기를 크레오스에게서 다소 들은 바 있었다. 하지만 그 이야기의 내용이 어쩐지 두루뭉술해서 궁금하기는 했지만 손을 대지는 않은 분야이기도 했다.

하지만 현재, 그 인식이 크게 진전되었다. 소울하울의 연구서에는 학원에서 연구되고 있는 것보다 훨씬 발전된 기술이 적혀 있었다.

술식 연구라는 분야에서 소울하울은 아홉 현자 중에서도 둘째라면 서러울 정도로 열성적이었다. 참고로 1위를 두고 다투었던 또 한 명은 무형술의 현자인 플로네다.

종이 다발에는 이미 실용 단계에 있는 술식과 이론이 나열되어 있었고, 미라는 그 지식을 보고 눈을 빛냈다. 하지만 그 기술은 어느 것 할 것 없이 이해는 가능해도 복잡해서 하루아침에 실행할 수는 없는 것들이었다.

'흐음~ 하다못해 조금이나마 옮겨 적어두도록 할까.'

그렇게 생각한 미라는 메모장과 필기 용구를 꺼내기 위해 아이템 박스를 열었다. 바로 그때. 일전에 디누아르 상회에서 구입했던 물건 중 하나가 미라의 눈에 들어왔다.

'오, 이건 분명 적혀 있는 것을 복사할 수 있는 종이였지!'

그것은 한 장으로 된 커다란 합성지였다. 용도는 일부 술식에 필요한 복잡하고도 치밀한 마법진을 복사하는 것으로, 사용할 때마다 그리는 수고를 덜기 위한 것이라고 한다.

술종에 따라서는 특별한 마법진이 필요한 술식이 있다. 그리고 그러한 술식들은 준비가 필요하다는 결점은 있지만, 비장의 카드라 할 만큼 강력한 것들이 많다.

필요한 마법진은 마나가 담긴 종이 등에 미리 그려두면 편리해서, 예전만 해도 이러한 술식을 사용하는 이들은 짬이 날 때마다 마법진을 한 장 한 장 그려서 보관하고는 했다. 개중에는 원판을 만들어 도장처럼 양산했던 자도 있을 정도다.

하지만 이 합성지, 상품명 '옮김 종이'의 등장으로 상황이 크게 바뀌었다. 저렴한 가격으로 간단하게 복사가 가능하기에 마법진은 한 번만 그리면 더 이상 그릴 필요가 없어졌고, 그 때문에 무겁고 부피도 큰 원판을 가지고 다닐 필요도 없어졌다.

마법진을 이용하는 술사에게 이 상품은 혁명 그 자체였다.

"오오, 이것 참 편리하구나."

그렇듯 마법진 애호가들이 애용하는 '옮김 종이'를 미라는 그냥 복사용지로 이용하고 있었다. 한 장의 크기가 커서 위쪽 상단부터 순서대로 찰싹찰싹 소울하울의 연구서를 복사해 나갔다.

얼마쯤 시간이 지나자 뒷면에 문자가 떠오르기 시작했다. 흠잡을 데가 없을 정도로 완벽하게 복사됐다.

본래의 용도와는 다른 사용법이지만 옮겨 적는 것보다 압도적으로 효율적이어서 그 품질에 만족한 미라는 의기양양한 미소를 지었다.

바로 그때, 미라의 연구 노트를 읽던 소울하울이 소리쳤다.

"아아, 젠장, 이걸 무슨 수로 다 외워!"

아무래도 소울하울에게도 미라의 연구 노트는 귀중한 지식의 보고였던 모양이다. 모두 암기하려 해보았지만 필요한 정보가 너무 많은 탓에 한계에 도달한 듯했다. 때문에 소울하울은 얌전히 종이와 펜을 끄집어냈다. 좀 전의 미라처럼 옮겨 적을 생각인 모양이다.

"이봐, 장로. 이 노트 당분간 빌리면 안 될까. 나중에 돌려줄게."

옮겨 적기 전에 소울하울은 희박한 희망을 품고서 그렇게 말했다.

"당연히 안 되지."

"그렇지~?"

당연히 미라의 답변은 NO였다. 아직 기록할 것이 무수히 많았기 때문이다. 소울하울 역시 종이다발을 보여주기는 해도 빌려주지는 않을 것이다. 그렇기에 포기하고 필사 작업을 개시하려던 순간, 소울하울의 눈에 미라가 하고 있는 작업이 비쳤다.

"장로…… 그거 '옮김 종이'야?!"

복사를 계속하던 미라는 소울하울이 갑자기 격렬한 반응을 보이는 바람에 놀라기는 했지만 좀 전의 언동과 그 태도를 통해 모든 것을 이해하고 씨익 미소를 지어 보였다.

"그래, '옮김 종이'다. 이거 참 편리하구나. 마법진이 아니라도 이렇게 복사할 수가 있으니 말이야!"

마침 마지막 페이지까지 복사가 끝난 미라는 그 커다란 종이를 들어 보였다. 거기에는 분명 연구서의 내용이 한 글자도 틀리지 않고 복사되어 있었다. 실로 빠르고 간단하며 가격까지 저렴한 효율적인 작업이 아닐 수 없었다.

"장로, 여기 남아있는 여백 부분만이라도 좋으니, 주면 안 될까."

마법진용 '옮김 종이'는 그 용도 탓에 길이가 3미터에 이른다. 그래서 연구서 후반까지 몇 장이나 복사를 했음에도 아래쪽 절반 정도가 비어 있었다. 소울하울은 그 부분을 붙잡은 채 미라에게 그렇게 애원했다.

"뭐어, 상관없다. 자르기는 귀찮으니 그냥 새 걸 주마."

미라는 선뜻 그 부탁을 받아들였다. 모든 사정을 알고 있기 때문이다.

참고로 마법진이 필요한 술식은 각 술종마다 수없이 많아서, 이 '옮김 종이'는 미라가 보아도 매우 편리한 도구였다.

소환술의 경우에는 특수한 전용 기술을 통해 마나로 공중에 마법진을 그릴 수 있기에 그렇게까지 중요하지는 않다. 하지만 다른 술종의 경우에는 그로 인한 혜택이 너무나도 중요했다.

그리고 그것은 사령술 역시 마찬가지였다. 하지만 소울하울은 존재를 알았으면서도 이토록 편리한 도구를 가지고 있지 않은 모양이다.

어째서일까. 그 답은 간단하다. 마법진을 이용하는 사령술은 모두 상급이기 때문이다. 그날부터 상급 술식에 사용 제한이 걸린 소울하울에게 '옮김 종이'는 필요 없는 도구였던 것이다.

미라는 그러한 사정을 고려해 "조만간 더 필요할 게다"라고 말하며 '옮김 종이'를 한 다발 정도 소울하울에게 건네주었다. 연구 노트는 둘째 치고 이번에 정령왕의 시도가 성공하면 상급 술식이 해금되기 때문이다. 경우에 따라서는 이후에 기다리고 있는 마키나 가디언과의 전투에서 필요해질지도 모른다는 뜻이다.

"그러고 보니, 준비를 해둬야지. 고마워, 장로."

덤으로 준 옮김 종이의 의미를 알아챈 소울하울은 그렇게 말하고서 미라의 연구 노트를 복사하기 시작했다.

참고로 미라가 소환술에는 필요 없는 '옮김 종이'를 구입한 것은 특수한 정련을 위해서였다. 자기 강화를 위해 언젠간 필요할 것이라 생각해 준비해두었던 것이다.

7

『미라 공. 그릇이 완성되었다.』

『오오, 알겠네.』

소울하울이 기록한 연구서의 복사본을 잘라서 엮은 참에 정령왕이 보고해 왔다.

"준비가 끝난 모양이다."

"알겠어."

미라가 그렇게 말하자 소울하울은 '옮김 종이'를 자르던 손을 멈췄다. 그리고 적당히 간추려서 미라에게 다가갔다.

미라가 손을 내밀자 소울하울은 말없이 그 손을 잡았다.

『기다리게 해서 미안하군. 하지만 그만큼 예상했던 것 이상의 완성도가 되었으니, 기대해 주시게.』

『애정을 듬뿍 담았어.』

가호를 통해 정령왕과 마텔의 목소리가 들려왔다. 그 말을 들은 소울하울은 "그래, 기대하도록 하지"라고 답하더니 "그래서, 어떻게 하면 되지?"라고 말을 이었다.

『지금부터 이쪽에서 만든 그릇을 소울하울 공의 마나와 동조시키겠다. 연결되면 감각으로 알 수 있을 것이야. 그것을 느낀 뒤에는 술식을 쓸 때와 같은 요령으로 마나를 부어주시게. 그에 맞춰 나와 마텔이 조정할 터이니. 그리고 완료될 때까지 손은 떼지 말고.』

정령왕이 그렇게 설명하자 소울하울은 미라의 손을 꼭 잡고서 집중하기 위해 눈을 감았다.

"좋아, 시작해 줘."

『그럼, 시작하도록 하지.』

정령왕의 말이 들림과 동시에 미라의 온몸에 정령왕의 가호 문양이 떠올랐다. 그리고 그것은 미라의 손을 따라 천천히 소울하울에게 뻗어 나갔다.

미라는 그 광경을 가만히 지켜보았다. 이때, 미라는 단순한 중계역일 뿐이라 할 수 있는 일이 아무 것도 없었다. 하지만 그렇기에 상태를 파악할 수는 있었다.

그릇과 소울하울이 무사히 연결되었다. 그리고 마나가 주입되기 시작했다.

순간, 미라는 지금껏 느껴본 적이 없는 기척을 느꼈다. 그것은 소울하울의 마나에 들러붙은, 이질적인 기척이었다. 미라는 직감적으로 그 이질적인 무언가가 섭리를 어긴 벌의 조각, 다시 말해서 반동이라는 것을 알아챘다.

그것이 방금, 소울하울에게서 그릇으로 옮겨갔다.

『좋아, 성공이다. 과연 미라 공의 벗이로군. 마나를 제어하는 솜씨가 매우 훌륭했어.』

아무래도 반동을 이식한다는 시도는 성공한 모양이다. 정령왕은 그렇게 소울하울을 칭찬하고는『이거 좋은 심심풀이감이 생겼군』이라고 말하며 대담하게 웃었다.

『성공하면 좋겠네요.』

정령왕의 말에 마텔도 약간 기쁜 듯한 투로 답했다.

무슨 소리냐고 묻자 이번에 만든 그릇은 객관적으로 반동을 관찰할 수 있는 구조로 되어 있어서, 연구하기에 따라서는 반동을 억제하고 다시금 정령왕이 현세에 강림할 수 있게 될지도 모른다고 한다.

『이거 원, 이렇게 말하기는 좀 그렇지만 모두 소울하울 공의 덕분이지. 그 술식 이론이 없었다면 이런 발상은 하지도 못했을 터이니. 고맙다.』

"고맙다는 말은 내가 해야 할 것 같은데. 뭐어, 도움이 되었다니 다행이군."

소울하울은 정령궁정에서 나오지 못하는 것치고는 여러모로 자유분방한 정령왕의 태도에 쓴웃음을 지었다.

"해서, 성공했다는 것은 상급 술식이 해금되었다는 뜻이 아니냐. 어떻게, 변화가 있는 것 같으냐?"

정령왕이 자유를 되찾을 가능성이 생겼다는 것은 기뻐할 일이지만 그건 별개의 문제다. 미라는 그렇게 물어서 이야기를 본론으로 돌려놓았다.

"아아, 무거운 짐을 벗은 것 같은 기분이야. 이 정도면, 어떻게든 될지도 몰라."

소울하울은 무언가를 확인하듯 눈을 감더니 그 차이를 감지한 듯 그런 말을 했다.

『소울하울 공. 확인을 위해 상급 술식을 한 번 사용해봐 주시겠나. 다소 억지로 떼어낸 탓에 마나에 흐트러짐이 발생했을 가능성도 있으니 말이야. 확인해 주시게.』

의외로 맥없이 끝나기는 했지만 그 작업은 정령왕에게도 상당히 까다로운 것이었던 모양이다. 확인하기 전까지는 안심할 수가 없다는 투였다.

"그래, 확인은 필요하지."

최근 몇 년 동안 계속 상급 술식을 봉인했던 소울하울은 그 감각을 되찾을 겸 고개를 끄덕여 승낙했다.

"자아, 오랜만의 재회군."

소울하울은 자리에서 일어나 아무것도 없는 방향을 향해 손을 뻗었다. 순간, 소울하울의 온몸에서 막대한 양의 마나가 흘러나왔다.

『추억만을 관에 담아 황천에서, 천야(千夜)만의 밀회를 이루리라.

결코 이루어지지 않을 꿈의 밭, 마음 닿지 않는 저승 끝에서, 오늘밤은 얼마나 오랜 시간을 지셀까.

어두운 바다를 떠도는 배는, 온기를 찾아 문을 지나고. 뱃사공은 홀로, 어둠 속에서 빛을 찾으니.

그 곁에 있는 것은, 차가운 주검. 가만히 누운 너의 빈 껍질.

수면에 비친 무구한 영혼, 살며시 하나를 건져 올려, 각성의 입맞춤을 네게 바치네.』

【사령술 : 윤전사계 영령재탄】

소울하울이 술식을 발동함과 동시에 그 정면에서 마나의 입자가 집속되었다. 그리고 그것은 순식간에 사람의 형태를 띤 물질로 변화하기 시작했다.

육체를 만들어내고 옷을 입히고, 그 일부를 장갑으로 덮었다. 그리고 마지막으로 거대한 전투 도끼가 나타났다.

움직이기 시작한 육체는 그 전투 도끼를 잡더니 무표정하게 서 있었다.

"이상은 없군."

소울하울은 그녀의 온몸을 둘러보고서 안심한 듯 중얼거렸다. 반동의 영향을 전혀 받지 않고 무사히 상급 사령술에 성공한 모양이다.

그렇게 사령술로 만들어진 것은 공허한 눈을 한 아름다운 처녀였다. 창백한 피부에는 생기가 없고, 넋이 나간 얼굴이다. 하지만 심상치 않은 존재감을 띠고 있었다.

손에 든 전투 도끼, 몸에 걸친 의상, 그리고 장식품. 그 모든 것들이 전설급 아이템의 힘을 지니고 있었던 것이다.

"오오, 굉장하군그래! 꽤나 많이 커스텀을 했구나."

옆으로 묶은 긴 금발머리. 머리에는 투박한 티아라를 썼다. 거기에 그녀는 어쩐지 발키리 일행을 연상케 하는 경갑옷을 몸에 걸치고 있었다. 예전부터 그것을 잘 알았던 미라는 당시와는 비교도 되지 않을 정도로 변화한 무장을 보고 감탄 섞인 목소리로 말했다.

"당연하지. 진짜 주력이니까."

미라의 말에 기분이 좋아졌는지 소울하울은 다소 의기양양하게 답했다. 이번에 소울하울이 사용한 술식 '영령재탄'. 이것은 사령술사의 도달점이라 할 수 있는 술식이었다.

우선 '영령재탄'에는 쌍이 되는 '영령의 관'이라는 술식이 있다. 이것은 그 이름이 말해주듯 관을 만들어내는 술식이었고, 관이기에 시신을 넣을 수가 있었다.

다시 말해서 '영령재탄'은 이 관에 든 시신을 토대로 한 골렘을 마나로 만들어내는 술식인 셈이다.

시신을 선별해서 강한 사람을 넣어두면 그것만으로 전력은 상승되고, 설령 진다 해도 토대가 된 몸은 무사하기에 마나가 있는 한은 얼마든지 만들어내 싸울 수 있다.

하지만 그래서는 시체가 상하지 않을 뿐, 술식의 성능이라는 시점에서 보면 다른 사령술과 큰 차이가 없다고 할 수 있을 것이다. 그러나 이 술식은 사령술사의 비장의 카드가 될 만한 가능성을 지니고 있었다.

그 가능성의 열쇠는 이 술식의 가장 큰 특징인 매장품이라는 개념이 쥐고 있었다.

관에는 시신뿐 아니라 여러 가지 무구, 장식품과 같은 온갖 물건들을 매장품으로 넣을 수가 있었다. 이것들의 성능에 따라 '영령재탄'은 크게 강화되기도 한다.

하지만 매장품을 선별하는 것은 그리 간단한 일이 아니다. 관에 넣을 수 있는 물건에는 제한이 있기 때문이다.

우선 정령무구나 아티팩트, 마검과 성검, 그리고 정련무장과 같은 모종의 힘을 지닌 물건은 모두 제외된다. 요컨대 완전히 무속성이어야만 넣을 수 있다.

심지어 그 종류도 한정적이라 기본적으로 동, 철, 은으로 된 것만 허용된다.

이매망량이 마구 날뛰는 세계이다 보니, 위로 가면 갈수록 아무런 힘도 없는 무구로는 언젠가는 한계에 도달할 수밖에 없다. 달인급 실력을 지녔어도 그 사실에는 변함이 없다.

그렇다면 어떻게 해야 할까. 그 답은 매장품으로 넣은 물건을 강화해 나가는 것이다.

이 매장품의 강화는 사령술사에게 매우 중요한 일이었다.

그 방법은 불사 계열 마물을 쓰러뜨리는 것뿐이다. 그렇게 하면 영박치(靈縛値)라는 것이 관에 쌓이도록 되어 있다. 이것을 쏟아부으면 매장품뿐 아니라 시신도 강화할 수 있는 것이다.

그리고 일정치까지 강화한 매장품은 이른바 랭크업이 가능해진다. 이때 매장품으로 삼을 수 있는 종류의 폭이 넓어진다. 나아가 이 과정을 반복하면 그 폭은 더더욱 넓어진다.

영격(靈格)이 오름과 동시에 호화스러운 무장이 허용된다고 보면 된다.

그러한 정보를 염두에 두고 소울하울이 만들어낸 처녀를 자세히 보니, 소재를 비롯한 모든 것들이 고급품으로 갖춰져 있었다.

"뭐, 지금은 완벽한 상태가 아니지만 말이야."

"흠, 그러한 게냐?"

겉으로 보기에는 아무런 문제도 없어 보였다. 하지만 소울하울의 말에 의하면 매장품 중 하나에 약간 부족한 부분이 있다는 모양이었다.

마침 전체적인 스테이터스를 격상시키기 위한 중요한 매장품이 랭크업 가능 단계였다고 한다. 하지만 그 갱신 작업에 착수하던 중에 각인이 구동되기 시작했다는 모양이다. 그 때문에 작업은 모두 어중간한 상태에서 중단되었고, 갱신을 위한 매장품도 준비되지 않아서 지금은 50퍼센트 정도의 힘만 발휘할 수 있는 상태라고 한다.

"흠, 그러면 당장 실전에 투입할 수는 없겠구나."

과거에 소울하울에게 설명을 들어 그럭저럭 사정을 아는 미라는, 다시금 현재 동원할 수 있는 전력을 파악하기 시작했다. 우선 한 가지 분명한 것은 이 처녀를 마키나 가디언과의 전투에는 투입할 수 없을 것 같다는 것이다. 온전하게 힘을 사용할 수 있었다면 상당한 전력이 되었을 텐데, 아쉽기 그지없다.

하지만 보아하니 소울하울은 그러한 사실은 상관이 없는 듯했다.

"아아, 내 사랑 일리나. 만나고 싶었어."

소울하울은 사랑스럽다는 듯 그 처녀, 일리나를 끌어안았다. 드디어 소울하울의 본성이 얼굴에 드러나기 시작했다.

"오늘 이렇게 다시 만날 수 있을 거라곤, 생각도 못 했어. 일리나. 예뻐, 일리나."

소울하울은 어딘가 병적인 눈으로 일리나의 뺨을 쓰다듬었다.

상급 술식을 사용할 수 없는 상태로는 '영령재탄'은커녕 '영령의 관'도 불러낼 수가 없다. 때문에 소울하울에게는 실로 몇 년 만의 재회였다.

불사 소녀 애호가 소울하울. 그런 그가 가장 애정을 쏟은 존재가 이 첫째 부인(소울하울이 멋대로 그렇게 부르는 것뿐이지만) 일리나였다.

8

"오늘은 어쩐지 안색이 좋아 보이는 걸."

만들어낸 몸으로는 만족을 못하고 '영령의 관'을 불러낸 소울하울은 그 안에 잠든 일리나에게 그렇게 말했다. 당연히 누구의 눈에도 그렇게 보이지는 않았지만, 소울하울의 말에 의하면 일리나도 오랜만의 재회를 기뻐하고 있다는 모양이다.

평범한 것보다 꽤나 커다란 관 안에는 하얗고 얇은 옷을 입은 일리나의 시신과 매장품인 무구류가 그 옆에 놓여 있었다. 일리나는 여전히 아름다웠고 매장품은 하나같이 전설급이라 할 수 있는 광채를 띤 물건들뿐이었다.

그중에서 유일하게 옆에 놓여 있지 않은 것은 유품인 소박한 머리 장식이었다. 그것은 현재, 일리나의 덧없는 분위기를 띤 아름다운 금발을 살며시 옆으로 묶어주고 있었다.

소울하울은 그 머리 장식을 쓰다듬으며 사랑스럽다는 눈으로 일리나를 들여다보았다. 그것도 수상쩍은 미소를 띤 채로. 소울하울의 성적 취향을 아는 이에게나 모르는 이에게나 저절로 뒷걸음질이 쳐지는 광경이었다.

또한 유품인 머리 장식의 효과는 중량에 따른 공격력 상승이었다. 과연 유품이라고 해야 할지, 커다란 전투 도끼를 휘두르는 일리나와 실로 궁합이 좋았다. 더불어 강화를 거듭한 매장품과 소울하울의 능력이 보태져, 일리나의 전투력은 생전의 그것을

까마득히 상회해서 현재는 미라가 알던 시절보다 더욱 강해졌다고 한다.

'평소처럼 병이 도졌구먼⋯⋯.'

사랑하는 이와 오랫동안 만나지 못하는 괴로움은 공감이 가는 바였지만, 상대가 상대인 만큼 그것을 이해할 수 있는 이는 소울하울에 뒤지지 않을 정도로 특이한 이밖에 없을 것이다. 이해가 안 되기는 마찬가지였지만 소울하울이라는 인물을 잘 아는 미라는 어쩔 수 없는 일이라 생각하며 어이가 없다는 듯 쓴웃음을 지어 보였다.

『미라 씨, 미라 씨. 저 여자는 누구야?』

언제 끝나려나 하고 소울하울을 지켜보던 그때, 문득 미라의 머릿속에 마텔의 목소리가 들려왔다. 소울하울은 백아의 성에서 시간을 멈춰둔 여성을 구하기 위해 고난의 길을 택했다. 그러한 과정에서 러브 로맨스가 생겨났을 것이라 믿어 의심치 않는 마텔은 지금의 광경을 간과할 수가 없는 모양이었다.

『으음~. 뭐라 하면 좋을지⋯⋯.』

마텔이 진지하다는 것을 느낀 미라는 과거에 소울하울 본인의 입으로 들었던 아내와의 만남(흑사자 여단의 최후를 둘러싼 사건)에 관한 이야기를 간결하게 간추려 전달했다.

『뭐어, 저 녀석은 불사 소녀⋯⋯ 불사 여성 애호가란 말이네⋯⋯.』

만난 이후로 계속 첫째 부인이라고 부르며 지금처럼 예뻐하고 있다는 말로 미라는 이야기를 끝맺었다.

『그래. 사별한 진짜 부인이나 연인이 아닌 거구나⋯⋯. 다시 말해서 소울하울 씨는, 죽은 사를 사랑한다는 뜻이야?』

제법 충격이 큰 모양이다. 아니, 누가 보아도 충격을 받을 것이다. 죽은 자를 사랑하는 그 모습은 아무리 보아도 지나치게 특수하기에.

『뭐어, 그런 셈이네.』

『죽지 않는 여성을 사랑한다고……?』

진실은 바뀌지 않기에 미라가 긍정하자 마텔은 어쩐지 서글픈 투로 그렇게 중얼거렸다.

관대한 마음을 가진 마텔도 완전히 질려버린 것일까. 미라는 그렇게 생각했지만, 마텔의 연애 중심 사고는 아직 꺾이지 않은 모양이었다.

『소중한 사람을 잃는 게 두려운 거구나. 그래서 죽음으로 헤어질 일이 없는 죽은 이를……. 그래, 괴로운 여행이었구나. 하지만 괜찮아. 소울하울 씨의 노력은 분명 결실을 맺을 거야. 난 알 수 있어. 그녀가 다시 시간을 되찾는 그 순간, 그녀가 살아있다는 사실에 기뻐하고, 깨닫게 될 거야. 진실된 사랑을!』

계속해서 사랑이라고 주장하는 마텔의 말을 들은 미라는 도통 이해를 못 하겠다며 가만히 쓴웃음을 지었다. 그리고 정령왕도 슬그머니 미라에게 동의를 표했다.

"해서, 상태는 어떠냐. 싸울 수 있겠느냐?"

너무 오랜만인 탓인지 소울하울은 편애를 멈추지 못하고 계속해서 일리나에게 심취되어 있었다. 그 모습을 지켜보던 미라는,

이대로 가면 일이 진행되지 않겠구나 싶어서 말을 붙였다.

그러자 소울하울은 일리나를 보고 다음에 다시 만나자고 말하고서 '영령의 관'을 돌려보내고 고개를 돌렸다.

"완벽해. 위화감도 없어. 내일은 있는 힘껏 싸울 수 있겠어."

사랑하는 아내와 만나 만족한 덕인지 소울하울의 얼굴은 필요 이상의 자신감으로 가득했다.

"그렇다면 되었다. 그럼 곧장 내일 있을 마키나 가디언과의 전투에 관한 작전을 짜보자구나."

미라는 그렇게 말하며 저택정령의 문을 열었다. 소울하울이 상급 술식을 사용할 수 있게 되었으니 전략의 폭은 크게 넓어졌다. 나아가 미라가 모르는 시간 동안 더욱 힘을 키우기도 했으리라. 그런 부분도 맞춰보려면 작전 회의를 할 필요가 있을 것이다.

"그래, 그래야지. 이로써 찔끔찔끔 소모시킬 필요도 없어졌어. 단숨에 해치워버리자."

"호오, 기세등등하구나."

"그렇지 뭐. 상급 술식을 쓸 수 있으면 걱정할 게 없으니까. 게다가 장로도 뭔가 숨겨둔 카드 같은 게 있을 것 아냐."

상대는 최상급 레이드 보스다. 하지만 소울하울은 그 정도는 문제도 아니라는 듯 옅은 미소를 지어 보였다. 미라가 알던 시절의 실력 그대로라면 전력이 부족했을 것이다. 하지만 아무래도 모르는 동안 얻은 힘에 상당히 자신이 있는 모양이다.

미라 역시 전황을 뒤집을 만한 수단을 숨겨두고 있었다.

"뭐어, 그렇기는 하지. 그럼 내일 안에 끝장을 보기로 방침을 세우도록 할까."

　미라는 특제 침낭 위에, 소울하울은 적당한 장소에 앉아 본격적으로 작전을 짜기 시작했다. 만약 그 작전을 누군가가 들었다면, 유력한 상급 모험가라 하더라도 꿈같은 소리나 주고받는다고 흘려 넘기고 말았을 것이다.

  미라와 소울하울은 서로가 가진 카드를 공개한 후, 마키나 가디언과의 전투에서 쓸 작전을 세웠다. 예상 가능한 모든 상황에 대응하기 위해 그 내용은 여러 갈래로 나뉘었지만, 예전에 손발을 맞췄던 적이 있는 덕분인지 두 사람은 그것들을 빠르게 파악하고 기억해 나갔다.

  그렇게 대략적인 마키나 가디언 당일치기 토벌 작전이 완성되었다.

  "일단 이 정도면 되려나. 예상 밖의 일에는 임기응변으로 대처하는 일만 남았구나."

  "그러게. 평소처럼 말이야."

  아무리 작전을 치밀하게 세워도 언제나 예기치 못한 사태라는 것은 발생하기 마련이다. 그런 상황에 직면하고 나서 작전이 없어서 대응 못 하겠다, 같은 소리가 나오지 않도록 아홉 현자들은 그럴 경우에 각자의 판단으로 움직이기로 방침을 정해두었다.

  임기응변으로 대응한다. 실로 편리한 말이기는 하지만 서로에 대한 신뢰가 있기에 다소 느슨하게 대책을 세울 수 있는 것이다.

  "자아, 남은 일은 내일에 대비해 푹 쉬는 것뿐이구나. 아, 그러고 보니 방해 골렘은 좀 어떠하냐?"

  약간 잠기운이 밀려드는지, 미라는 살며시 하품을 하며 그렇게 말했다.

"아직까지는 순조로워. 하지만 뭐어, 학습능력이 있어서 다음부터 어떻게 될지 모른다는 점을 생각하면, 내일 중에 처리한다는 방법을 쓸 수 있는 게 천만다행이라고 해야 할까."

"그렇구나. 설마 그런 식으로 대응을 해오리라고는 생각도 못 했으니 말이다. 장기전은 생각도 않는 게 좋겠어."

게임이었던 시절, 마키나 가디언은 정해진 행동 패턴을 반복할 뿐인, 그야말로 기계 같은 보스였다.

하지만 그 패턴은 수백 가지에 이르렀고, 그 모든 것을 상황에 맞춰 교묘하게 변경하였기에 패턴을 외우기만 하면 이길 수 있는 것은 아니었다. 모든 패턴에 완벽하게 대응하는 것은 어려운 일이다. 하다못해 안정적으로 대처가 가능한 작전을 여러 종류 준비하는 것이 정석적인 공략이었다.

그리고 이번에 미라 일행이 고안한 작전도 이것의 파생 같은 것이었다.

하지만 세상은 넓어서, 마키나 가디언의 모든 행동 패턴을 완벽하게 암기하고 격파하는 이들이 상위권에 극히 일부 존재했다. 아크 대륙의 양대 국가 중 하나인 니르바나 황국의 '십이사도'다.

그들은 상당한 별종들이었다.

"처음부터 있었던 건지, 현실이 된 것에 따른 영향인지. 어찌 되었건 성가신 기능이 추가되었군."

실로 지긋지긋하다는 투로 소울하울이 투덜댔다. 마키나 가디언에게는 학습능력이 없다고 알려졌지만, 실은 전투가 길어지면 길어질수록 그것이 각성하도록 설계되어 있었던 것일지도 모른다. 하지만 이제 와서는 상관없는 일이었다.

"그것도 내일 처치하면 끝이다. 작전도 비책도 충분히 준비했으니, 실컷 날뛰어 보자꾸나."

"뭐어, 그래야지. 오랜만에 제 실력을 발휘하기에는, 딱 좋은 상대니까."

두 사람은 자신만만하게 그렇게 말하고서 빙긋 미소를 지어 보였다. 그 표정은 마치 새로운 실험을 앞둔 매드 사이언티스트 같기도 했다.

"그러고 보니 그대의 의욕을 더욱 끌어올려 줄 이야기가 하나 있었다."

슬슬 잘 준비를 시작하던 즈음, 미라는 화장실에서 나오자마자 문득 생각났다는 듯 그렇게 말했다. 그러자 대충 준비를 마치고 간소한 깔개 위에 누워 있던 소울하울이 도전적인 미소를 띤 채 고개를 돌렸다.

"뭐지? 내 의욕을 끌어올릴 수 있는 일은 흔치 않을 텐데."

할 수 있으면 해보라는 투로 말하며 소울하울은 그 자리에 다시 앉았다. 그 말투를 통해 꽤나 뒤틀린 자신감이 느껴졌다.

미라는 그런 소울하울과 마주 보고 특제 침낭 위에 앉아, 그것을 말했다. 정령왕과 마텔에게 들은 이야기를. 악마의 각인은 성흔이며, 분명 신명광휘의 성배의 힘으로 그것을 어떻게 하는 것이 가능하다는 이야기를.

"뭐어, 그렇다는 모양이다. 예정과는 조금 다를지도 모르지만 죽음은 피할 수 있을 거라더군그래. 괜한 참견일지도 모르겠지만 그대가 선택한 해결법의 성공 여부는 정령왕과 시조정령이 보장한 셈이다."

미라는 그렇게만 말하고서 반응을 보지 않고 그대로 벌렁 드러누웠다.

"그것이 성흔이라고? 헷갈리게스리. 하지만 결과적으로 어떻게든 된다면 아무래도 좋아."

소울하울은 악마의 각인으로 괴로워하는 한 여성을 구하기 위해 신명광휘의 성배를 제작하려 했다. 하지만 사실 그녀를 괴롭혔던 것은 악마의 각인 같은 것이 아니라 성흔이었다.

나아가 이 성흔을 성배의 힘으로 안정시키면 특별한 치유의 힘이 각성한다.

소울하울은 그러한 사실에 다소 놀라기는 한 눈치였지만, 어찌 되었건 결과는 같을 테니 문제될 것 없다고 단언했다. 그와 동시에 입가를 씨익 치올려 보였다.

"그럼 요컨대 이렇게 되는 건가? 그 힘을 사용할 때마다 그 녀석은 내 사령술 덕분에 목숨을 건진 걸 떠올리는 나날을 보내게 되는 건가?"

소울하울은 깔개 위에 드러누워 그것참 유쾌한 일이라며 웃었다. 그리고 "장로가 말한 대로, 갑자기 의욕이 나기 시작했어"라는 말을 입에 담으며 전에 없이 활기찬 표정을 지어 보였다.

"그래그래, 그것참 믿음직하구나."

성배 제작에 쏟은 노력은 헛되지 않았다. 당초의 예정과는 다르지만 소울하울에게 의욕이 생겼다면 그로 족하다. 미라는 그런 생각을 하며 옷을 벗고 침낭에 들어갔다.

『쑥스러워서 솔직해지지 못하는 거구나. 나는 다 알아.』

『그렇구운, 언젠가 솔직해지면 좋겠네에.』

끝까지 사랑을 부르짖는 마텔의 목소리가 머릿속에 들려와서 미라는 체념 어린 투로 그렇게 답한 후, 살며시 눈을 감았다.

다음 날 아침.

잠에서 깨어 흐리멍덩한 의식을 아침 샤워로 각성시킨 미라는 미리 준비되어 있던 아침 식사를 했다. 메뉴는 소울하울 수제 샌드위치와 스프. 그리고 마텔 특제 스테이터스 부스트 후르츠다. 결전 전에 먹으면 되겠다고 생각해서 미라가 준비해둔 것이다.

그 전설급 과일은 소울하울이 말끔하게 잘라 접시에 담아두었다. 미라는 지금껏 통째로 들고 씹어 먹었던지라 실로 우아한 식탁이라 하지 않을 수 없었다.

또한 소울하울은 이미 식사를 마쳤는지 지금은 특별한 상급 사령술에 필요한 마술진을 준비하고 있었다.

"자아, 작전을 재확인하지. 먹으면서 들어."

"으흐음."

미라는 샌드위치를 베어 물며 긍정의 뜻을 표했다. 참으로 얼빠진 모습이었지만 그럼에도 실력은 진짜배기다. 소울하울은 게임이었던 시절에 비해 다소 못 미더워 보인다는 생각을 했지만, 어쨌든 회의를 시작했다.

회의 자체는 재확인을 하는 것뿐이라 간략했다. 만약을 위해 어젯밤에 세웠던 작전의 개요를 다시 한번 복습하는 정도로 끝났다.

"그리고 어느 한쪽이 명상을 시작하면 수세로 돌아서는 거지."

"으흠. 시작하면, 모든 감각이 차단되니 주의가 필요하고말고."

명상. 그것은 미라가 기능대전에서 발견한 것 중에서도 매우 편리한 기능이었다. 정식 명칭은 '유전심법(流轉心法)'이었지만 그것을 행하는 모습이 완전히 명상과 같아서 두 사람은 그렇게 부르고 있었다.

그 습득조건은 정령의 가호를 비롯해 여러 가지여서 난이도는 상당히 높았다. 하지만 아홉 현자라 불릴 수준에 이르고 나니 어느샌가 조건을 충족시킨 상태였다. 따라서 방법과 감각을 익히는 것만으로 습득할 수 있었다.

그 결과 미라는 며칠 전, 기능대전에서 이것을 발견한 다음날에 습득했고, 소울하울도 어젯밤 작전 회의 중에 습득했다.

이 '유전심법'의 효과로 말하자면 마나의 회복 속도를 대폭 향상시켜주는 것이다. 조건이 까다로운 만큼 그 효과는 확실해서, 마나 최대치가 매우 높은 미라조차도 5분이면 최대치까지 회복할 정도였다.

하지만 단점도 있었다. 이것을 실행하는 중에는 시각, 청각, 후각, 촉각, 통각이 완전히 차단되는 것이다.

이 중 가장 무서운 점은 통각이 차단된다는 것이다. 명상 중에 공격을 맞아도 알 수 없게 되어, 정신이 들고 보니 치명상을 입은 상태였더라는 사태로 이어질 수 있기 때문이다.

상황을 판단해서 사용하는 것이 매우 중요하다고 할 수 있으리라. 전투 중에 사용하려면 더더욱 그러했다.

"위험성이 큰 만큼 영약의 중독도를 고려하지 않아도 되는 건 최대의 이점이라 할 수 있지. 잘만 쓰면 마나 소진을 걱정하지 않고 최대 화력을 유지할 수 있다는 뜻이니까. 이건 술사들의 필수 기능이 될 거야."

자동으로 몸을 지킬 수 있는 사역 계열 술사에게 기능 '유전심법'은 그 특성상 가장 중요한 사안이라 할 수 있는 단점을 크게 경감할 수 있다는 이점이 있었다.

그 점이 특히 마음이 들었는지 소울하울은 들뜬 투로 말했다. 사실 그 이유는 영약 조달에 있었다.

강력한 회복효과를 지닌 영약은 게임이었던 시절에 비해 가격이 올랐다. 하지만 딱히 금전적인 면에서 쪼들리는 것이 아닌 소울하울이 신경 쓰는 것은 그 부분이 아니었다.

문제는 숫자다. 가격 상승의 원인은 유통되는 숫자가 감소한 탓이 컸다. 돈이 있어도 물건이 없으면 의미가 없다.

특히 상당히 무리를 해서 여기까지 온 소울하울에게 이 영약의 존재는 매우 중요했다.

"마나 회복 영약을 너무 마신 탓에 생명력 회복 영약을 마실 수 없게 되는 일은 줄 것 같구나."

"맞아, 그게 큰 장점이지."

미라가 나직하게 게임이었던 시절에 흔했던 일을 입에 담자 소울하울은 당시의 일이 떠올랐는지 씨익 웃었다.

일정 이상의 강력한 회복 효과를 지닌 영약에는 중독성이 있다는 문제가 있었다. 효과가 강한 탓에 몸에 미치는 영향이 커서, 영약을 지나치게 많이 복용하면 의식이 혼탁해지거나 취한 듯한 상태가 되고, 경우에 따라서는 실신하는 일도 있었다.

그 때문에 영약을 언제 사용하느냐, 하는 것도 상급 전투에서는 중요한 요소였다.

또한 그렇게까지 강력하지 않은 회복약이라면 아무리 마셔도 중독되지는 않는다. 다만 현실이 된 지금은 지나치게 많이 마시면 배탈이 나거나 화장실을 자주 들락거려야 하는 등의 증상이 나타나기도 한다.

"뭐어, 이걸 알게 된 것만으로도, 장로를 만난 가치는 있었어."

소울하울은 완성된 마법진을 '옮김 종이'로 복사하며 그렇게 중얼거렸다.

"무어냐, 그것뿐이냐? 왜, 더 있지 않으냐. 오랜 벗과 만난 기쁨 같은 것 말이다."

"아~ 그렇지. 상급 술식을——."

상급 술식을 해방할 수 있게 해준 것도 고마워. 그렇게 말하려던 소울하울은 그 순간, 무언가를 감지했는지 험악한 표정을 지었다.

"무슨 일이 생긴 모양이로군. 혹시 또 골렘들이 소멸한 게냐?"

소울하울의 표정이 바뀌었음을 알아챈 미라는 어제와 분위기가 비슷한 것을 통해 그렇게 예상했다.

"그래, 정답이야. 네 마리 정도밖에 안 남았었지만, 방금 그 반응이 몽땅 사라졌어."

아무래도 미라의 예상이 맞아든 모양이다. 소울하울은 잽싸게 마법진 복사를 마치고 전투 준비를 하기 시작했다. 그와 동시에 미라도 자리에서 일어나 최종 확인을 했다.

"마키나 가디언이 학습을 마친 겐가."

"그럴지도 몰라. 무장까지 회복하면 귀찮아져. 빨리 나가자."

소울하울은 말 끝나기 무섭게 정령저택에서 뛰쳐나갔다.

방해용 골렘이 사라졌다는 것은 머지않아 마키나 가디언의 회복…… 아니, 수리가 시작된다는 뜻이다. 그리고 수리가 되면 될수록 파괴했던 마키나 가디언의 무장도 복구될 것이다. 사실 그게 상당히 성가셨다.

"무장 해제부터 다시 시작하는 건, 싫구나아……."

당연히 그 사실을 잘 아는 미라 역시 실내를 정리하고서 정령저택을 송환한 후, 서둘러 소울하울의 뒤를 쫓았다.

방에서 나온 미라 일행은 그대로 복도를 내달려 최심부로 향했다.

첫 번째 모퉁이를 돌고 두 번째 모퉁이를 돌아, 세 번째 모퉁이. 골렘들을 배치해두었던 복도와 이어진 그 모퉁이를 돈 직후, 미라와 소울하울은 걸음을 멈췄다.

"이런, 이 타이밍에 나타난 겐가……."

"그래, 그러고 보니 이 패턴도 있었지."

두 사람의 전방, 복도 한복판. 그곳에 비틀대며 서 있는 물체가 하나 있었다. 고철을 덧붙인 듯한 몸통, 두 개의 팔, 네 개의 다리, 머리는 가면을 쓴 꼭두각시 인형처럼 무기질적인 형상을 하고 있고 좌우의 손에는 자루가 없는 칼날을 쥐고 있다.

전체적으로 탁한 납빛을 띤 그것은 몸에서 끼릭끼릭 소리를 내며 미라 일행에게 고개를 돌렸다.

좌우가 비대칭한, 온갖 것을 덧붙여 놓은 듯한 그 모습은 처음 보았을 때와 다르기는 했지만 내포하고 있는 이상한 분위기는 변함이 없었다.

이 타이밍에 나타난 것이다. 고대지하도시 7층의 배회형 보스. '기계장치 배회자'가.

"그러고 보니 남아있던 골렘이 네 마리였다면, 확실히 이 녀석이라도 한꺼번에 파괴할 수 있었겠구나."

"그러게. 2차 공략에 맞춰 등장하다니, 안 봐도 될 줄 알고 기대했더니만."

미라와 소울하울은 방심하지 않고 적을 바라본 채, 어떻게 할지를 생각했다. 그리고 먼저 답을 내놓은 것은 미라였다.

"녀석은 이 몸이 맡으마. 그대는 예정대로 전장을 **만들어** 두거라."

한 걸음 한 걸음 걸어 나가 배회자의 주의를 끌며, 미라는 홀리나이트 둘과 다크나이트 하나를 소환했다.

방심만 안 하면 이길 수 있는 상대라지만 마키나 가디언 다음가는 전투력을 자랑하는 배회자는 보다시피 몸이 금속으로 되어 있어 내구치가 매우 높았다. 둘이 덤벼도 장소가 좁은 탓에 토벌하는 데 5분은 더 걸릴 것이다.

문제는 마키나 가디언의 수리다. 소울하울의 말에 의하면 마지막으로 골렘이 자폭하고서 8분은 경과했다고 한다. 곧 수리가 시작될 시간이다. 그러니 배회자를 처치할 즈음에는 몇몇 무장이 수복되어 있을 것이다.

그러한 사실을 토대로 소울하울은 "알겠어"라고 즉답했다. 그리고 일제히 달려나간 다크나이트와 홀리나이트의 뒤에 숨어 달렸다.

직후, 배회자가 움직였다. 기분 나쁜 구동음을 내며 네 개의 다리를 능숙하게 놀려서 상대를 정한 후, 덤벼들었다.

하지만 어찌 된 일인지 배회자는 육박해 오는 다크나이트, 홀리나이트에게는 눈길도 주지 않고 손에 든 두 자루의 칼날을 소울하울에게 내려쳤다.

뒤에 숨어 있음에도 불구하고 정확하게 소울하울만을 노리고 일격을 가하려 든 것이다. 하지만 소울하울은 개의치 않고 옆으로 빠져나갔다. 잘 알기 때문이다. 배회자가 무시한 기사들이 어떤 존재인지를.

순간, 배회자의 칼날은 홀리나이트의 타워실드에 충돌하여 격렬하게 불꽃을 튀겼다.

힘과 힘이 팽팽하게 균형을 이루었다. 하지만 그 직후, 복도에 울리는 구동음이 더욱 커지더니 홀리나이트가 밀리기 시작했다.

'대단한 힘이군그래…….'

배회자는 A랭크 이상의 전투력을 지녔다. 제아무리 미라라 해도 하급 소환만으로는 막을 수 없을 듯했다.

배회자는 홀리나이트의 타워실드를 튕겨내더니 미라에게 등을 돌린 채 달려나갔다. 또다시 소울하울을 노랠 속셈인 듯하다.

'이 몸을 무시하고 소울하울을 치겠다, 이건가. 보스방에 다가가는 자를 우선적으로 공격하는 패턴인가.'

상황을 통해 순간적으로 그렇게 판단한 미라는 스스로 안쪽으로 향했다.

그 전방에서 소울하울을 쫓으려던 배회자는 등 뒤에 위치를 잡기 위해 선행했던 또 하나의 홀리나이트에게 방해를 받고 있었다.

하지만 배회자의 강렬한 일격으로 홀리나이트가 크게 튕겨져 나가 길이 열렸다.

배회자는 맹목적으로 소울하울을 쫓으려 했지만—— 그 몸을 검은 칼날이 덮쳤다. 그것은 미라가 변이시킨 다크로드의 무형의 검. 마나로 형성된 흑인(黑刃)이었다.

그 칼날은 여러 궤도를 지나서 뻗어나가 배회자의 튼튼한 장갑에 굵은 흠집을 냈다. 그와 동시에 배회자를 따라잡은 미라는 그것의 앞으로 돌아들어, 자신의 전방에서 달리고 있는 소울하울과 배회자 사이에 홀리나이트 둘을 배치했다.

【소환술 변이 : 홀리로드】

미라가 술식을 발동하자 홀리나이트가 눈부신 빛에 휩싸였다. 그리고 빛 속에서 변이를 마친 기사 둘이 모습을 드러냈다. 장갑이 더욱 보강된 순백의 기사는 그 두 손에 성벽이 아닐까 싶을 정도로 중후한 방패를 들고 있었다.

홀리로드. 그것은 다크로드와는 대조적으로 방어에 특화된 존재였다. 그 방어력은 보이는 바와 같이 철벽과도 같았지만 그 대신 기동력도 보이는 바와 같이 둔중해서, 느릿하게 움직이는 벽으로서의 역할밖에 하지 못한다는 결점이 있었다.

하지만 현재, 협소한 이 통로에서 홀리로드는 그 능력을 최대로 발휘하고 있었다. 방어태세에 돌입한 홀리로드는 상급 레이드 보스의 일격조차도 견딜 수 있다. 그리고 배회자는 강적이라고는 해도 굳이 말하자면 수차례 공격을 퍼부어 타격을 입히는 타입으로, 홀리로드의 방어를 뚫을 만큼의 화력은 없었다.

홀리로드가 통로를 틀어막듯 방패를 세웠다. 미라는 배회자의 몸은 통과할 수 없을 정도로 좁은 두 홀리로드의 틈새로 배회자의 모습을 바라보며, 성공이라는 생각에 의기양양한 미소를 지었다.

"이 전법을 사용하는 건 오랜만이로군그래."

미라는 그렇게 중얼거리며 다크나이트 둘을 옆에 소환해서 곧바로 다크로드로 변이시켰다.

그러는 동안에 처음 소환했던 다크로드가 배회자와 두 번 정도 칼을 섞은 끝에 내구력의 한계를 맞아 소멸했다. 공격에 특화된 만큼 배회자에게 나름의 대미지를 입히기는 했지만, 방어력은 종잇장이나 다름이 없어서 강적과의 싸움에는 의외로 약했다.

가까이에 있던 방해자를 제거한 배회자는 그 즉시 미라에게 덤벼들었다.

배회자는 보스방이 있는 방향으로 향하는 자에게 우선적으로 반응했다. 그래서인지 이번에는 정확하게 미라를 노리고 있었다.

"흠, 과연 대단하군……. 지금 당장은 무리지만 언젠가는 뚫고 들어오겠어."

충격음이 연거푸 울리고 수천수만의 불꽃이 쉴 새 없이 튀어 주변을 붉게 물들였다. 배회자는 현재, 자신의 진행방향을 가로막고 있는 홀리로드를 파괴하고자 손에 쥔 칼날을 폭풍처럼 휘두르고 있었다.

연타 중심의 공격을 하는 타입이라고는 하나 그 일격에는 충분히 무게가 실려 있었다. 게다가 가열(苛烈)하다고 표현할 만한 맹공이었다. 지금 당장은 아니더라도 하급 소환만으로 막기는 어려울 것이다.

하지만 그것도 계속해서 맞을 경우의 이야기다.

배회자는 눈앞에 있는 장해물 말고는 보이지도 않는 듯 홀리로드의 거대한 방패를 계속해서 베고 있었다.

그 직후, 벽 근처의 상하좌우, 그리고 중앙에 위치한 방패의 틈새에서 무수히 많은 검은 칼날이 솟구쳐 일제히 배회자를 습격했다.

거의 홀리로드에 달라붙다시피 해서 공격하던 배회자는 순간적으로 자신을 포위한 칼날에 반응을 하지 못했고, 얕지 않은 상처를 입었다. 하지만 A랭크 이상의 전투력을 지닌 몬스터답게 이어지는 공격을 보기 좋게 피해 그 즉시 거리를 벌려 보였다.

홀리로드로 통로를 막고, 그것을 어떻게든 해보려고 혈안이 된 자를, 그 뒤에서 다크로드로 일방적으로 유린한다. 장소가 협소하고 상대의 공격 수단은 근접 공격뿐, 그리고 일격에 홀리로드를 격파하거나 물러나게 할 수단은 없다. 이러한 조건이 충족됐을 때, 잔인하다 싶을 정도의 효과를 발휘하는 미라의 특기 전법이 바로 이것이었다.

게임이었던 시절에 전쟁이 나서 요새 방어전이 벌어졌을 때, 적국 플레이어들이 욕설을 퍼부어댔던 전법이라는 것은 말할 필요도 없으리라.

"접근하질 않는군그래……."

반경은 대략 5미터. 아무래도 배회자는 검은 칼날의 사정거리를 순식간에 간파한 모양이다. 아슬아슬하게 닿지 않을 거리에서 이쪽의 동태를 살피고 있다.

배회자에게 원거리 무기는 없다. 유일하면서도 가장 강한 공격 수단은 근거리 무기였다. 때문에 배회자는 움직이기 시작했다. 또 다른 방식의 일격을 가하고자.

배회자는 천천히 자세를 취하더니 단숨에 가속했다. 무시무시한 속도가 실린 강렬한 참격이 거대한 방패에 작렬하자, 한층 더 격렬한 불꽃이 튀었다. 충분히 힘을 모았다가 내지른 그 일격은 배회자가 지닌 최강의 일격이었는지, 철벽의 방어력을 자랑하는 홀리로드의 거대한 방패에 깊은 흠집을 내었다.

그리고 그 후의 동작도 훌륭했다. 접근하기를 기다렸던 검은 칼날이 배회자를 공격했지만, 무수히 구불대며 튀어나온 그 칼날은 한두 개의 상처를 내기는 했어도 결정타는 입히지 못했고, 그마저도 배회자의 훌륭한 몸놀림 탓에 얕은 상처에 그쳤다.

찰나의 공방 끝에 배회자는 단숨에 뒤로 물러나 거리를 벌렸다. 검은 칼날이 있는 한, 근거리에 계속 머무르는 것은 불리하다고 판단한 것이리라. 기본에 충실한 히트 앤드 어웨이 전법이다.

그것은 그야말로 과거에 미라가 상대했던 플레이어의 움직임을 보는 듯했다.

배회자가 착지한 직후, 그 주변을 여섯 개의 검은 팔이 기다렸다는 듯이 에워쌌다. 그리고 손에 든 성검을 내리쳤다.

그 6연격은 착지의 영향으로 경직되어 있던 배회자에게 직격했다. 강렬한 충격음과 금속이 찌그러지는 소리가 울렸다.

"흠, 이 몸이 생각해도 터무니없는 조합을 만들어내고 만 것 같군."

부분 소환에 성검 상크티아를 합친 통렬한 6연격은 완벽한 타이밍에 배회자에게 적중했다. 처음부터 이 순간을 이제나저제나 노리고 있던 미라는 심각한 손상을 입은 배회자를 쳐다보며 중얼거렸다.

성검 상크티아. 미라의 기량으로는 직접 휘두를 수 없지만, 다크나이트라는 실력 있는 소환수의 실력을 빌리면 충분히 그 진가를 발휘할 수 있었다. 그리고 그로 인해 발생한 참격은 성검이라는 이름에 걸맞게 매우 강력해서, 부분 소환이라는 형태를 취해도 충분히 위력이 발휘되었다.

"뭐어, 난발할 수 없다는 것이 결점이라면 결점이다만."

시험을 마친 결과는 그렇게 분석 결과를 입에 담았다. 부분 소환 자체는 마나 소비가 매우 적다. 하지만 성검인 만큼 상크티아를 소환하는 데에는 상당한 양의 마나가 소비된다. 부분 소환으로 마나를 억제할 경우, 상크티아는 실체화조차 불가능하기에 이 경우에도 한 번의 소환과 같은 양의 마나를 소비하여 소환할 수밖에 없었다.

하지만 부분 소환의 기습 성능과 성검의 위력을 고려하면 충분히 실용할 만한 수준이라 할 수 있을 것이다.

미라는 이 결과를 똑똑히 염두에 두고 다음 연구에 적용하자는 생각을 하며 의기양양한 미소를 지었다.

'그럼, 소울하울은——.'

잘 하고 있을는지. 미라가 그렇게 생각하며 보스방 쪽으로 몸을 돌린 그때. 무수히 많은 금속 접시를 흩뿌린 듯한 귀에 거슬리는 소리가 등 뒤에서 들려왔다.

"무어냐?"

미라가 배회자를 향해 다시 몸을 돌린 순간, 강렬한 충격음과 동시에 불꽃이 튀었다. 그리고 통로를 가로막고 있던 중후한 홀리로드가 약간 밀려나기까지 했다.

"호오…… 강화 장갑이었던 건가."

날카로운 일격이었다. 거대한 방패 사이로 보인 그것은 낡아빠진 인조인간 같은, 어쩐지 특촬물 주인공을 연상케 하는, 미라가 잘 아는 배회자의 모습이었다. 자세히 보니 녀석의 등 뒤에 움푹 팬 수많은 금속판이 나뒹굴고 있었다. 다시 말해서 성검이 벤 것은 외부 장갑뿐이었던 것이다.

그렇게 본래의 모습으로 돌아간 배회자를 검은 칼날이 노렸다. 하지만 장갑을 벗어던지고 몸이 가벼워진 덕분인지, 배회자의 속도는 눈에 띄게 상승해서, 모든 공격을 이리저리 회피해 보였다.

그리고 다시금 거리를 벌리기 위해 뒤로 도약한 배회자는 착지 시의 경직을 노린 미라의 부분 소환마저도 후방 공중제비로 회피했다. 그 모습은 그야말로 특촬물 주인공 같았다.

"강화 외장을 분리해서 속도가 상승한 건가. 놀라울 정도로 정석적인 전개로구먼."

미라는 과거에 보았던 로봇 애니메이션을 떠올리며 중얼거렸다. 강화 외장에 의한 방어력의 상승, 여러 가지 추가 병장. 배회자의 경우에는 방어력뿐이었지만 그러한 것들을 사용할 수 없게 되었을 때, 모든 것을 해제함으로써 본래의 속도를 되찾는 전개.

주인공의 기체는 대부분 속도를 중시한 탓에 해제 후에는 물 만난 고기처럼 전장을 내달린다. 심지어 외부 장갑이 있었을 때를 능가하는 활약까지 펼친다.

배회자의 강화 외장은 완전히 그것과 같았다. 수행용 중량물을 버리기라도 한 듯, 풋워크는 가벼워졌고 속도도 비약적으로 빨라졌다.

"흠…… 일격의 위력도 올랐군그래."

배회자가 다시금 가속해서 참격을 내질렀다. 그것을 가만히 관찰하던 미라는 그 일격으로 생기는 방패의 흠집이 깊어졌다는 사실을 알아챘다.

배회자 본체뿐 아니라 그 참격의 속도도 상당히 빨라졌다. 속도는 곧 힘이기도 하다. 강화 외장을 해제함으로써 배회자는 정말로 무언가의 주인공처럼 파워업한 것이다.

'중량이 가벼워지면 공격도 가벼워지기 마련이건만. 뭐어, 덕지덕지 붙인 듯 보였던 장갑은 오히려 방해만 됐던 겐가.'

전투 시작시의 배회자는 척 보기에도 울툭불툭한 모양새를 하고 있었다. 분명 그 때문에 움직임과 균형에 발생한 문제가 참격에 영향을 미친 것이리라. 다시 말해서 방금 전의 그것은 완벽한 상태에서의 일격이었던 셈이다.

"그럼, 제2진형을 써야겠구나."

배회자의 일격은 속도뿐 아니라 조금이나마 홀리로드를 뒤로 밀어낼 만큼의 충격력도 갖추고 있었다. 상당히 위력이 상승했다는 증거다. 이대로 가면 참격에 베이기 전에 분쇄될 우려도 있었다.

하지만 미라는 초조해하지 않고 배회자의 후방을 노려보았다.

배회자는 검은 칼날이 아슬아슬하게 닿지 않을 위치에서 대기하고 있다. 그리고 충분히 힘을 모았다가 단숨에 가속해서 최고의 일격을 가하는 히트 앤드 어웨이 전법을 반복했다.

그렇다. 배회자의 일격에는 도움닫기를 할 거리가 필요한 것이다. 그런 배회자가 서 있는 곳은 대략 5미터 앞이다.

그것은 여유롭게 미라의 소환 가능 범위 안이었다.

중심을 낮춘 자세로 배회자가 질주했다. 그 직후, 칼날이 거대한 방패를 깎아내며 빨간 불꽃을 튀겼다. 미라는 그 광경 앞에서 씨익 웃으며 소환술을 발동했다.

배회자가 검은 칼날을 피해 뒤로 도약한다. 그 순간, 미라는 배회자와 눈이 마주친 것을 느꼈다. 아무래도 상대는 미라를 관찰하고 있었던 모양이다. 그리고 술식의 기동을 확인하고 타이밍을 맞춰 부분 소환을 회피하고 있었던 것이리라.

기계장치 배회자. 마키나 가디언을 제외하면 고대지하도시 최강이라는 평가는 과장이 아닌 것이다.

하지만 배회자는 한 가지를 간파하지 못했다. 미라가 어떤 소환술을 발동시켰는지를.

배회자는 착지와 동시에 부분 소환을 경계한 것인지 잽싸게 옆구르기를 했다. 하지만 그것은 나타나지 않았다.

그 대신 배회자의 등 뒤에 홀리나이트 둘이 나란히 소환되어 있었다. 홀리로드와 마주한 모양새로.

순간, 그 의도를 알아챈 것인지 배회자는 홀리나이트에게 덤벼들었다.

"이미 늦었다."

　미라는 슬그머니 입꼬리를 치올리며 그 홀리나이트를 동시에 변이시켰다.

　강렬한 충격음이 울리고 불꽃이 튀었다. 그것은 배회자의 칼날이 새로 나타난 홀리로드의 방패에 막혔다는 증거였다.

"어딜 가나 독 안에 든 쥐 진형, 완성이다!"

　앞으로도 뒤로도 도망칠 곳이 없다. 거대한 방패로 통로를 완전히 봉쇄하고 배회자를 그 안에 가둔 미라는, 득의양양한 표정을 한 채 틈새를 통해 배회자를 쳐다보았다.

　배회자는 날뛰고 있었다. 최대한 도움닫기를 해서 최대의 참격을 홀리로드에게 박아넣고 있다. 자신이 어떤 상황에 처했는지를 이해한 것인지, 그 맹공은 가열하기 그지없었다.

　하지만 그렇다고 홀리로드의 방어가 쉽게 뚫릴 리가 없는 데다, 미라의 명령으로 그 중후한 몸을 천천히 앞으로 전진시키기 시작했다.

　서로 마주한 형태로 앞뒤를 가로막은 홀리로드가 앞으로 걸어나간다. 그러면 어떻게 될지는 보지 않아도 뻔했다. 1미터, 2미터…… 배회자가 움직일 수 있는 공간이 침식되기 시작했다.

　배회자는 마치 우리에 갇힌 채 날뛰는 맹수처럼 몸부림을 치며 홀리로드에게 참격을 날렸다. 하지만 그 우리가 좁아질수록 도움닫기 거리도 짧아져서 처음에 비해 상당히 위력이 떨어졌다.

그리고 계속해서 1미터, 2미터……. 결국 손만 뻗으면 앞뒤로 닿을 정도로 거리가 줄어들어, 배회자는 도움닫기는커녕 마음대로 칼을 휘두르지도 못하게 되었다.

"자아, 최종단계다."

그렇게 중얼거린 미라는 다음 지시를 홀리로드에게 내렸다. 그러자 홀리로드 넷이 즉시 움직이기 시작했다. 거대한 방패를 능숙하게 움직여 중심에 자리한 공간을 더욱 좁게 하더니, 결국에는 네 방향에서 방패로 에워싸서 배회자를 포위하는 모양새가 되었다.

앞뒤뿐 아니라 사방을 방패로 에워싸자, 마치 세로로 세워둔 관 같은 그 안에서 배회자가 저항하는 소리가 들려왔다.

"그 유명한 기계장치 배회자도 이렇게 하면 아무것도 못 할 테지."

미라는 방패와 방패 사이로 계속해서 날뛰는 배회자의 모습을 쳐다보며 조용히 미소를 짓더니, 마지막 명령을 내렸다.

다크로드 둘이 천천히 앞으로 나섰다. 그리고 방패로 된 우리의 앞뒤에 선 직후, 토벌이라는 이름의 처형이 시작되었다.

두 대의 다크로드가 내지른 무수히 많은 검은 칼날이 방패의 좁은 틈새를 통해 내부로 침입하여, 거기에 갇혀 있던 배회자를 가차 없이 베어 나갔다. 그 광경으로 말하자면 정말로 트릭이 전혀 없는 칼 찌르기 마술을 보는 듯했다.

검은 칼날이 요동칠 때마다 저항하는 소리가 격렬해졌다. 하지만 두 번, 세 번 반복할 때마다 그것은 약해졌고 여덟 번을 휘두르고 나자 결국 소리가 그쳤다.

"흠, 끝인가. 꽤나 오래 버텼군그래."

미라는 일단 다크로드에게 칼날을 무르게 하고 틈새를 통해 안을 확인하고서 그렇게 중얼거렸다.

틈새로 본 배회자는 이미 원형을 알아볼 수 없을 정도로 파손되어 고철덩이가 되어 있었다.

방패 하나를 치우게 하자 달그락, 하는 무기질적인 소리가 울리더니 산산조각이 난 배회자의 잔해가 흘러나왔다. 어디가 팔이고 어디가 다리인지도 구분이 안 될 정도로 철저하게 파괴되었다.

"이 몸은 공명의 환생인 겐가."

재빨리 적의 움직임을 봉하고 일방적으로 두들겨 패는 작전이 성공하자 미라는 기분이 좋아져서 가슴을 젖힌 채 말했다.

『이것 참 훌륭하군그래. 이렇게나 가차 없는 전투라니, 내 마음에 쏙 드는군.』

『나는 정면으로 온 힘을 다해 부딪히는 게 좋아. 힘과 힘, 기술과 기술, 멋지잖아?』

완전히 관람 모드에 돌입한 정령왕과 마텔의 목소리가 머릿속에 울렸다. 미라는 배회자와의 전투가 어쩐지 싱겁게 끝난 것 같다는 생각에 쓴웃음을 지었다.

참고로 일찍이 이 포위진에 당한 플레이어는 동료들에게 이렇게 푸념을 했다고 한다. "나, 다시는 덤블프랑 싸우고 싶지 않아"라고. 이러한 일이 반복된 결과, 덤블프는 아홉 현자 중에서도 상대하고 싶지 않은 인물의 1위로 꼽히고 말았다. 하지만 이것은 미라 본인은 전혀 모르는 이야기였다.

기계장치 배회자를 난도질해서 격파한 미라는 이제 본격적인 싸움에 나서고자 다크로드와 홀리로드를 송환했다. 그와 동시에 배회자의 잔해더미가 우르르 무너졌다.

"……그러고 보니 이거, 혹시."

문득 그것을 돌아본 미라는 뭔가가 생각난 것인지, 그 잔해를 뒤지기 시작했다. 그리고 얼마쯤 지나, 그 속에서 붉은 구슬과 검은 금속 파편, 그리고 배회자가 휘둘렀던 칼날을 집어들었다.

"역시 그랬구먼! 합쳐서 500만은 하겠어!"

마치 돈에 눈이 먼 사람처럼 미라는 그 세 가지를 조심스럽게 아이템 박스에 넣었다. 그것들은 배회자의 드롭 아이템 중에서도 희귀한 상위 세 종류였다.

미라는 새삼 생각했던 것이다. 게임이었던 시절에는 확률이라는 저주받은 시스템의 지배를 받았던 아이템 드롭이, 현실이 된 지금이라면 달라지지 않았을까 하고.

게임이었던 시절, 마물 등이 드롭하는 소재는 마물을 해체함으로써 입수할 수 있었다.

마물 등을 쓰러뜨리면 그 시체를 아이템 박스의 특수칸에 넣고, 이것을 각 도시 등에 있는 해체상에 가져가거나 기능을 습득해서 직접 해체해야 비로소 소재가 되었다.

해체하면 시체 하나당 한두 개의 소재를 입수할 수 있다. 이 숫자는 해체상의 기량에 따라 달라지며 기능으로 해체했을 경우에도 그 숙련도에 따라 결과가 달라졌다.

그리고 가장 중요한 희귀도 역시 기량, 숙련도에 따라 달라졌다. 당연히 높으면 높을수록 희소 부의 등의 입수 확률이 높아지게끔 되어 있었다.

그리고 이러한 게임을 플레이해본 적이 있는 이라면 누구나 한 번쯤은 이런 경험이 있을 것이다. 예를 들어 적이 드롭하는 가장 희소하고 입수 확률이 매우 낮은 소재가 뿔이었다 치고, 원치 않던 아이템을 입수했을 때 '아니, 저기 있는 뿔을 자르라고'라고 생각했던 적이.

확률. 그것은 게임이기에 존재했던 한계다. 하지만 미라는 깨달았다. 현실이 된 지금은, 눈앞에 있는 뿔을 자르는 것이 가능하다는 사실을.

그 결과가 바로 이것이었다. 배회자의 동력원인 붉은 구슬, 중요한 기관을 보호하기 위한 장갑에 사용된 검은 금속 파편, 그리고 홀리로드의 방패를 그토록 두들겼음에도 파손되지 않은 칼날. 그것들이 모두 다 잔해 안에 묻혀 있었던 것이다.

요컨대 '드물게 체내에서 생성된다'는 실제로 운이라는 요소가 작용하는 조건이 아닌 경우, 과거에는 입수 확률이 좋지 않았던 아이템이라도 확정적으로 입수할 수 있게 된 것이다.

"그렇다면 마키나 가디언도……."

마키나 가디언의 고유 아이템은 열 종류다. 모두가 다른 부위이거나 부품이거나 해서 희귀도가 각각 다르다. 게다가 최소 랭크라도 어지간한 소재보다 훨씬 희귀도가 높다.

쓰러뜨린 후, 배회자와 마찬가지로 잔해를 선별해보면 그중에서도 매우 희귀한 소재를 확정적으로 입수할 수 있을지도 모른다. 그리고 그것은 게임이었던 시절에도 소문으로만 들었을 뿐, 미라도 본 적이 없었던 매우 희귀한 물건이었다.

'분명 어제, 소울하울 녀석은 전리품을 모두 이 몸에게 넘기겠다는 식으로 말했었지……? 음, 분명 그러했다!'

언질을 잡았다는 듯 씨익 웃은 후, 미라는 의욕이 충만해서 소울하울이 기다리는 보스방을 향해 달려갔다.

분명 희귀 소재의 입수는 쉬워졌다. 하지만 그렇게 됨으로 인해 한 가지 제한도 생겨났다. 그것은 마물의 가죽이 필요하면 가죽을 상하게 하지 않고 쓰러뜨려야만 한다는, 실로 현실적인 제한이었다.

그런 면에서는 소재를 얻기 위해 일단 쓰러뜨리고 보았던 게임이었던 시절보다 난이도가 올라간 셈이다. 소재를 얻기 위해서는 부위 등을 판별하는 관찰안이 필요해진 것이다.

하지만 신나게 돌격 중인 미라가 아는 것은 소재의 명칭과 그 설명문뿐이었다.

"호오, 준비는 다 끝난 모양이구나."

보스방에 도착한 미라는 눈앞에 펼쳐진 광경을 보고 만족스러운 투로 중얼거렸다. 현재 보스방은 어제 이곳을 찾았을 때와는 완전히 다른 전장이 되어 있었다.

우선 입구에서 50미터 정도 떨어진 곳에 거대한 성문이 서 있고, 그곳을 중심으로 방을 가로지르는 모양새로 벽이 이어져 있어서 완전히 방이 둘로 나뉘어 있었던 것이다. 거대한 벽은 척 보아도 무시무시한 중량감이 느껴졌다.

그리고 방의 끝까지 이어진 그 벽에는 무수히 많은 포대가 배치되어 있었다. 심지어 내부에서 일사불란하게, 규칙적으로 움직이는 골렘들에 의해 운용되고 있어서 좀 전부터 쉴 새 없이 불을 뿜어대고 있었다.

그 모습은 마치 농성전을 방불케 했다. 그리고 그것은 어제 세운 작전이 차질 없이 실행되고 있다는 증거이기도 해서, 미라는 더더욱 힘을 키운 소울하울의 술식에 감탄하며 '공활보'를 써서 성벽 위로 뛰어올랐다.

"잘 되어 가느냐?"

성벽 최상부, 성루처럼 생긴 그곳에 내려선 미라는 합류하자마자 그렇게 물었다. 그러자 소울하울은 "반쯤은"이라고 답하더니 안쪽에 있는 마키나 가디언을 보라고 눈짓을 했다.

"보다시피, 학습한 모양이야. 이제 정면에서의 포격은 거의 통하지 않는다고 봐야 할 것 같아."

거대한 벽의 건너편. 주전장이 된 그 공간에는 거대한 마키나 가디언만이 서 있었다. 그 마키나 가디언은 현재, 호포(號砲)와 함께 발사된 포탄을 여러 개의 다리로 떨쳐내고 있었다. 맞지 않고 흘려 넘기고 있는 것이다. 충격을 가하면 폭발한다는 것을 학습한 것이리라.

날렵하고도 섬세하게, 그러면서도 놀라울 정도로 기민하게 움직여 차례로 쇄도하는 포탄을 처리해 나간다. 그 주변에서는 목표를 상실하고 땅바닥과 격돌한 포탄이 강렬한 폭음을 내며 불기둥을 피워 올리고 있었다.

어젯밤에 전장에 난립했던 포탑들과는 달리, 성벽에 배치된 포대에서 발사된 포탄은 A랭크 마물조차도 날려버릴 수 있을 정도의 위력을 지녔다. 하지만 폭염이 휘몰아치는 곳 한복판에 떠오른 마키나 가디언은 그것을 손쉽게 떨쳐내며 조용히 이쪽을 쳐다보고 있었다. 기분 나쁜 박력이 느껴지는 광경이었다.

"일제히 발사해 보아도 안 되더냐?"

미라는 그 광경을 바라본 채 문득 그렇게 말했다. 마키나 가디언은 여덟 개 중 네 개의 다리로 포탄에 대처하고 있다. 그렇다면 대응 속도에도 한계가 있을 것이다.

그러한 모습을 보고 머릿수야말로 힘이라 여기는 미라는 일제 포격으로 대처할 수 없을 만큼의 포탄을 쏘면 어떨까 하는 취지에서 그렇게 물었다. 그렇게 하면 몇 발은 흘려 넘기지 못하고 착탄하지 않겠느냐는 것이다.

"확실히, 일제히 발사하면 대미지는 줄 수 있겠지."

소울하울은 그렇게 말하더니 전투 개시 직후의 상황을 설명했다.

아무래도 이미 두 번 정도 일제 포격을 실행했었던 모양이었다. 어젯밤까지 포탑을 운용한 탓에 마키나 가디언은 그때의 경험을 통해 학습해서 성벽에서의 포격에도 대응하고 있는 것이리라고 소울하울은 말했다.

하지만 대응 속도에도 한계가 있을 거라 생각해 일제 포격을 실시했다는 모양이다.

"확실히, 대미지는 입었어. 나름의 손상은 입힐 수 있겠지. 하지만 뭐어, 문제는 그다음이야."

쉴 새 없이 발사되는 포탄을 바라보며 소울하울은 설명을 이어나갔다. 일제포격을 하면 다음 포탄도 동시에 장전해야 한다고. 그리고 마키나 가디언은 그 순간을 노리고 있다는 모양이다.

"만약을 위해 두 번 정도 확인해 봤어. 그 결과가, 저거고."

소울하울은 눈짓으로 현재 위치에서 보이는 벽의 일부를 가리켜 보였다.

그 말을 듣고 고개를 내밀어서 보니 튼튼해 보이는 성벽에 커다란 흠집이 나 있었다. 만약 같은 장소에 비슷한 위력의 공격을 두세 번 더 맞으면 무너질 정도로 파손되어 있었다.

"일단 '난동'을 두 번 맞았어. 아직 두 번이기는 하지만, 대충 예상이 돼. 일제 포격을 가하면, 확정적으로 그 공격이 올 거야."

이 성벽은 이번 작전에서 중요한 역할을 띠고 있다. 붕괴되면 답이 없다. '난동'이 올 우려가 있는 이상, 일제 포격은 이 이상 못할 것으로 보아도 될 듯했다.

"뭐어, 그런고로, 아직까지 포격은 효과를 거두지 못하고 있어. 이게 초반 전투 양상의 절반이야. 그리고, 나머지 절반이 저 파손 자체인데, 장로는 어떻게 생각해?"

잘 되어가냐는 미라의 물음에 소울하울은 '반쯤은'이라고 답했다. 듣고 보니 잘 되어간다고는 할 수 없을 듯했지만, 그의 얼굴에는 어째서인지 자신감이 가득했다.

"흠, 확실히 반쯤은 잘 되어가고 있구나. '난동' 두 방에 이 정도 손상이라니, 무섭도록 튼튼하구먼."

미라는 벽에 난 흠집을 바라본 채, 진심으로 감탄한 듯한 표정을 짓고서 답했다.

마키나 가디언이 때때로 실행하는 공격, 통칭 '난동'. 그것은 어젯밤에 보았던 레이저빔 다음으로 강력한 마키나 가디언의 고유 기술로, 모든 강화 관련 술식과 방어 강화 기능을 발동시킨 완전 방어태세의 성기사조차도 버틸 수가 없는, 상식 밖의 일격이었다.

소울하울이 만들어낸 성벽은 그런 강력한 일격을 두 번이나 견디고서도 형태를 유지하고 있으니 보통 튼튼한 것이 아니라 할 수 있었다.

"골렘 등에게 특성을 추가한다느니 어쩌니 하는 소리는 들었다만, 그대의 '캐슬 골렘'의 경우에는 이토록 터무니없는 성능을 지니게 되는구나."

캐슬 골렘. 그것은 소울하울의 대명사가 된 '거벽'의 정체로, 장소의 영향을 받기는 하지만 다양성을 지닌 최상급 사령술 중 하나였다.

우선 캐슬이라는 이름이 말해주듯, 이 사령술은 그야말로 왕성에 필적할 정도로 거대한 골렘을 만들어낸다. 나아가 이 성은 싸우기 위한 성으로, 백 문을 넘는 포대 외에도 온갖 병기를 갖추고 있었다.

본래 이 포대와 무기는 사람의 손에 의해 운용되는 것이지만,

소울하울은 포수를 대신할 골렘을 만들어내, 혼자서 이것을 운용했다. 결과적으로 본성을 앞에 두고 온전한 성을 하나 더 공략해야만 하는 전개가 형성되어, 당시 알카이트 왕국을 침공하던 플레이어들은 어이가 없는 나머지 실소를 터뜨렸다는 일화가 남아 있었다.

그리고 현재, 전장을 분할하듯 우뚝 선 이 거벽은 '캐슬 골렘'의 일부였다. 이러한 골렘은 부분별로 운용할 수 있다는 이점이 있어서 좁은 공간에서도 의외로 활약을 하고는 했다.

미라는 조금씩 수복되고 있는 '캐슬 골렘'의 벽을 바라보며 과거 이스즈 연맹의 정예 중 한 명인 뱀에게 들은 이야기를 떠올렸다. 미스틱 대거라는 술구로 특별한 영혼을 사령 계열 마물에게서 추출해, 그것을 통해 얻은 특성을 골렘에게 추가하여 다채로운 강화를 꾀한다는 사령술의 신기능에 관한 이야기를.

"이번에는 분명, '튼튼함'을 추가하겠다고 했었지. 보아하니 '캐슬 골렘'은 모든 면에 있어 터무니없는 성능을 발휘할 것 같구나."

"아니, 이건 특히나 궁합이 좋았던 것뿐이야. 이 녀석에게 '민첩함'이나 '도약'이라는 걸 추가해 봐야, 의미가 없었거든."

아무래도 상급 술식이 봉인되기 전에는 이런저런 실험을 했었던 모양이다. 소울하울은 그렇게 말하며 쓴웃음을 짓더니 "이번에도, 실제로는 어떻게 될지 몰랐어"라고 말을 이었다.

'캐슬 골렘'에 특성으로 '튼튼함'을 추가하기는 했지만, 그것을 한계까지 시험해볼 수 있는 상대가 당시에는 근처에 없었다는 모양이다. 그리고 이번에 대규모 레이드 보스라는 적절한 상대를 만난 덕에 그것이 얼마나 튼튼한지를 상세하게 파악할 수 있었다고 한다.

소울하울은 예정했던 것보다 훨씬 오랫동안 버틸 수 있을 것 같으니, 견제와 아군의 방어는 모두 맡겨두라며 자신만만하게 단언해 보였다.

이 결과는 미라 일행에게 상당한 이점으로 작용했다. 일격으로는 뚫리지 않는 방어벽. 그곳에 숨으면 안전하게 명상—— 다시 말해서 '유전심법'을 사용할 수 있다.

"그렇다면 평소처럼, 그대의 캐슬 골렘에게 신세를 져보도록 할까."

소울하울의 캐슬 골렘은 방어의 핵심이다. 거물을 상대할 때는 거점과 대피소 등으로 크게 활약을 하기도 했다.

"그래, 공격은 맡기겠어."

상급 사령술이 해금된 것이 어지간히도 기뻤는지, 소울하울은 상당히 들뜬 듯했다. 그는 신이 난 얼굴로 추가 포탄을 보충하기 시작했다. 캐슬 골렘에 부속된 전용 병기를 생성하는 사령술이다.

접촉식 말고 시간 지연식도 섞어볼까. 소울하울은 그런 소리를 중얼거리며 운용 골렘에게 포탄을 운반시켰다.

미라는 대담한 미소를 띤 소울하울의 모습을 보고 쓴웃음을 지으며 성루에서 다시 성문 안쪽으로 뛰어내렸다.

12

"그런고로 적은 어제 봤던 덩치다."

성벽 뒤편에 위치한 문 앞. 미라는 어제에 이어 아이젠파르드와 발키리 일곱 자매를 소환해서 간단하게 상황을 설명했다.

"맡겨만 주십시오, 어머니!"

이틀 연속으로 소환된 탓인지 아이젠파르드는 평소에 비해 기분이 좋아 보여서, 당장에라도 뛰쳐나가 버릴 듯한 기세였다.

"저희 자매는 주인님의 뜻에 따르겠습니다."

그에 반해 자매들은 조용히 명령에 응했다. 하지만 그 눈에는 강한 투지가 깃들어 있었다. 상위 상대와의 전투를 앞두고 흥분한 모양이다. 대략 한 명, 막내인 크리스티나만 빼고.

어제의 격전이 떠올랐는지 크리스티나는 눈에 눈물이 글썽글썽했다.

"다음은, 서포트 요원 차례구나."

미라는 그렇게 중얼거리며 로자리오 소환진을 전개했다.

최고의 전투력을 자랑하는 아이젠파르드와 모든 면에서 우수한 적응력을 지닌 발키리 자매. 전력을 다해 싸울 때는 빼놓을 수 없는 그 둘에 이어서 미라는 보조 요원 역할을 맡을 자들을 소환해 나갔다.

소리의 정령 레티샤, 정적의 정령 워즈랑베르를 시작으로 페가수스에 단원 1호인 캐트시, 거기에 가루다도 모습을 드러냈다.

"주주님~. 주주님의 두 번째 노래가 완성됐어요오."

레티샤가 마법진에서 나오자마자 콧노래를 부르기 시작했다.

"오랜만에 차례가 왔다 싶었더니, 뭔가…… 쟁쟁한 분들이 많군요……."

황룡 아이젠파르드와 발키리 자매, 레티샤 등을 본 워즈랑베르는 약간 경직된 미소를 지어 보였다. 그에 반해 단원 1호는 기운이 넘쳤다.

"결전의 예감, 입니다냥~!"

처음 보는 얼굴도 있지만, 그곳에 늘어선 멤버와 분위기를 통해 상황을 파악한 것인지, 단원 1호는 잔뜩 흥분해서 [과감함과 무모함은 종이 한 장 차이]라고 적힌 팻말을 손에 들고 펄쩍펄쩍 뛰었다.

그리고 페가수스로 말하자면, 당연하다는 듯 미라의 옆에 서 있었다.

가만히 구석에 내려선 가루다는 침묵을 지키며 미라의 지시를 기다렸다.

"오늘은 격렬한 싸움이 되겠지만, 잘 부탁하마."

미라가 일동을 둘러보며 그렇게 말한 직후, 그곳에 모여 있던 자들 사이에 긴장감이 감돌기 시작했다. 대략 두 명, 레티샤와 단원 1호는 꼭 그렇지만도 않았지만, 아무튼 적절한 긴장감이 주변을 감쌌다.

"자아, 다음은 본대(本隊)를 소환해 볼까."

미라는 잽싸게 성문 뒤 곳곳을 소환 지점으로 설정하기 시작했다. 현재 시점에도 도시 하나를 함락시킬 만큼의 전력을 갖추고 있기는 하지만, 마키나 가디언을 상대하기에는 아직 부족했다.

단둘이서 레이드 보스를 상대해야 하니 전력을 아낄 만한 여력은 없다. 그렇기에 이번 전투에 온힘을 쏟기로 마음을 먹은 미라는, 미라의 가장 큰 장기인 인해전술을 동원하기로 했다.

주변의 마나를 자신의 것으로 만드는 '선주안'을 눈에 발동시키고, 소환술을 행사한다. 그와 동시에 미라의 온몸에 정령왕의 가호 문양이 떠올랐다.

그것은 지금까지의 '군세' 소환과는 전혀 다른 것이었다.

미라의 정면을 중심으로 무수히 많은 마법진이 연쇄되듯 퍼져나갔다. 그 마법진은 다크나이트의 것도, 홀리나이트의 것도 아니다.

천에 달하는 그것들에서 미라의 새로운 전력이 모습을 드러냈다.

다크나이트와는 다르다. 홀리나이트와도 다르다. 하지만 그것은 기사의 모습을 하고 있었다.

"음, 성공했군그래."

눈앞에 늘어선 새로운 '군세'를 바라보며 미라는 만족스러운 미소를 지었다.

그것은 정령왕의 가호와 소울하울의 연구서에서 얻은 합성술의 지식을 최대한 활용하여 구축한, 미라의 독자적인 소환술이었다.

정령왕의 가호에는 '연결하는 힘'이 있다. 미라는 저택 정령의 편리성을 높이기 위해 이것을 이용하여 부엌과 샤워실 등을 사용할 수 있게끔 각 정령의 힘을 저택 정령에 연결했다.

그리고 이때 다른 것도 연결할 수 있지 않을까 생각했다. 그리고 그 생각에 확신을 준 것이 소울하울의 합성술 이론이었다.

그 결과물이 이 잿빛 기사다. 그야말로 방랑기사라는 이름이 어울릴 것 같은 모습의 이 기사는 왼손에 기사 방패, 오른손에는 검은 성검을 들었다.

미라는 다크나이트와 홀리나이트를 연결한 것이다. 심지어 성검 상크티아의 힘도 부여함으로써 잠재력을 비약적으로 상승시켰다.

잿빛기사는 다크나이트와 홀리나이트의 특성을 겸비한 동시에 전체적인 능력치도 격상된 상태다. 특히, 손에 든 무기는 성검이기에 공격면에서의 강화가 뛰어났다.

미라의 새로운 소환술은 무구 정령이라는 틀을 크게 벗어난 것이었다. 잿빛 기사가 지닌 힘은 상급 소환에 뒤지지 않을 것이다. 그러면서도 무구 정령이기에 그 소환 숫자에 제한은 없었다.

하지만 그리 가볍게 사용할 수 있는 것은 아니었다. 정령왕의 가호를 통해야 하며 성검 상크티아도 부여했기에 잿빛 기사 하나의 마나 소모량은 상당했다. 그야말로 상급 소환에 필적할 정도다.

하지만 어디까지나 하급 소환이기에 무영창으로 상급 소환에 비할 수 있는 전력을 투입할 수 있다고 생각하면 다양한 방법으로의 운용이 가능할 듯 보였다.

"자아, 알피나여. 대형 기술을 사용할 시점의 판단과 이 군세를 그대와 자매들에게 맡기마. 신속하게 부대를 편성해다오."

미라는 새로운 '군세'의 완성도에 흡족함을 느끼며 알피나에게 고개를 돌렸다.

"알겠습니다."

자매들은 잿빛 기사의 모습을 처음 보았다. 그것은 척 보아도 알 수 있을 정도의, 전에 없이 강한 힘을 지닌 군세였다. 그만한 병력을 맡기겠다는 미라의 말이 이루 형용할 수 없을 정도로 영광스럽게 느껴져서, 알피나는 진심으로 기뻐하며 미라의 앞에 무릎을 꿇었다.

알피나의 지휘하에 자매들은 잿빛 기사의 '군세'를 분할해 부대를 편성하기 시작했다.

미라는 상당히 의욕적인 알피나의 목소리가 울려 퍼지는 가운데, 단원 1호에게로 고개를 돌렸다.

"자아, 단원 1호여. 이번에도 그대에게는 늘 그러했듯 중대한 임무를 부탁하고 싶구나. 무슨 말인지 알아듣겠느냐?"

그렇게 말하며 미라는 돌멩이 크기 정도의 마봉석 네 개를 건네주었다.

"해내고 말겠습니다냥!"

그것을 공손하게 받은 단원 1호는 잽싸게 닌자 같은 의상으로 갈아입고 손으로 수인(手印)을 맺는 포즈를 취해 보였다. 등 뒤에는 요란한 색으로 [숨은 주인공]이라고 적힌 팻말이 있었다.

늘 맡겼던 중대한 임무. 단원 1호는 자세한 설명을 듣지 않고도 그것이 무엇인지 알았다. 그럴 만도 했다. 옛날부터 최대 전력이 필요한 상황에서는 이것이 단원 1호의 임무였기 때문이다.

그 내용은, 미라가 특별히 제작한 특수 마봉석을 전장의 네 귀퉁이에 배치하는 것이다.

마봉석에 봉인된 것은 소환술사의 기능, '아르카나 제약진'이다. 이것을 설치하면 근처에 존재하는 소환체의 힘을 강화하는 것이 가능해진다. 그리고 가장 그 효력이 크게 발휘되는 상태가 제약진으로 네 방위를 에워싼 상태다. 그렇게 하면 에워싼 범위를 제약진의 영향하에 둘 수 있다. 최대 범위에 제한이 있기는 하지만 이번에 전장이 된 홀 정도라면 미라의 힘으로 충분히 커버할 수 있었다.

제약진은 술자 근처에만 설치할 수 있었지만, 여러모로 재주가 좋은 단원 1호의 힘을 빌리면 멀리 떨어진 장소에도 잽싸게 설치할 수가 있었다. 서포트 임무이기는 해도 상당히 중요한 임무다.

"이번 전장은 평소보다 더욱 위험하니 말이다. 도와주거라."

미라는 그렇게 말하며 단원 1호를 안아 올려, 그대로 페가수스의 등에 태웠다.

게임이었던 시절, 비슷한 상황에 놓였을 때는 대부분 아홉 현자가 모두 모여 있었다. 하지만 이번에는 미라를 숫자에 넣어도 둘뿐이다. 그래서 단원 1호 혼자 보내는 건 다소 불안하다고 판단한 미라는 페가수스의 기동력에 의지하기로 한 것이다.

"소생에게도 드디어 파트너가 생겼습니다냥~!"

단원 1호가 등에 올라탄 채 신이 나서 말했다. 그 모습에 페가수스는 순간적으로 얼굴을 찌푸렸지만, 미라가 "지켜주거라"라고 말하며 갈기를 쓰다듬어주자마자 의욕이 솟구친 듯 울음소리를 냈다. 그리고 등 뒤로 고개를 돌려 단원 1호에게 뭐라고 말을 했다.

"수십 번도 더 했던 임무입니다냥. 소생만 믿는 겁니다냥!"

임무의 내용은 아는지, 정말로 괜찮은 것인지. 그런 말을 나눈 것이리라. 페가수스의 말에 단원 1호는 당당하게 가슴을 편 채 답했다.

사실 이러니저러니 해도 단원 1호는 꽤나 경험이 풍부했다. 맡은 역할은 확실하게 해낼 것이다.

"자아, 다음이다."

작지만 믿음직하고도 사랑스러운 단원 1호에 이어, 미라는 워즈랑베르와 가루다에게 몸을 돌렸다. 그때 마침 자신이 맡은 '군세'를 일곱 개의 부대로 나누어 보기 좋게 도열시킨 알피나가 돌아왔다.

"흠, 마침 잘 됐구나. 그럼 이번 작전의 핵심을 전달하마."

미라는 그곳에 늘어선 군단을 본 채, 마키나 가디언을 타도하기 위한 작전 개요를 설명해 나갔다.

"문을 열어라!"

미라는 소국 정도는 손쉽게 함락시킬 듯한 전력을 등진 채, 위에 있는 소울하울을 향해 그렇게 소리쳤다. 그러자 잠시 후, 둔중하고도 중후한 소리와 함께 한참을 올려다봐야 할 정도로 거대한 문이 열리기 시작했다.

작은 틈새를 통해 건너편의 광경이 눈에 들어왔다. 그리고 지금까지는 멀게만 들렸던 착탄음이 직접적으로 들려왔다.

자세히 보니 마키나 가디언은 처음 확인했을 때보다 훨씬 가까이 다가와 있었다. 포격으로 발을 묶는 것도 효과가 옅어지기 시작한 모양이다. 학습을 한 것인지, 포격을 흘려 넘기는 동작이 더욱 세련돼진 데다 반응속도도 빨라져서 보다 가까이 접근할 수 있었던 것이다. 포신의 선회 각도상 조금만 더 늦었다면 사각 안으로 들어왔을지도 모른다.

　하지만 이제 모든 준비가 끝났다. 미라는 활짝 열린 문 앞에 서서 마키나 가디언을 정면에서 노려보았다.

　직후, 쉴 새 없이 울리던 포성이 그쳤다. 그리고 그 순간을 기다렸다는 듯 마키나 가디언이 다리를 크게 벌려 전진했다.

　바로 그때. 모든 포문이 일제히 불을 뿜었다.

　마키나 가디언에게 확실하게 손상을 입힐 수 있는 일제 포격이다. 마키나 가디언은 순간적으로 대응했지만 십여 발이 몸통에 꽂혀 폭염을 피워 올렸다.

　"돌격이다~!"

　그것을 신호 삼아 미라는 큰소리로 명령을 내렸다. 그러자 그 뒤에서 조용히 대기 중이던 군세가 한꺼번에 움직였다.

　일제 포격 후, 장전이 이루어지는 무음의 시간이 찾아왔다. 하지만 '군세'가 출격할 수 있는 현재, 그 빈틈은 있어도 없는 것이나 다름없었다.

　우선 아이젠파르드가 뛰쳐나갔다. 그리고 자욱하게 피어오른 연기 속에서 바야흐로 '난동'을 실행하려던 마키나 가디언에게 드래곤 브레스를 작렬시켰다.

섬광이 터지고 열풍이 휘몰아쳤다. 그것은 눈 깜짝할 새에 날아가, 멀리서 격렬하고도 눈부신 폭염을 일으켰다.

마키나 가디언은 아이젠파르드의 강렬한 드래곤 브레스로 인해 끄트머리까지 다시 밀려났다. 거대한 동시에 무시무시한 마력을 자랑하는 마키나 가디언을, 일격으로 밀어낸 것이다. 엄청난 위력이기는 했지만 소환술의 제약 탓에 힘을 완전하게 발휘한 것은 아니라는 사실이 놀라울 따름이다. 위에 있던 소울하울도 과거보다 위력이 증가한 그것을 보고 쓴웃음을 짓고 있었다. '근거리에서 그걸 쏘면 어쩌자는 거야, 멍청아'라는 말을 내뱉으며.

그렇게 폭풍이 휘몰아치는 가운데, 발키리 일곱 자매가 이끄는 잿빛 기사단이 전장으로 쏟아져 나왔다. 완벽하게 통제된 움직임으로 전개하여, 마키나 가디언을 에워싸듯 포진하는 그 모습은 그야말로 백전연마의 정예군을 보는 듯했다. 다시 성벽으로 달려들려 하는 마키나 가디언의 발을 묶은 직후, 본격적인 전투가 시작되었다.

"작전 개시입니다냥!"

마키나 가디언의 의식이 완전히 잿빛 기사단에게로 옮겨갔음을 확인한 단원 1호는 페가수스의 등에 단단히 매달려, 성벽의 구석을 팻말로 가리켰다. 그 팻말에는 자신만만한 필체로 [이 작전이 승패를 좌우한다]라고 적혀 있었다.

"음, 잘 부탁하마."

미라가 그렇게 말하자 단원 1호는 의기양양하게, 페가수스는 차분하게 고개를 끄덕이고서 전장으로 나아갔다.

"그럼, 다음으로 넘어갈까."

미라는 뒷일을 부탁한다는 뜻을 담아 문 안쪽에서 대기 중이던 워즈랑베르와 가루다에게 눈짓을 했다. 그리고 그 둘이 조용히 고개를 끄덕이는 것을 확인한 후, 레티샤를 데리고 소울하울이 있는 성벽 위로 돌아갔다.

"상황은 어떠하냐?"

소울하울의 옆에 서서 미라는 전장을 바라보았다. 이미 적대치──어그로를 끈 아이젠파르드를 주축으로 한 '군세'가 마키나 가디언 포위망을 완성시킨 상태였다.

"지금까지는 순조로워. 그나저나 장로가 비장의 카드라고 했던 저 잿빛 기사. 몇 번인가 충돌하는 걸 봤는데, 위력은 충분하던데?"

소울하울은 전장에서 눈을 떼지 않은 채 답했다.

전투가 본격적으로 시작되기 전까지 쉴 새 없이 이어지던 호포는 잠잠해졌지만, 태세 정비를 마친 포대는 다시 불을 뿜고 있었다. 그것은 성공적으로 마키나 가디언을 교란하고 때때로 동작을 제한하기도 하며 아이젠파르드와 자매들을 엄호하고 있었다.

"흠, 역시 성검을 쥐어주길 잘했군. 그러면 방어를 강화시켜 보실까."

마키나 가디언은 레이드 보스 중에서도 특히나 내구도가 높았다. 그것과의 전투를 앞두고 가장 걱정이었던 것은 장갑을 뚫을 만큼의 공격력이 있는가 하는 점이었다. 학습능력이 있다는 것을 아는 이상, 장기전은 피하고 싶었다.

과거 마키나 가디언과의 전투에서는 루미나리아를 필두로 플로네와 메이린까지 충분한 전력이 갖춰져 있었다. 하지만 지금은 한 명도 없다. 그 때문에 수중에 있는 카드로 그것을 보완할 필요가 있었다.

두 시간에 못 미치는 토벌 기록을 가진 솔로몬과 아홉 현자의 전력에 미치지는 못 하지만, 하다못해 오늘 중에 쓰러뜨릴 만한 공격력이 필요했다. 그래서 미라가 궁리한 방법이 성검을 부여하는 것이었다.

"그럼 레티샤여. 『사랑하는 기사의 세레나데』를 부탁하마."

"요청, 접수했어요오."

전장이 내다보이는 성루 옆, 그곳에는 넓은 공터가 있었다. 레티샤는 쾌활하게 깽깽이걸음으로 그곳의 중앙으로 향했다.

성벽 위, 부자연스럽게 트여 있는 공터는 레티샤가 중앙에 서자 다른 의미를 띠게 되었다. 그곳은 그녀만을 위해 준비된 무대였다.

예부터 함께 싸우는 일이 많았던 소울하울과의 연계 중 하나였다. 접근하는 자는 성벽에 배치된 포대로 인해 격추되기에, 상대측으로서는 레티샤의 음악을 멈추기가 매우 어려웠으리라.

그런 무대에 서서 레티샤가 노래를 하기 시작했다. 신비한 힘이 깃든 노래는 거리를 무시하고 전장 전체로 퍼져 나가, 레티샤가 아군으로 인정한 자들에게 힘을 부여했다. 그 효과는 대미지 경감이다.

"이제 당분간은 상황을 살펴야겠구나."

"그래, 예정한 대로 움직임이 변하는지 어쩌는지 보자고."

마키나 가디언은 손상 정도에 따라 행동 패턴과 공격 방법 등이 변화한다. 그중 최고 단계가 어젯밤에 보았던 레이저빔이었다. 손상률이 80퍼센트를 넘길 즈음부터 사용하는 그것을, 어젯밤에는 통로 청소용으로 사용했었다.

미라 일행은 그러한 사실을 염두에 두고 우선은 관찰부터 하기로 방침을 세워두었던 것이다.

미라는 기능대전에서 보고 새로 습득한 기능 '망원'을 사용해서 성벽 위에서 전장을 파악하고, 아이젠파르드와 자매들에게 세세한 지시를 내렸다.

그리고 소울하울 역시 미라에게 배운 '망원'으로 세밀하게 조준을 조정해서 포격으로 엄호했다.

마키나 가디언의 공격에는 약공격과 강공격이 있었다. 약공격은 예비 동작이 작고, 강공격은 크다. 완벽한 방어에 힘을 쏟고 있는 소울하울은 이 강공격의 예비 동작을 놓치지 않고 정확하게 포격을 가해 이를 봉하고 있었다.

그 때문에 일격으로 소멸할 만한 공격을 받지는 않았다.

그렇게 전투 개시로부터 약 두 시간이 지났을 즈음. 마키나 가디언과의 전투는 대략적으로 예상한 대로 추이하고 있었다. 적의 손상률이 40퍼센트를 넘겼는지 행동 패턴의 변화와 공격 수단의 증가가 확인되었지만, 그것은 미라 일행이 아는 바와 같았다. 예상치 못한 움직임은 아직까지 감지되지 않았다.

또한 공격 수단이 늘어남으로 인해 아군에 얼마간의 손해는 발생했다. 하지만 그것은 주로 최전선에 선 잿빛 기사들로 한정되어 있었다. 그리고 미라는 그때마다 잿빛 기사들을 수복시켰다. 완전히 분쇄된 것까지는 보충할 수 없었지만, 그럼에도 수적인 소모는 억제하고 있었다. 다만 마나가 고갈되는 주기가 그만큼 짧아져서, 그때마다 미라는 성벽 뒤에 숨어 '유전심법'으로 마나를 회복했다.

단원 1호와 페가수스 콤비는 임무를 완수해서 현재 전장은 '아르카나 제약진'의 효과가 최대로 발휘되고 있는 상태다. 하지만 이것의 효과는 30분 정도인 탓에 효과가 끊기기 전에 단원 1호와 페가수스는 계속해서 전장을 뛰어다니며 마봉석을 설치하는 작업을 계속하고 있었다.

그 노력 덕분에 아이젠파르드와 발키리 일곱 자매, 그리고 잿빛 기사의 능력이 격상되어 있었다. 나아가 방호 장벽도 자동 수복되고 있어, 보다 장기전에 유리한 상황이 되었다.

그렇지만 마키나 가디언의 일격은 무거워서 직격하면 그 은혜도 효과를 발휘하지 못하고 분쇄되니 방심은 금물이다.

하지만 그 역시도 예상했던 일이었다. 일단 마키나 가디언의 손상률이 50퍼센트를 넘을 때까지는 현 상태를 유지할 예정이다.

"역시 '난동'은 성가시구먼."

"그래도, 세 번 맞았는데 저만큼 남아있다는 게 대단하지."

여덟 개의 다리를 버둥거린 후에 뛰어올라, 보디 프레스를 하듯 상대를 덮치고 그 아래에서 대폭발을 일으키는 것. 플레이어들이 '난동'이라고 불렀던 공격으로 인해 '군세'가 소모되는 모습을 지켜보며 미라와 소울하울은 그런 말을 주고받았다.

직격하면 완전히 방비를 한 톱클래스 플레이어조차도 가볍게 증발할 정도인 그것에는 잿빛 기사도 견딜 방도가 없었다. 지금까지의 전투 중 세 번의 난동으로 이미 숫자가 40퍼센트 정도나 줄어든 상태였다.

하지만 다크나이트로 이루어진 '군세'였을 경우, 이미 괴멸했어도 이상할 것이 없는 상황이었다. '난동'의 여파에도 충분히 소멸해버릴 정도의 위력은 있기 때문이다. 아직 60퍼센트가 남아있는 것은 다름이 아니라 홀리나이트의 방어력이 더해졌기 때문이다.

"성가시다고는 하나, 이 빈틈은 역시 기회로구나."

"그러게. 순식간에 2퍼센트는 깎아낼 수 있겠어."

마키나 가디언의 '난동'은 마지막 대폭발의 위력도 대단하지만, 그 반동으로 본체가 크게 날아가 버린다는 결점이 있었다. 태세를 정비할 때까지는 5초도 걸리지 않지만, 미라 일행이 보기에는 충분한 빈틈이었다.

전장에서는 알피나의 지휘하에 잿빛 기사들이 마키나 가디언에게 일제히 덤벼들고 있었다. 그리고 알피나 역시 자매들과 힘을 합쳐 대형 기술을 쓸 태세다.

마키나 가디언이 태세를 정비한 직후, 일격을 가한 잿빛 기사들이 거미 새끼 흩어지듯 후퇴했고 그 타이밍에 알피나가 자매들과 만들어낸 빛의 창을 내던졌다.

순간, 섬광이 터지더니 잠시 후에 굉음이 울렸다. 그 위력은 아이젠파르드의 드래곤 브레스에는 못 미쳤지만 마키나 가디언에게 상당한 손해를 입혔다.

거기에 추가타를 가하듯 성벽에서 일제히 발사한 포탄이 착탄했다.

"오, 50퍼센트를 넘긴 것 같군그래."

"그러게. 드디어 제2단계인가."

마키나 가디언은 거미의 모습을 하고 있다. 그 눈에 해당하는 부분이 푸른색에서 녹색으로 바뀐 것을 확인한 미라와 소울하울은 그 동향을 주시하고자 전장을 노려보았다.

벌떡 일어난 마키나 가디언의 등이 갑자기 갈라졌다. 아니, 열렸다. 그러더니 그곳에서 무언가가 튀어나와 차례로 전장 곳곳에 내려섰다.

"나왔구먼."

"그래, 이것도 예정대로야."

총 다섯이다. 그곳에 나타난 것은 미라가 오는 도중에 싸웠던 배회자와 비슷한 생김새를 한 '기계장치 수호자'였다.

마키나 가디언의 손상도가 50퍼센트를 넘기면 출현하는 그것은 배회자에 필적할 정도의 전투력을 자랑하는 강적이다.

하지만 그 출현은 예상했던 바다. 반환점이라 할 수 있는 이 단계에도 마키나 가디언은 예상밖의 움직임을 보이지 않았다. 그 사실을 신중하게 확인하며 미라는 전장을 둘러보고서 각 수호자에 대처하기 위해 '군세'를 분할하기 시작했다.

다섯의 수호자는 각각 손에 든 무기가 달랐다. 그리고 자매들역시 모두 검을 들고는 있었지만 상황에 따라 유연하게 대처하기 위해 또 하나의 주무기를 소유하고 있었다.

미라는 수호자들의 특성을 잽싸게 간파하고 유리하게 싸울 수 있도록 자매들을 분배했다. 장녀 알피나, 차녀 엘레티나에게 마키나 가디언 본체를 맡게 하고, 셋째 이하의 부대가 수호자들에게 대처하도록 했다.

자매들의 통솔력은 훌륭해서 눈 깜짝할 새에 '군세'가 부대별로 분리되었다. 그리고 수호자가 움직이기도 전에 그들을 포위해 유리한 상황을 만들어냈다.

마키나 가디언에 도전할 정도의 실력자들에게 수호자는 배회자와 마찬가지로 방심하지 않으면 혼자서도 어떻게든 할 수 있는 상대다.

그렇다고 내버려 두면 연계를 취하기 시작해서 무시할 수 없을 정도의 피해를 초래한다. 심지어 최종적으로는 합체해서 더욱 성가신 존재가 되기도 했다. 때문에 각개 격파할 필요가 있었다.

13

"역시 포위하니 편한걸."

"암, 그렇고말고. 다 이 몸의 덕분이지."

수호자의 등장으로부터 5분 정도가 경과했을 즈음. 다섯이던 수호자는 이미 하나만 남아 있었다.

수호자의 가장 큰 강점은 연계와 합체였다. 하지만 그것은 그들을 각각 포위한 잿빛 기사로 인해 분단되어 불가능해진 상태였다. 수호자가 아무리 재빨라도 홀리나이트의 방어력을 겸비한 잿빛 기사를 돌파하기는 어렵기도 하거니와 상대하고 있는 자매가 그것을 용납할 리도 없었다.

결과적으로 각 수호자는 격리된 전장에서 자매 한 사람, 한 사람과 싸웠고 패배했다.

"탄막이 너무 두꺼워~!"

대처를 마친 자매들이 주전장으로 돌아가는 가운데, 아직도 격전을 벌이고 있는 것은 역시나 막내인 크리스티나였다. 그녀는 수호자의 손에서 끝도 없이 발사되는 돌멩이를 방패로 막으며 일진일퇴를 반복하고 있었다.

돌멩이를 발사하는 두 손이 수호자의 무기였다. 그리고 그 돌멩이는 방패로 막을 수 있었다. 하지만 접근하면 할수록 돌멩이의 궤도를 예측하기가 어려워지기도 하거니와 미묘하게 차이를 주어 두 손에서 위아래로 동시에 발사하면 피탄을 면할 수가 없었다. 그 때문에 크리스티나는 아슬아슬하게 반응할 수 있는 거리에서 계속 상황을 살피고 있었다.

"아아, 언니들은 벌써 다 끝났네. 어떡해?! 이러다 또 나중에 혼날 거야~!"

크리스티나는 여기서 고전을 하면 분명 알피나 언니가 불벼락을 내릴 것이라고 직감했다.

주변에 포진한 잿빛 기사를 동원하면 금방 결판이 날 것이다. 하지만 그녀가 그렇게 하지 않는 것은 언니들이 그렇게 하지 않았기 때문이다.

만약 자기만 잿빛 기사의…… 미라의 힘을 빌렸다는 사실이 알려지면 훈련 메뉴가 늘어날 것이 뻔하다. 크리스티나는 그게 걱정이었던 것이다.

"어쩔 수 없이, 여기서 쓰는 수밖에 없나……?"

하지만 이 이상 시간이 걸려도 같은 일이 벌어질 것이다. 특별 훈련만은 어떻게든 피하고 싶은 크리스티나는 결심을 굳힌 듯한 얼굴로 그렇게 중얼거리고는 방패를 든 채 검을 크게 뒤로 물렀다.

그 순간, 크리스티나의 방패가 빛이 되어 온몸을 감쌌다.

"특훈은 싫어~!"

가능하다면 눈에 띄는 무대에서 화려하게 내지르려 했던 신기술이었다. 하지만 또 하나의 진심 어린 바람을 입에 담음과 동시에, 크리스티나는 땅을 박찼다. 그 모습은 말 그대로 한 줄기 섬광이었다. 날아들던 돌멩이는 빛에 튕겨져 나갔고, 크리스티나가 휘두른 검은 빛의 궤적을 남기며 단칼에 수호자를 양단했다.

"……좋아, 괜찮아, 안 늦었을 거야! 안 늦었을 거라고!"

크리스티나는 완전히 정지한 수호자에게서 마키나 가디언에게로 시선을 돌렸다. 그리고 특필할 만한 움직임이 없음을 확인하고는 제발 그랬으면 좋겠다는 투로 늦지 않았다는 말을 반복하며 잿빛 기사 부대를 이끌고 최전선으로 돌아갔다.

"오오, 방금 그건 신기술이구나."

순간적으로 빛이 부풀어오르는 것을 본 미라는 감탄한 듯한 목소리로 말했다.

"수호자를 일격에 처리하다니. 제법인데."

"아무렴, 그렇고말고."

어쩐지 내버려둘 수가 없는 크리스티나의 전투를 지켜보던 미라는 소울하울의 말에 기분이 좋아졌다. 그 모습은 마치 다른 이가 손녀를 칭찬하는 것을 들은 할아버지 같았다.

『좋구나, 좋아. 멋진 기술이었다.』

잔뜩 신이 난 미라는 못 참겠다는 듯이 크리스티나를 칭찬했다.

『가, 감사합니다!』

갑자기 칭찬을 받는 바람에 놀란 것인지, 아니면 단지 예상을 못 했던 것인지 크리스티나는 어쩐지 긴장한 듯한 목소리로 답했다.

그 후로도 전투는 계속되었고, 손해도 서서히 늘어났다. 둘이서 번갈아 가며 벽 뒤에 몸을 숨기고 '유전심법'으로 마나를 회복하며 아낌없이 술식을 행사하기는 했지만, 결국 '군세'의 숫자가 40퍼센트 아래로 떨어지고 말았다. 손실된 전력을 보충하기 위해 캐논 포트리스 골렘 수십 마리가 전장에 세워져, 보다 넓은 각도에서 발키리 자매와 군세를 원호했다. 소울하울은 그에 대한 지시를 내리느라 바빠 보였다.

그리고 그것은 수호자의 등장으로부터 한 시간이 경과했을 즈음의 일이었다.

"오, 40퍼센트 지점에 도달한 모양이다."

"다음은 분명, 다리 쪽의 장치였던가."

마키나 가디언의 눈이 녹색에서 황색으로 변화한 직후, '난동'이 실행되어 주변에 있던 것들이 몽땅 날아갔다. 그것을 확인한 두 사람은 다음 단계에 대비해 준비를 시작했다.

우선 미라는 전군에 후퇴 지시를 내렸다. '난동' 후 5초 동안은 총공격으로 단번에 대미지를 가할 절호의 기회였다. 하지만 미라는 그것을 포기하고 물러나라고 지시한 것이다.

그리고 그에 대한 반응은 신속하게 이루어졌다. 알피나의 지휘하에 일사불란하게, 그러면서도 빠른 속도로 군세가 마키나 가디언과 거리를 벌리기 시작했다.

아이젠파르드 역시 마찬가지로 신중하게 마키나 가디언의 동향을 살피며 크게 물러났다.

그 움직임에는 조금의 주저함도 없었다. 절호의 기회를 앞에 두었음에도 모두가 망설이지 않고 미라의 지시를 따른 것이다. 이 역시 절대적인 신뢰의 증표라 할 수 있으리라. 그들은 큰 빈틈을 보이는 마키나 가디언을 신중하게 노려본 채, 50미터 정도 거리를 두고서 경계 태세를 취했다.

마키나 가디언이 '난동'의 반동에서 회복했다. 그리고 그 직후, 뒤에서 두 번째에 해당하는 양쪽의 다리가 본체에서 분리되어 털썩 떨어졌다. 길이 20미터, 직경이 3미터는 되는 거대한 다리다.

"나왔구나, 나왔어."

"이건 진짜, 지독하지."

미라와 소울하울이 바라보는 가운데, 떨어진 두 개의 다리에서 또다시 수호자들이 장갑을 뚫고 우르르 나타났다. 그 숫자는 다리 하나당 열 대. 합계 스무 대의 수호자가 마키나 가디언의 발치에 결집했다. 각 개체의 거리가 애초에 가까운 탓에 그 즉시 연계를 취하거나 합체를 하는 성가시기 그지없는 수호자 집단이다. 공략 정보가 적었던 시기에는 이것에 전멸당한 플레이어들도 많았다.

하지만 지금은 다르다. 아직 예상의 범주 안이다. 몇 번이나 공략한 적이 있던 미라와 소울하울이 아는 상황이다.

"지금이다!"

미라가 신호를 날리자 아이젠파르드가 수호자들을 향해 드래곤 브레스를 쏘았다. 이어서 차녀인 엘레티나가 기다리고 있었다는 듯 같은 곳을 향해 특대 사이즈의 빛의 화살을 쏘았다. 하지만 그것으로 끝이 아니었다. 성벽의 모든 포문, 그리고 캐논 포트리스 골렘의 포탑이 일제히 불을 뿜은 것이다.

그 모든 공격은 마키나 가디언이 자리한 곳 일대에 커다란 폭염을 일으켜 대기를 진동시켰다. 순간적으로 섬광이 퍼지더니 곧이어 굉음이 일고 폭풍이 휘몰아쳤다. 근처에 있었다면 아군도 함께 날아갔을 것이 분명한 압도적인 파괴의 격류였다.

하지만 그런 가운데서도 레티샤는 아직도 신이 나서 노래를 부르고 있었다. 심지어 이만한 소음이 주변을 가득 메웠음에도 불구하고 그 노래는 또렷하게 귓가에 들려와서 소리의 정령의 힘이 얼마나 굉장한지를 새삼 깨닫게 해주었다.

"이봐, 장로. 저거 어떻게 좀 안 되는 거야?"

"……워낙 자유분방해서 말이다."

전방에 마치 종말 전쟁이 벌어지기라도 한 듯한 광경이 펼쳐진 가운데, 레티샤는 어쩐지 맥 빠지는 목소리로 "다음 곡, 시작해요오!"라고 말하더니 노래를 이어갔다. 실로 긴장감이 느껴지지 않는, 신기한 순간이었다.

하지만 분위기는 둘째 치고 전투는 순조롭게 진행되어, 섬광과 폭염이 걷히고 나서 확인해 보니 큰 타격을 입은 수호자들의 모습이 눈에 들어왔다.

"세 대 남았나. 끈질기기도 하군그래."

"그건 뭐, 어쩔 수 없지. 아무리 화력을 집중해 봐야 루미 형…… 누나의 그것에는 못 미치니까."

"그건 그렇구나. 열일곱 대를 처리했으니 성공한 것으로 보아야 하나."

마키나 가디언의 소모율이 60퍼센트를 넘으면 스무 대의 수호자가 나타난다. 시행착오를 거듭한 끝에 플레이어들이 고안해낸 그것의 공략법은 뭉쳐 있는 초기 단계에 특대 사이즈의 공격으로 해당 범위 전체를 섬멸하는 것이었다.

그 방법으로는 여러 가지가 있었지만 가장 안정적인 것은 마법사에 의한 일제 범위 공격이다. 그리고 아홉 현자가 총출동해서 공략했을 때는 이 역할을 루미나리아가 맡았었다. 그때 사용된 술식은 최상급에서도 특히나 긴 준비 시간이 필요한 폭렬 계열이었고 그 결과 스무 대의 수호자가 일격에 전멸했다.

방금 전의 집중 공격도 상당한 위력이었지만 그렇다 해도 그때의 마법에는 미치지 못하는 듯했다. 그렇게 생각하자 새삼 어이가 없기는 했지만, 미라는 곧바로 상황을 파악하고 다음 지시를 내렸다.

"기다리고 기다렸던 소생의 차례입니다냥~!"

순간, 희미하게 폭염이 남은 가운데, 마키나 가디언의 등 뒤에서 무언가가 솟아올랐다. 그것은 페가수스의 등에 올라탄 단원 1호였다.

아르카나 제약진을 설치하는 임무에도 적응이 된 모양이다. 페가수스와 심심풀이라도 하고 있었는지 무언가의 승패 숫자가 적힌 팻말을 등에 지고 등장했다. 또한 거기에는 단원 1호가 참패했다는 기록이 빼곡하게 새겨져 있었다.

"먹어라, 입니다냥~!"

새로운 지시에 단원 1호는 울분을 풀 듯이 미라에게 받은 또 하나의 돌. 마봉폭석을 온 힘을 다해 던졌다.

단원 1호가 알피나 등의 주전력이 늘어선 정면의 반대편으로 페가수스의 빠른 속도를 이용해 단번에 접근하자, 마키나 가디언도 곧바로 대응할 수가 없었던 모양이었다.

단원 1호가 투척한 마봉폭석이 마키나 가디언의 옆구리를 지나 그 아래, 일제 공격으로 움츠러든 수호자 셋의 중앙부에 부딪혔다.

그 순간, 거기에 숨어 있던 힘이 해방되었다. 그것은 바람이었다. 무지막지한 폭풍이 착탄점에서 뿜어져 나와, 근처에 있던 수호자 셋을 눈 깜짝할 새에 날려 보냈다.

"좋아, 성공한 모양이로군."

그것을 확인한 미라가 지시를 내리자, 자매 중 셋째, 넷째, 다섯째가 신속하게 움직였다.

단원 1호가 던진 마봉폭석으로 수호자는 연계도 합체도 못 할 거리까지 날아갔다. 그리고 합류를 방지하기 위해 명령을 받은 자매늘의 부대가 즉시 주변을 포위했다.

"여기까지는, 순조로운걸."

승리가 보이기 시작했다. 소울하울은 각개격파하는 모양새가 된 전장을 바라보며 그렇게 중얼거렸다.

"그렇구나. 이제 레이저빔만——."

조심하면 된다고 미라가 말하려던 그때, 마키나 가디언이 눈에 띄게 움직였다. 그것은 마치 땅을 구르는 듯한 동작이었다. 그렇다. '난동'이다.

하지만 자세히 보니 '난동'의 유효범위에는 아무도 없었다. 단원 1호를 태운 페가수스는 이미 성벽 근처까지 돌아와 있고, 자매들도 아직 50미터는 떨어져 있다. 수호자에게 대처하고 있는 자매들은 80미터 이상은 떨어져 있다.

무슨 속셈일까. 예상에서 벗어난 움직임을 경계하라고 미라가 각 부대에 지시를 내린 직후, 그 의도가 판명되었다.

한참 떨어진 전방에서 다리로 힘차게 땅을 박찬 마키나 가디언은, 복부에 해당하는 부분이 이쪽으로 오도록 번쩍 몸을 일으켰다. 그리고 좀 전에 빠진 두 개의 다리의 잔해를 다른 다리로 집어, 복부 앞에 매달았다.

"말도 안 돼!!"

그 행동의 의미를 이해한 순간, 소울하울은 성루 부분에서 성벽 뒤로 몸을 숨겼다.

"그렇게 나왔나!"

미라 역시 자매들에게 긴급 방어 지시를 내리고는 허겁지겁 레티샤 앞에 홀리나이트를 소환했다. 그리고 곧장 홀리로드로 변이시켜 최대 방어태세를 취하게 한 후, 자신도 벽 뒤로 도망쳤다.

잠시 후, 마키나 가디언의 복부에서 강렬한 폭발이 일어났다. '난동'으로 상대를 덮친 후에 발생하여, 아무리 강고한 탱커라도 일격에 처치하는 치명적인 폭발이.

그것이 지금, 매달려 있던 다리의 잔해를 박살내고 날려 보냈다. 그러자 그 잔해는 강렬한 폭발을 기점으로 산탄처럼 어지럽게 튀었다.

크고 작은 수많은 파편이 빗발치듯 전장을 덮쳤다.

그 '난동'을 기폭제로 한 탓에 그 위력은 무시무시해서, 거리를 두고 있었음에도 사정권 내에 있던 아이젠파르드와 자매들, 그리고 '군세'는 방어 태세에 돌입했음에도 불구하고 상당한 피해를 입었다.

특히 거구를 자랑하는 아이젠파르드는 큰 피해를 입어서, 이미 방호장벽의 강도가 10퍼센트 미만이 되어 있었다.

자매들은 날렵하게 움직여 어느 정도는 흘려보냈지만, 파편의 양이 하도 많았던 탓에 전체적으로 30퍼센트 정도가 깎여나갔다. 하지만 의외라 해야 할지, 방패를 잘 활용한 크리스티나의 방호장벽은 10퍼센트 정도만 손상되었다. 그래서인지 그녀는 다른 자매들을 둘러보며 아주 득의양양한 표정을 짓고 있었다.

하지만 문제는 '군세' 쪽이었다. 지금의 일격으로 절반이 격파되고 말았기 때문이다. 특히 크리스티나가 이끄는 부대는 큰 피해를 입었다. 이미 열 대도 남지 않았다.

"으아······."

자신만만한 얼굴로 뒤를 돌아본 크리스티나는 그 참상에 할말을 잃었다.

그리고 수호자에 대응하느라 세 군데로 각각 전개했던 셋째, 넷째, 다섯째의 부대는 어느 정도의 피해를 입기는 했지만 난동의 여파로 파괴된 수호자들을 보고 조금 어이가 없다는 표정을 짓고 있었다. 각개 전투는 말하자면 주인인 미라에게 어필할 수 있는 좋은 기회였기 때문이다.

"크리스티나만 신기술을 선보이다니. 나도 보여줄 게 많았단

말이야."

셋 다 대충 그런 말을 중얼거리며 한심한 꼴이 된 수호자를 확실하게 처리하고 주전장으로 돌아갔다.

마키나 가디언의 일격은 상당히 먼 거리에 있던 견고한 성벽에도 도달했다. 자세히 보니 성벽에는 몇 개의 탄흔이 패여 있었다. 그리고 최대 방어 태세를 취하고 있는 홀리로드의 방패에도 커다란 흠집이 남았다.

그런 홀리로드의 뒤에서는 레티샤가 아무 일도 없었다는 듯이 노래를 하고 있었다. 실로 느긋해 보이는 광경이었지만 그녀의 노래에 의한 방어력 강화가 없었다면 피해는 지금보다 훨씬 커졌을 것이다.

어떠한 상황에서도 노래를 계속하는 뻔뻔함. 미라를 통해 상황을 지켜보던 정령왕은 자랑스러운 듯 웃으며 과연 소리의 정령이라고 중얼거렸다.

"조금 이르기는 하지만, 작전을 개시해야겠구나."

성벽의 성루 부분으로 돌아간 미라는 군데군데 깨진 그곳에서 전장을 노려본 채 지금의 전황을 파악하고 잽싸게 지시를 내렸다. 그와 동시에 미라는 소환술사의 기능인 '박애의 치유의 손'을 발동해서 대량의 마나를 대가로 아이젠파르드의 방호장벽을 수복시켰다.

『힘들겠지만, 부탁 좀 하마.』

『맡겨만 주십시오, 어머니!』

전투가 길어지고 있다. 직접 마키나 가디언과 맞붙어 싸우고 있는 아이젠파르드의 위치는 중요하기도 하거니와 상당히 힘에 겹기도 할 것이다. 그렇게 생각한 미라가 노고를 치하하고자 말을 던지자, 아이젠파르드는 매우 활기차게 답했다. 그리고 이런 저런 것들을 시험해 봐도 되겠느냐고 물어왔다. 아무래도 상당히 즐기고 있는 모양이다. 미라는 마음껏 해보라고 답했다.

용마법. 최근 용의 도시에서 대장로에게 배우고 있다는 그것을, 때는 지금이라는 듯 사용하기 시작한 아이젠파르드를 바라보며 미라는 잿빛 기사의 숫자가 가장 적어진 크리스티나 부대를 불러들였다.

14

"그런고로 스텔스 강하 부대는 그대에게 맡기마. 알겠느냐?"

"아으…… 임무, 받잡겠습니다~."

가장 먼저 기사의 숫자가 10기 이하로 줄어든 자에게는 특별 임무를 맡긴다. 미라는 처음에 작전 설명을 할 때 정해두었던 대로 그것을 크리스티나에게 맡겼다.

다시 말해서 대원을 잃은 가장 못 미더운 자에게 주어지는 임무인 셈이다. 그리고 그렇게 느낀 크리스티나는 마치 벌칙을 수행하는 사람 같은 얼굴로 준비를 시작했다.

"으음, 분명 다른 부대가 주의를 끌면……."

크리스티나는 임무를 수령한 조건에서 발생한 선입관 탓에 미처 몰랐지만, 잘 생각해 보니 그 작전 내용 자체는 이야기 속 주인공이 담당하는 일이 많다는 사실을 알아챘다.

"아, 뭔가 재미있을 것 같아."

그렇게 생각하자 즐거워지기 시작했다. 크리스티나는 최고로 활약하는 자신의 모습을 상상하며 서둘러 준비했다.

"흐음, 저 대공 레이저는 참으로 성가시군그래."

다시금 전장으로 시선을 돌린 미라는 마키나 가디언의 주의를 끌며 하늘을 나는 아이젠파르드의 용맹한 모습을 바라보았다.

거대한 몸으로 급제동을 해가며 날렵하게 하늘을 나는 아이젠파르드는 하늘의 패자라 부르기에 부족함이 없었다. 그는 마키나 가디언의 여기저기서 머신건처럼 발사되는 가늘고 짧은 대공 레이저를 화려하게 피하고 있었다. 그리고 중간중간 작은 번개를 내쏘았다.

저것이 용마법인 것이리라. 용마법이라는 거창한 이름이 붙어 있기는 했지만 이제 공부를 시작한 참이라 위력은 그리 뛰어나지 않았다. 아이젠파르드가 발톱을 휘두르는 편이 열 배는 강할 듯했다.

하지만 그럼에도 중급 마술 이상의 위력은 지녔기에 향후가 기대되는 가능성을 지닌 마법이라 할 수 있었다.

그런 용마법도 마키나 가디언에게는 견제조차 되지 않아서, 가끔씩 아이젠파르드에 대한 어그로 수치가 떨어져 지상 부대에게 화살이 돌아가기도 했다.

지상은 지상대로 자매들의 지휘 아래 잿빛 기사들이 마키나 가디언의 각 다리에 공격을 가하고, 때로는 뛰어올라 몸통에 타격을 가하기도 하고 있었다.

장갑이 두꺼워서 쉽지는 않았지만, 그럼에도 지금까지처럼 각 부대는 착실하게 손상을 입혀 나갔다.

바로 그때, 레이저가 머신건처럼 쏟아졌다. 자매들은 그것을 간파하고 종이 한 장 차이로 회피했다.

『후려치기, 대비!』

알피나가 전 부대에 지시를 날렸다. 긴 시간 동안 이어진 전투 속에서 그녀는 마키나 가디언의 사소한 움직임을 간파할 수 있게끔 되었다. 그를 통해 다음에 날아올 공격을 예측해서 지시를 내리고 있는 것이다.

그 지시를 들은 자매들은 신속하게 부대의 잿빛 기사들을 움직여 그 자리에서 거리를 두고 방어 태세를 취하게 했다.

그러던 중에 커다란 다리에 의한 후려치기가 작렬했다. 자매들은 하늘을 날 듯 그것을 흘려보냈지만, 그런 곡예 같은 일이 가능한 것은 그녀들의 능력이 출중하기 때문이다.

그 정도의 민첩성은 없는 잿빛 기사들은 그것을 맞고 호쾌한 소리를 내며 튕겨져 나갔다. 하지만 대부분이 다시 땅에 두 다리를 딛고 서서 잽싸게 진형을 재구축했다.

마키나 가디언의 후려치기는 높이와 길이를 겸비한 공격이다. 그것은 간단히 회피할 수 있는 것이 아니라 플레이어들도 탱커는 어설프게 피하려 하기보다는 방어하는 것이 보통이었다.

하지만 그 충격은 무시무시해서 경직 상태에 빠질 수밖에 없었다. 그러면 이번에는 레이저가 머신건의 총탄처럼 날아든다. 이것이 마키나 가디언의 행동 패턴 중 하나였는데, 직후에 때는 지금이라는 듯 잿빛 기사들을 노리려던 마키나 가디언에게 아이젠파르드가 그 강인한 꼬리를 내려쳤고, 소울하울이 포격을 가했다.

인식 범위 밖에서 날아든 통렬한 일격에 마키나 가디언의 자세가 무너졌다. 그것을 기다렸다는 듯 자매들과 잿빛 기사가 덤벼들었다.

그것은 '군세'가 다소 피해를 입기는 해도 큰 대미지를 입힐 수 있는 최상의 패턴이었다.

'공격력과 방어력, 양쪽을 겸비한 잿빛 기사이기에 가능한 작전이지. 이 몸은 역시 공명의 환생이구나.'

작전이 보기 좋게 성공하는 모습에 미라는 대놓고 자화자찬을 했다.

일격으로 분쇄되지만 않으면 '아르카나 제약진'의 효과로 잿빛 기사의 내구도는 회복된다. 연발할 경우에는 작전을 변경할 필요가 있겠지만 현재까지는 그럭저럭 회복이 이루어지고 있어서 훌륭하게 대미지 딜러 역할을 하고 있었다.

"슬슬, 시작할까? 내 감에 의하면, 조금만 더 하면 30퍼센트 미만이 될 것 같은데."

소울하울은 상황에 따라 포격으로 지원을 하며 미라에게 그렇게 확인을 했다.

"그게 좋겠구나. 슬슬 내보내 보실까."

그렇게 대답한 미라는 우선 성문 안에서 준비를 마친 크리스티나에게 출격 지시를 내렸다.

『알겠습니다~.』

대답과 동시에 크리스티나 부대는 재공격에 나섰다. 미라는 그 모습을 배웅하고서 그 앞에 위치한 주전장으로 시선을 옮겨, 아이젠파르드에게도 지시를 내렸다. 그 내용은 얼마간 방어에 중점을 두고 지상전을 하라는 것이었다.

『알겠습니다, 어머니!』

아이젠파르드는 그 즉시 기운찬 목소리로 답하고는 마키나 가디언의 대공 레이저를 피해 착륙했다. 그리고 착륙하는 순간을 노린 마키나 가디언의 일격을 성벽에서 발사된 포격이 무마시키자, 아이젠파르드는 여유롭게 방어전을 펼칠 자세를 취했다.

그리고 얼마 후, 전투는 교착 상태에 빠졌다. 자매들은 단속적으로 공격을 했다가는 반격이 오기 전에 물러났다. 아이젠파르드 역시 큰 공격은 하지 않고 일정 거리를 유지한 채 작은 드래곤 브레스로 마키나 가디언의 어그로가 풀리지 않도록 움직였다.

지금까지와는 달리 어쩐지 소극적인 상황이다. 하지만 그것은 모두 다 마키나 가디언의 움직임을 억제하기 위한 것으로, 미라의 새로운 작전의 일부였다.

"좋아, 배치가 완료된 것 같구나. 시작하자꾸나."

크리스티나 부대가 대기 위치에 도착한 것을 확인한 미라는 소울하울에게 신호를 함과 동시에 아이젠파르드와 자매들에게 총공격 지시를 보냈다.

직후, 성문의 모든 포문이 일제히 불을 뿜었다. 그것은 흘려넘기려 하는 마키나 가디언의 다리를 지나 차례로 본체에 착탄했다.

폭염이 뭉게뭉게 피어올랐다. 그런 가운데 '군세'를 이끄는 자매들의 부대가 일제히 움직였다. 방어를 버리고 공세로 전환하여 하나의 다리를 집중적으로 공격한 것이다.

그것을 뿌리치고자 마키나 가디언이 다리를 치켜들자, 아이젠파르드가 꼬리로 날카롭게 튕겨내서 일시적으로 무력화했다.

하지만 그것도 잠시뿐, 이번에는 레이저가 지상을 향해 발사되었다. 아직 연기가 남아 있어 조준은 부정확했지만, 이번에는 숫자가 많았다. 그로 인해 몇몇 잿빛 기사가 관통되었다. 하지만 남은 '군세'의 3분의 1을 잃으면서도 자매들은 마키나 가디언의 다리를 하나 파괴하는 데 성공했다.

크게 몸이 기울어진 마키나 가디언은 이를 위협으로 인식한 것인지 자매들을 집중적으로 노리기 시작했다.

『좋아, 지금이다!』

마키나 가디언의 의식이 완전히 지상으로 향하는 순간을 노리던 미라는 크리스티나에게 지시를 내렸다.

직후, 크리스티나 부대의 잿빛 기사가 마키나 가디언의 머리 위에서 느닷없이 나타났다. 그것은 완전한 사각에서의—— 인식 범위 밖에서의 공격이었다. 가루다에 의한 운반과 워즈랑베르의 은폐로 이루어진, 스텔스 폭격을 연상케 하는 기습이었다.

잿빛 기사들은 질주하듯 강하하여 마키나 가디언의 등에 매섭게 성검을 꽂았다. 나아가 잿빛 기사 중 하나는 그 일격으로 마키나 가디언의 다리를 하나 더 절단하는 데 성공했다.

일곱 자루의 성검이 차례로 꽂혔다. 그것을 뽑음과 농시에 그곳에서 불꽃이 튀고 연기가 피어올랐다. 낙하의 기세를 이용한 그것은 지금까지의 공격 중 가장 무거운 상처를 마키나 가디언에게 입혔다.

심부까지 도달한 상처는 마키나 가디언의 움직임에 지장을 초래했다. 더 버티지 못하겠는지 마키나 가디언의 몸이 더욱 기울어졌다.

그것이 바로 주인공이 등장할 타이밍이었다. 10분 이상 마나를 집속시킨 끝에, 뛰어내린 크리스티나는 방패를 빛의 발판으로 만들어 단숨에 가속했다. 막내라고는 해도 발키리는 발키리다. 잿빛 기사들의 몇 배나 되는 속도에 도달한 그녀는 손에 쥔 검을 사납게 휘둘렀다.

"가라——!"

압도적인 강도를 자랑하는 장갑임에도 불구하고 크리스티나는 그것을 뚫어 버렸다.

아이젠파르드와 자매들, 그리고 앞장서서 강하한 잿빛 기사들의 힘으로 인해 생겨난, 완벽한 기회였다. 그녀는 그 큰 역할을 맡고도 긴장하지 않고 당당하게, 마치 이야기 속 영웅처럼 강대하고도 거대한 적, 마키나 가디언을 베어 나갔다.

바로 그때. 키잉, 하는 날카로운 소리와 함께 최고조에 달했던 크리스티나의 검이 중간에서 뚝 부러지고 말았다.

"아앗~! 언니들이 물려받고 물려받고 물려받고 물려받고 물려받고 물려받은 끝에 내가 물려받은 검이~!"

마키나 가디언의 몸통을 양단할 듯한 기세로 내달리던 검이 부러지는 바람에 저항이 사라지자 크리스티나는 기세를 죽이지 못하고 그대로 땅바닥에 철퍽 추락했다.

"하필 이럴 때~!"

추락한 것보다도 멋진 모습을 보여줄 수 있었던 상황에 그러지 못한 것이 분한지, 크리스티나는 검을 바라보며 씩씩거렸다.

알피나에서 대대로 자매들에게 이어져 내려온 골동…… 명검이 깔끔하게 뚝 부러져 있었다. 하지만 중간까지는 상당히 손맛이 좋았던 것 같다는 생각에 크리스티나는 성과를 확인하기 위해 문득 위를 올려다보았다.

"……어?"

크리스티나의 눈에 들어온 것은 활짝 열린 마키나 가디언의 몸통 안에서 환하게 빛나고 있는 붉은 결정이었다.

자신이 느꼈던 손맛은 진짜였던 것이다. 중간에 검이 부러지고 말았다고는 하나 마키나 가디언에게 깊고도 큰 손상을 확실하게 입혔던 것이다.

하지만 그렇기에 지금 이 순간이 오고 말았다. '난동'을 상회하는 마키나 가디언의 비장의 카드. 일격필살의 에인션트 레이. 그것은 손상도가 80퍼센트를 넘었을 때 확정적으로 발사되며, 그때 가장 어그로를 많이 끈 자를 노리게끔 되어 있었다.

그리고 이번에는 중간에 실패하고 말았다지만, 마키나 가디언의 몸통에 큰 손상을 입힌 크리스티나에게 어그로가 쏠리는 것은 당연한 일이라 할 수 있었다.

직후, 크리스티나는 강렬한 파괴의 빛에 삼켜졌다.

"단번에 몽땅 깎여나간 것 같구나. 정말 훌륭해!"

에인션트 레이를 발사하는 마키나 가디언을 바라보며 미라는 자랑스럽게 말했다.

"그래, 성공이야. 눈이, 노란색에서 빨간색을 지나쳐서 깜박거리고 있으니까. 이렇게까지 잘 풀릴 줄은 몰랐지."

소울하울은 상황을 확인하며 감탄한 듯한 얼굴로 그렇게 말했다.

눈이 노란색에서 빨간색으로 바뀌는 것. 그것은 마키나 가디언의 손상도가 70퍼센트를 넘었다는 신호였고, 깜박이고 있다는 것은 더욱 손상도가 상승해 80퍼센트를 넘었다는 증거였다. 특히 크리스티나의 일격은 그대로 끝까지 내려쳤다면 완전히 쓰러뜨렸을지도 모를 정도의 위력을 지니고 있었다. 그리고 그만한 위력이 있었기에 문제의 검이 버텨내지 못했던 것이다.

"……."

또한 아슬아슬하게 MVP 자리를 놓친 크리스티나는 현재, 미라의 옆에서 매우 얼빠진 방어 포즈를 취한 채 굳어져 있었다.

"예기치 못한 사태에 몰리기는 했다만 잘했다, 크리스티나여."

중간에 검이 부러지는 사고가 있기는 했지만, 그럼에도 스텔스 강하 부대가 마키나 가디언에게 입힌 대미지는 예상치를 뛰어넘었다. 미라는 그 공로자인 크리스티나의 어깨에 턱, 하고 손을 얹으며 위로의 말을 건넸다.

그러자 크리스티나는 퍼뜩 놀라 고개를 들고는 주변을 둘러보고, 미라의 모습을 발견하더니 잔뜩 당황한 투로 "어라…… 주인님? 어라, 뭐가 어떻게……"라고 말했다.

"'후퇴의 인도'다. 아슬아슬했구나."

소환술사의 기능 중 하나인 '후퇴의 인도'. 그것은 소환된 대상을 순식간에 곁으로 데려오는 효과가 있었다. 미라는 이것을 써서 에인션트 레이가 직격하기 직전에 크리스티나를 이동시킨 것이다.

미라가 그렇게 설명하자 그제야 상황이 이해됐는지, 크리스티나는 방어 포즈를 풀고 그제야 무릎을 꿇었다.

"죄송해요, 성공하지 못했어요……."

주인공급 임무를 맡아놓고 설마 검이 부러져서 완수하지 못할 줄은 몰랐던지라 크리스티나는 낙담하여 고개를 푹 숙였다.

하지만 미라는 그런 크리스티나에게 "잘했다, 잘했어"라고 칭찬을 해주었다.

애초에 이 작전은 10퍼센트 정도만 깎아내면 좋겠다, 라는 생각으로 세운 것이었기 때문이다. 말하자면 얼마나 효과가 있을까, 라는 즉흥적이면서도 시험적인 작전이었던 것이다.

반면, 그런 작전임에도 불구하고 크리스티나는 그 이상의 전과를 올렸다. 때문에 칭찬을 받으면 모를까, 사죄를 할 필요는 전혀 없었다.

"힘을 모으는 시간이 상당히 길기는 했다만, 그것도 신기술인 게지? 멋진 위력이더구나."

크리스티나가 내지른 마지막 일격. 긴 빛의 궤적을 늘어뜨리며 마키나 가디언의 몸통을 베었던 기술. 그것은 분명 일전에 보았던 크리스티나 슬래시의 파생 기술이었으리라.

동료의 성장에 미라는 매우 기분이 좋아졌다. 그리고 그런 미라의 태도에 크리스티나는 당황했다. 검이 부러지는 바람에 자신이 실패했다고 생각했기 때문이다.

하지만 아무래도 듣다 보니 혼이 나기는커녕, 오히려 임무는 성공이라고 덮어놓고 칭찬을 해주는 것이 아닌가.

상황을 파악한 크리스티나는 서서히 평소의 쾌활함을 되찾아갔다.

"주인님께 도움이 되고자 만들어낸 기술이었어요! 칭찬해주셔서 영광이에요!"

크리스티나는 때는 지금이라는 듯 어필했다. 크리스티나가 내지른 빛의 검. 그것은 훈련을 땡땡이치기 위해 필사적으로 훈련을 하는 것처럼 보이도록, 그럴 싸 하게 마나를 계속해서 집속시키다가 우연히 만들어진 기술이었다. 하지만 그녀는 그런 사실을 조금도 내색하지 않고 괴롭고 힘든 훈련의 나날을 돌이켜보듯 가만히 눈을 가늘게 떴다.

"오오, 그러하냐. 그대를 비롯한 자매들에게는 아무리 감사의 말을 거듭해도 모자라겠구나."

"아뇨아뇨, 당연한 일인 걸요!"

미라가 다시금 감사의 말을 입에 담자 크리스티나는 보란 듯이 의기양양한 얼굴로 답했다.

이러니저러니 해도 크리스티나 역시 미라에게 도움이 되기 위해 필요한 노력을 하고 있다는 것은 사실이었다. 다만 지나치게 가혹한 훈련을, 어떻게든 머리를 쥐어짜서 때우고 있을 뿐이다.

"자아, 크리스티나여. 이제 곧 끝이다. 계속 부탁하마."

미라는 크리스티나에게 부러진 검을 대신할 성검 상크티아를 소환해 내밀었다. 크리스티나가 보조 무기로 가지고 있는 것은 방패다. 그래서는 싸울 수 없을 것이라고 생각한 결과였다. 또한 한편으로는, 저 발키리가 성검을 쥐면 어떻게 될지 궁금하기도 했기 때문이다.

'크리스티나와 상크티아. 궁합도 좋을 것 같으니 말이지!'

발키리 자매가 본래 지니고 있는 검은 어지간한 명검이나 성검, 마검은 비교도 되지 않을 정도의 일품이었다.

알피나에게 대대로 이어져 내려온 오래된 검이었다고는 하나, 크리스티나가 가지고 있던 검 역시 널리고 널린 무기보다 훨씬 월등한 명검이었다. 그렇기에 지금까지 굳이 제안을 하지는 않았지만, 검이 부러진 지금이라면 성검 상크티아를 자연스럽게 휘두르게 할 수 있겠다고 판단한 것이다.

발키리 일곱 자매의 막내 크리스티나. 이러니저러니 해도 검술 실력은 초일류라 다크나이트에 뒤지지 않을 정도였다. 과연 그런 그녀가 상크티아를 휘두르면 어떻게 될까.

미라는 반짝이는 눈으로 크리스티나를 바라보았다.

크리스티나는 그런 미라의 시선을 기대의 눈빛이라고 판단했다. 그리고 언니들을 제치고 그 기대를 한 몸에 받고 있다는 착각이 그녀를 우월감에 젖게 했다.

"감사합니다!"

주인에게 검을 받는다. 생각지도 못했던 일에 놀라기는 했지만 크리스티나는 잔뜩 들떠서 부러진 칼을 칼집에 넣고 공손하게 그것을 받아 들었다.

〈15〉

멀리 떨어진 전장의 최전선. 크리스티나의 스텔스 강하 부대로 인해 막대한 피해를 입은 마키나 가디언은 마치 리미터가 풀어지기라도 한 듯 날뛰고 있었다. 심지어 잿빛 기사 하나가 벤 다리에서는 '기계장치 수호자'가 우르르 쏟아져 나오고 있었다.

본체를 아이젠파르드가 억제하고 있는 가운데, 미라는 재빨리 자매들에게 그것들에 대처하라고 명령을 내렸다.

"주인님의 도움이 있었기에 망정이지……."

아이젠파르드를 도와 움직이면서도 알피나는 날카로운 눈으로 한참 떨어진 후방에서 달려오는 크리스티나를 바라보고 있었다.

긴급회피로 사용되는 소환술사의 기능 '후퇴의 인도'. 그 효과로 크리스티나가 위기를 벗어났다는 사실을 알피나는 알았다. 그리고 그 사실을 알기에 그녀의 눈초리는 더더욱 사나워졌다.

'그렇게 방심을 해서 주인님의 손을 번거롭게 하다니, 이렇게 한심할 수가. 두 번 다시 이러한 일이 없도록 또 특별 훈련을 할 필요가 있겠군요.'

검이 부러진 것은 예상치 못한 사고였다. 그렇기에 검을 잃었을 때는 보다 냉정하게, 그리고 신속하게 대응해야만 한다.

그렇건만 크리스티나는 적의 눈앞에서 놀란 눈으로 부러진 검을 쳐다본 후, 무방비 상태로 적을 올려다보는 어리석은 짓을 저질렀다. ……적어도 알피나의 눈에는 그렇게 보였다.

이번에는 미라의 소환에 응해 나타난 것이니 만약 그대로 에인션트 레이에 직격했다 해도 방호장벽이 완파된 직후에 강제 송환이 발동했을 테니 딱히 위험하지는 않았다. 그저 소환되기 전에 있던 장소로 돌려보내질 뿐이다.

　그렇다고 즉사 직전의 상황에 이른 것을 알피나가 용납할 리가 없었다.

　'방패를 무기 삼아 싸우는 방법을 알려주도록 할까요.'

　완벽하게 아이젠파르드의 보조 역할을 수행하면서도 크리스티나의 행동에 관해 생각하던 알피나는 이 전투가 끝나고 발할라로 돌아가면, 공격 수단을 잃었을 때의 전투 방법을 중심으로 한 훈련을 해야겠다고 결론을 내렸다.

　"다녀왔어요~."

　다른 자매들이 우르르 쏟아지는 수호자들을 처치하기 위해 돌아나니는 가운데, 크리스티나가 의기양양하게 최전선에 귀환했다. 그리고 그녀는 자신만만한 얼굴로 크리스티나 부대의 잿빛 기사들과 합류해, 그대로 마키나 가디언을 정면에서 올려다보았다. 좀 전까지의 크리스티나와는 딴판이다 싶을 정도로 의욕이 가득해 보였다.

　"크리스티나. 그러한 빈틈을 내주어 주인님의 손을 번거롭게 하다니 제정신입니까. 부끄러운 줄 아세요."

　돌아온 직후, 크리스티나는 곧바로 알피나의 질타를 받았다. 그에 크리스티나는 "죄송합니다. 앞으로 조심할게요!"라고 말하

며 반성하는 자세를 보였다. 그 행동거지는 온몸으로 반성하고 있다는 오라 같은 것이 느껴질 정도로 심오한 경지에 오른 것이었다.

하지만 성심성의껏 반성하고 있는 것처럼 보이는 그것은 단순히 익숙함에서 비롯된 것이었다. 어떻게 하면 알피나의 잔소리를 짧게 줄이고, 그 자리에서 끝낼 수 있을지를 고민한 끝에 크리스티나가 고안해낸 '진심 반성 포즈'로, 본질은 입으로만 반성하는 것이었다.

"나 참, 당신이라는 아이는……. 뭐어, 됐습니다. 일단 검이 부러져서는 싸울 수가 없으니 이걸 사용하도록 하세요."

알피나도 겉으로만 반성하는 것이라는 사실을 어렴풋이는 알고 있었지만, 지금은 아직 전투 중이었다. 잔소리는 나중으로 미루기로 하고 크리스티나에게 자신이 지니고 있던 또 한 자루의 검을 내밀었다.

"당신, 그 검은……?!"

검을 내밀던 알피나는 그제야 알아챘다. 크리스티나가 이미 한 자루의 검을 손에 쥐고 있다는 사실을.

순간적으로 알피나의 눈이 놀라서 크게 떠졌다. 그 검이, 성검 상크티아가 어떠한 것인지를 알기 때문이다.

"크리스티나. 어째서 당신이 주인님의 성검을 가지고 있는 거죠?!"

미라가 소환하는 특별한 성검. 그것이 성검 상크티아에 대한 알피나의 인식이었다.

지금은 아직 다크나이트나 잿빛 기사 정도만 사용하고 있었지만, 그 검은 사용될 때마다 예리함과 힘이 증폭되고 있다는 사실을 알피나는 알았다.

　성검 상크티아는 성장하고 있다. 그리고 언젠가 성검으로서의 성장이 극에 달했을 때, 검사로서 그것을 휘두르는 허가를 받았으면 하는 것이 현재 알피나가 꿈에 그리고 있는 미래였다.

　하지만 지금 이 순간, 성장 도중이라고는 하나 그 성검을 크리스티나가 들고 있는 것이 아닌가. 알피나는 이날, 이때, 이 순간, 30년 정도 전에 주인인 덤블프가 세계에서 사라졌을 때 이후로는 누구에게도 보인 적이 없는, 까무러칠 정도로 놀란 표정을 지어 보였다.

　"그게, 이건 주인님이 부러진 검 대신 쓰라고……."

　알피나의 보기 드문 표정에서 오한을 느끼며 크리스티나는 간결하게 설명했다. 주인님에게 검을 받았다. 영광이다. ……라는 것은 알피나에게 내색하지 않고 숨긴 채, 어쩌다 보니 우연히 상황이 그렇게 되어 임시로 건네받았다고 에둘러 말했다.

　발키리에게 있어 섬기는 주인에게 검을 하사받는다는 것은 매우 명예로운 일이었지만, 사실 크리스티나가 검을 받은 상황은 그렇게까지 거창한 것이 아니고 그냥 대용품으로 받은 것이나 다름없었다.

　하지만 언니들이 쓰던 검만 사용해온 크리스티나에게 그것은 특별한 의미가 있었다. 심지어 아직 장녀인 알피나조차 손에 쥔 적이 없는 검이었기 때문이다.

하지만 그렇기에 크리스티나는 일부러 특별한 의미는 없고 그냥 우연히 받은 것뿐이라고 설명했다. 알피나의 비원(悲願)을 아주 조금이나마 한발 먼저 이루고 말았다는 이유로 특별 훈련을 받게 될 수도 있다는 것을 직감적으로 느꼈기 때문이다.

'알피나 언니라면 충분히 그럴 수 있어. 주인님의 성검을 사용한 자에 걸맞게 더더욱 강해지라고 말할 게 뻔해!'

미라에게 검을 받아서 최고로 기분이 좋은 상태인 크리스티나는 머리를 풀회전시킨 끝에 그러한 답을 도출해냈고, 특별한 일은 아니라고 저자세를 취했다.

"그런가요. 그렇다면 다음부터는 조심하세요. 주인님의 성검을 가진 채로 추태를 보이는 것은 허락지 않겠어요."

"네, 잘 알겠습니다!"

이렇게 잽싸게 이야기를 마친 두 사람은 그 사이 아이젠파르드와 자매들에게 완전히 맡겨두었던 전쟁터로 다시금 뛰어들었다.

'아슬아슬하게, 얼버무렸다고 봐도 되려나……?'

전장을 완전히 남에 손에 맡겼━━. 평소의 크리스티나는 그리 눈에 띄는 짓을 하지 않았지만, 저 주인님 지상주의인 알피나는 그렇지 않았다. 조금이라면 이해를 할 수도 있을 것이다. 하지만 이번처럼 미라에게 받은 임무를 누군가에게 맡긴 채로 이탈해, 미라의 성검에 대한 집착이라는 사적인 감정을 겉으로 드러내는 것은, 평소라면 있을 수 없는 일이었다.

그 정도로 특별한 검인 것이리라. 크리스티나는 마구 날뛰는 마키나 가디언과 여러 대의 수호자들 앞에서 손에 든 검을 바라보았다. 그리고 의기양양한 미소를 지었다.

"내가 끝내줄 테다!"

크리스티나는 곧바로 격전지를 벗어나, 다소 떨어진 곳에서 성검을 겨누었다. 난전이 벌어지고 있는 가운데, 몰래 휴식을 취하는 것이 크리스티나의 특기였는데, 이번에 선보일 특기는 다른 것인 모양이다.

크리스티나는 언니들도 써본 적 없는 새로운 성검을 움켜쥐었다. 농땡이를 피고, 그러지 않은 척을 해온 결과 누구보다도 잘하게 된 마나의 집속을 성검으로 행했다.

그러자 크리스티나가 집속시킨 마나는 몇 초 후, 태양과도 같은 눈부신 섬광을 내뿜더니 성검 상크티아를 길이가 3미터도 더되는 빛의 대검으로 변모시켰다.

"……어?"

압도적이라 할 신성한 기운을 내뿜는 성검 앞에서 그 자리에 있던 모든 이가 숨을 죽였다. 하지만 그런 가운데, 크리스티나만은 성검의 변화에 엄청나게 동요하고 있었다.

'어, 어떡해. 뭔가 변해버렸는데~?!'

미라에게 받은 성검이 변모해 버렸다. 혹시 하면 안 되는 짓을 해버린 게 아닐까. 크리스티나는 그런 생각을 하며 빛의 검을 올려다보았다.

'……엄청 멋지긴 한데요.'

꼭 영웅이 활약하는 이야기의 주인공이 된 것 같다. 크리스티나가 그런 망상을 하던 그때.

『크리스티나, 피하세요!』

크리스티나가 가장 두려워하는 알피나가 날카로운 목소리로 주의를 해왔다.

충고에 따른 것인지, 아니면 본능적으로 움직인 것인지. 그 목소리가 들린 직후에 크리스티나는 반사적으로 그 자리에서 뒤로 도약했다. 그러자 이내 그 자리에 빛의 격류가 꽂혔다.

바닥이 검게 그을렸다. 그것은 에인션트 레이였다. 크리스티나가 문득 고개를 들어보니, 눈앞에서 마키나 가디언이 완전히 크리스티나를 노리고 있었고, 곧이어 두꺼운 다리가 코앞까지 닥쳐왔다.

'방패를 발판 삼아서…… 안 돼, 늦었어!'

크리스티나의 몸은 도약한 직후라 아직 공중에 있어서, 그 대질량의 일격을 회피할 만한 수단이 남아 있지 않았다.

하지만 마키나 가디언의 내려친 일격이 직격하려던 그 순간, 여러 개의 폭음이 울리더니 그 일격의 궤도가 약간 틀어져서 크리스티나의 옆구리를 종이 한 장 차이로 스쳐 지나갔다.

"우와아, 큰일 날 뻔했네에……."

바닥을 세차게 내려찍는 마키나 가디언의 다리를 곁눈질로 확인하며 크리스티나는 착지와 동시에 크게 뒤로 물러났다.

다리의 측면에는 새로운 착탄 흔적이 무수히 남아 있었다. 아무래도 성벽과 포탑에서 포격을 가해 다리의 궤도를 억지로 비튼 모양이다. 무시무시한 정밀도였다.

그렇게 안도한 것도 잠시뿐이었다. 마키나 가디언은 계속해서 크리스티나를 노렸다. 후려치기에 내려찍기. 그리고 레이저 머신 건. 모든 공격이 자매들과 '군세', 그리고 아이젠파르드마저도 무시하고 집요하게 크리스티나를 노리고 있었다.

"왜 나만 갖고 그래~!"

크리스티나는 상하좌우로 필사적으로 움직여 그것들을 피했다. 회피에 전념한 탓인지 집중이 끊겨, 성검은 어느샌가 좀 전의 광채를 잃고 통상 상태로 돌아가 있었다.

마키나 가디언이 집요하게 크리스티나를 노리기 시작했다.

아이젠파르드라는 대화력과 내구력을 겸비한 최대의 위협을 무시하고 집중 공격을 퍼붓고 있다. 스텔스 강하 부대에게 입은 일격이 어지간히도 뼈아팠던 모양이다. 하지만 종합적으로 보면 지금도 마키나 가디언이 가장 주의해야 할 상대는 아이젠파르드일 터다. 그렇게 되도록 미라가 공격지시를 내려 어그로를 조정해 왔으니.

"이봐라, 소울하울. 저걸 어떻게 보느냐?"

하지만 최종 국면에 와서 그 계산이 틀어지기 시작했다. 마키나 가디언이 전에 없던 움직임을 보이고 있었다. 미라는 그것을 바라보며 소울하울에게 물었다.

"아까 봤던, 빛의 검이 원인이겠지. 그렇게나 마나를 농밀하게 응축시키면, 경계할 수밖에."

소울하울은 당연하다는 투로 답했다. 좀 전에 보인 빛의 검은 멀리서도 알 수 있을 정도로 압도적인 힘을 내뿜고 있었기 때문이다.

"역시, 그러한 것이겠지."

막대한 마나의 집속을 감지한 것이리라. 미라도 대충 예상했던 일인 데다 소울하울과 같은 견해였다. 그렇기에 미라는 즉흥적으로 떠오른 작전을 소울하울과 발키리 자매들에게 전달했다.

『알겠습니다.』

알피나와 자매들은 미라의 지시에 따라 곧장 행동에 나섰다. 그리고 아이젠파르드 역시 천천히 이동을 개시했다.

"무리라고~ 더는 무리라고~!"

크리스티나는 여전히 마키나 가디언의 공격을 피하고 있었다. 하지만 한계가 찾아왔는지, 아니면 마키나 가디언이 회피 패턴을 학습한 것인지 여유가 사라져 있었다.

종이 한 장 차이에서 살짝 스칠 정도까지 공겨과의 거리가 줄어는 끝에 아무리 발버둥을 쳐도 피할 수 없는 일격이 날아들었다.

날카롭게 찔러 드는 마키나 가디언의 일격을 크리스티나는 방패로 막아내고 있는 힘껏 뒤로 도약했다.

"좋았어, 성공이야."

크리스티나는 충격을 완화하며 크게 거리를 벌리는 데 성공했다. 그와 동시에 마키나 가디언과 크리스티나의 사이를 가로막다시피 아이젠파르드가 하늘에서 내려서서, 그 강인한 꼬리를 힘차게 휘둘러 일격을 선사했다.

그러자 마키나 가디언의 어그로는 다시 아이젠파르드에게 돌아가, 다시금 괴수 대결전 같은 광경이 펼쳐졌다. 나아가 정신을 차려보니 수호자를 상대하고 있는 자매들은 상당히 멀리 떨어진 곳까지 전장을 옮긴 상태였다.

"자아, 크리스티나 씨. 마음껏 집중하세요."

격전지의 후방. 거기까지 후퇴한 크리스티나의 옆에는 정적의 정령 워즈랑베르가 있었다. 그가 크리스티나를 은폐하자 어그로 수치가 낮아져, 마키나 가디언의 우선 공격 대상에서 제외된 것이다. 완전 은폐만큼 강력하지는 않지만 복잡한 전장에서는 기척을 숨기기만 해도 충분히 효과가 있는 것이다.

워즈랑베르에 의한 어그로 조정. 이 역시 미라가 여행 도중에 생각해낸 작전 중 하나였다.

"알겠어요!"

크리스티나는 성검을 들고 거기에 마나를 집속시키기 시작했다. 동시에 워즈랑베르는 그 마나의 흐름까지 완전히 뒤덮어 은폐했다.

이렇게 전장 구석에서 마키나 가디언을 타도하기 위한 준비가 차근차근 진행되었다.

최전선.

손상도가 90퍼센트에 근접했을 즈음. 마키나 가디언의 공격은 더욱 가열해졌다.

가차없이 레이저 머신건을 흩뿌리는 것도 모자라 에인션트 레이의 사용률도 훌쩍 뛰어올랐다.

커다란 다리에 의한 후려치기 등으로 대열이 무너진 상태에서 발사되는 에인션트 레이는 흉악하기 그지없었다. 마키나 가디언과의 전투에서 경험하게 되는 고생 중 절반은 이 구간에 집중되어 있다고 해도 과언은 아닐 정도의 맹공이었다.

그에 아이젠파르드와 알피나 일행은 방어에 중심을 두고 맞서 싸웠다. 지금이 승부처다. 손상도가 90퍼센트를 넘으면 행동 패턴이 더욱 악독해지기에 지금부터는 대미지 조정이 중요하기 때문이다.

미라는 타이밍을 살피다가 10퍼센트에 가까운 대미지를 단숨에 입힐 예정이었다. 그러기 위한 준비 중 하나를 현재 크리스티나가 하고 있다. 나아가 그때 화력을 집중할 수 있도록 아이젠파르드도 드래곤 브레스를 온존하는 중이다.

알피나를 비롯한 발키리 자매의 부대는 사방으로 분산되어 회피에 무게를 두고 싸우고 있다.

아이젠파르드는 마키나 가디언의 공격을 정면으로 받아 내거나 흘려 넘기거나 했다.

자매들도 한 사람씩 어찌어찌 수호자를 쓰러뜨리고 마키나 가디언의 주의를 흐트러뜨리는 역할을 하고 있었다.

피해를 최소한으로 줄여가며 전투를 진행하고는 있었지만 마키나 가디언의 공격을 모두 무마하기에는 역부족이었다. 엄청난 질량을 자랑하는 다리의 일격은 홀리나이트와 동등한 방어력을 자랑하는 잿빛 기사를 일격에 파괴할 정도의 위력을 지녔다.

나아가 레이저 머신건도 한 발의 위력은 그렇게까지 높지 않지만, 말 그대로 쉴 새 없이 쏟아져서, 이쪽의 대미지도 착실하게 쌓여갔다.

그럼에도 준비가 끝날 때까지만 버티면 된다는 시점에서 생각해 보면, 순조롭게 시간을 벌고 있다고 말할 수 있는 상황이다. 하지만 이변이라는 것은 상황이 순조롭게 흘러갈수록 사이를 비집고 터져 나오기 마련이다.

미라가 마지막 일격을 가하기 위한 소환술 발동 타이밍을 재고 있던 그때.

소울하울이 견제를 목적으로 일제 포격용으로 특별한 포탄을 준비하던 그때.

아이젠파르드가 용마법으로 레이저 머신건 하나를 무력화한 그때.

알피나가 마키나 가디언의 관절부를 파괴한 그때. 자매들이 방어진을 구축한 그때.

크리스티나의 충전이 거의 완료되어가던 그때.

단원 1호가 페가수스에게 또 한 번 패배의 쓴맛을 본 그때.

그 일은 일어났다.

그 소리는 주의 환기를 재촉하기 위한 것인지 굉장히 귀에 거슬리면서도 어쩐지 기분 나쁘게 들렸다. 그뿐 아니라 전투를 벌이고 있는 이 커다란 공간의 네 귀퉁이에서 붉은빛이 반짝반짝 명멸하기 시작했다.

"무어냐, 이건……. 무슨 일이 일어나고 있는 게야?!"

"잘은 모르겠지만, 안 좋은 예감밖에 안 드는데."

마키나 가디언은 게임이었던 시절에 몇 번이나 토벌한 적이 있었다. 또한 다른 플레이어들에게서 이런저런 공략 정보를 수집하기도 했다.

하지만 그 정보 속에 경보가 울리더라는 것은 한 건도 없었다. 미라와 소울하울은 이 최종 국면에서 처음 겪는 사태에 직면하게 되었다.

대체 무슨 일이 일어나려는 걸까. 어떠한 사태가 닥쳐오건 대응하기 위해 경계 태세에 돌입한 두 사람의 눈앞에서, 그것이 무엇을 의미하는지가 명백하게 밝혀졌다.

이 경보음은 긴급 대피를 촉구하기 위한 것이었던 모양이다.

다음 순간, 마키나 가디언의 온몸에서 불꽃이 튀고 몇몇 장갑이 튕겨 나가더니 움직임이, 그리고 모습이 완전히 바뀌었다.

마키나 가디언에게서 금속이 격렬하게 삐걱대는 소리가 들려왔다. 그 소리는 절규에 가까운 것 같기도, 비명을 지르는 것 같기도 했다. 그리고 그러한 소리를 내며 자아내는 움직임은, 좀 전과는 완전히 달라져 있었다.

"이건…… 꼭 폭주 상태 같구나."

"그래, 그게 맞는 것 같아."

그 모습을 목격한 미라와 소울하울은 가장 적절한 표현을 입에 담았다. 저것은 마키나 가디언의 폭주 모드일 것이다.

"설마 이러한 비장의 카드까지 숨겨두고 있었을 줄이야."

일정 손상도를 넘어야만 사용했던 에인션트 레이를 일찌감치 사용해온 일이며 일정 조건이 갖춰지지 않으면 사용하지 않았던

'난동'을 빈번히 사용한 것까지. 확실히 종전과 다른 타이밍에 나온 공격 패턴이 몇 개나 있기는 했다.

하지만 이 폭주 모드는 완전히 처음 보는 것이라 어쩌면 다른 것도 있을지도 모른다는 생각에 두 사람은 경계도를 최대로 끌어올린 채 신속하게 대처를 취하기 시작했다.

마키나 가디언은 이제 자괴하는 것도 마다하지 않겠다는 듯한 동작으로, 눈에 보이는 모든 것을 파괴하기 시작했다. 지금까지 보였던 방어 행동을 전혀 하지 않게 된 대신, 모든 공격이 가열하기 그지없었다.

모든 공격을 맞으며 몸을 던져 반격에 나선 것이다. 공격은 최대의 방어라는 말을 몸소 체현하고 있는 듯한 상황이다.

그중 가장 성가신 것은 레이저 머신건이었다.

한 방의 위력이 그리 많이 오른 것은 아니다. 하지만 발사되는 숫자가 전과 비교도 안 되게 증가했다. 마치 샷건을 개틀링포처럼 쏟아붓는 듯한 상태다.

심지어 샷건과 달리 한 발 한 발의 위력은 그대로다. 조금이라도 맞으면 눈 깜짝할 새에 방호막이 소멸할 정도로 흉악한 포대가 되어버린 것이다.

심지어 그 레이저 머신건은 쉴 새 없이 발사되고 있었다. 조준도 제대로 하지 않아 집중 공격을 받지 않게 된 것은 다행이었지만, 그 범위와 압도적인 탄환 수로 인해 전장 전체에 레이저가 쏟아지는 사태에 빠진 것이다.

결과적으로 전장 이곳저곳에서 레이저 머신건으로 인한 피해가 발생했다. 곳곳에 배치된 각종 골렘은 절반 이상이 붕괴되었고 잿빛 기사의 군세 역시 상당수가 깎여나갔다.

"히에엑~!"

그리고 무엇보다도 소나기처럼 쏟아지는 레이저는 전장 전역에 미치고 있어서, 숨어 있던 크리스티나와 워즈랑베르가의 위치가 발각되는 사태가 벌어지고 말았다.

"이건 좀, 버겁군요!"

워즈랑베르는 어찌어찌 몸을 피하며 실드를 전개해 막았지만 끝이 보이지 않는 레이저의 양과 넓은 사정 범위를 보고 쓴웃음을 지었다.

"아앗! 겨우 모은 마나가아~……."

크리스티나로 말하자면 손에 든 방패를 이리저리 돌려가며 레이저를 보기 좋게 팅겨내고 있었다. 하지만 방어에 지나치게 성신이 쏠렸는지, 성검에 집속시켰던 마나가 절반 이상 날아가고 말았다.

크리스티나와 워즈랑베르는 꼼짝없이 갇히고 말았지만 그 직후, 전장에 우뚝 솟아난 방어벽을 보자마자 곧장 그 뒤로 뛰어들었다.

그것은 소울하울이 사령술로 만들어낸 것이었다. 상당히 튼튼해서 레이저 세례를 맞아도 당장 붕괴할 일은 없을 듯했다.

크리스티나와 워즈랑베르는 간신히 안전을 확보했다. 하지만 시간을 들여 모은 마나는 돌아올 리가 없어서, 크리스티나는 망연히 성검을 바라본 채 고개를 떨구었다.

"우선은 저 포대부터 어떻게 해야겠는걸."

전장에 방호벽을 둘러친 후, 소울하울은 폭주 중인 마키나 가디언을 바라본 채 최우선 목표를 입에 담았다.

난사한 레이저는 미라 일행이 있는 성벽에까지 도달해서 좀 전부터 표면이 찔끔찔끔 깎여나가고 있었다. 당장 큰 피해를 입을 입지는 않을 것이다.

하지만 이 레이저로 인해 방어에 할애하는 마나량이 단숨에 증대했다. 따라서 이대로 가면 밑천이 바닥나고 말 것이다.

"흠, 그게 좋겠구나. 저걸 어떻게 하지 않으면, 아무것도 못 할 것 같으니 말이야."

더 큰 문제는 전장 전역에 레이저가 쏟아지고 있다는 것이다. 그리스티나 일행뿐 아니라 발키리 자매와 잿빛 기사의 군세 역시 소울하울의 방호벽으로 대피해 있었다.

현재 전장에는 항공기에서 쉴 새 없이 기총을 쏘아대는 가운데 참호전을 펼치고 있는 듯한 양상이 펼쳐져 있었다.

심지어 공격 범위가 너무도 넓은 탓에 제대로 부대를 움직일 수 없는 상황이었다.

그런 가운데, 유일하게 아이젠파르드만이 간신히 버티고 있는 상태다.

피탄은 하고 있지만 장갑의 용마법으로 레이저 한 발당 입는 대미지를 경감하고 있는 것이다. 조금씩 방호벽이 깎여나가고는 있지만 앞으로 한 번은 방호벽을 다시 칠 수가 있다. 때문에 아직 10분 정도는 버틸 수 있을 것 같았다.

하지만 당연히 마키나 가디언의 공격은 레이저뿐이 아니다. 모든 공격이, 심지어 폭주 상태의 그것이 집중되면 아무리 아이젠파르드라 해도 오래는 못 버틸 것이다.

"예정보다 이르지만 지금이 때인 것 같구나."

전방에 서서 버텨주고 있는 아이젠파르드가 당하면 그대로 전멸할 수도 있다. 그렇게 판단한 미라는 이 타이밍에 비장의 카드를 투입하기로 결심했다.

"그래, 그러자. 시작해 줘."

불리하게 돌아가기 시작한 전장을 앞에 두고 있음에도 소울하울은 기대 섞인 눈으로 미라에게 답했다. 지금부터 미라가 소환할 것은 중2병을 앓고 있는 그에게도 특별한 존재였기 때문이다.

그런 기대 섞인 시선을 받으며 미라는 정면을 똑바로 바라본 채, 마텔에게 확인했다. 준비는 되었느냐고.

『응, 완벽해!』

예정대로 만반의 준비가 되었다고 마텔이 신호를 보내왔다. 그것을 확인한 미라는 드디어 그 술식을 해방했다.

단원 1호와 페가수스가 전장에 전개해둔, 아르카나 제약진. 그것 네 개가 로자리오 소환진으로 변화하여 공명하더니, 거대한 하나의 마법진을 지면에 그리기 시작했다.

신화와 전설을 동경했던 이라면 모를 리가 없는 존재. 펜리르를 소환할 때가 온 것이다.

『황혼의 종언, 영구히 밝지 않는 밤의 도래(到來). 신들도 잠든 빛 없는 심연의 시대.

암흑이 지배하는 세계는 윤회하여, 모든 것이 추억의 저편에서 환상으로 변하네.

남는 것은 일렁이는 혼돈, 사멸한 별의 바다, 그리고 밤을 지배하는 허무의 달.

새벽을 바라는 자, 금제를 푸는 자여, 하늘의 탑에서 포학의 문을 열라.

변천하는 시대에서, 바야흐로 개벽의 순간이 왔으니.

벗이여, 종언마저도 물어뜯어라.』

자아내는 말은 힘으로 바뀌어 마법진을 약동시켰다. 그리고 빛이 최고조에 달한 순간, 드디어 그 문이 열렸다.

【소환술 : 신화 펜리르】

마치 심연과 이어진 듯한 검은 구멍의 밑바닥에서 기어 나오는 모양새로, 펜리르가 모습을 나타냈다.

밤하늘을 연상케 하는 푸른빛이 감도는 검은 털에 신성함이 느껴지는 금빛 눈동자, 금속처럼 빛나는 은빛 발톱. 전설이라 부르기에 부족함이 없는 신기를 두른 펜리르는 당당하게 등장한 순간부터 그 압도적인 힘을 발휘하기 시작했다.

쉴 새 없이 쏟아지던 레이저가 펜리르에게 닿은 순간, 증발하듯 사라진 것이다. 상황을 마텔에게 듣고 있던 펜리르가 미리 대책을 세워두었던 모양이다. 심지어 놀랍게도 완전히 무효화하고 있다. 정말이지 믿음직스러울 따름이다.

"저게…… 펜리르인가."

그 모습 앞에서 소울하울이 나직하게 중얼거렸다. 펜리르의 믿음직한 모습에 감탄……한 것이 아니라 다소 당황한 듯한 목소리로.

하지만 그럴 수밖에 없었다. 소환한 펜리르는 강아지의 모습을 하고 있었기 때문이다.

겉모습은 강아지지만 크기는 대형견만 했다. 어찌 되었건 펜리르라는 단어를 들으면 떠오르는 거대한 늑대와는 거리가 먼, 얼핏 보면 다소 못 미덥게 느껴지는 모습이었다.

"만났을 때 이런저런 일이 있어서 말이다. 지금은 아직 대부분의 힘을 잃은 상태거든."

곰곰이 생각해 보니 만났을 때의 상황에 관해서는 자세히 말하지 않았던 것 같다. 그 사실을 기억해 낸 미라는 잽싸게 한 마디로 설명한 후 "허나, 저렇듯 귀여운 모습이라도 아이젠파르드와 견줄 정도의 힘을 지니고 있지"라고 말하며 웃어 보였다.

"뭐어, 장로가 그렇다면, 알겠어. 공격은 맡기도록 하지."

어찌 되었건, 이대로 손을 놓고 있을 수는 없는 일이다. 소울하울은 미라를 전면적으로 믿기로 하고 그대로 방어에 집중하기 시작했다.

계속해서 변화하는 레이저의 발사각도, 그리고 마키나 가디언의 움직임에 맞춰 전장의 벽과 각종 골렘을 조종해서 전진을 방해하거나 견제, 방어 등을 해나간다. 이 소울하울의 골렘 방어선이 없었다면 미라의 막강한 군세도 이미 두 번은 전멸했을 것이다.

그 덕분에 지금은 폭주 중인 마키나 가디언의 행동 범위가 제한되고 있었다.

"음, 이 몸만 믿거라."

힘껏 고개를 끄덕인 미라 후, 미라도 곧장 아이젠파르드와 펜리르에게 말했다. 최우선 목표는 레이저 포대라고.

『알겠습니다, 어머니!』

『좋아, 알겠다.』

두 소환체는 다음 순간에 행동을 개시했다. 아이젠파르드가 우악스럽게 돌격해서 날뛰는 마키나 가디언의 움직임을 제지했다. 하지만 아이젠파르드의 힘으로도 완전히 제압하기는 어려워서, 작은 빈틈을 만들어내는 것이 한계였다. 좀 전까지는 그 빈틈을 효과적으로 살릴 방법이 없었지만, 지금은 달랐다. 최대한으로 살릴 수 있는 이가 파트너로 전장에 있었던 것이다.

펜리르는 아이젠파르드가 만든 빈틈을 최대한으로 활용해 보였다.

탄환처럼 달려나가는가 싶더니 일직선으로 도약하여 레이저 포대를 발톱의 일격으로 파괴한 것이다. 심지어 거기서 끝이 아니었다. 그는 고정된 마키나 가디언의 다리를 발판 삼아 뛰어다니며 두 개의 포대를 더 무력화했다.

"겉보기와 달리, 굉장한걸."

소울하울이 무의식중에 그런 말을 중얼거렸다.

"당연하지. 저래 봬도 그 유명한 펜리르니 말이야!"

그 말을 들은 미라는 자신이 공을 세운 것 마냥 가슴을 젖힌 채 답했다.

일행은 그렇게 아이젠파르드와 펜리르라는 두 거물의 등장으로 위기 상황을 모면할 수 있었다. 나아가 두 소환체의 콤비네이션은 처음임에도 불구하고 나쁘지 않아서, 레이저 포대를 차례로 파괴해 나갔다.

하지만 마키나 가디언도 그대로 당하고 있지만은 안됐다. 놀랍게도 이 마당에 와서 새로운 공격 수단을 선보인 것이다.

"방금 그건, 설마 에인션트 레이인가?"

"아마, 그렇겠지."

마키나 가디언의 벌어진 복부에서 발사된 것은 광범위하게 착탄함과 동시에 불기둥을 치솟게 하는 광선이었다.

한 방 한 방의 위력은 에인션트 레이에 미치지 못 한다. 하지만 철벽의 방어력을 자랑하는 플레이어를 한순간에 소멸시키는 그것의 위력이 떨어진들 한순간이 1초 정도로 길어질 뿐이다.

마키나 가디언은 그런 광선을, 말하자면 확산 에인션트 레이를 난사하기 시작했다.

피탄하면 무사하지 못할 것이다. 아이젠파르드와 펜리르는 마키나 가디언을 앞뒤로 포위하듯 산개해 거리를 벌리며 남은 레이저 포대를 노렸다.

"히에에……."

좀 전보다 더한 격전지가 된 그 광경을 앞에 두고 벌벌 떨면서도 크리스티나는 마나 집속을 재개하고 있었다. 워즈랑베르의 힘으로 그 존재는 은폐되고 있고, 소울하울이 조작하는 방벽과 골렘에 의해 몇 중으로 보호를 받고 있는 탓에 그녀는 VIP 대우를 받는 것 같아 기분이 썩 나쁘지 않았다.

그래서인지, 성검은 좀 전보다 훨씬 환하게 빛나기 시작했다.

격전지에서 떨어진 곳에 위치한 성벽 안. 걱정이 가득한 눈으로 광선이 쏟아지고 불기둥이 치솟는 전장을 바라보는 고양이가 있었다. 그렇다, 단장 1호다.

"돌아와 있을 때 저래서, 다행입니다냥."

성벽 틈새로 고개를 내밀고 있던 단원 1호는 진심으로 안심한 듯 한숨을 내쉬었다. 그러자 마찬가지로 그곳에서 대기 중이던 페가수스와 가루다도 동의하듯 고개를 끄덕였다.

하지만 그렇게 마음을 놓고 있을 수 있는 시간은 눈 깜짝할 새에 끝났다. 이 타이밍에 미라가 출격 지시를 내렸기 때문이다. 펜리르를 소환하는 데 사용한 아르카나 제약진을 다시 배치하라는 것이다.

"소생, 이 싸움이 끝나면 그 아이에게 프러포즈 할 거야, 입니다냥."

날렵하게 페가수스에 올라탄 단원 1호는 [돌격 앞으로]라고 적힌 팻말을 등진 채 다시금 전장으로 날아갔다. 그런 단원 1호와 페가수스를 배웅한 가루다로 말하자면, 거대한 골렘 앞에서 가만히 대기하고 있었다.

펜리르를 소환하고서 5분 정도가 경과했을 즈음에 전황이 크게 바뀌었다. 드디어 모든 레이저 포대를 파괴하는 데 성공한 것이다.

가장 요란하게 공격을 쏟아내던 그것이 사라지자, 보병 부대도 방벽 뒤에서 나올 수 있게 되었다. 그로 인해 아이젠파르드와 펜리르에게 집중되었던 공격을 분산시킬 수 있게 되어, 최대 화력을 지닌 둘이 그것을 활용할 기회가 증가했다.

기회는 새로운 기회를 불러들였다. 포대를 잃은 탓인지 마키나 가디언의 폭주도 잠잠해지기 시작한 것이다.

『언제든 공격할 수 있어요!』

그런 타이밍에 크리스티나가 충전을 완료했다는 신호를 보내왔다.

"좋아, 지금이 총공격을 퍼부을 타이밍이구나!"

"그래, 해치우자."

이 순간, 모든 조건이 갖춰졌다. 그렇게 판단한 미라와 소울하울이 드디어 최종 작전 개시 신호를 전군에 하달했다.

그 신호를 받은 전군이 단숨에 공세로 전환했다.

"주인님께 승리를!"

알피나 일행은 기다렸다는 듯 강력한 기술을 내질렀다.

알피나의 참격은 장갑을 갈랐고, 엘레티나가 쏜 화살은 빛의 탄환이 되어 쏟아졌다. 뒤를 이은 자매들도 자신이 잘 다루는 무기로 마키나 가디언에게 타격을 주었다. 나아가 잿빛 기사도 일제히 달려나가 성검을 휘둘러서 확실하게 대미지를 입혀 나갔다.

"알겠습니다, 어머니!"

아이젠파르드는 확산 에인션트 레이를 드래곤 브레스로 상쇄하며 접근해서 마키나 가디언의 다리 관절부에, 근거리에서 드래곤 브레스를 내쏘았다. 그리고 다리 하나를 호쾌하게 잡아 뜯었다.

"나도 분발해야겠군."

이어서 펜리르는 그 발톱으로 에인션트 레이의 발사구를 찢어놓았다. 직후, 갈곳을 잃은 에너지가 내부에서 폭발해 폭염이 치솟았다.

"좋아, 지금이야."

균형을 유지할 수 없게 된 마키나 가디언의 자세가 무너지자 포탑과 성벽에 위치한 포문으로 소울하울이 일제 포격을 가했다.

강력한 연격이 물 흐르듯 이어진 직후. 이번에는 마키나 가디언의 본체에서 긴급 상황임을 알리는 부저 같은 소리가 울렸다. 그와 동시에 온몸에서 좀 전과 비교도 되지 않을 정도의 구동음이 울리기 시작했다.

그것은 미라 일행이 아는 현상이었다. 좀 전의 총공격으로 파손도가 90퍼센트를 넘은 모양이다. 이것을 신호삼아 마키나 가디언은 최종 형태로 변형했다. 좀 전의 폭주 모드보다 훨씬 위험한 살육 모드로 이행한 것이다.

만약 변형이 완료될 경우, 둘만으로는 승산이 없다. 게임이었던 시절. 이것이 완료된 후의 승률은 0퍼센트였다. 그 유명한 플레이어 최대 국가 아틀란티스가 자랑하는 장군들조차도 변형 완료 후에 승리한 적은 없을 정도였다. 살육 모드가 된 마키나 가디언은 그 정도의 괴물이었다.

내구도를 완전히 깎아내기 전에 전력을 유지하기 위한 마나가 고갈될 것이 분명하다. 그렇게 내다본 미라와 소울하울은 이 변형이 끝나기 전에 결판을 낼 작전을 준비해 두었다.

마치 자괴라도 하듯, 마키나 가디언은 근본부터 몸을 재구성하여 변형했다. 그 광경을 앞에 두고 전군이 일제히 그 자리에서 물러났다.

그 상공을 가로지르는 그림자가 하나 있었다. 거대한 골렘을 떠안은 가루다다. 일직선으로 마키나 가디언이 있는 상공으로 향한 가루다는, 마치 폭격기처럼 거대한 골렘을 투하했다.

거대 골렘은 완만한 탄도를 그리며 마키나 가디언에게 직격했다.

직후――

【추장술 : 멸망의 등불】

눈부신 섬광과 지옥을 방불케 하는 새빨간 불길이 시야 가득 펼쳐졌다. 그리고 약간의 시간차를 두고 몸속까지 울리는 충격파가 지나감과 동시에 귀를 찢을 듯한 폭음이 울렸다.

그것은 일제 포격을 능가하는 파괴력을 지닌 일격이었다.

혼자서는 달리지도 못할 정도의 질량을 지닌 골렘을 가루다로 운반하는 강경책, 미라와 소울하울의 새로운 콤비네이션 '데스 프롬 어버브'의 탄생이었다.

하지만 그만한 폭격을 가했음에도 마키나 가디언을 파괴하기에는 역부족이었다. 하지만 드디어, 그 중요한 임무를 맡은 크리스티나가 등장했다.

한 그림자가 뭉게뭉게 폭염의 잔재가 흩날리는 전장을 향해 전진했다. 지금까지 워즈랑베르의 능력으로 몸을 숨기고 있던 크리스티나는 길이가 20미터는 될 듯한 빛을 두른 성검을 들고 있었다.

마키나 가디언이 위험요소로 판단했던 처음보다 더욱 강력한 마나가 응축된 그 성검은 정적이라는 칼집에서 뽑혀 나옴과 동시에 아이젠파르드의 드래곤 브레스에도 뒤지지 않을 힘을 해방하여 대기를 진동시켰다.

그런 성검을 손에 든 크리스티나의 뒷모습은, 그야말로 빛의 용사라 할 만했다.

"우와아…… 책임이 막중하네……."

삐걱대면서도 착실하게 변형을 진행 중인 마키나 가디언과 마주한 크리스티나는 등을 찌르는 듯한 중압감에 몸을 떨었다. 하지만 크리스티나에게는 확신이 있었다. 최대로 마나를 집속시킨 성검이라면 눈앞에 있는 마키나 가디언을 확실하게 처치할 수 있을 것이라는 확신이.

일전의 키메라 클로젠과의 전투에서의 활약으로 기세가 등등해진 크리스티나는 '크리스티나 스매시'를 더더욱 갈고 닦았다.

마나를 집속하는 훈련은 땡땡이치기 위한 구실로 써먹기 좋아서 자주 한 것이기도 했지만, 재능도 있었던 것이리라. 일격의 위

력으로만 치면 지금의 크리스티나는 발키리계에서도 톱 클래스
가 되어 있었다.

그런 크리스티나가 한계까지 마나를 집속시킨 성검. 이 일격이
성공하면 결판이 날 것이다.

모든 이가 그 순간을 앞두고 마른침을 삼킨, 그 순간.

유달리 날카로운 금속음이 울리더니, 마키나 가디언이 마치 회
피 행동이라도 하듯 몸을 확 기울였다. 하지만 그것은 크리스티
나의 조준을 빗나가게 할 정도는 아니었다.

아니었지만, 그것은 회피 행동도 아니었다. 다시금 구동음이
울려 퍼진 직후, 마키나 가디언에게서 크리스티나를 향해 가느다
란 무언가가 창처럼 날아든 것이다.

"어……?"

너무나도 빨라서 회피가 불가능할 것 같은 속도로 날아든 그것
은, 마키나 가디언의 다리였다. 변형이 종료될 때까지는 움직이
지 못할 텐데도 움직인 것은 그 다리가 가장 먼저 변형을 마친 상
태였기 때문이다. 이 단계에도 게임이었던 시절과 다른 점이 존
재했던 것이다.

살육 모드에 돌입한 마키나 가디언의 일격은 압도적이다. 직격
하면 강제 소환은 면치 못할 테고 성검에 집속된 마나도 사라져
버릴 것이다. 그렇게 되면 결정타를 가할 수단이 사라져 미라 일
행은 패주(敗走)할 수밖에 없다.

『괜찮다, 걱정 말거라.』

하지만 사태는 이미 해결된 상태였다. 당황한 크리스티나에게

미라가 그렇게 말하기 직전. 마키나 가디언의 다리가 크리스티나의 바로 앞에서 멈춘 것이다.

"깜짝이야아……."

크리스티나의 눈에, 펜리르에게서 뻗어나온 무수히 많은 사슬에 꽁꽁 묶인 마키나 가디언의 모습이 비쳤다.

만일의 사태에 대비해서, 마키나 가디언이 예상치 못한 행동을 했을 때를 위해 미라는 펜리르에게 '글레이프니르'를 준비해달라고 했던 것이다.

그 유명한 펜리르 본인마저 구속할 정도로 강력한 봉인의 사슬. 제아무리 마키나 가디언이라 해도 그것을 금방 끊는 것은 불가능했다.

"자아, 크리스티나 공. 처치하도록!"

펜리르가 그렇게 말하자 크리스티나는 "네!" 하고 답하고서 검을 다시 겨누었다. 그리고 다시 한번 집중하여 머릿속에 승리의 이미지를 선명하게 그려 나갔다.

"진(眞) 크리스티나 슬래——시!"

크리스티나는 글레이프니르에 묶인 마키나 가디언을 향해 새된 기합을 내지르며 성검을 내리쳤다.

일섬(一閃). 그 일격은 소리마저 가르고 모든 것을 빛으로 뒤덮었다. 소멸은 분명 한 순간에 이루어지는 법이리라. 마키나 가디언을 관통한 섬광은 더욱 밝은 빛을 내뿜은 후, 눈 깜짝할 새에 수그러들었다.

그 자리에는 두 동강 난 마키나 가디언의 잔해와 성검을 손에 든 채 선 크리스티나, 그리고 시간이 다 되어 송환되는 펜리르의 모습만 남았다.

"이겼다~!"

기나긴 시간 동안, 심지어 최대급이라 할 수 있는 전력이 투입된 결전. 크리스티나는 자신의 손으로 그 전투에 종지부를 찍었다는 사실에 당황하면서도 눈 앞에 펼쳐진 광경을 보고 승리를 확신하며 성검을 치켜들고서 기뻐했다.

$$\langle 17 \rangle$$

마키나 가디언과의 싸움에 결판이 났다. 모든 이가 그렇게 생각한 그때. 갑자기 잔해가 허물어지더니 그 안에서 하나의 그림자가 느릿하게 기어 나왔다.

순간적으로 긴장감이 퍼졌고, 크리스티나를 비롯한 일동이 경계 태세를 갖췄다.

자세히 보니 그것은 기계장치로 된 무언가였다. 배회자도, 수호자도 아닌 무장도 장갑도 지니지 않은 인형. 하지만 그것들과 눈에 띄게 다른 점이 있었다. 그것은 엉성하기는 해도 제대로 움직이는 얼굴이 있다는 것이었다.

그 얼굴에 있는 눈이 뜨이더니 주변을 죽 둘러보았다. 그리고 잠시 후, 그 입이 천천히 열렸다.

『거믄 다리 떠오를 때, 어두믄 차자오다. 나의, 지고으 가디어늘 토며라고, 시려늘 극보칸 자드리여. 우리으 히믈, 게승할 자겨기 있다고 판다냈다. 이르 가지고, 다가오고 이는 침략자들과의 사움에 대비하라.』

그 목소리는 마치 망가진 스피커에서 들려오는 그것 같았다. 그리고 인형은 그 말을 마치고 난 후, 네모난 금속판 하나를 내밀었다.

마침 그 정면에 있던 크리스티나는 당황해서 어떻게 해야 하냐고 묻듯 미라를 쳐다보았다.

『검은 달이 떠오를 때, 어둠은 찾아온다. 나의, 지고의 가디언을 토멸하고, 시련을 극복한 자들이여. 우리의 힘을, 계승할 자격이 있다고 판단했다. 이를 가지고, 다가오고 있는 침략자들과의 싸움에 대비하라.』

알피나에게 인형이 한 말을 전해 들은 미라는 그 내용과 지금까지 없었던 이벤트 내용이라는 사실에 놀라면서도 '힘을 계승한다'는 부분에 강한 관심을 보였다.

검은 달, 어둠, 침략자. 이것이 무엇을 의미하는지는 아직 알 수 없지만, 분명 인형이 지닌 금속판에 힌트 같은 것이 있을 터다.

『저 말이 진실이라면, 의심할 필요는 없을 게다.』

슬레이만에게 전해두면 뭔가를 알아낼 거다. 미라는 그런 생각으로 크리스티나에게 받으라고 지시를 내렸다. 다만 만약을 위해 신중을 기하라는 당부도 잊지 않았다.

"으음, 실례할게요~……."

미라의 지시를 받은 크리스티나는 쭈뼛거리며 손을 뻗어, 인형이 내민 금속판을 받아들었다.

그 직후. 인형은 마치 자신의 역할은 끝났다는 듯 갑자기 무너져 내려 금속 잔해가 되었다.

요란한 금속음이 울림과 동시에 크리스티나는 화들짝 놀라서 자기도 모르게 금속판을 떨어뜨릴 뻔했다.

"우와아, 깜짝이야, 엄청 놀랐네에."

간신히 최소한의 동작으로 금속판을 고쳐 쥔 크리스티나는 놀란 적이 없는 것처럼 태연한 척을 했다. 사람들의 이목이 집중된 지금 한심한 모습을 보일 수는 없다고 생각했기 때문이다. 새삼스러운 일이었지만.

그렇게 금속판을 미라에게 전달하고자 몸을 돌린 순간, 크리스티나는 그 앞에 서 있던 알피나의 눈을 보고 "히익!" 하고 작은 목소리로 비명을 질렀다.

알피나의 눈은 말하고 있었다. '그 정도로 놀라다니, 수련이 부족하다는 증거군요.' 나아가 그 주변에 있던 차녀를 비롯한 자매들은 알피나의 분위기가 심상치 않다는 것을 알아챘는지 동정 어린 눈빛을 크리스티나에게 보내고 있었다.

크리스티나는 보기 좋게 마키나 가디언에게 결정타를 날렸지만, 그 영광은 이미 어디론가 가버리고 없었다. 귀환 후 특별 훈련이 확실시된 순간이었다.

"흐음~ 전혀 모르겠군그래. 이게 대체 무엇일꼬."

일동의 건투에 감사하며 군세를 송환한 후, 미라는 흥미롭다는 눈으로 크리스티나에게 받은 금속판을 몇 번이나 뒤집어보며 조사하고 있었다.

"문자라기보다는, 도형이군. 그런 이벤트는 처음인데, 어떻게 된 걸까."

소울하울 역시 미라의 옆에서 고개를 내밀어 금속판을 관찰했다.

금속판은 새까맸다. 무게는 보기보다 무겁지 않은 정도가 아니라 놀랄 만큼 가벼웠다. 그리고 그 표면에는 도형이 빼곡하게 새겨져 있었다.

"무언가의 설계도처럼, 보이는 것 같기도 한데 말이다……."

미라는 설계도처럼도 보이는 금속판을 손에 든 채 계속해서 끙끙댔다. 인형의 말을 해석하자면 이 도형이 가리키는 것이 '우리의 힘'이리라. '우리'라는 말은── 이 고대도시유적을 만든 자들이라는 의미로도 해석할 수 있을 듯했다.

"성에는 우수한 학자 녀석들이 모여 있잖아? 그 녀석들에게 맡기면 그만이야. 그보다 나는, 볼일을 마치고 오겠어."

소울하울은 관심이 식었다기보다는 그보다 우선시해야 할 일이 있기 때문인지 '캐슬 골렘'을 해제하고 곧장 최심부를 향해 걸어 나갔다.

"흠…… 일리가 있군."

도통 알아먹을 수가 없으니 이 이상 끙끙대 봐야 달라질 것은 없을 듯했다. 금속판에 관한 것은 순순히 솔로몬에게 맡기기로 하고, 미라 역시 지금 가장 중요한 일로 시선을 돌렸다.

"헌데, 정말로 전리품은 모두 이 몸이 챙겨도 되는 것이지? 나중에 딴소리하지 말거라?!"

마키나 가디언의 잔해로 달려가며 미라는 소울하울에게 재확인했다. 어제 한 약속을 제대로 이행할 것인지를.

"안 해, 안 해. 전부 다 가져."

소울하울은 그런 미라의 필사적인 모습에 잠시 쓴웃음을 지은 후, 거들떠보지도 않고 잔해 옆을 지나쳐 갔다.

"오호, 그렇다는 말이지."

소울하울의 뒷모습을 바라보며 만족스럽게 중얼거린 미라는, 기대에 부푼 얼굴로 마키나 가디언의 드롭 아이템을 뒤지기 시작했다. 하지만 거대한 마키나 가디언의 잔해이다 보니 양과 무게가 상당했다.

"……송환하기 전에, 부탁을 할 걸 그랬구나……."

문득 미라는 아이젠파르드에게 분류해달라고 할 걸 그랬다며 투덜댔다. 하지만 전리품을 얻기 위해 잔해더미를 뒤지는 것은 처음이었다. 미라는 완전히 깜박했다며 속으로 조용히 반성했다.

잔해더미는 혼자서 어떻게 할 수 있는 양이 아니었다. 그래서 미라는 곧바로 작업원들을 소환했다.

【소환술 : 가디언 애시】

【소환술 : 가룸】

【소환술 : 로츠 엘레파스】

마법진에서 힘깨나 쓸 것 같은 자들이 나타나 미라의 앞에 늘어섰다. 잿빛 큰곰인 가디언 애시에 3미터 정도 되는 체구를 자랑하는 가룸, 그리고 그 두 마리를 웃도는 존재감을 내뿜고 있는 하얀 코끼리 로츠 엘레파스였다.

"로츠는 오랜만이구나. 건강해 보여 다행이다."

몸 길이가 7미터도 더 되는 거구를 올려다보며 미라는 그 긴 코를 쓰다듬었다. 그러자 로츠 엘레파스 역시 오랜만이라고 인사를 하듯 긴 코를 미라의 몸에 두르며 다정한 목소리로 울었다.

하얀 코끼리, 로츠 엘레파스. 그는 아크 대륙의 숲 깊숙한 곳

에 위치한 동물들의 성지, 낙원이라 불리는 땅을 수호하는 성수
(聖獸)다.

일찍이 그 낙원이 악의 손에 떨어졌을 때, 미라는 낙원을 되찾
는 일에 힘썼다. 로츠 엘레파스는 그때 입은 은혜를 갚기 위해 소
환의 계약을 맺었던 것이다.

이미 꽤나 오래된 일이건만 로츠 엘레파스는 아직도 그 은혜를
잊지 않은 모양이었다.

"자아, 일이 있는데 말이다. 여기에 있는 잔해를——."

다시 마키나 가디언의 잔해와 마주한 미라는 소환한 세 마리에
게 그것의 분류를 부탁했다.

"다들 수고 많았다. 역시 힘이 장사구나. 정말 덕분에 살았지
뭐냐."

작업시간은 20분 남짓. 다소 날림으로 한 듯한 감은 있었지만,
그 짧은 시간에 거대한 마키나 가디언의 잔해는 보기 좋게 부위
별로 분류되어 있었다. 이 이상 맡겼다가는 목적한 드롭 아이템
이 손상될 우려가 있었기에 이 다음부터는 수작업으로 해야 했
다. 하지만 장갑은 모두 벗겨져서 인간의 힘만으로 진행해도 문
제가 없을 정도였다.

큰소리로 세 마리의 노고를 치하하고서 송환한 미라는, 잔뜩
흥분한 얼굴로 보물이 잠들어 있는 잔해더미로 뛰어들었다.

"우선은, 역시 그것이지!"

처음에 어떤 아이템을 찾을지 정해두었던 미라는 그것을 찾아

213

몸통 부분의 잔해를 뒤졌다. 쓸데없는 금속 조각을 집어던지고 부품과 파츠도 내던지며 얼마간 뒤진 끝에, 미라는 붉게 빛나는 그것을 찾아냈다.

"오오…… 있구나. 정말로 있었어!"

미라는 사람의 머리 크기 정도 되는 새빨간 보주(寶珠)를 하늘 높이 치켜든 채 외쳤다.

그것은 마키나 가디언의 필살기, 에인션트 레이의 핵이 되었던 결정체다.

그 이름은 '아폴론의 눈동자'.

전설급 중에서도 특히 상위에 속하는 일품으로, 미라는 물론이고 아홉 현자 중 그 누구도 본 적이 없을 정도로 극악의 드롭률을 자랑하는 희귀품이었다.

그것을 입수한 적이 있는 것은 일찍이 존재했던 최상위 플레이어들 중에서도 극히 일부뿐으로, 아틀란티스 왕국의 왕과 니르바나 황국의 장군 둘뿐이었다.

그런 희귀품을 지금, 미라는 손에 넣은 것이다.

"이게 그 소문으로만 듣던 '아폴론의 눈동자'인가! 흠…… 이 녀석을, 어찌할까!"

소재로 분류되는 '아폴론의 눈동자'는 방어구와 술구, 무기에 이르기까지 수많은 활용법이 아틀란티스 왕국의 기술자들에 의해 수립된 상태였다.

그리고 당연하다고 해야 할지, 어떻게 활용해도 절대적인 성능을 띠게끔 되어 있었다. 미라의 장비에는 이 '아폴론의 눈동자'를 능가하는 소재를 이용한 물건은 하나도 없었다. 따라서 지금보다 파워업할 수 있게 됐다는 것은 기정사실이었다. 미라가 흥분할 만도 했다.

"자아, 이제 시작일 뿐이다!"

미라는 '아폴론의 눈동자'를 조심스럽게 아이템 박스에 수납하고는 다음 드롭 아이템을 찾아 다시 잔해를 뒤지기 시작했다. 완전히 욕망으로 물들어 버린 그 눈은 결코 보물을 놓치지 않았다.

마키나 가디언의 드롭 아이템에 관한 정보는 이미 미라의 머릿속에 들어 있었다.

우선 마키나 가디언의 동력부를 보호하는 금속판 '이지스 플레이트'.

강도도 상당하지만 무엇보다도 속성 대미지에 압도적인 내성을 지닌 일품이다. 이를 가공한 대형 방패는 성기사의 최종 장비 중 하나로 알려졌을 정도. 성기사들이 군침을 흘릴 물건이기는 하지만, 유감스럽게도 방패를 버린 솔로몬은 소지하고 있지 않았다.

다음으로 미라가 발굴한 것은 그 '이지스 플레이트'가 보호하고 있던 동력부 '안티 마테리얼 수정기관'이다.

검고 작은 상자 형태의 그것은 열 수가 없어서 안에 무엇이 들었는지 모르는 데다 고대 기술의 결정체라, 그야말로 블랙박스라 할 수 있었다.

따라서 그것을 기관으로 활용할 방법은 없어서, 일찍이 플레이어들은 이것에 폭발물을 합쳐 병기로 이용했다. 그 위력은 총력을 결집한 아홉 현자에 버금갈 정도라 전략 병기로 인기가 있

215

었다.

미라는 계속해서 전리품을 발견해 나갔다. 이번에는 마키나 가디언의 머리. 두뇌에 해당하는 부분 차례였다.

"오오, 이럴 수가, 이만큼이나 들어있다니!"

머리 부분의 커버를 제거한 미라는 거기 담긴 여러 개의 구체 결정을 보고 쾌재를 불렀다.

그것은 '뉴트론 크리스털'이라는 것으로 술구의 소재로 이용할 수 있는 것은 물론이고 술사용 장비와의 궁합이 매우 좋아서 미라가 소환술 부흥을 위해 크레오스에게 맡긴 장비품에도 사용된 물건이었다.

마키나 가디언을 토벌하면 대충 한두개만 나올 정도로 드롭률이 낮았건만, 그것이 지금 미라의 눈앞에는 다섯 개나 있었다.

"설마 다섯 개나 들어 있었다니. 기분 좋은 오산이구나!"

미라는 '뉴트론 크리스털'을 모두 회수하고 머리의 다른 부분에도 손을 대기 시작했다. 그렇게 해서 이번에 분리한 것은 마키나 가디언의 눈에 해당하는 부분이었다.

그것은 그만한 전투가 있었음에도 불구하고 전혀 흠집이 나지 않은 투명한 유리판이었다.

직경 50센티미터, 두께 1센티미터는 될 듯한 그 유리판은 사실 '클리어 마테라이트 합금판'이라는 이름으로 불리는 금속제 아이템이었다.

"그나저나, 신기하기도 하구나……."

두드려 보니 확실히 금속음이 났다. 투명한 금속이 있다니 역시 판타지 세계는 다르구나, 하고 감탄하며 미라는 양쪽 눈에서 두 장의 '클리어 마테라이트 합금판'을 회수했다.

이어서 분리한 것은 그 안쪽, 눈의 주요 부위에 해당하는 볼록 렌즈였다. 손바닥 정도의 크기로 매우 집광성이 높은 렌즈였지만, 게임이었던 시절에는 렌즈로서는 거의 쓰이지 않았다. 하지만 그 렌즈에 사용된 소재, '에테라이트'는 매우 다양한 무구, 술구에 이용할 수 있는 편리한 물건이었다.

미라는 이 렌즈도 두 장 회수했다.

"크흐흐…… 현 단계에서도 당시의 가격으로 이미 총액 10억 이상이구나. 말 그대로 보물산이 따로 없군그래!"

마키나 가디언의 고유 드롭 아이템은 이제 네 종류가 남았다. 미라는 그것들을 모두 회수하기 위해 마키나 가디언의 잔해를 계속해서 뒤졌다.

그렇게 긁어모은 아이템으로는 머리와 몸통을 연결하는 도선 '뉴링크 마도체', 몸통 부분의 밑바닥에 사용된 '탄화 마테라이트 장갑판'.

그리고 '난동' 때 대폭발을 일으킨 장치인 '고진동 발화 결정'과 레이저 머신건의 총신에 있던 '리플렉트 프리즘'이 있었다.

이로써 드디어 마키나 가디언의 드롭 아이템 열 종류를 모두 모은 셈이다.

"대규모 레이드 보스의 드롭 아이템을 독차지할 수 있다니…… 정말이지 웃음이 가시질 않는구면."

미라는 회수한 모든 드롭 아이템을 돌이켜 보며 씨익 웃었다.

대규모 레이드 보스의 드롭 아이템은 모두 최상위 플레이어들이 군침을 흘리는 희귀품이다. 그렇기에 그 분배를 두고 다투는 일도 많기도 하고 취급이 어렵기도 했다.

　심지어 당시에는 거기에 드롭률이라는 시스템까지 있어서 쓰러뜨리면 원하는 것을 바로 손에 넣을 수 있는 것도 아니었다.

　그것이 지금, 모두 확정 드롭으로 나왔고, 완전히 독차지하게 됐다. 게임이었던 시절에는 불가능했던, 상상도 못했던 일이다. 뭐, 정말로 목숨을 걸어야 한다는 궁극의 문제를 넘어서야 했지만.

　어찌 되었건 그것을 넘어선 미라는 너저분하게 널브러져 있는 마키나 가디언의 잔해를 바라보며 뭐 빼먹은 건 없는지 꼼꼼히 확인했다. 이런 모습을 보면 가난뱅이 근성이 아주 몸에 밴 것 같다.

　"그나저나 문제는, 가공인데 말이지."

　손에 넣은 소재는 모두 다 희귀품이다. 때문에 최고 수준의 장인이 아니면 그것을 가공할 수도 없었다.

　과연 알카이트 왕국에 있는 장인이 다룰 수는 있을는지. 다룰 수 있다 해도 최고의 성능을 이끌어낼 수 있을지.

　개중에는 여러 장인의 손을 거쳐야만 진가를 발휘하는 소재도 있었기에 톱클래스의 장인을 몇 명이나 찾아내야 대풍작을 거둔 이 소재들을 살릴 수 있을 듯했다.

　'갈 길이 멀구나······.'

　고생길은 훤하다. 하지만 그에 성공하기만 하면 지금까지 소지했던 것을 훌쩍 뛰어넘는 물건들을 손에 넣을 수 있다. 미라는 배실배실 미소를 띤 채 그때의 모습을 상상하며 다시 한번 놓친 소재는 없는지 훑어보았다.

"흠······?"

그러던 중에 미라의 날카로운 눈이 잔해 속에 묻힌, 다른 것들과는 색이 다른 무언가를 찾아냈다. 못 보고 지나친 건가 싶어서 미라는 그곳으로 달려갔다. 그리고 위에 있던 잔해를 치우고 그것을 주워들었다.

"책······? 아니, 이건 일기인가?"

미라가 손에 든 그것은 수첩 크기 정도의 책자였다. 아니, 정확히는 책자 같은 물건이다.

표면의 일부를 제외하면 태반이 원형을 유지하고 있는 것도 신기할 정도로 열화된 데다, 일부에는 그을리기까지 했다. 그리고 아니나 다를까, 그것은 미라가 집어 든 직후에 바스러져서 먼지가 되어 흩어졌다. 미라의 손에 남은 것은 그을리지 않은 아주 적은 부분뿐이다.

'어째서 이러한 것이 마키나 가디언의 잔해 속에 있었던 게지······? 애초에 이것은 대체 누구의 소지품이지?'

마키나 가디언의 드롭 아이템인가 생각하며 미라는 남은 일부를 꼼꼼히 조사했다. 그러자 첫 페이지뿐이지만 간신히 원형이 남아있다는 사실을 알 수 있었다.

종이는 세월의 흐름으로 인한 열화가 심해서, 살살 다루고 있음에도 불구하고 찢어져 버릴 것 같았다. 군데군데 지워진 부분도 있다. 하지만 그러한 상태임에도 간신히 읽을 수 있는 문자도 남아 있었다.

『지※ 소재(所在), 일본 지부 ※※※. 서※※※62년, ※월 ※※※ 에, 이것※ 기록함.

당초의 예정※※, 세계의 바다의 좌표 ※※의 별, 지점 ※※ 지하에, 종합 ※※※※의 ※※를 개시. ※※예정은, ※구 시간으로, ※※간 후.

다만 지상은 관측한 ※※에 ※※한 상태로, ※※에 상당한 시간이 ※할 것으로 추측됨.

시설이 완성된 후, ※※를 시작. 잘 ※※해 ※면 ※※가, 그야※※ 만이 알※※다. ※※의 ※※를 기도하며, 제2※※의 준비도 ※※두겠다.

시※※, 당분간, ※※할 일은 ※을 것이다. 그러니 동기해※※ 일찌※※, 상태를 ※※.

왕※※※해서는, 다른 ※과 같은 방법을 ※※할 예정이다. ※※에서 회수한 몇 종류의 ※ ㅍ※※를 ※※. ※※에 거주시켜, 그 ※※를 지켜보기로 하겠다.』

불타고 남은 첫 페이지에는 그러한 내용이 적혀 있었다.

그것을 끝까지 잃은 미라는 먼눈을 한 채 멍하니 서 있었다.

거기 적힌 내용도 놀라웠지만, 그것들이 모두 일본어로 적혀 있다는 사실에 놀라움을 금할 수가 없었다.

이 세계의 문자는 '공용어'라는 것으로, 일상생활 말고도 오래된 유적과 폐허, 고문서 등에도 등장한다.

하지만 그보다 더 오래된 시대까지 거슬러 올라가면, 고대 문자라 불리는 것으로 바뀐다. 이것은 조사를 해봐도 의미를 알 수 없는 데다 사용하는 이도 거의 없다. 일부 역사 마니아들이 해독을 즐기는 용도밖에 없는 물건이다.

이 세계에는 그러한 역사가 축적되어 있다. 그리고 이 장대한 무대에서 일본어는 이물질이라 할 수 있었다. 하지만 이상하게도 고대 지하 도시의 심부에만 그런 일본어가 여기저기 널려 있었다.

이 종이 역시 그러한 수수께끼 중 하나라 할 수 있을까.

'어쩐지, 터무니없는 물건을 발견해버린 것 같다만……. 이건 대체 무엇이지? 개발자의 일기, 같은 겐가? 그렇다 해도 이러한 의미심장한 물건이 여기 있다니……. 도통 알 수 없는 일이 너무도 많구나.'

일본어의 등장은 물론이고, 거기에는 일본이라는 매우 익숙한 문자가 적혀 있었다. 명백하게 현대의 일본을 지칭하고 있는 것이다. 그러한 물건이 이곳에 있다는 것은 대체 무슨 의미일까. 생각에 잠긴 미라는 읽을 수 있는 부분을 입으로 소리 내어 다시 읽고서, 정령왕과 마텔에게도 물어보았다. 이것이 무슨 의미인지 알겠느냐고.

『실로 흥미로운 내용이군. 하지만 짐작도 안 된다. 이 장소 자체가, 내가 이 세계에 태어난 것보다 훨씬 과거부터 존재했으니 말이야. 나 역시 이곳이 어떠한 장소였고, 어떠한 이유로 만들어졌는지 자세히는 모른다. 정말이지 유쾌한 일도 다 있군.』

세계의 온갖 사정에 정통한 정령왕조차도 고대지하도시에 관해서는 아는 것이 별로 없다고 한다. 그래서인지 정령왕은 수수께끼가 더욱 늘어나 흥미진진하다는 투였다. 모르겠는 것이 재미있는 모양이다.

『미안해, 나도 전혀 모르겠어. 어쩌면, 우리가 태어나기 전의 시대와 관련이 있는 걸지도 몰라.』

마텔 역시 모르는 모양이다. 정령왕과 마텔이 태어나기 전. 그때부터 있었다는 고대지하도시란 대체 무엇일까. 수수께끼만 늘어갔다.

"흠, 그러한가……. 그렇다면 보류해야겠군. 이 안건은 돌아가서 검토하기로 하지. 아, 그 전에……."

성배를 제작하기 위해 온 대륙을 돌아다니고 있는 소울하울이라면 어쩌면 뭔가 짚이는 것이 있을지도 모른다.

그렇게 생각한 미라는 문득 소울하울이 한참 동안이나 돌아오고 있지 않다는 사실을 알아챘다.

"분명, 이곳에서의 목적은, 백아의 오브의 조각을 얻는 것이었지. 흐음~ 시간이 걸릴만한 요소가 있었던가?"

신명광휘의 성배를 제작하는 데 필요한 백아의 오브 조각. 이 앞에 있는 백(白)의 방이라는 장소에는 고대지하도시의 모든 것을 제어하는 에너지원인 백아의 오브가 있다. 필요한 것은 그것의 조각인데, 곰곰이 생각해 보니 그것은 대체 어떻게 채취하는 것일까 궁금해졌다.

전리품 회수를 마친 미라는 호기심이 이끄는 대로 백의 방을 향해 걸어 나갔다.

⟨18⟩

보스방 안쪽에는 백의 방이라고 하는 장소가 있다. 그곳에는 백아의 오브라 불리는 결정체가 놓여 있었다.

역사 마니아 친구의 말에 의하면, 고대지하도시에 존재하는 모든 기능을 그것 하나로 유지하고 있다는 듯했다.

미라가 백의 방의 입구로 다가가던 그때. 마침 소울하울이 그곳에서 돌아왔다.

"오오, 이제야 돌아왔구나. 조각을 회수하는 것뿐인데 꽤나 시간이 걸렸구나."

미라가 그렇게 말하자 소울하울은 전투 직후보다 피곤한 얼굴로 쓴웃음을 지어 보였다.

"간단하게 말하지 마. 정말로 그것뿐이었다면, 얼마나 편했겠어."

소울하울은 그렇게 말하더니 푸념이라도 하듯 백아의 오브 조각을 입수하기 위한 절차를 말하기 시작했다.

그 절차는 간단할 것 같으면서도 실로 집중력이 필요한 일이었다.

우선 소울하울은, 백아의 로브란 영맥에서 퍼올린 고순도 마나를 결정화한 것이라고 설명했다. 세계를 순환하는 에너지 그 자체라고.

따라서 백아의 오브는 오리할콘조차도 능가하는 강도를 자랑

223

한다는 모양이다.

"호오, 그토록 단단하다는 말인가……."

오리할콘이라는 말을 들은 미라는 놀란 표정을 지었다.

그럴 만도 한 것이 오리할콘이라 하면 대부분 전설급 무구에 사용되며, 대규모 레이드 보스조차도 드물게만 드롭할 정도의 희귀품이기 때문이다.

다시 말해서 오리할콘이라는 금속 자체가 전설급이라 해도 과언이 아닌 것이다.

"인간이 만든 도구로는, 흠집도 낼 수 없겠지."

소울하울은 이제야 알겠냐는 듯이 웃어 보였다.

오리할콘. 그것이 얼마나 단단한가에 관한 실험이 일찍이 플레이어들 사이에서 화제가 된 적이 있었다.

그 결과는 말 그대로 판타지스러웠다. 높은 곳에서 떨어진 1톤짜리 쇳덩이가 공중에 고정된 오리할콘 바늘과 교차하는 궤도로 통과하자 깔끔하게 쪼개졌던 것이다.

게임이었던 시절에도 매우 정밀한 물리 법칙이 성립되어 있었건만, 거대하고도 강고한 쇳덩이보다 직경 1밀리미터짜리 바늘이 더 단단했던 것이다. 그렇게 전설의 금속이라는 칭호에 걸맞은 일화가 탄생했더랬다.

"그럼 그대는, 어떻게 조각을 회수한 게냐?"

플레이어라면 누구나 알 정도의 경도를 자랑하는 금속. 그것을 능가하는 백아의 오브. 흠집을 낼 수 없다면 조각은커녕 부스러기조차 입수할 수 없을 것이다.

그럼 소울하울은 무슨 수로 백아의 오브 조각을 입수한 것일까.

"우선, 이게 필요했지."

소울하울은 허리에 차고 있던 단검을 뽑아 보였다. 그러자 미라는 약간 붉은 빛을 띤 그것을 보고 놀란 투로 "오리할콘인가?"라고 말했다.

그렇다. 소울하울이 빼든 단검은 오리할콘으로 된 것이었다. 가공 방법에 따라 여러 형태로 변화하기는 하지만, 어쩐지 화염을 연상케 하는 그 색조는 순수한 단조(鍛造) 작업으로 만들어진 오리할콘의 특징이기도 했다.

"해서, 다음은 무엇이냐?"

이야기의 흐름상 당연히 그것으로 끝일 리가 없었다. 미라가 뒷이야기를 재촉하자 소울하울은 이게 제일 힘들었다며 백아의 오브를 깎아내는 가장 중요한 방법을 입에 담았다.

그것은 바로 마나라고 한다. 영맥에서 퍼올린 고순도 마나 결정인 백아의 오브. 이것에 자신의 마나를 조금씩 부어서 동조시킴으로써 일시적으로 그 경도를 약화시킬 수 있다고 한다.

하지만 약화했다고는 해도 오리할콘 정도의 경도가 아니면 깎아낼 수가 없기에 오리할콘 단검이 필요했다는 것이다.

"마나의 다량 방출과 조정에, 동조까지 동시 진행해야 하니까. 시간이 걸린 건, 거의 다 그것 때문이야."

아무래도 소울하울은 좀 전까지 계속 마나 제어 작업을 하고 있었던 모양이다. 그에 반해 깎아내는 것은 단검으로 한 번 찌르는 것으로 끝나서 순식간이었다고 한다.

"오호라, 고생 많았구나."

얼굴에 피로감이 드러날 정도로 집중했던 소울하울의 작업을, 미라는 그 한 마디로 정리해 버렸다. 하지만 미라의 태도에 소울하울은 여전하다고 생각하며 그저 어깨를 으쓱할 따름이었다.

"그나저나 장로도 장로대로, 꽤나 철저하게 해치웠는걸."

소울하울은 새삼 성대하게 분해된 마키나 가디언의 잔해를 둘러보았다.

두 동강난 것뿐이었던 마키나 가디언이 지금은 원형을 알아볼 수 없을 정도로 분해되어 있었다. 무척이나 꼼꼼히 뒤졌다는 것을 누가 봐도 알 수 있을 상태였다.

"그래서, 어땠어? 이렇게까지 분해했는데, 값나가는 물건은 좀 회수했어?"

전리품은 필요없다고 선언했었지만 소울하울도 레이드 보스의 드롭 아이템이 신경이 쓰이기는 하는 모양이다. 아홉 현자 같은 최상위급 플레이어라도 쉽게 구경할 수 없는 물건들뿐이었으니 그럴 만도 했다.

"음, 물론이다마다!"

그 마음을 잘 이해하는 미라는 보란 듯이 의기양양한 표정을 한 채 답했다. 그리고 가장 희귀한 '아폴론의 눈동자'를 마치 적의 수급을 보여주기라도 하듯 내밀어 보였다.

"호오~ 이게 아폴론의 눈동자인가. 생각했던 것보다 훨씬 크군."

소울하울은 그렇게 말하며 흥미롭다는 듯이 얼굴을 들이댔다.

그러자 미라는 '아폴론의 눈동자'를 감추듯이 끌어안으며 "마음이 바뀌었다 해도 이건 안 준다"라는 말과 함께 소유권을 주장했다.

"알아, 알아. 그래서, 다른 건 얼마나 회수한 거야. 분명 이 녀석의 드롭 아이템은 전부, 부품 계열이었지? 그렇다면, 대부분 확정 드롭으로 회수했을 것 아냐."

소울하울은 발치에 널린 잔해의 일부를 주워들고서 그렇게 말했다.

손에 든 그것은 아무것도 아닌 금속 부스러기였다. 하지만 어지간한 철, 강철과 같은 금속보다 질이 좋아서 이것도 모두 가져가면 상당한 값이 붙을 것이다. 하지만 소울하울은 남은 잔해더미를 보고, 그런 금속 부스러기에는 눈길도 주지 않고 다른 것을 챙겼다는 것을 사실을 알아챈 모양이었다.

"뭐어, 대충 챙기기는 했지."

실제로 드롭 아이템을 철저하게 뒤진 미라는 자신 있게 그렇게 답했다. 그러자 소울하울은 잠시 생각한 후, "그럼, 뉴트론 크리스털도 있었지? 그걸 하나 주면 안 될까?"라고 말했다.

"뉴트론 크리스털이라? 무어냐, 장비라도 새로 장만하려는 게야?"

미라는 소울하울의 모습을 새삼 확인하고서 그렇게 물었다.

소울하울은 실로 그답다고 말할 수 있는 행색을 하고 있었다. 멋을 중시했다는 뜻이다. 하지만 그럭저럭 좋은 물건들을 보아온 미라는, 그의 취향에 맞게 가공된 극상품이 있는 것을 꿰뚫어 보았다. 지금의 소울하울은 과거, 나라에 있었을 때보다 훨씬 고급스러운 장비를 걸치고 있었다.

뉴트론 크리스털도 상당한 물건이기는 하지만 굳이 새로 장만할 필요는 없을 듯했다.

그런 생각에 미라가 의아해하던 중에 소울하울이 그 생각과 비슷하되 다른 답을 내놓았다.

"장비를 새로 장만한다는 의미에서는, 그래, 그렇게 볼 수도 있으려나. 이번에 뜻하지 않게 상급 술식이 해금됐잖아. 덕분에 중간에 멈춰두었던, 일리나의 매장품 갱신 작업을 진행할 수 있게 됐어. 그래서, 뉴트론 크리스털을 쓰려고."

일리나. 그것은 소울하울의 비장의 카드라 할 수 있는, 사령술 '윤전사계'로 만들어낸 자의 이름이다. '영령의 관'에 넣어둔 매장품에 따라 그 능력은 크게 강화되기도 한다. 지금은 그 매장품을 갱신하는 도중이라 50퍼센트 정도의 능력밖에 발휘하지 못하지만, 소울하울은 이것을 뉴트론 크리스털로 완성하고자 하는 모양이었다.

"오호라, 그런 뜻이었나."

미라도 대번에 납득했다. 술식과 궁합이 좋은 소재, 뉴트론 크리스털을 사용하면 일리나의 전력은 비약적으로 상승할 것이기 때문이다.

"그래, 당연히, 지금은 장로의 물건이니, 대가는 치르겠어."

당연하다는 투로 그렇게 말한 소울하울은 "어디 보자, 지금은 얼마 정도였지" 하고 계산을 시작했다.

"뉴트론 크리스털은, 시장에 잘 나오지 않아서. 시세를 모르겠군. 분명 당시에는, 3천만 정도였던가. 희귀품이라는 점과 유통량, 수요를 고려해서……."

최상위 플레이어들이 주마다 마키나 가디언을 토벌했던 시절에도 뉴트론 크리스털은 3천만이라는 고액에 거래되었다. 하지만 지금은 그때에 비해 마키나 가디언의 토벌 수가 훨씬 줄었다. 어쩌면 오늘이 30년 만에 처음 토벌이 이루어진 날일지도 모른다. 더불어 시장에 유통되지 않아서 시세 역시 판단하기가 어려운 상황이었다.

그 때문에 소울하울은 지금까지 보아온 물류의 가격을 통해 간단히 추산해 보았다.

"우선, 3억이면 될까? 만약, 시세가 그것보다 높으면, 뭐어, 준비를 마치고 돌아갔을 때 차액을 지불하기로 하고."

소울하울은 아무 것도 아니라는 듯 금액을 제시했다. 그 말투는 마치 돈 걱정이라고는 해본 적 없는 귀족 같아서, 푼돈에 일희일우했던 미라로서는 빈부격차를 실감하지 않을 수 없었다.

"호, 호오, 3억이라……."

미라의 눈동자가 쉴 새 없이 흔들렸다. 거금이다. 그만큼 있으면 대체 얼마나 사치를 누릴 수 있을까. 고급스러운 여관에 실컷 머물고, 맛있는 음식도 마음껏 먹을 수 있다. 어쩐지 전에도 비슷한 일이 있었던 것 같은데, 라는 생각을 하면서도 미라는 3억의 유혹 앞에서 망상을 전개해 나갔다.

"부족하다면, 5억으로 할까? 차액을 지불하려 해도, 몇 개월 지나야 돌아갈 것 같으니 말이야."

미라가 3억을 어떻게 쓸지를 망상하던 중에, 그것을 고민하는
것이라고 착각한 소울하울은 금액을 더 올려서 제시했다.

순간, 미라의 머리가 멈춰버렸다. 곧이어 가볍게 2억이나 늘
어났다는 비현실적인 일이, 거꾸로 미라에게 냉정함을 되찾아
주었다.

"자, 가져가거라."

미라는 아이템 박스에서 뉴트론 크리스털을 하나 꺼내, 다소
퉁명한 투로 말하며 그것을 소울하울에게 내밀었다.

"오, 교섭이 성립한 걸로 봐도 되겠지? 지불은 금화와 수표 중,
뭘로 할까?"

뉴트론 크리스털을 받아든 소울하울은 또다시 아무렇지도 않
게 그렇게 말했다. 하지만 미라 역시 그에 질세라 가슴을 편 채
말했다.

"아니, 되었다. 그대도 그럭저럭 싸웠으니 말이다. 그건 그대의
전리품으로 챙겨두거라."

한 번은 필요 없다고 말했던 전리품을, 전리품으로 건넨다. 같
은 것이 아직 네 개 남아있다는 말까지는 하지 않았지만, 미라는
돈 같은 것에는 집착이 없다고 태도로 나타냈다.

"뭐야, 정말로 괜찮은 거야? 5억 정도는 그리 큰돈도 아니니,
내 주머니 사정을 신경 쓸 필요는 없는데."

소울하울은 압도적이라 할 수 있는 여유를 내비쳤다. 하지만
미라는 더 이상 동요하지 않았다.

"괜찮다는데도. 게다가 그 뭣이냐. 그 뉴트론 크리스털로 술식이 강화되면 그대의 용건도 그만큼 빨리 끝날 것이 아니냐. 빨리 돌아오면 그만큼 이 몸도 안심할 수 있을 테니 말이다."

5억이라는 말에 잠시 혹했던 것은 사실이지만, 그 말 역시 미라의 진심이었다. 아홉 현자의 귀환을 발표하는 것도 그렇고, 그에 따라 군비를 확장하는 것도 그렇고, 조금이라도 빨리 돌아와 주어야 조정하기가 쉬워질 터이니.

"……아아, 듣고 보니 그렇군. 일리나가 완벽해지면, 예정을 크게 앞당길 수 있어. 잘만 하면, 두세 달이면 끝나려나."

소울하울은 그렇게 중얼거리고는 "그렇다면, 고맙게 받아두겠어"라고 말을 이은 후, 아이템 박스에 그것을 수납했다.

19

미라는 간단한 전리품 교환 도중에 5억이라는 금액에 아주 잠시 마음이 흔들렸더랬다. 하지만 마음이 가라앉자 신경 쓰였던 안건이 머릿속에 떠올랐다.

"헌데 소울하울이여, 전리품에 이러한 것이 있었다만, 이것을 어찌 생각하느냐?"

미라는 그렇게 말을 꺼내더니 수많은 전리품들 중에서 가장 이해가 안 되는 물건 하나를 살며시 소울하울에게 보여주었다. 누군가의 일기인지, 보고서인지는 모르겠지만 신경 쓰이는 내용이 적힌 한 페이지였다.

"음? 그게 뭐지?"

마키나 가디언의 전리품 중 종이 같은 것은 없다. 당연히 그 사실을 아는 소울하울은 그 차이점에 관심이 동한 모양이었다. 그는 미라의 팔을 붙잡은 채 거기 적힌 문장을 열심히 읽기 시작했다.

『지※ 소재(所在), 일본 지부 ※※※. 서※※※62년, ※월 ※※※에, 이것※ 기록함.

당초의 예정※※, 세계의 바다의 좌표 ※※의 별, 지점 ※※ 지하에, 종합 ※※※※의 ※※를 개시. ※※예정은, ※구 시간으로, ※※간 후.

다만 지상은 관측한 ※※에 ※※한 상태로, ※※에 상당한 시간이 ※할 것으로 추측됨.

시설이 완성된 후, ※※를 시작. 잘 ※※해 ※면 ※※가, 그야※※ 만이 알※※다. ※※의 ※※를 기도하며, 제2※※의 준비도 ※※두겠다.

시※※, 당분간, ※※할 일은 ※을 것이다. 그러니 동기해※※ 일찌※※, 상태를 ※※.

왕※※※해서는, 다른 ※과 같은 방법을 ※※할 예정이다. ※※에서 회수한 몇 종류의 ※ㅍ※를 ※※. ※※에 거주시켜, 그 ※※를 지켜보기로 하겠다.』

한 번, 두 번, 그 내용을 거듭 읽은 소울하울은 세 번이나 다시 읽고서야 미라의 팔을 놓고 깊은 생각에 잠겼다.

"앞부분은, 지구 소재, 라고 적힌 건가? 지구의 일본 지부. 그렇다면 이 표현은, 어쩐지 마음에 걸리는데. 그냥 일본 지부라고 하면 될 것을, 굳이 지구에 소재했다고 적었어. 다시 말해서, 지구가 아닌 곳이 존재한다고 해석할 여지가 있고. 그다음에 이어진 '서'로 시작되고 '년'으로 끝나는 문장. 문맥으로 미루어, 이건 서력을 말하는 거겠지. 서력 ××62년 몇 월 몇 일에, 이것을 기록함. 억지로 읽으면 이렇게 되려나."

잠시 생각한 후, 소울하울은 문자가 지워진 부분을 보충해서 첫 번째 줄을 수정해 보였다. 옳은 내용인지 어떤지는 알 수 없다. 하지만 그것이 옳은 내용일 경우, 더욱 커다란 수수께끼가 떠오르게 된다.

"오호, 확실히 그렇게 읽을 수 있겠구나. 어찌 되었건 이것을 적은 자는 우리가 있던 세계를 알고 있다는 뜻이로군."

"의문점이 많기는 하지만, 틀림없이 관계는 있을걸."

언제 어디서, 어떠한 의도로 작성한 것인지는 알 수 없지만, 그 내용으로 미루어 적어도 지구의 일본을 알았을 가능성은 높을 거라는 점에서 미라와 소울하울의 견해가 일치했다.

"그런데, 정령왕과 마텔 씨에게는 물어본 거야?"

"음, 물어는 보았다만 이에 관해서는 짐작도 안 간다더구나. 듣자 하니 이 고대지하도시는 정령왕과 마텔 공보다 역사가 오래되었다는 듯하니 말이다."

"아니, 잠깐…… 그렇게 오래전부터 있었던 거야, 여기……?"

정령의 역사는 터무니없이 길다. 인간과는 비교도 되지 않을 정도다. 하지만 인간이 만든 고대지하도시 쪽이 훨씬 오래되었다니. 이것은 명백한 모순이라 할 수 있었다.

"하지만, 이렇게 존재하는 데에는, 뭔가 이유가 있을 것 아냐……?"

"그렇지, 그렇게 될 테지."

얼핏 보면 모순 같지만 그것이 현실인 이상, 거기에는 확고한 진실이라는 것이 존재할 것이라는 뜻이다. 아직 보이지 않는, 아직 알 수 없는 진실이.

"뭐어, 지금 그런 것을 생각해 봐야 부질없는 짓이지."

어째서 고대지하도시가 정령왕들보다 오래전부터 존재했는가. 그것을 해명하기 위한 정보가 지금은 없으니 생각해 봐야 소용이 없을 거라고, 소울하울은 딱 잘라 말했다.

그리고 그 이유에 조금은 가까울 듯한 다음 문장에 관해 고찰하기 시작했다.

"그러면 이어서, 그다음 문장부터, 이 사람은 뭔가를 연구했던 것 같은걸. '시설이 완성된 후', 그리고 '시작── 제2── 준비'. 이 부분으로 미루어 볼 때, 이것을 쓴 사람은, 모종의 목적을 가지고 시설을 지하에 만든 거겠지. 그리고, 추측이지만, 그건 여길 뜻하는 것일지도 몰라. 고대지하도시 7층. 이곳은 명백하게, 다른 장소와는 구조도 분위기도 달라. 판타지라기보다는 SF에 가깝지."

소울하울은 그렇게 말하며 주변을 둘러보았다.

그의 말대로 마키나 가디언과의 전장이 된 이 장소는 하얀 금속판으로 뒤덮인 튼튼한 공간으로, 이곳으로 오는 도중에 지났던 통로 역시 던전이나 유적이라기보다는 모종의 연구 시설 같은 느낌이 농후했다.

"SF라. 뭐어, 그렇구나. 애초에 이곳의 보스가 저것이니 말이다. 그렇게 생각하니, 이곳은 온통 수수께끼 투성이구나."

이 세계에는 역사가 있었다. 게임으로 만들어진 세계이니, 그 역시도 창작물에 불과할지 모른다. 하지만 그 역사는 현실과 마찬가지로 이 세계를 떠받치는 튼튼한 기둥이 되고 있었다.

그런 세계에 갑자기 위화감이 발생했다. 판타지에 섞여든 SF. 정령왕이 태어나기 전부터 존재했다는 이 고대지하도시는 대체 무엇일까.

"그리고 '어쩌고구 시간'이라는 부분, 이걸 지구 시간이라고 읽으면, 처음 문장과 조금은 이어지는 것 같은걸."

"흠, 지구 이외의 존재를 시사하고 있다는 점 말이냐."

비교할 기준이 없다면 시간만 적어도 되었을 것이다. 하지만 보완이 올바르게 이루어졌을 경우, 종이조각에서는 일일이 지구 시간이라는 기준을 지정하고 있는 셈이 된다. 다시 말해서 그밖에도 기준이 되는 시간이 존재한다고 해석할 수가 있는 것이다.

"그다음 문장은, 어떻게 할 방도가 없군. 아마도, 연구에 관한 이야기이겠지만, 무슨 소리를 하는 건지 전혀 모르겠어. 다만, 가장 마지막 문장이 마음에 걸려. '거주시켜 지켜보겠다'니, 이건 대체 뭘 거주시키겠다는 뜻이지?"

중반 이후도 읽을 수는 있었지만, 영 뜬구름 잡는 소리 같아서 소울하울은 그 부분을 보완하는 것을 포기한 듯했다. 하지만 마지막 한 문장이 마음에 걸린 모양이다.

"확실히, 신경이 쓰이기는 하는군그래. 하지만 만약 이것이 사람일 경우, 이곳보다 위에 위치한 1층에서 6층에 걸쳐 살고 있던 자들이, 이 문장에 적힌 자들일 것으로 추측할 수 있을 것 같구나."

고대지하도시가 시작된 것이 7층에 건조된 이 시설이라면, 이 곳보다 위에 펼쳐진 도시는 시설에 있던 이가 준비한 모형정원이라고 생각할 수도 있다. 그리고 목적은 아직 알 수 없지만, 그곳에 거주하는 사람들을 지켜보았다고 한다.

"아아, 그럴 수도 있겠어. 그렇기는 하지만, 결국 그래서 뭘 할 생각이었던 걸까. 뭔가, 의문에 가까워진 것 같기도 하고, 멀어진 것 같기도 한데."

해독을 해보기는 했지만 애초에 이 문장을 적은 이가 무엇을 목적으로 하고 있었는가 하는 가장 중요한 부분을 모르겠다. 심지어 결손된 글씨가 많기도 하고, 남은 것이 한 페이지뿐이기도 했다.

"뭐어, 이런 한정된 정보로 진실을 도출해 내려는 것 자체가 잘못일 테니 말이다. 솔로몬에게라도 맡기면 되겠지."

이 이상 고찰해 봐야 피곤하고 시간 낭비만 될 것이다. 그렇게 결론을 내린 미라는 손에 든 종잇조각을 아이템 박스에 보관하고 평소와 같은 말을 입에 담았다. 모르는 것이 있으면 일단 솔로몬에게 떠맡기고 보자는 것이 미라의 기본 스타일이었다.

"그것도 그러네. 히노모토 위원회인가 하는 곳에, 이 세계에 관해 조사하고 있는 플레이어 출신자들의 부서가 있다고 들었어. 그런 곳에 가져다주면, 좋아할지도 모르지."

이제 종잇조각에 대한 관심이 식었는지, 소울하울 역시 다른 사람에게 떠맡기자는 미라의 의견에 동의했다. 정확히 말하자면 소울하울은 전문가에게 맡기자는 생각으로 한 말이라, 귀찮음이 잎싰던 미라와는 달랐지만.

"그래, 그러한 부서가 있었던 것 같구나. 그렇다면 이거 마침 잘 되었는지도 모르겠다."

히노모토 위원회—— 그 위원회가 관할하는 부서에는 여러 가지 종류가 있었다. 그중 하나가 세계의 역사를 해명하고자 하는 '세계사 연구소'였다.

이것의 존재를 솔로몬과 잡담을 나눌 때 언뜻 들은 기억이 있는 미라는 옅은 미소를 지었다. 보아하니 이번에 입수한 종잇조각은 역사적으로 상당한 가치가 있는 물건일 것으로 예상되었기 때문이다. 이것을 본 이들이 얼마나 크게 놀랄지 벌써부터 기대된다는 듯한 표정이었다.

"그나저나 그대는 용케 히노모토 위원회를 알고 있구나. 그건 분명 국주(國主)급 비밀 위원회였을 터인데. 이곳저곳을 배회하던 그대는, 그것을 어디서 들은 게냐?"

문득 궁금해져서 미라가 소울하울에게 물었다.

국주급 플레이어 출신자들이 모여 발족한 히노모토 위원회라는 것은 이러니저러니 해도 비밀조직이다.

정보는 엄격하게 은폐되고 있어, 플레이어 출신자라 해도 그 존재를 간단히 알아낼 수는 없을 터다.

미라가 처음 알게 된 것은 루미나리아에게 들었기 때문이지만, 애초에 히노모토 위원회의 멤버인 솔로몬이 근처에 있었다는 것이 가장 큰 요인이라 할 수 있었다.

하지만 성배 제작에 힘쓰던 소울하울은 어디서 그것에 관해 들은 것일까. 미라는 호기심이 동해서 그렇게 물었다.

"아아, 나는 스미스미한테 들었어."

"스미스미라? 혹, 그 대장장이 스미스미를 말하는 게냐? 그대들, 아는 사이였던 게냐?"

태연하게 소울하울이 입에 담은 스미스미라는 이름을 들은 미라는, 놀라움을 감추지 못하고 거듭 물었다.

스미스미. 그자는 대장일에 관련된 플레이어들 중 톱(top)이라고 일컬어졌던 인물이다. 금속제 무구를 메인 제작물로 하고 있었는데, 스미스미가 제작한 것은 하나 같이 전사 클래스가 군침을 흘릴 정도의 일품이었다.

하지만 술사인 데다 맨손으로 싸워서 금속제 갑옷과는 인연이 없는 미라에게 스미스미는 솔로몬의 지인이라 말을 나눠본 정도의 인물에 불과했다. 아닌 게 아니라 아홉 현자들은 대부분 그렇게까지 친밀해질 일이 없는 상대였다. 때문에 솔로몬의 친구라는 인상만 강했다.

소울하울은 이 세계에서 그런 스미스미를 만난 적이 있다는 모양이다.

"뭐어, 그 스미스미가 맞아. 당시에는 그다지 친하지 않았지만, 일리나의 매장품을 마련하다가 친해졌거든. 그때 들었지."

소울하울은 그렇게 입을 열더니 사랑하는 일리나에 관한 이야기라서인지 열변을 토하기 시작했다.

지금으로부터 한참 전. 성배 제작은 시작도 안 했던 무렵, 소울하울은 일리나의 매장품을 한층 더 랭크업시키는 작업에 열을 올리던 시기가 있었다고 한다.

노력한 보람이 있어서 그 작업은 순조롭게 진행되어, 매장품으로 넣을 수 있는 무구의 품질이 상당히 올랐다. 하지만 그것을 반복하던 그때, 랭크업에 적합한 품질의 무구가 부족할 것 같은 상황에 처했다고 한다.

그럭저럭 유명한 장인이 만든 것으로, 그럭저럭 희귀한 소재를 사용한 무구로는 지금의 매장품을 능가하지 못할 수준까지 랭크업한 상태였기 때문이다.

그렇다면 그 이상의 장인을 찾는 수밖에 없다. 그렇게 생각한 소울하울은 이 세계에 있는지 어떤지도 그 당시에는 알 방도가 없었던, 하지만 유일하게 아는 최고의 대장장이인 스미스미를 찾아 여행에 나섰다고 한다.

하지만 그 여행은 그리 고생스럽지 않았던 모양이다. 스미스미의 소속국도 알았기에 간단히 찾아냈다고 한다.

다만 무구 제작에서는 손을 뗀 상태였기에 그것을 어떻게든 설득하는 일이 더 어려웠다고 소울하울은 말했다.

"그런고로, 무구 장인에서 은퇴한 스미스미는 지금, 히노모토 위원회가 관리하는 '현대기술 연구소'라는 곳의 소장이 되어 있었어. 그 일로, 히노모토 위원회에 관해서도 어느 정도 들었고."

"오호라, 그렇게 이어졌던 게냐."

소울하울의 정보원에 관해 들은 미라는 크게 납득했다.

스미스미는 장인 플레이어 중 톱이라고 일컬어졌다. 그러니 국주는 아니라 해도 상당한 위치에 있는 것은 당연한 일이라 할 수 있으리라.

"헌대, '현대기술 연구소'라는 것은, 어떠한 것을 연구하는 곳이냐."

대충 납득한 미라는 문득 이야기에 등장한 그 연구소가 궁금해졌다. 플레이어라면 인연은 없어도 거의 모두가 이름은 아는 그 스미스미가 소장을 맡은 연구소라니. 관심이 생길 수밖에 없지 않은가.

소울하울은 그런 미라에게 간단하게 답했다.

'현대기술 연구소'는 현대, 다시 말해서 지구에 있던 기술을, 이

세계의 물건을 사용해 어디까지 재현할 수 있는지를 연구하는 장
소라고.

"뭉뚱그려서 현대기술이라고 말하고는 있지만, 그곳에서 연구
중인 건 공업, 조선, 건조 말고도, 의료와 농업, 끝내는 우주까지,
수십 분야에 이르고 있어. 그리고, 그렇게 많다 보니, 히노모토
위원회 관할 연구기관 중 규모가 제일 크다던데. 지금, 온 대륙을
돌아다니고 있는 커다란 철도와 하늘에 떠오른 비공선도, 이곳의
성과물 중 하나라나. 당연히, 인재도 굉장해. 생산 계열에서 이름
을 날렸던 플레이어들은, 절반 가량이 여기에 있다고 해."

그렇게 말을 끝맺은 소울하울은 조만간 다시 그곳을 찾아, 장
식품 생산의 톱인 티파니스에게 뉴트론 크리스털을 가공해달라
고 부탁할 것이라고 잔뜩 기대하며 말했다.

"호오! 그것 참, 대단한 곳이구나!"

국주가 된 플레이어 출신자들이 모여 만든 조직, 히노모도 위
원회. 그 이름 아래서 투자를 받아 운영 관리되고 있는 각 연구기
관. 그중 하나인 '현대기술 연구소'에는 톱클래스의 생산직 플레
이어가 모여 있다는 모양이다.

그러한 이야기를 들은 미라는 낭보라는 듯 반색을 했다. 그 이
유는 잔뜩 기대하며 말했던 소울하울과 거의 같았다. 마키나 가
디언의 소재를 잔뜩 모은 것은 좋았지만, 모두가 최상급이라 말
해도 과언이 아닌 소재인 탓에, 그것을 다룰 수 있는 장인 역시
매우 한정적이었기 때문이다.

소재는 손에 넣었는데 가공은 어떻게 할까. '현대기술 연구소'에

관한 이야기는 그런 생각을 하는 중이었던 현재, 가장 필요한 정보였던 것이다.

"해서, 그것은 어디에 있느냐? 이 몸도 이번에 이것저것 손에 넣었으니 말이다. 꼭 좀 알고 싶구나!"

생산의 성지라 해도 과언이 아닌 연구소. 미라는 그 장소를 알기 위해 소울하울에게 캐물었다.

"그러고 보니, 그랬지. 이 뉴트론 크리스털뿐 아니라, 클리어마테라이트 합금이나 에테마이트 같은 것도, 어지간한 장인은 손도 못 댈 테니까. 아폴론의 눈동자 같은 것은, 더더욱."

이해력이 좋은 소울하울은 미라의 부탁에 "일단은, 아무에게도 말하지 말라고 했는데"라고 말하고서, "뭐어, 장로라면 특별히 허락해주겠지"라고 말을 잇더니, 그 소재에 관해 이야기했다.

우선 히노모토 위원회 관할 연구기관은 그중 절반이 플레이어가 다스리는 국내에 있으며, 나머지 절반은 대륙 각지에 조용히 숨어 있다는 모양이다. 주로 전자가 학술적 연구기관, 후자가 기술적 연구기관이라고 한다.

그리고 미라가 물은 '현대기술 연구회'는 후자에 속한다. 숨어있는 장소는 아스 대륙과 아크 대륙을 가르는 해역에 떠오른 섬, 카디어스마이트 섬의 북쪽, 험준한 산들에 묻힌 한복판이라는 모양이다.

"참으로 어려운 장소에 만들었구나……."

카디어스마이트 섬의 북쪽. 그곳은 최대 표고가 8천 미터에 이르며, 그 이외의 곳도 6천 미터급인 지대가 말 그대로 산처럼 많은 대산지였다. 그러한 장소에 연구소를 만들다니, 여러모로 불편하지는 않을까. 미라가 그렇게 의문을 자아내자, 소울하울은 그럴 수밖에 없다고 답했다.

"아직, 시작품이나 연구 단계인 물건이 많다지만, 그래도 발상 같은 건, 이 세계의 기술 수준에서 보면, 까마득하게 비약된 것들 뿐이니까. 고도의 기술, 지나친 힘은 싸움을 부르기 마련이야. 그곳에 있는 녀석들이 바라는 건, 보다 좋은 생활이지 전쟁이 아니야. 마물을 퇴치하는 일이라면 기꺼이 힘을 빌려주겠지. 하지만 싸움이 벌어지면 그런 걸 가릴 수 없게 되잖아. 그렇기에 연구소를 자연의 대요새라 할 수 있는 그런 곳에 만든 거라고, 스미스미가 그러던데."

마물들과 싸우기 위한 기술은 사용자에 따라 사람을 향할 수도 있다.

싸우기 위한 기술이 아니라 해도 응용 방법에 따라서는 충분히 사람을 살상할 수가 있는 것이다.

뼛속까지 평화주의자인 그들은 그러한 일을 우려하여 사람들의 눈이 미치지 않는 장소에 틀어박혔다. 하지만 그런 상태로도 세계를 보다 좋게 만들기 위한 연구를 하고 있다는 모양이다. 대단한 의협심이다.

"흠, 그러한 것이었나. 그렇게 생각하니 좋은 입지 같구나."

험준한 산으로 둘러싸인 산악 지대. 길을 잃고 들어가기조차 어려운 장소에 있는 연구소. 우연히 발견될 일은 거의 없을 것이다. 그렇기에 찾아가려면 고생깨나 하겠다 싶어서 미라는 불안한 표정을 지었다.

"스미스미도, 전쟁에 의욕적인 나라에서 차례로 권유가 들어오는 게 싫어서, 연구소 이야기가 나왔을 때 냉큼 수락했다던데. 내가 만났을 때는, 싸움을 위한 도구는 더 이상 만들지 않겠다고 오기를 부려서, 정말 난리도 아니었지……."

당시의 일이 떠오른 것인지, 소울하울은 한숨 섞인 투로 중얼거리더니 어쩐지 어이가 없다는 투로 웃으며 "뭐어, 무구 제작이 너무나도 좋았던 탓에 싸움에 이용되는 게 더더욱 싫은 눈치였지만"이라고 말했다.

또한 소울하울의 말에 의하면 스미스미 말고도 비슷한 이유로 연구소에 들어간 이도 많다는 듯했다.

"역시 생산직에도 여러 가지 굴레가 있는 모양이구나. 해서, 연구소의 정확한 장소는 어디냐? 그 범위를 전부 뒤지는 일은 사양하고 싶어서 말이다."

이해를 한 것도 같고, 아닌 것도 같고. 아무튼, 과거 현장을 직접 본 적이 있는 미라는 그건 그거라는 투로 말하더니, 일전에 사두었던 커다란 대륙 지도를 꺼내 범위를 지정해 보라고 요구했다.

"호오호오, 오호라……."

미라는 소울하울의 설명을 들으며 펜으로 직접 대륙 지도에 장소를 적어 나갔다. 특히 이정표가 될 만한 것은 알아보기 쉽게 표시해두었다.

"……다시 말하겠는데, 그 지도, 절대 아무한테도 보여주지 마."

국가 비밀에 필적하는 중요한 정보가 떡하니 기재된 대륙 지도를 바라보며 소울하울은 못을 박았다.

"암, 알다마다!"

어쩐지 불안한 눈치인 소울하울에게 미라는 당연하다는 태도로 답했다. 그리고 만약을 위해, 지도 우측 상단에 큼지막한 글씨로 '극비!'라고 적어넣었다.

그것을 본 소울하울은 한숨을 내쉬면서도 "장로는 정말 못 말린다니까……"라고 중얼거리며 웃었다.

20

"그나저나, 그 뭣이냐. 이 판타지스러움으로 가득한 세계에서, 그것을 보지 않고 틀어박혀서 세계를 위해 분발하고 있다니, 참으로 기특한 자들이로구나."

대륙 지도의 연구소가 있는 장소를 바라보며, 미라는 감탄한 투로 중얼거렸다. 위험도 많지만, 이 세계는 그 이상의 새로운 놀라움으로 가득했다. 이곳저곳을 모험하며 그 사실을 강하게 실감했던 미라는 그런 세계를 보지 않고 연구소에 틀어박혀 있는 자들이 걱정되었다.

하지만 그것은 기우(杞憂)였다.

"아니, 그렇게 깊이 생각할 것 없어. 그 녀석들은, 모험보다 개발을 좋아하는 것뿐이야. 뭐어, 원래 그런 녀석들이었기에, 톱클래스 생산직으로 이름을 날린 거겠지. 오히려 지금의 장로보다 훨씬 즐기고 있는 것처럼 보이던데."

연구소의 장인들이 전쟁에 이용당하지 않기 위해 산속 깊은 곳에 틀어박혔다고 생각할 경우, 몹시 불쌍하게 여겨질 수밖에 없다. 하지만 직접 찾은 적이 있는 소울하울의 말에 의하면 실제로 그런 비장한 분위기는 눈곱만큼도 없다는 모양이다.

"개중에는, 당시의 생활환경을 잊을 수가 없어서, 틀어박힌 녀석들도 있었지. 마동석으로 작동하는 에어컨 같은 걸 시험 제작하고 있던데. TV와 촬영용 카메라를 연구하고 있는 녀석도 있었고. 판타시 세계에서 TV라니, 어떤 게 방송될지 궁금한데."

"에어컨에 TV라. 음, 꼭 필요한 물건들이고말고."

현대 일본에는 설비는 물론이고 여러모로 쾌적한 환경이 갖춰져 있다. 그것을 이 세계에 재현하겠다는 목적을 내건 자들도 제법 많다고 소울하울은 말했다.

하지만 그 역시 훌륭한 동기라고 미라는 웃으며 말했다. 현대에서 보던 그 드라마의 마지막화가 궁금하다는 말을 할 때는 쓴웃음을 짓기도 했다.

"그런데 장로. 이건 회수하지 않아도 되는 거야?"

"흠, 무얼 말이냐?"

미라가 무슨 소리냐고 묻자 소울하울은 근처에 흩어진 마키나 가디언의 잔해를 가리켰다. 회수라 한들 마키나 가디언의 주요 전리품은 깡그리 회수한 뒤였다. 미라가 의아함에 고개를 갸웃하자 소울하울은 "아아" 하고 중얼거렸다.

"이 잔해 자체 말이야. 어지간한 철보다 훨씬 튼튼하고, 미스릴에 버금갈 정도로 가벼워. 심지어, 양도 이렇게나 많고. 금속 소재로 꽤 쓸모가 있을 것 같지 않아? 이걸 방치하고 가는 건 좀 아까운 것 같은데."

발치에 나뒹굴던 잔해 중 하나를 주워든 소울하울은, 그 금속 조각을 간단히 관찰하고서 미라에게 휙 던졌다.

미라는 포물선을 그리며 날아온 마키나 가디언의 금속 조각을 받아들어, 그것을 가만히 쳐다본 후에 "오호, 듣고 보니 그렇구나!"라고 말하며 덕분에 눈이 번쩍 뜨였다는 얼굴로 주변에 나뒹구는 잔해를 둘러보았다.

"이 몸이 아폴론의 눈동자에 완전히 정신이 팔려 있었군……."

아직 게임이었던 시절의 감각이 남아있는 탓인지. 아니면 최상급 소재인 아폴론의 눈동자를 처음 손에 넣어본 탓인지. 미라는 마키나 가디언의 드롭 리스트에는 없는 물건을 전리품에서 무의식적으로 제외하고 말았다는 사실을 알아챘다.

게임이었던 시절에는 소재로 입수할 수 있는 물건이 아니었지만, 현실이 된 지금은 금속으로 구성된 마키나 가디언의 몸 전체를 금속 소재로 재활용할 수 있을 가능성이 있다.

"솔로몬에게 줄 선물로 딱 좋을지도 모르겠구나!"

군비 증강에 사용하든 무엇에 사용하든, 금속 자원은 나라에 많을수록 좋을 것이다. 일전에 구경했던 마도공학 병기, 어코드 캐논이라든지 단순한 무기, 방어구 등, 쓸 곳이 많으니 말이다.

미라는 마키나 가디언의 장갑과 파츠 등을 있는 데로 아이템 박스에 담아 나갔다.

하지만 지나치게 큰 것은 규격의 문제로 아이템에 넣을 수가 없었다. 그 때문에 다크나이트에게 성검 상크티아를 휘두르게 해서 커다란 금속 조각을 적당한 크기로 절단하는 작업도 병행했다.

마키나 가디언의 몸을 구성하는 금속. 이 역시 드롭 아이템 리스트에는 들어있지 않았기에 그것이 어떠한 금속 소재인지는 알 수 없다. 따라서 활용하려면 우선 이것을 특정할 필요가 있었다.

곧장 사용하지는 못 할지도 모르지만 금속 소재가 이토록 많으니, 솔로몬에게 가져다주면 분명 유용하게 이용할 것이다. 그렇게 생각한 미라는 잔해를 철저하게 긁어모았다.

"그럼 이쪽도, 정리해 둘까."

나라를 운영하는 데는 여러모로 금속 소재가 필요하다. 소울하울도 미라와 마찬가지로 솔로몬에게 줄 선물로 좋겠다고 생각했는지, 미라의 회수 작업을 돕기 시작했다.

소울하울은 마키나 가디언의 잔해가 흩어져 있는 곳에서 다소 떨어진 곳으로 걸어갔다.

그것은 기계장치 수호자들의 잔해가 나뒹굴고 있는 곳이었다. 이것들도 지금은 한낱 금속덩이가 되어 있었다.

"충분히, 써먹을 수 있겠어."

상태를 확인한 소울하울은 골렘을 만들어내서 수호자를 미라의 곁으로 운반시켰다. 수호자들의 수는 수십에 이르렀지만 소울하울의 골렘에게 그 정도 숫자는 아무것도 아닌 모양이었다.

"이것 참, 많기도 하구나……."

산더미처럼 쌓이기 시작한 수호자의 잔해를 본 미라는 더욱 의욕적으로 소재 회수 작업에 힘썼다.

"고맙다, 소울하울이여. 솔로몬의 놀란 얼굴이 눈앞에 선하구나!"

오는 길에 격파했던 '기계장치 배회자'를 비롯해서 잔해와 자질구레한 것들을 전리품으로 대충 회수했다.

수십 톤에 이르는 금속 잔해 회수는 상당히 힘에 겨운 작업이었지만, 그것을 해낸 미라의 표정은 밝았다. 하마터면 그냥 두고 갈 뻔했던 금속 소재를 무사히 회수하자, 가난뱅이 근성이 다시 고개를 들었는지 어쩐지 더 기쁜 눈치였다.

"생각보다 시간이 걸렸네……"

작업을 끝내고 보니 한 시간 정도가 걸렸다. 새삼스럽지만 의리를 지킨다고 끝까지 함께 작업한 소울하울은 꽤나 사람이 좋은 것 같았다.

"자아, 할 일은 끝났는데…… 분명 장로는, 한 가지 볼 일이 더 있다고 했었지?"

뜻밖에도 힘들었던 중노동은 끝이 났다.

소울하울은 백아의 오브 조각을 입수했고, 미라 역시 소울하울을 발견했다. 두 사람이 고대지하도시에 온 목적은 달성했다고 할 수 있었다.

하지만 미라에게는 중간에 새로 생겨난 목적이 있었다.

"음, 이보다 안으로 들어가기 위한 입구를 찾을 생각이다──."

마키나 가디언과 싸우기 전, 작전 회의를 할 때. 그때는 결전 전이기도 해서 펜리르에 관해서만 간단하게 설명을 했었다. 하지만 급한 일은 끝났으니 미라는 다시금 그 일에 관해 상세히 설명하기로 했다.

펜리르가 이 고대지하도시에 있었던 이유. 마텔의 힘으로 봉인되게 된 경위. 그리고 판명된 고대지하도시의 깊숙한 곳에 있는 의문의 힘. 미라는 그것들을 순서대로 설명한 후, 펜리르를 좀먹고 광기에 빠뜨린 그것을 확인해, 가능하다면 대처하는 것이 다음 목표라고 말을 끝맺었다.

"신의 힘에 필적하는 무언가라⋯⋯."

소울하울은 생각을 더듬듯 발치를 바라본 채 중얼거리더니, "전혀 모르겠군"이라고 말하며 어깨를 으쓱하면서도 대담한 미소를 지어 보였다.

"뭐어, 재미있을 것 같아. 나도, 그 원인을 찾는 걸 돕도록 할게."

어디까지나 재미있을 것 같으니까. 그런 태도로 소울하울은 돕겠다는 말을 입에 담았다. 하지만 비밀이 많은 고대지하도시에 더 큰 비밀이 숨어 있다는 이야기를 들었는데, 가슴이 뛰지 않을 사람이 과연 있기는 할까.

하지만 미라는 알았다. 반쯤은 펜리르가 걱정되어 그런 제안을 한 것이라는 사실을.

싫어하는 여성을 위해 이런 곳까지 온 남자다. 한 번이라도 인연을 맺은 이는 내버려 둘 수 없는 성격인 것이다.

"오오, 그러하냐. 그것참 고맙구나. 그렇다면 도움을 받도록 하마."

하지만 미라는 모르는 척, 그 제안을 받아들였다.

고대지하도시의 깊숙한 곳. 안그래도 광대한 이 던전 깊숙한 곳에는, 아직 밝혀지지 않은 공간이 있다.

펜리르와의 만남으로 인해 판명된 그 비밀을 파헤치기 위해, 미라와 소울하울은 7층을 처음부터 다시 조사하기 시작했다.

하지만 지금까지 소문은커녕 존재 자체가 알려지지 않았던 의문의 구역을 찾으려는 것이다 보니, 그 난이도는 어려울 수밖에 없었다.

"하다못해 입구가 어떻게 되었는지만이라도 알았으면 좋겠는데 말이다."

"그러게 말이야. 노힌트라니, 눈앞이 깜깜한걸."

하루 종일 7층을 조사한 두 사람은 저택정령을 소환해 그 안에서 다음날 예정을 세웠다.

이 7층은 종래의 던전과 명백하게 성질이 다르다. 통로는 모두 다 금속으로 되어 있다. 심지어 벽과 천장은 하얗게 칠해져 있고, 군데군데 박혀 있는 조명이 지금도 밝은 빛을 내뿜고 있다. 또한 인증키 역할을 하는 카드로 여는 문이 몇 개나 있는데, 그것들은 모두 자동으로 열리고 닫혔다.

겉으로만 보면 완전히 SF세계다. 굳이 판타지 요소를 꼽자면, 스켈레톤이라는 마물이 출현한다는 점 정도다.

그리고 그 스켈레톤으로 말하자면 사령술사의 정점에 오른 소울하울이 함께 있는 현재, 전혀 위협이 되지 못했다.

미라 일행은 그러한 환경 속에서 다음날도 새로운 구역을 찾아 7층을 돌아다녔다.

하루가 지난 탓인지 새로운 스켈레톤이 종종 튀어나오기는 했지만 소울하울이 어렵지 않게 제압했다.

그럼에도 이렇다 할 단서는 찾지 못한 채 하루가 지났다. 그리고 그 다음날 아침.

"생각해 보니, 이 방도 좀 신기한걸. 왜 이곳만, 스켈레톤이 나타나지 않는 거지?"

아침 준비도 끝나서 슬슬 오늘의 조사를 시작하려고 저택정령에서 나온 참에 소울하울이 그렇게 말을 꺼냈다.

이곳 7층의 스켈레톤의 출현 포인트는 전체에 퍼져 있었다. 마키나 가디언이 있던 보스방도 포함이 될 정도다.

그 정도로 이 7층, 이 고대지하도시는 스켈레톤의 출현이 빈번한 곳이다. 나타나지 않는 곳은 대신전과 같은 중요한 장소뿐이다.

그런 환경에 있으면서도 딱히 특별하게 보이지는 않는, 현재 있는 이 방에 스켈레톤이 나타난 적은 없었다. 곰곰이 생각해 보니 이상하기는 했다.

"흠…… 듣고 보니, 확실히 희한하기는 하구나."

얼핏 보면 다른 곳과 다를 바가 없는 방이었지만, 소울하울이 말한 대로 상황을 따져보니 위화감을 느끼지 않을 수 없었다.

어쩌면 뭔가 비밀이 있는 것이 아닐까. 두 사람은 얼굴을 마주본 후, 곧바로 흩어져서 지금 있는 방을 뒤지기 시작했다.

하지만 이곳은 마키나 가디언이 있던 장소 다음으로 넓은 곳이다. 입구가 어떻게 생겼는지도 모르는 상태에서 그것을 찾으려니 막막할 따름이었다.

하얀 벽과 하얀 천장. 바닥은 회색을 띠었고 그 외에는 아무것도 없는 방.

그렇기에 차이가 있다면 금방 알 수 있을 법했지만, 한 시간 정도를 조사해 봐도 그럴싸한 부분은 한 군데도 찾을 수 없었다.

틈새 하나, 열쇠 구멍 하나조차 없을 정도로 온통 똑같은 풍경이었다.

하지만 그때, 한 가지 가능성이 미라의 머릿속을 스쳤다. 그러고 보니 이러한 상황이 최근에도 있었다.

"설마…… 혹시 이곳에도 있는 겐가……?"

미라는 다시 넓은 방의 벽을 구석구석 조사해 나갔다. 이번에는 그 벽을 일일이 손으로 더듬어 가면서.

재조사를 시작하고서 20분 정도가 지났을 즈음, 어쩐지 기쁜 듯한 정령왕의 목소리가 머릿속에 울렸다.

『미라 공, 거기다!』

그렇다. 미라가 생각해낸 가능성. 그것은 마텔을 찾을 때도 있었던 정령정석으로 된 벽의 존재였다.

그리고 그 생각은 정답이었던 모양이다. 보기 좋게 다른 부분을 찾아낸 정령왕은 의기양양한 투로 『자아, 조사해 보도록 할까』라고 말을 이었다.

"소울하울~ 여기다~. 이 벽이야~."

정령왕이 벽을 조사하는 동안, 미라는 소울하울을 불렀다.

"오, 뭔가 찾아냈어?"

바닥을 찔러보는 방법을 중점적으로 시험하던 소울하울은 고개를 들자마자 달려와서 미라가 손을 대고 있는 벽을 가만히 노려보았다.

"……그래서, 이 벽이 왜? 딱히 특이한 점은 없는 것 같은데."

색과 질감을 비롯해서 미라가 손을 대고 있는 벽은 다른 곳과 차이가 없었다. 더불어 비밀 스위치 같은 것도 보이지 않아서, 소울하울은 의아한 투로 물었다.

미라는 그런 그의 반응을 만족스럽게 쳐다보며 『자아, 정령왕이여』라고 말했다. 갑자기 이 벽이 사라지면 분명 놀랄 거란 생각에 소울하울의 반응을 기대하며.

하지만 일이 미라의 생각대로 풀리지는 않았다.

『이거 놀랍군. 마텔에게 가는 길에 있던 것과 조성이 다르다.』

신령정석으로 된 벽이 열리는 대신 놀란 듯한 정령왕의 목소리만 돌아왔다. 듣자하니 지금 미라가 손을 대고 있는 벽은 지난번에 맞닥뜨렸던 벽, 다시 말해서 삼신의 힘으로 만들어진 신령정석과는 다른 물건인 모양이었다.

『뭣이라고……?』

삼신 이외의 신이 만들어낸 벽. 삼신이 관여했던 지난번에도 놀랐지만, 그와 다른 신이 관여했다는 말을 들은 미라는 다시금 놀랄 수밖에 없었다.

대체 이 고대지하도시에는 얼마나 많은 비밀이 잠들어 있는 걸까.

"아…… 그래서 장로, 어떻게 하면 되지? 기다리면 되는 거야?"

미라가 놀라던 중에 소울하울은 아무 변화도 없는 벽을 노려본 채 한숨 섞인 투로 말했다.

하지만 정령왕의 말에 의하면 이 신령정석으로 된 벽은 삼신이 만들어낸 것은 아니지만 기초는 같기에 해석이 끝나면 열 수는 있다는 모양이다.

"흐음…… 이것은 말이다──."

소울하울을 놀라게 할 최고의 타이밍을 놓치고 기다리게 해야 하게 되었다. 해석에 걸리는 시간은 5, 6분. 그동안 아무 말도 않는 것은 좀 그런 것 같아서 미라는 어쩔 수 없이 상황을 설명했다.

"오오, 이런 식으로 감춰져 있었다니. 굉장한걸."

해석이 완료되고 정령정석으로 된 문이 열렸다. 그 광경을 직접 본 소울하울은 감탄한 듯 중얼거리고는 "어디, 안에는 뭐가 있을까" 하고 대충 놀라움을 접고 발을 들였다.

미라는 말없이 그 뒤를 따랐다.

신령정석으로 막혀 있던 벽 뒤에는 기나긴 계단이 한참 아래까지 뻗어 있었다. 때때로 방향을 틀며 아래로 아래로 주욱 이어져 있다.

전체적으로 검고, 난간만 하얀 그것은 확실히 평범한 계단이 아니었다. 심지어 친절하게도 올라가는 계단과 내려가는 계단으로 나뉘어 있었다. 전원을 켜면 움직일 듯한, 그런 구조였다.

지금은 움직이지 않는 계단을 100미터…… 아니, 200미터 정도 내려갔을 즈음. 미라와 소울하울은 드디어 그 종점에 도착했다.

"이건…… 문이구나."

"그래, 꽤나 하이테크 같지만, 문이 분명해."

그 금속제 문은 핵 방공호 등에 사용될 법한 밀폐문이었다. 중후한 금속제로 된 그것은 내부와 외부를 완전히 격리하는 모양새로 굳게 닫혀 있다.

"흠, 어떻게 하면 열릴까."

상당히 먼지가 쌓여서 다소 낡아 보이기는 했지만 지금도 그 역할을 충실히 수행하고 있는 모양인지, 밀거나 당겨도 꿈쩍도 하지 않았다.

"여기까지 와서 난관에 부딪혔구나."

문 앞에 발이 묶인 미라와 소울하울은 일단 문에 쌓인 먼지를 털었다. 그러자 몇 가지 문자가 나타났다.

『현재 봉쇄 중』『연구동 책임자 국장 이스루기 토코』『보안 레벨 : 5』

심지어 그것들은 모두 일본어로 표기되어 있었다.

"흠, 이스루기 토코라……? 이 앞은 현대와 모종의 관계가 있을 것 같구나."

"그러게. 하긴, 여기 들어오기 전부터, 그런 낌새는 충분히 있었으니까."

발견한 일기도 그랬지만, 그밖에도 현대와 관련된 무언가가 이곳에 있을지도 모른다. 국장이라 적힌 이름을 비롯한 문자들이 모두 일본어로 적힌 것을 통해 두 사람은 그렇게 직감했다.

일본어라는 요소는, 게임이었던 당시부터 의문시되어 왔다. 하지만 그런 사실보다 현재가 중요한 두 사람은 그곳에 적힌 보안 레벨이라는 부분에 주목했다.

"어찌 되었건, 이걸 어떻게 보느냐?"

그것은 7층에서도 본 적이 있는 표기였다. 그래서인지 소울하울은 "시험해 보면 되지"라고 말하며 곧장 행동에 나섰다.

그는 한 장의 카드를 꺼냈다. 7층에서 입수할 수 있는 인증키다. 7층에 있는 중요한 장소의 보안을 해제하는 데 필요한 것으로, 여러모로 입수하는 데 품이 들기는 하지만 당연히 미라도 입수해둔 물건이었다.

소울하울은 그런 인증키를 시험해 보고자 패널에 가져다 대었다.

그러자 곧바로 반응이 있었다. 삐~ 하는 전자음이 울리고 패널이 옅은 빛을 발하더니, 그 색이 붉은색에서 녹색으로 변한 것이다.

직후, 눈앞에 있는 문에서 달칵, 덜컥하는 커다란 소리가 났다. 그리고 몇 초 후.

"오오…… 정말로 열리는구먼."

"뭐든 해보고 볼 일이군."

7층의 연장처럼 취급되고 있는 것인지, 아무래도 이 앞에도 7층과 같은 보안 체계가 사용된 듯했다. 잠금이 해제된 문은 약간 뻑뻑하게 움직이기는 했지만 활짝 열렸다.

"자아…… 뭐가 감춰져 있을까."

소울하울은 말 끝나기 무섭게 걸어 나갔다. 문 안에서는 지금껏 느낀 적 없는 공기가 흘러나오고 있었다. 한겨울의 숲처럼 맑으면서도 어쩐지 탁한 듯한, 그러면서도 누군가의 집 같은, 명백하게 인공적인 공기다.

봉쇄되어 있던 연구동. 무엇이 있는지도 알 수 없건만 소울하울은 망설임 없이 그 안으로 들어갔고, 미라는 "조금은 경계하는 게 어떠냐"라는 말을 하면서도 호기심이 가득한 얼굴로 뒤를 따랐다.

문을 지나고서 보니 또다시 내려가는 계단이 있었다. 대체 얼마나 깊은 걸까. 돌아갈 때는 어떻게든 이 계단을 움직일 전원 스위치를 발견했으면 좋겠다는 생각을 하며 얼마간 아래로 내려갔을 즈음.

지금까지는 금속제 벽으로 뒤덮여 있었던 곳이, 중간부터 전혀 다른 광경으로 바뀌었다.

"이것 참, 놀랍군그래⋯⋯. 그야말로 전형적인 비밀 연구시설이 아니냐."

7층에서 이곳으로 이어진 길도 충분히 SF스럽기는 했지만, 연구동이라는 곳은 그와 비교도 되지 않을 정도로 그런 분위기가 농후했다.

게다가 안으로 향해 있는 계단은 지금까지와 달리, 벽과 천장이 투명한 소재로 바뀌어서 그것을 통해 주변에 펼쳐진 공간을 한눈에 바라볼 수 있었다. 놀랍게도 그 주변에는 마치 SF영화에 나올 법한 연구소가 펼쳐져 있었다.

위에서 아래까지 수백 미터⋯⋯ 아니, 1킬로미터는 될 것처럼 깊고, 직경도 300미터는 될 듯한 원통형 구멍이 한참 아래까지 이어져 있다. 그리고 그 원통형 구멍의 벽 전체가 모종의 시설인 듯했다.

심지어 구멍과 닿아 있는 부분의 벽은 모두 투명하고, 조명 시스템이 아직도 살아있어서, 계단에서 바라본 경치는 그야말로 장관이라 할 수 있었다.

"뭐라고 해야 할지, 우리가 세운 탑의 일만 년 후 모습, 같은 느낌인데."

"아~ 확실히 그런 느낌이 드는구나."

계단은 그런 원통형 공간의 중앙까지 뻗어 있었다. 그리고 중앙 부분에는 아래에서 똑바로 뻗어 있는 기둥이 있어서, 미라와 소울하울은 그 위층에 도착하자마자 그런 말을 나누었다.

구조 자체는 은의 연탑과 같다. 거기에 세계관이 현대에 가까운 탓인지, 중앙 기둥 부분이 무엇인지는 보자마자 알 수 있었다.

그것은 엘리베이터다. 두 사람이 도착한 곳은 엘리베이터 홀이었던 것이다.

보아하니 중앙에 위치한 기둥 내부의 직경은 50미터 정도쯤. 휴식 공간으로 보이는 장소며 매점이라도 있었던 듯 보이는 장소의 흔적도 곳곳에서 보였다. 또한 엘리베이터 홀에서는 원기둥 바깥쪽까지 통로로 이어져 있고, 최상층에 해당하는 이 홀에서도 통로가 사방으로 뻗어 있었다. 과거에는 이곳을 중심으로 각 층을 오갔던 모양이다.

"그나저나 생각했던 것보다 훨씬 커다란 시설이로구나. 이 안을 찾아다니려면 고생깨나 하겠어……."

펜리르를 좀먹고 있는 의문의 힘의 정체. 그것을 찾아 이곳까지 온 것이지만 넓은 연구동 앞에 서자 그것이 얼마나 어려운 일인지 새삼 실감되었다.

"확실히, 이건 7층 탐색 작업보다 힘들 것 같은데. 거기에 연구 내용도 폭이 넓어 보이고."

언뜻 보아도 이 연구동의 총 면적은 7층보다 넓어 보였다. 더불어 소울하울은 우선 이곳 연구동에서 이루어지고 있던 연구 내용을 조사할 필요가 있을 것 같다고 말을 이었다.

"음. 이곳에서 했던 연구가 원인이라면 그 중 어느 것이 영향을 미친 것인지 알아내야만 해결법을 모색할 수 있을 터이니 말이다."

연구동에서 이루어졌던 연구와 펜리르를 좀먹는 의문의 힘. 그사이에 인과관계가 있는지 어떤지도 아직 모르는 상태다. 하지만 장소가 장소인 만큼 모종의 연구가 원인일 가능성은 충분히 있었다.

"눈앞이 깜깜하네……."

"눈앞이 깜깜하구나아……."

엘리베이터 홀에서 연구동을 빙 둘러보며 미라와 소울하울은 막막한 나머지 쓴웃음을 지었다.

하지만 시작이 반이라는 말도 있지 않은가. 이 연구동에는 무엇이 감춰져 있을까. 어떤 연구가 이루어졌을까. 두 사람은 그것을 위와 아래로 갈라져서 조사하기로 했다.

"오오, 이쪽은 지금도 움직이는 것 같군그래. 이렇게 고마울 때가."

아래에서부터 올라가기로 한 미라는 시험 삼아 엘리베이터를 부르는 버튼을 눌러 보았다. 그리고 그것이 움직이기 시작하는 것을 보고 기뻐했다. 그에 반해 소울하울은 어쩐지 불안한 표정이다.

"괜찮은 거야, 그거? 아무리 생각해도, 유지보수 작업 같은 게 전혀 안 됐을 텐데."

그리고 그런 현실적이고도 일리가 있는 의견을 늘어놓았다. 수백, 수천 년 동안 관리가 이루어지지 않은 엘리베이터. 일반적으로 생각하자면 움직일 리가 없는 물건이다.

"뭐어, 괜찮겠지. 왜, 7층에 있는 것도 그토록 잘만 가동하지 않았느냐. 이 엘리베이터도 아무 문제 없을 게야."

움직일 리가 없는 물건이 실제로 움직이고 있다. 그렇다면 괜찮을 거라고 미라가 낙관적으로 답하던 참에 엘리베이터가 도착하고 문이 열렸다.

"오, 전자 레일식인가. 이거라면 뭐어, 어찌어찌 괜찮으려나."

엘리베이터 내부를 확인한 소울하울은 불안한 표정을 냉큼 안심한 듯한 표정으로 바꾸며 중얼거렸다. 그리고 나서는 "그럼, 세 시간 후에 봐"라고 말하며 연구동으로 이어진 통로로 걸어갔다.

"걱정도 많구먼."

그런 면도 여전하다. 미라는 소울하울의 뒷모습을 배웅하며 엘리베이터를 타고 지하 100층행 버튼을 눌렀다.

엘리베이터 내부는 봉쇄된 후로 수백, 수천 년이라는 세월이 흘렀다는 것이 믿기지 않을 정도로 말끔했다.

"흠…… 딱히 문제는 없는 것 같군그래."

움직이기 시작한 엘리베이터는 이상한 소리를 내지도 않고 조용히 내려갔다.

전자 레일식 엘리베이터. 그것은 리니어 기술을 응용한 타입으로, 엘리베이터를 매달기 위한 와이어와 천장이 없는 것이 특징이었다. 따라서 중간에 고장나서 낙하한다 해도 미라라면 '공활보' 등을 써서 위로 도약하기만 해도 피신할 수 있다. 그 사실을 확인했기에 소울하울도 안심한 것이리라.

그렇게 조용한 엘리베이터를 얼마간 타고, 1분 정도가 흘러 지하 100층에 도착했다.

21

연구시설 지하 100층. 이 시설의 최하층에 해당하는 그곳은 빛도 들지 않아 음침……하지는 않고, 위층과 다름이 없었다. 시설부터 시작해서 모든 것이 아직 정상적으로 가동 중인 듯했다. 인공적인 밝은 빛으로 가득했다.

하지만 위와 다른 점도 있었다. 그것은 가장 아래층인 탓인지 원기둥 내부뿐 아니라 바닥에 해당하는 지면 전체에 시설이 펼쳐져 있다는 점이다. 그러면서도 천장은 모두 투명했다.

"이것 참, 올려다보기만 해도 인상이 상당히 달라지는군그래."

위를 올려다보니 원통형 공간의 벽 전체에 연구 시설이 늘어선 광경이 눈에 들어왔다. 위에서 아래를 내려다보았을 때와는 다른 박력이 느껴졌다. SF스러운 분위기가 더욱 진하게 느껴지는 광경이었다.

대체 이곳에는 얼마나 되는 숫자의 연구원이 있었을까. 상당히 붐비었을 당시를 상상하며 미라는 엘리베이터 홀 안을 둘러보았다.

이곳 역시 매점이며 휴게소 등의 흔적이 군데군데 존재했다. 그것을 바라보며 미라는 어디부터 조사할지 생각에 잠겼다.

그러던 중에 마침 미라가 찾던 것이 눈으로 날아들었다.

"오오, 있을 것 같다고는 생각했다만, 역시나 있었구나!"

그것은 시설의 안내도였다. 이만큼 커다란 연구 시설이라면 연구원들도 길을 잃는 일이 있었을 것이다. 그렇기에 시설의 중심인 엘리베이터 홀에 안내도가 있는 것은 어찌 보면 당연한 일이라 할 수 있었다.

"호호오, 꽤나 알기 쉬운 구조로 되어 있구나."

지하 100층은 넓긴 했지만 그런 만큼 구획 정리가 반듯하게 되어 있어서 구조 자체는 단순했다. 그리고 '제1연구실'이며 '국장실', '보관고' 같은 식으로 개개의 명칭도 빠짐없이 기록되어 있어서, 조사하는 동안 이정표처럼 이용할 수 있을 듯했다.

'흠…… 이곳은 아무리 봐도 현대와 관련이 있을 것 같군그래.'

미라는 안내판을 쳐다보며 그런 강렬한 예감을 느꼈다.

그 안내판에 적힌 문자 역시 모두 일본어였기 때문이다.

현실이 된 이 세계에, 먼 옛날부터 있었다는 고대지하도시. 그리고 그곳 깊숙한 곳에 잠든 이 연구 시설에는 일본인의 흔적이 남아있었다.

대체 이곳은 무엇일까. 만들어진 목적은, 아무도 없는 이유는 무엇일까. 그리고 무엇보다도 어떠한 인물이 있었던 걸까. 미라는 다시금 주변을 둘러보며 생각했다.

모종의 연구가 이곳에서 시작된 것은 틀림없다. 그리고 소울하울이 예상했던 것처럼, 고대지하도시가 그 모형정원 같은 역할을 했을지도 모른다. 정말이지 SF나 판타지 등에 등장할 법한 이야기가 아닌가.

"이곳은, 생각했던 것보다 훨씬 터무니없는 곳일지도 모르겠군그래……."

이 세계의 수수께끼에 근접했다. 미라는 그런 생각을 함과 동시에 그 생각을 머리에서 떨쳐냈다. 이런 일은 전문가에게 맡기는 게 제일이다. 그리고 무엇보다도 지금은 펜리르가 다시 밖으로 나올 수 있도록, 그를 좀먹고 있는 힘의 근원을 밝혀내는 것이 최우선 사항이다.

"좋아, 저쪽이로구나."

세계의 수수께끼니 뭐니 하는 것은 솔로몬에게 보고해서 전문기관에 맡기면 그만이다. 미라는 다시금 안내판을 확인하고는 '국장실'이라고 적힌 방을 향해 걸어 나갔다.

"참으로, 묘하게 기분 나쁜 분위기가 느껴지는군그래⋯⋯."

엘리베이터가 지금도 사용할 수 있었던 것도 그렇지만, 이 연구시설의 상태는 뭐라 형용하기가 어려웠다.

상당히 오래된 시설일 줄 알았건만 막상 확인해 보니 완전히 원형을 유지하고 있다.

파손된 장소는 그리 많지 않고, 투명한 천장은 군데군데 먼지가 약간 쌓여서 불투명 유리처럼 된 부분이 있을 뿐이다. 금이 가기는커녕 열화한 흔적도 보이지 않는다.

사방으로 뻗은 복도 역시 말로 표현하지 못할 묘한 분위기를 풍겼다. 바닥에는 먼지가 거의 없다. 그 대신 뭔지 모를 덩어리가 군데군데 흩어져 있었다.

주먹 크기의 검은 그것은, 벽이며 천장에도 들러붙어 있다. 또한 휴식용 의자로 보이는 것의 잔해며 화분에 카트 같은 것들도 아무렇게나 나뒹굴고 있었다.

더불어 무언가를 풀어놓고 키우기라도 한 것인지. 바닥과 벽, 난간에 조명 등에 때때로 발톱 자국 같은 것이 나 있었고, 이따금씩 파손된 것도 볼 수 있었다.

연구시설 내의 조명은 환한 빛을 머금고 있어서 그러한 모습들을 남김없이 부각시켜 주었다.

폐허이자 유적이자 아직도 건재한 시설.

고대지하도시 7층이 그러했듯, 쓸데없이 경비 시스템까지 살아있지는 않을까 싶어서 미라는 경계하며 신중하게 앞으로 나아갔다.

도중에는 이렇다 할 일이 일어나지 않아서, 미라는 '국장실'이라는 팻말이 붙은 문 앞에 도착했다.

자세히 보니 문 옆에는 '이스루기 토코'라 적힌 명패도 있었다. 그것은 위에 있던 밀폐문에 적혀 있던 연구시설 책임자의 이름이었다.

다시 말해서 이 방이, 이 연구시설에서 제일 높은 이의 방이라는 뜻이다.

"어디 보자~ 어떤 정보가 잠들어 있을꼬."

미라가 가장 먼저 이 국장실을 찾은 데에는 이유가 있었다. 높으신 분의 방이라면 여기서 이루어졌던 연구의 자료도 모여 있을 것이라고 생각했기 때문이다.

여기저기 아무렇게나 조사하고 다니는 것보다 그편이 빠르다. 미라는 자신이 생각해도 훌륭한 발상이었다고 자기 자신을 칭찬하며 인증키를 문에 달린 스캐너에 가져다 댔다.

뻿, 하고 스캔을 하는 소리가 났다. 하지만 그 직후, 스캐너의 램프가 붉게 빛남과 동시에 경고음이 울렸다.

"뭣……이라고……?"

뭔가 착오가 있었던 게 아닐까 하고 다시 한번 스캔을 해보아도 결과는 같았다. 단단히 잠긴 문은 밀어도 당겨도 열리지 않았다.

"이런…… 이런 낭패가 다 있나……."

자세히 보니 스캐너에 문자가 떠올라 있었다. 그것을 읽자마자 그 이유가 판명되었다.

놀랍게도 국장실의 문을 열려면 보안 권한 레벨 8의 인증키가 필요했던 것이다. 그에 반해 미라와 소울하울이 지닌 인증키는 레벨 5짜리다. 이래서는 국장실에 들어갈 수가 없다.

편하게 모든 정보를 확인하고자 했던 미라의 책략은 이렇게 맥없이 무너지고 말았다.

"여기 어디 떨어져 있지는 않으려나."

경비 시스템 등의 유무를 알 수가 없는 상태라 문을 파괴한다는 수단을 취할 수는 없었다.

따라서 미라는 들어갈 수 있는 장소만이라도 둘러보고자 이곳 저곳을 조사하고 다녔다. 운만 좋으면 누가 깜박한 고레벨 인증키를 찾을 수 있을지도 모른다고 기대하며.

그렇게 한 시간 정도 지하 100층을 돌아다닌 결과, 한 가지 사실이 판명되었다. 그것은 보안 레벨이 높다는 것이다.

이 층만 그런 것인지, 전부 다 그런 것인지는 알 수 없지만 확인한 연구실은 모두 다 보안 권한 레벨이 7이상 필요했던 것이다.

그 때문에 미라는 아직 이렇다 할 정보를 확보하지 못했다.

하지만 지금 가진 인증키로 들어갈 수 있는 방도 있었다. 휴식실이나 유희실에 샤워룸 등, 생활과 관련된 방들뿐이었지만.

"흐음…… 칠칠치 못한 누군가가 연구 노트를 어디 떨궈주지 않았으려나……."

그런 기대도 품고 있었지만, 연구와 관련된 정보는 철저하게 관리되었던 모양인지, 조사 가능한 범위에 그것으로 보이는 것은 하나도 없었다.

대신 찾은 것으로 말하자면 연구와는 상관이 없는 메모 정도였다.

'기분 좋은 선라이즈'라는 책을 빌려 가겠다는 내용이며 프리즘 애널라이저를 어디에 두었는가 하는 것 등, 그 내용은 실로 다양했다.

그밖에도 '내일은 여덟 시에 집합' '러브의 똥은 잘 치워둬' '저녁 메뉴는 카레야, 좋지?' '가끔은 샤워도 좀 하고 그래'와 같은 매우 일상적인 대화도 적혀 있었다.

"그나저나 참, 꽤나 아날로그스러운 연락수단이로군."

여러 방의 여러 장소에 붙어 있거나, 떨어져 있던 메모를 확인하며 미라는 그런 생각을 했다.

이 연구소에 사용된 기술을 보고 있자면 인터넷 관련 기술은 충분히 발달했으리라는 것을 저절로 알 수 있었다. 그렇다면 이런 간단한 메시지는 전자 단말을 사용하면 간단하게 보낼 수 있었을 것이다. 하지만 이곳에는 아날로그스러운 메모가 남아있었다.

미라는 그 이유는 뭘까 싶어 의아했지만, 드문드문 보이는 메모에서는 이유 모를 온기 같은 것이 느껴졌다.

좌우간 발견된 메모에는 하나 같이 개인적인 이야기만 적혀 있었다. 당시의 생활상이며 인간관계 같은 것도 엿볼 수 있어서 제법 즐겁기는 했지만, 가장 중요한 정보와는 상관이 없을 것 같았다.

"흠, 이건 여성이 남긴 메모로군."

미라는 몇 가지를 확인하는 동안, 성별에 따라 남긴 메모에 차이가 있다는 사실을 알아챘다.

그것은 봉투의 유무다. 여성의 것으로 추측되는 내용의 메모에는 모두 크고 작은 봉투가 사용되었던 것이다.

지금은 시간이 흘러 낡아져서 상당히 꾀죄죄하기는 했지만, 당시에는 상당히 귀여웠을 것이다. 문양이며 디자인도 매우 다양했다.

개중에는 그런 봉투를 쓰고 싶었던 것뿐으로 보이는, 매우 아무래도 좋은 내용의 메모가 들어있기도 했다.

또한 다소의 업무 연락도 이 메모로 했던 모양이다. 그런 것이야말로 메일 등으로 주고받는 게 좋지 않을까 싶었지만 로커룸에서 발견한 봉투 안에는 다정한 말투로 벌금 부과를 알리는 메모가 남겨져 있었다.

약식이기는 했지만 '이스루기 토코'라는 국장의 서명이 기재된 서류였다.

벌금을 부과한 이유는 무언가를 분실했기 때문이라는 모양이다.

대체 이것을 받은 인물은 무엇을 잃어버린 것일까. 미라는 서류에 적혀 있던 '후와 마리코'라는 인물이 조금 궁금해졌다.

그렇게 여러 가지 메모를 통해 이 연구시설이 가동되던 당시의 생활을 짐작해 보며 들어갈 수 있는 방을 찾아 복도를 걷던 중의 일이다.

"흠? 무엇이지?"

사방으로 비슷한 광경이 이어지던 중에 툭, 이라는 소리가 이물질처럼 끼어든 것이다.

"이곳에는 지금 이 몸과 그 녀석밖에 없을 터인데⋯⋯."

의아하게 여긴 미라는 순간적으로 '생체감지'로 주변을 조사했다.

결과, 아무런 기척도 없었다.

그렇다면 모종의 이유로 경비 시스템이 기동했을 가능성도 있지만, 위층과 같은 시스템이라면 경보가 울렸을 터다.

하지만 조금 전에 소리가 난 이후로는 다시 주변이 고요해졌다.

남은 가능성은 불사 계열 마물 등이 나타났을지도 모른다는 것인데, 이렇게나 마물의 그림자도 찾아볼 수 없었던 장소에 그것이 있을 것 같지는 않았다.

마물이 나타나는 장소에서는 독특한 기척이 느껴지기 마련이다.

노력 끝에 그것을 느낄 수 있게 된 미라는 그런 소리가 났음에
도 기척이 없다는 사실에 약간의 오싹함을 느끼며 소리의 출처를
찾아 주변을 확인했다.

"흐음~ 이곳인가? 이 근처에서 들린 것 같은데 말이지."

열 걸음 정도 나아간 곳에 위치한 연구실 앞에 선 미라는 경계
하며 그 문으로 다가갔다.

그 연구실의 문에는 고레벨 보안 시스템이 가동 중이라 열 수
가 없었다.

하지만 문에는 작은 창문이 있어서 미라는 그곳을 통해 살며시
안을 들여다 보았다.

연구실 내의 조명은 망가진 모양인지 어두컴컴한 실내에, 비상
등 같은 작은 빛만 밝혀져 있었다.

"잘 안 보이는구먼……."

눈에 힘을 주어 보았지만, 실루엣만 간신히 보이고 그것이 무
엇인지는 알 수 없었다.

『미라 공, 그 왼쪽에 있는 것은 무엇이지.』

의문의 연구시설에서 들려온 의문의 소리. 관심이 동했는지 정
령왕도 가만히 보고만 있을 수가 없는 모양이다.

그는 수상한 그림자가 보였다며 시선을 옮겨보라고 재촉했다.
하지만 아무리 봐도 여러 가지 실험 도구 같은 것들만 방치되어 있
어서, 결국 정령왕의 관심을 끌었던 것은 아무것도 아닌 듯했다.

『거기, 거기야, 미라 씨. 그게 수상해!』

마텔 역시 흥미가 동했는지 어두운 방에 흩어져 있는 기재들을

273

보고 한껏 들떠서 말했다. 실제로 진료대처럼 보이는 그것은 괴물이 누워 있는 것처럼도 보였다.

하지만 그렇게 보일 뿐 괴물도 뭣도 아닌 기재라는 사실에 변함은 없었다.

"딱히 이상한 것은……."

창이 작아서 눈으로 확인할 수 있는 범위는 한정적이었지만, 각도를 바꾸면 그럭저럭 둘러볼 수 있었다. 하지만 그 범위 안에서는 딱히 이상한 점을 찾을 수가 없었다.

기분 탓이었나, 하고 생각한 그때.

"흠?!"

『오오?!』

『어머머?!』

희미한 조명 아래, 중앙 근처에 보이는 선반 뒤에서 무언가가 움직인 것처럼 보였다.

경계를 푼 직후의 일이라 미라는 살짝 흠칫 놀랐지만, 하나도 안 놀랐다는 것처럼 아무렇지도 않은 척 그 무언가가 움직인 것으로 보인 장소에 집중했다.

자세히 보니 그 이상의 움직임은 없었다. 시험 삼아 '생체감지'로 다시 한번 확인을 해보았지만 역시나 반응이 없었다.

"저것이로군. 배회자 같은 것이 남아 있는 것일지도 몰라."

7층에는 마키나 가디언과 기계장치 배회자와 같은, 말하자면 로봇 같은 것들이 있었다. 어쩌면 그러한 것들이 아직 가동 중인 걸지도 모른다. 그렇다면 '생체감지'로 감지할 수 없었던 것도 납득이 된다.

『그럴 가능성도 있군.』

『그래, 그럴지도 몰라.』

이 연구시설에는 7층에서 본 것보다 고도의 기술력이 동원된 듯한 흔적이 군데군데서 보였다.

그리고 눈앞에 있는 방은 그중 밀폐성이 높은 연구실이다. 경비 로봇 같은 것이 배치되었어도 이상할 것은 없다.

정령왕과 마텔은 그렇게 납득하기로 했다.

그 직후였다.

이상한 소리가 아니라 소리가 또렷하게 들렸다고 느낀 순간 —— 팡, 하는 충격음과 함께 핏발 선 눈이 미라가 들여다보던 작은 창 가득 퍼진 것이다.

"느아~!"

『오오오?!』

『꺄악~!』

세 사람은 견디지 못하고 비명을 질렀다.

특히 미라는 데굴데굴 구를 기세로 뒤로 몸을 젖혔다가 그대로 등 뒤에 있던 벽에 머리를 부딪히고 웅크려 앉았다. 하지만 이럴 때가 아니라는 생각에 눈물 맺힌 눈으로 작은 창을 다시 확인했다.

그것은, 이제 그곳에 없었다.

기계 같은 것도, 영상 같은 것도 아니었다. 또렷한 질감을 가지고 있었지만 생물도 아니다.

남은 후보는 이곳에서 발생한 것이 아니라 이곳에 갇힌 불사 계열 마물일 가능성 정도였지만, 저러한 눈을 지닌 마물은 본 적이 없다는 생각에 미라는 당황했다.

　"일단 나오지는 못 하는 것 같군……."

　자세히 보니 문이 열린 듯한 흔적은 없었다. 그리고 어지간히도 튼튼한 것인지, 창문에 금 하나 가지 않았다.

　미라는 그 사실에 안심하기는 했지만 조금 기분 나쁘다는 생각이 들어서 잽싸게 그 자리를 뜨기로 했다.

　"그나저나 참, 깜짝 놀랐구나……."

　미라는 정체를 알 수 없는 무언가가 있던 연구실에서 어느 정도 떨어진 곳에 주저앉아, 다시금 저것이 무엇이었을지를 생각했다.

　『나도 놀랐다. 이렇게 놀란 것이 몇천 년만인지.』

　미라의 눈을 통해 실시간 중계를 보고 있던 정령왕의 목소리에는 약간의 놀라움이 배어나 있었다.

　『갑자기 놀라게 하는 건 싫다고오…….』

　마텔 역시 상당히 놀란 모양인지, 약간 울먹이는 목소리다.

　하지만 그러한 상황에서 정체 모를 무언가가 갑자기 눈앞으로 날아들었으니 놀랄 만도 했다. 오히려 미라는 오줌을 지리지 않은 자신의 하반신을 속으로 칭찬했을 정도다.

　『그나저나 저것은 대체 무엇이었을까…….』

　안정을 찾은 뒤에 미라는 정령왕과 마텔에게 그렇게 말을 건넸다. 짐작 가는 바가 있을지도 모른다고 기대하며.

잠깐 본 것이지만 미라는 알 수 있었다. 저것은 경비 로봇 같은 알기 쉬운 물건이 아니라는 것을.

생물도 마물도, 로봇도 아니다. 그렇다면 정체불명이라고밖에 표현할 길이 없었다. 그나마 남은 후보군은 이매망량 같은 것뿐이다.

『흐음~ 실로 기묘한 존재였다만, 저러한 것은 본 적이 없군.』

깊이 생각을 하던 정령왕이 입에 담은 말은, 역시나 모르겠다는 것이었다.

넓고 깊은 지식을 지닌 정령왕조차도 좀 전의 '무언가'에 관해서는 아는 바가 전혀 없는 모양이다.

『그래, 명백하게 정상적인 존재는 아니었어. 놀래라!』

마텔은 놀란 정도를 넘어 화가 난 모양이었다. 그녀 역시 짚이는 바는 없다고 한다.

저토록 기분 나쁘게 생긴 눈이라면, 한 번 보면 두 번 다시는 잊을 수 없을 것이다. 그럼에도 막대한 지식을 지닌 두 사람이 모른다면, 신종이라 말해도 과언이 아니리라. 그리고 신종이라면 생각해 봐야 답이 나올 리가 없다.

어찌 되었건 가까이 가지 않는 것이 좋겠다. 만장일치로 그렇게 결론을 낸 후, 미라는 조사를 재개했다. 당연히 좀 전에 갔던 연구실을 피해서. 긁어 부스럼 만들어서 좋을 것은 없기에.

신종 괴물과 조우하고서 얼마쯤 시간이 흘러. 만약을 위해 잿빛 기사를 호위병으로 붙인 상태로 미라는 남은 방을 쭈욱 살펴보고 돌아다녔다. 일단 다른 연구실에는 괴물이 없는 듯했다. 그리고 연구 내용에 관한 정보도 찾을 수 없었다.

하지만 그 대신 많은 양의 메모가 남아 있는 이유는 대충 파악이 되었다.

그것은 이 연구시설의 폐쇄와 관련이 있었다. 폐쇄가 결정되어 많은 수의 연구원들이 철수한 후. 아무래도 완전히 폐쇄될 때까지 1년 동안, 열 명 정도의 연구원이 몰래 남아 있었던 모양이었다.

그 연구원들이 폐쇄 후 연구시설에서 했던 일은 모종의 연구의 뒤처리라는 것을 남아 있는 메모를 통해 알 수 있었다.

하지만 그러한 뒤처리 작업은 상부의 명령에 거스르는 것이었다.

따라서 상층부에게 들키지 않도록 연구원들은 비밀리에 작업을 할 필요가 있었다. 그 때문에 기록이 남는 통신기기 등을 전혀 사용하지 않고 업무와 관련된 연락 사항은 업무 노트에, 사적인 연락 사항은 메모 등으로 전달했던 것이다.

"어이쿠, 시간이 됐군."

당시의 생활상과 연구원들의 사람됨에 관해 알아가는 일은 재미있었지만, 이곳에 온 목적에는 도움이 안 될 듯했다. 그리고 도움이 될 것 같은 정보가 남아 있을 법한 연구실은 들어갈 수가 없다.

"보안을 어떻게든 해야겠구면."

그렇다면 그와 관련된 것들을 찾아볼까. 미라는 그런 생각을 하며 약속 장소인 합류 지점으로 돌아갔다.

엘리베이터 홀 최상층.

미라가 그곳에 돌아오고서 얼마쯤 지나자 약속 시간 1분 전에 소울하울도 합류했다. 그 후 두 사람은 적당한 장소에 앉아, 조사 결과를 주고받았다.

"대충 둘러봤지만, 단서가 될 것 같은 정보는 안 보이던데——."

먼저 보고한 것은 소울하울이다.

이야기를 들어보니 연구에 관한 정보는 눈곱만큼도 떨어져 있지 않았다고 한다.

소울하울이 담당했던 최상층 구역. 그곳을 조사해보니, 그곳은 연구원들의 생활 기반이 되는 시설이 모여 있는 장소였다는 모양이다.

체육관 같은 방에 샤워룸, 트레이닝룸과 같은 방이 있어서, 이곳의 연구원들은 상당히 좋은 대우를 받았던 것 같다고 소울하울은 말했다.

"그리고, 그중 재미있는 장소가 하나 있었어. 뭐일 것 같아?"

어지간히 재미있는 것을 발견한 모양이다. 하지만 그의 대담한 미소에서는 어쩐지 진지한 분위기가 느껴졌다. 그에 미라는 잠시 생각하는 척을 하고서 "모르겠군. 해서, 답은 무어냐?"라고 말해 냉큼 생각을 그만두었다.

하지만 소울하울은 그다지 신경 쓰는 눈치가 아니었다. 미라가 백기를 들자 그는 빙긋 짙은 미소를 띤 채 그것의 정체를 밝혔다.

"사실, 정답은, 놀랍게도, 시어터 룸이었어!"

시어터 룸. 그것은 영화 등의 영상 작품을 관람하는 데 최적화된 방이다. 그 말인즉, 그곳에는 감상이 가능한 것이 있었다는 뜻일까.

어쩌면 연구와 관련된 영상 같은 것이 남아 있을지도 모른다. 미라는 그렇게 기대를 했지만 이어진 소울하울의 설명은 그 가능성을 부정하는 것이었다.

이것저것 시험해보기는 했지만, 그곳에 있던 기재들은 하나같이 망가져서 작동시킬 수가 없었다는 모양이다. 그렇다면 설령 영상이 남아 있다 해도 확인은 불가능할 것이다.

"정말 아쉬웠어. 오랜만에『좀비 아일랜드 에이지스』가 보고 싶었는데."

소울하울은 진심으로 아쉽다는 듯 한숨을 내쉬며 그렇게 중얼거렸다.

"흠? 그건 혹시 예전에 애니메이션이 방영되었던 그것을 말하는 게냐?"

미라는 그가 말한『좀비 아일랜드 에이지스』를 약간 기억했다.

그것은 군대에 소속된 좀비 소녀들이 우주 아이돌을 목표로 한다는 매우 특이한 애니메이션으로, 소울하울이 좋아하는 작품이었던 것 같다.

그래서 그렇게 반응하자 소울하울은 바로 맞혔다며 잽싸게 움직여 아이템 박스에서 무언가를 끄집어냈다.

자세히 보니 그것은 영상 디스크였다.

심지어『좀비 아일랜드 에이지스』라는 타이틀까지 적혀 있었다.

놀랍게도 현대의 애니메이션이, 이곳에도 있었던 것이다. 기재는 망가져서 볼 수 없지만 언젠가 찾아올 미래에 볼 수 있기를 바라며 회수해왔다는 모양이다.

"확실히…… 좀비 아일랜드……로구나."

그 패키지 그림에는 눈에 익은 캐릭터가 그려져 있고, 그밖에도 스태프의 이름이며 판매 코드와 같은 것까지 기재되어 있었다.

그것을 통해 그 디스크가 현대에서 판매된 물건이라는 사실을 알 수 있었다.

또한 이 좀비 아일랜드라는 애니메이션이 방송된 것은 현대에 있었을 때를 기준으로 10년 전 일이다.

실로 현대적인 연구시설이 과거에 게임이었던 장소와 연결되어 있다. 그런 장소에 현대의 물건이 있다는 것은 과연 무엇을 의미할까.

더더욱 깊어진 연구시설의 수수께끼 앞에서 미라가 고민에 빠지자, 소울하울은 무심하게 말했다. "반입할 방법이 있었다는 뜻이겠지"라고.

"애초에, 그 일기 조각으로 미루어 볼 때, 이곳은 평범한 게임 세계도 아닌 것 같으니, 신경 써 봐야 우리가 할 수 있는 일은 없어."

소울하울은 그렇게 말을 잇더니, 겸사겸사 회수해둔 기재도 히노모토 위원회의 기술자들에게 가져가서 고칠 수 있는지 물어보겠다며 웃었다.

히노모토 위원회는 온갖 분야의 연구를 행하고 있다. 거기에는 세계의 수수께끼, 플레이어들이 이 세계로 끌려온 원인 등을 조사하는 부서도 있다. 그런 녀석들에게 맡겨두면 된다는 것이 소울하울의 생각인 듯했다.

"뭐어, 그렇구나. 이 몸들이 머리를 쥐어짠들 한계가 있으니 말이다."

이곳과 관련된 것은 솔로몬에게라도 보고하고, 뒷일은 나 몰라라 해버리는 게 좋겠다. 그런 생각으로 그 말에 동의한 후, 미라는 분위기를 전환하려는 것인지 『리리컬 서바이브』의 영상 디스크는 없었냐고 물었다. 그것은 미라뿐 아니라 솔로몬과 루미나리아도 좋아하는, 열혈 서바이벌 마법소녀 애니메이션의 타이틀이었다.

"아아, 전 시리즈가 다 있던데."

"뭣이……? 전부 확보해야겠구나!"

미라는 소울하울의 보고가 끝나자마자 일단 자신을 시어터 룸으로 데려가라고 해서 그곳에 있던 『리리컬 서바이브』의 모든 시리즈를 최우선적으로 확보했다.

나머지 영상 디스크는 이곳을 조사하러 올 히노모토 위원회에 속한 자들을 위해 남겨두기로 했다. 실컷 마음에 드는 작품들을 확보한 후, 시어터 룸을 나선 미라는 엘리베이터 홀로 돌아가며 아래층의 조사 결과를 보고했다.

연구실로 보이는 방이 잔뜩 있기는 했지만, 그것들의 문은 모두 열리지 않았고, 연구와 상관이 없는 장소만 열렸다. 그 때문에 연구 내용에 관해서는 마찬가지로 알아내지 못했다고.

미라가 간결하게 그렇게 말하자, 소울하울은 다소 놀란 투로 "안 열리는 문이 있다고?"라고 되물었다.

"그래, 그랬다. 그대가 조사한 장소 중에는 연구와 관련이 있는 방이 없어서 몰랐던 게로구나."

잘 생각해 보니 소울하울이 조사한 장소는 일상생활과 관련된 방들이었다. 미라가 조사한 층도 그러한 방들은 문제없이 문을 열 수 있었다.

하지만 연구실은 보안 레벨이 높게 설정되어 있는지 지금 가진 인증키로는 열 방법이 없었다. 미라는 그 점에 관해서도 자신이 아는 범위에서 설명했다.

"그렇다는 말이지. 이 인증키보다, 높은 레벨이 있었을 줄이야……."

성가시게 됐다고 중얼거리며 소울하울은 생각에 잠겼다. 미라 역시 어쩌면 좋을까 하고 신음했다.

펜리르를 좀먹는 것의 정체는 무엇일까.

이곳에서 행해졌던 연구 내용을 조사할 수 있다면 그것이 판명될 가능성은 높았다. 하지만 연구 자료 관리는 엄중하게 이루어져서, 실마리조차 잡지 못한 상황이다.

일단은 아직 조사하지 않은 방이 많다. 하지만 지금 가진 인증키로 들어갈 수 있는 장소에 운 좋게 펜리르를 구할 방법과 관련된 자료가 남아 있기를 기대하기는 어려울 것이다.

하지만 현재 가능한 것은 그 가능성에 기대를 거는 것 정도밖에 없었다.

한 가지 희망을 더 말하자면, 다른 장소를 조사하다가 권한이 높은 인증키, 혹은 갱신 방법을 발견할 수 있을지도 모른다.

양쪽 모두 거의 천운에 기대다시피 하는 방법이다. 하지만 그렇게라도 해보는 수밖에 없다.

"어디, 다음 층도 이 잡듯 뒤져보실까."

유력한 정보를 찾아 다른 층을 조사하고자 미라가 엘리베이터의 버튼을 누른 그때.

"아니, 잠깐……."

엘리베이터의 문이 열리는 가운데, 생각에 잠겨 있던 소울하울이 뭔가 좋은 생각이 난 것처럼 그렇게 입을 열었다.

그리고 다시 한번 진지한 얼굴로 생각에 잠기더니 "그거. 그건 쓸 수 있을지도 몰라"라고 말했다.

미라가 그것이 무엇이냐고 묻자, 소울하울은 조사 중에 발견한 메모에 보안과 관련된 이야기가 있다고 답했다.

자세히 들어보니 지하 100층뿐 아니라 이곳 1층에도 이런저런 메모들이 흩어져 있었다는 모양이다.

그중 태반은 미라가 확인한 것과 마찬가지로 사소한 업무 연락과 일상적인 대화였다고 한다. 그리고 그런 대화 중 하나에 현재 도움이 될 듯한 내용이 적혀 있었다고 소울하울은 말했다.

그 내용은 시큐리티 시스템을 리셋하고 재기동할 때 사용하는 카드키의 존재에 대한 언급이었다고 한다.

"몇 가지 메모와 함께, 연구원의 일기도 발견했는데. 너덜너덜했지만, 어느 정도는 당시의 상황을 파악할 수 있었어. 그에 의하면, 아무래도 이곳에 있던 연구원들은, 상당히 친밀했던 모양이야."

소울하울은 어떻게 이렇게까지 서로를 믿을 수 있는지 모르겠다며 비아냥거림 섞인 미소를 지은 채, 일기를 통해 알아낸 당시의 보안 상황에 관해 말했다.

그 이야기에 따르면, 당시에는 지금과 정반대라 할 수 있는 상황이었다는 모양이다. 장소에 따라서는 문을 잠글 수 없는 곳까지 있었다고 한다. 하지만 그렇게 보안이 허술했던 연구시설을, 그 상태로 폐쇄할 수는 없는 일이라 보안 레벨을 초기 상태로 되돌렸다. 보안 시스템의 리셋과 재기동이 이루어진 것이다.

"그 결과 지금과 같은 상태가 된 거겠지만, 일기에 현재 상황을 타파할 수 있을 것 같은 방법이 적혀 있었던 것 같아. 그게 바로 카드키야."

소울하울은 말을 이어 나갔다. 실은 보안 시스템의 리셋과 재기동 과정에서 문제가 발생했던 모양이라고.

그 문제란 담당자가 발행한 지 얼마 안 된 카드키를 분실했던 것이다. 리셋과 재기동에 필요한 그것을.

소울하울의 말에 의하면 일기에는 사이가 좋았기 때문인지, 그 일에 관한 불평불만이 상당히 많이 적혀 있었다고 한다.

그리고 결과적으로 분실한 카드키는 발견되지 않아, 어쩔 수 없이 새 카드키가 발행되었다는 듯하다. 그 새 카드키를 사용한 덕에 연구시설의 보안 시스템은 무사히 리셋되어 재기동해서 지금에 이른 것이다.

소울하울은 그토록 긴 설명을 단번에 늘어놓았다. 미라 역시 그 내용을 통해 그가 말하려는 바를 알아채고는 씨익 웃었다.

"흐음, 과연. 요컨대 당시 연구원이 분실한 카드키가 지금도 어딘가에 굴러다니고 있을지도 모른다는 게로구나."

그 카드키를 사용하면 보안 시스템을 리셋할 수 있을 가능성이 있다. 그에 성공하면 재기동할 때까지 잠금장치가 되어 있는 연구실에도 들어갈 수 있을 것이다.

"그래, 바로 그거야."

소울하울은 만족스러운 얼굴로 고개를 끄덕이더니 "어차피, 분실한 장소를 모르니, 이 잡듯 뒤져야 하는 건 마찬가지지만"이라고 말하며 쓴웃음을 지었다.

"뭐어, 좀 전보다는 훨씬 유력한 가능성이 아니냐. 기대를 걸어 볼 가치는 있을 게다."

미라는 그렇게 말하며 엘리베이터에 탔다. 그리고 소울하울 역시 다소 겁을 내면서도 올라타서 목표 층으로 가는 버튼을 눌렀다.

⟨22⟩

연구동 보안 시스템을 리셋할 수 있는 카드키. 그것이 이곳 어딘가에 떨어져 있을지도 모른다. 그 가능성을 믿고 움직이기 시작한 미라와 소울하울은 둘로 나뉘어 조사에 착수했다. 소울하울은 위에서부터, 미라는 아래에서부터 조사를 시작했다.

그리고 미라는 소환술사의 이점을 최대한으로 활용하고 있었다.

"아무것도 발견 못 했습니다냥!"

"유감이지만, 특별한 것은 찾지 못했습니다멍."

캐트시인 단원 1호와 쿠시인 멍슨이 그렇게 보고했다.

조사와 물건 찾기 같은 일에 능한 이 둘은 이런 상황에서 실로 도움이 되는 조력자였다.

"흠, 그러하냐. 그렇다면 이 층에는 없을 것 같구나. 좋아, 다음으로 넘어가자꾸나."

셋이서 한 방을 하나씩 하나씩 조사하고 아무것도 없으면 다음 방으로 넘어갔다. 그러는 도중에 복도도 샅샅이 둘러보며 전진했다.

하지만 연구실은 열 수가 없는 탓에, 가택수사를 할 수 있는 장소는 적어서 지하 99층, 지하 95층…… 의외로 페이스가 빨랐다.

그렇게 얼마동안 조사를 하던 중에, 미라 일행은 한가운데 정도에 있는 층에 도착했다.

"흐음~ 어디 보자…….."

미라는 익숙한 동작으로 엘리베이터 홀의 안내판으로 향해서, 이 층의 구조를 확인했다.

"흠, 이거 조사하는 보람이 있을 것 같구나."

안내판에 적힌 것은 모두 인물의 이름이었다. 아무래도 이 층은 연구원들의 거주 전용층인 모양이다.

연구실이 아니라면 지금 가지고 있는 인증키로도 열 수 있을 가능성이 높다.

"중요한 건 직감입니다냥. 삐빅, 하고 느낌이 오면 거기에 따라야 합니다냥."

단원 1호는 그렇게 말하며 팻말을 바닥에 세우더니 그것이 쓰러진 방향으로 가자고 주장했다.

"그것은 조사라고 할 수 없다멍. 상황을 꼼꼼히 분석하고, 확실한 예측을 세워나가는 것이 제일이다멍."

멍슨은 이런저런 것들이 적혀 있는 수첩을 든 채 코웃음을 치더니, 그것의 주인을 특정하여 활동 범위를 조사하는 것이 우선이라고 주장했다.

"아주 오래전 일이다냥. 뭘 알아낼 수 있겠냥."

단원 1호는 못 말리겠다는 듯 어깨를 으쓱하더니 빈틈을 노려 수첩을 떨쳐냈다. 그리고 씨익 웃었다.

"지금까지 오면서, 상당한 양의 판단 재료를 발견했다멍. 그걸 보지도 않고 뭘 알아낼 수 있겠냐니, 정말이지 머릿속에 뭐가 들었는지 모르겠다멍."

멍슨은 진심으로 어이가 없다는 듯 한숨을 내쉬더니 펜으로 팻말에 슥슥 무언가를 적었다. [멍청하기 그지없는 고양이]라고.

"융통성 없는 개다냥."

"머리 빈 고양이보다는 낫다멍."

단원 1호와 멍슨이 파직파직 불꽃을 튀기며 눈싸움을 벌였다.

"자아~ 그쯤해 두거라. 이번에는 조사할 수 있는 장소가 많으니 말이다. 더욱 기합을 넣고 찾아보거라."

미라는 서로의 발목을 잡—— 라이벌로서 높은 경지에 오르기 위해 경쟁을 벌이는 두 마리를 안아 올려, 그대로 그 둘에게 애정을 베풀며 통로를 걸어서 거주 구획으로 향했다.

두 마리는 사이가 좋지 않았지만 일이 시작되면 싸움도 금방 그쳤다.

예상한 대로 현재 가진 인증키로 문을 열 수가 있어서 조사할 수 있는 방은 매우 많았다. 게다가 서로 으르렁대면서도 범위를 나눠서 조사하는 단원 1호와 멍슨의 조사 효율도 나쁘지 않아서, 차례로 조사가 완료되었다.

"오, 이것은 일기로구나. 참으로 성실한 자가 있었던 모양이구먼."

노트의 표지에는 이름으로 보이는 글씨가 적혀 있었지만, 모두다 닳아 있어서 읽을 수가 없었다. 하지만 이름이 몇 개나 적혀 있다는 사실만은 알 수 있었다. 게다가 슬쩍 펼쳐 보니 페이지에 따라 필적이 다른 경우도 보였다. 다시 말해서 이것은 교환일기같은 것인 모양이다.

"뭔가 유력한 정보가 적혀 있지는 않으려나."

연구 내용에 관한 것이라든지, 분실한 카드키에 관한 단서는 없을까. 미라는 한 줄기 희망을 품고 교환일기의 페이지를 넘겼다.

『신청이 통과된 모양이야. 러닝데드 시즌8을 볼 수 있게 됐다고!』『그 전에, 시즌7 좀…….』『다음 장보는 날이 언제였더라? 누가 보디 클랜저 좀 빌려줘~.』『남자 거라도 괜찮다면 빌려줄게.』

『시작의 엔드롤 3권이 계속 대여 중으로 되어 있는데.』『미안, 그거 나야. 조금만 더 기다려.』『이 이상 더 기다리라고? (웃음)』

『야, 마에지마랑 유메사키는 사귀는 거냐?』『뭐? 뭐야뭐야. 자세하게 말해 봐!』『혹시 마에지마 군한테 봄이 온 거야?!』『답 : 아무래도 이마이에게 줄 선물을 같이 골라준 것뿐이라는 듯.』『우와아…… 애도.』『애도.』『애도.』『애도.』『애도.』

계속해서 다음 페이지로 넘겨보았지만, 역시나 하잘것없는 일상에 관한 이야기만 적혀 있었다. 그리고 일기는 그 뒤로도 같은 분위기로 이어지는 모양이었다.

딱히 눈에 띄는 정보는 보이지 않는다. 아쉬워하며 일기를 서랍에 돌려놓기 전에 나머지 부분을 슥 훑어보던 때였다. 신경 쓰이는 문장이 미라의 눈에 들어왔다.

『보안 카드키 잃어버렸어. 일 났네! 어떡하지?!』

이런 문장이었다. 아무래도 이 교환일기를 썼던 이들 중 한 명이 그 실수를 저지른 인물인 모양이다.

일기에는 국장님한테 혼나게 생겼다느니, 누가 같이 좀 찾아달라느니 하는 우는 소리와 변명이 줄줄이 적혀 있었다.

참고로 그 일에 대한 다른 사람들의 반응은 (어이없음) (웃음) (웃음) 이었다. 그러한 내용들을 보니 잃어버린 장본인이 어떤 타입의 인간이었는지 어렴풋이 알 것 같았다.

"흐음…… 아무래도 마리코라는 자가 사고를 친 것 같군그래."

교환일기의 순서와 필적. 그리고 군데군데 등장하는 여러 명의 이름. 그것을 대조하며 얼마간 생각한 끝에 미라는 인물을 특정하는 데 성공했다.

그들이 마리코라 부르던 여성이 바로 카드키를 분실한 인물인 듯했다.

"좋아, 이 마리코라는 자의 방을 조사해보도록 할까."

이 정보는 쓸모가 있을 것 같다. 만약 마리코가 자신의 방에서 카드키를 분실했다면, 그곳 어딘가에 끼어 있다거나 하는 식으로 남아 있을 가능성도 충분히 있었다.

마리코의 방이 카드키 탐색의 기점이 될 것 같다.

그렇게 생각한 미라는 단원 1호와 멍슨을 데리고 엘리베이터 홀로 돌아가, 안내판에서 마리코의 이름을 찾았다.

"마리코 마리코 마리코……."

끝에서부터 확인하고서 1분 반 정도가 지났을 즈음, 미라는 그 이름을 발견했다. '후와 마리코'라는 이름을.

"오오, 아마도 이것일 게다!"

그것은 좀 전에 봤던 이름이었다. 무언가를 분실했다는 이유로 벌금 처분을 받았던 이의 이름이 후와 마리코였다.

분명 카드키를 분실해서 벌금 처분을 받게 된 것이리라. 따라서 교환일기에 적혀 있던 마리코는 여기 쓰여 있는 후와 마리코가 틀림없을 것이다.

그렇게 확신한 미라는 방의 위치를 꼼꼼히 확인한 후, 다시금 거주 구획으로 향했다.

비슷한 방과 통로가 이어진 가운데, 미라는 약간 헤매기는 했지만, 간신히 마리코의 방에 도착했다. 방의 문도 가지고 있던 인증키로 문제없이 열 수 있었다.

"잘 들어라, 먼지 한 톨도 놓쳐서는 안 된다."

"Yes, sir, 입니다냥!"

"맡겨만 주십시오멍!"

그 후 미라와 단원 1호, 그리고 멍슨은 기합을 넣고 방안을 뒤지고 돌아다녔다.

방에는 선반과 책상 등, 몇몇 가구가 남아 있었다.

미라 일행은 그러한 것의 뒤와 틈새 같은 곳에 떨어져 있을 가능성도 염두에 두고 꼼꼼히 조사했다. 쌓인 먼지를 털어내고 널려 있던 쓰레기를 보고 혹시나 했다가 실망하기도 하면서도 구석구석 확인해 나갔다.

그렇게 30분 정도가 지나…….

"어디 있는 게야!"

"없습니다냥!"

"흔적도 없습니다멍!"

결국 목적했던 카드를 발견하지 못한 채, 미라 일행은 녹초가

되어 그 자리에 주저앉았다. 그리고 한숨을 내쉬며 한 곳을 쳐다보았다.

시선 끝에는 마리코의 책상이 있었다.

그곳의 서랍에는 역시나 수많은 메모와 몇 권의 교환일기가 들어있었다.

이 방에 카드키는 없었다. 따라서 미라는 작은 단서라도 찾기 위해 그것들을 훑어보기로 했다.

들여다보니 메모에는 역시나 간단한 연락 사항과 전언 정도의 하잘것없는 내용만 적혀 있었다.

이어서 교환일기를 집어 들었다.

책상에 있던 것은 세 권으로, 하나 같이 마지막 페이지까지 글이 쓰여 있었다. 다시 말해서 다 쓴 분량을 보관하고 있었던 것이다.

마리코의 행동 범위 같은 것만 알아내면 잃어버린 장소를 특정해낼 수 있을지도 모른다. 그래서 단원 1호와 멍슨이 추리할 수 있게끔 미라는 일기의 내용을 읽어 나갔다.

내용은 역시나 일상적인 것들이 중심을 이루고 있었다. 연구에 관한 언급은 전혀 없고 취미와 오락과 같은, 하잘것없는 화제에 관한 이야기만 적혀 있다.

이 연구원들, 일은 제대로 한 걸까. 그런 의문까지 떠오를 정도로 느슨한 내용이다.

하지만 그러면서도 때때로 오가는 전문용어 같은 단어들은 이 자들이 상응하는 지성을 겸비하고 있는 진짜 연구원이 맞다는 것을 증명해주고 있기도 했다.

"흐음~ 유일하게 언급이 되어 있는 곳은…… 도서실 정도인가."

대충 교환일기를 다 읽은 미라는 그것을 서랍에 돌려놓으며 그렇게 중얼거렸다.

일기 덕분에 마리코에 관한 새로운 정보가 밝혀졌다.

그것은 마리코가 어떤 작가의 책에 푹 빠져 있었다는 사실이다.

지하 10층에 있는 도서실을 빈번하게 이용했다는데, 일기에는 『다 읽은 책에 봉투 끼워서 표시하지 말 것』이라는 주의문이 남아 있었다.

그밖에 『한 권 읽는데 한참 걸리면서 한꺼번에 잔뜩 빌려 가지 말 것』이라는 문장도 남아 있었다.

또한, 그 때문인지 빌리고 반납 기간을 넘겨 강제 회수당한 책이 몇 권이나 있었던 모양이다. 『아직 읽는 도중이었는데~!』라는 마리코의 원망 섞인 말이 일기에 적혀 있기는 했지만, 다른 사람들은 자업자득이라고 의견을 모으고 있었다.

"냥! 책은 분명 이 근처에 있었습니다냥!"

단원 1호는 그렇게 말하더니 방구석에 놓인 식기 선반을 열었다.

그러자 그곳에는 뜻밖에도 말끔하게 정리된 식기류와 열 권 정도의 책이 나란히 놓여 있었다.

"뭣 때문에 식기 선반에 넣어둔 겐지……."

칠칠치 못한 성격이라 그런 것인지, 아니면 강제 회수를 피하기 위한 책략이었는지. 이유는 알 수 없지만 식기 선반에 있던 책에는 도서실의 소장품임을 뜻하는 인장이 찍혀 있었다.

마리코는 몇 번이나 주의를 받았음에도 불구하고 연체를 거듭한 모양이다.

"흠…… 모두 같은 작가의 책인 것 같군그래."

그곳에 늘어서 있던 책은 세월의 영향으로 내용을 확인하기는 어려웠다.

하지만 하나같이 '하네사카 이오리'라는 작가의 책이라는 것은 확인할 수 있었다. 그것은 일기에서 본, 마리코가 푹 빠져 있던 작가의 이름이었다.

"아니, 이런 걸 알아냈다 한들……."

"정보가 한참 부족합니다멍."

마리코의 이런저런 정보가 밝혀지기는 했다. 하지만 정작 중요한 카드키에 관해서는 여전히 아무 것도 알아내지 못했다.

"우선은, 도서실을——."

빈번히 다녔던 도서실의 어딘가에서 잃어버렸을 가능성이 있으니 그곳을 찾으러 가보려던 때였다. 미라는 거기 진열되어 있던 한 권의 책에 주목했다. 페이지와 페이지 사이에 무언가가 끼어 있었던 것이다.

"이것은……!"

설마 카드키인가. 그렇게 직감한 미라는 그 책을 집어 들고 펼쳐 보았다.

그리고 직후에 고개를 푹 숙였다. 거기 꽂혀 있던 것은 평범한 봉투였기 때문이다. 그것도 그녀들이 사용했던 귀여운 일러스트가 그려진 봉투였다.

상태로 미루어 책갈피 대신 사용했던 것인 듯했다. 그리고 봉투 안에는 A작업이라는 것의 일정과 시간, 담당자와 같은 것이 빽빽하게 적혀 있었다. 그리고 끝에는 '이스루기 토코'라는 사인이 기입되어 있다. 언뜻 보면 그럭저럭 중요한 업무 서류인 듯 보였다.

하지만 연구 내용이며 카드키의 행방으로 이어지는 힌트가 될 것 같지는 않았다.

"이 녀석, 헷갈리게스리."

"그러게 말입니다냥."

유감스럽게도 자신이 발견한 책이 도움이 안 되었다는 사실을 안 단원 1호는 어깨를 으쓱하고서 식기 선반에 그것을 돌려놓았다. 그리고 그 직후.

"그겁니다멍!"

멍슨이 뭔가 좋은 생각이 난 듯 소리쳤다. 그리고 식기 선반을 다시 열어 좀 전의 책을 꺼내서 살며시 바닥에 내려놓아 보았다.

"어쩌면 본인들이 찾고 있는 카드키는, 이러한 상태가 되어 있을지도 모릅니다멍."

멍슨은 책의 페이지를 펼쳐, 거기 끼워져 있던 봉투를 가리키며 그 추리를 늘어놓기 시작했다.

좀 전에 발견한 업무 서류 말고도 사소한 업무 연락 등이 이러한 형태로 이루어졌다는 것은 지금까지 발견한 문서들을 통해 판명된 바다.

그리고 이번 경우로 미루어, 국장인 '이스루기 토코'라는 인물도 마찬가지로 귀여운 봉투를 애용했을 것으로 추측된다.

그리고 문제의 카드키로 말하자면, 중요한 물건이기에 국장이 담당자인 마리코에게 건네주었을 가능성이 높다. 만약 이때, 다른 업무 서류처럼 봉투에 넣어서 건넸다면 어떨까.

"마리코라는 인물이 곧바로 끄집어냈다면, 이 추리는 무의미합니다멍. 하지만 만약 그러지 않았다면——."

멍슨은 거기까지 말하더니 일기와 메모를 통해 알 수 있는 마리코라는 인물의 성격을 분석하기 시작했다.

"보다시피 이 여성은 근처에 있던 봉투 등을 책갈피 대신 사용하는 일이 있었습니다멍. 그리고 좀 전에 본 일기에, 다 읽었다는 표시로 봉투를 끼워서 반납했다고도 되어 있습니다멍."

그렇게 설명하더니 멍슨은 잠시 말을 멈춘 후, 단원 1호를 바라본 채 "여기까지 말하면 고양이의 머리로도, 알 수 있겠지멍?"라고 말했다.

"당연합니다냥, 그러니까…… 그게…… 그겁니다냥. ——……! 그 봉투에 그대로 들어있을지도 모른다는 겁니다냥!"

단원 1호는 잠시 머리를 싸쥐고 끙끙댔지만, 정보를 잘 요약해준 덕인지 정답에 도달한 모양이었다. 그리고 그것을 있는 대로 으스대며 입에 담았다.

"오너님, 어떻습니까멍? 이상이 현 시점에서 가능한 본인의 추리입니다멍."

멍슨은 고양이의 머리를 얕보지 말라는 투로 말하는 단원 1호를 무시하고, 미라에게 달려가 자신만만하게 말했다. 그리고 훌륭한 추리라는 확신이 있어서인지, 칭찬받기를 기대하며 눈을 빛내고 꼬리를 붕붕 휘둘렀다.

"음, 그럴 가능성은 충분히 있을 것 같구나. 멋진 추리였다. 잘했구나."

미라는 기대에 보답하듯 멍슨을 안아 올려, 애정을 담아 쓰다듬었다.

멍슨이 행복한 미소를 지은 채 그 상을 받는 내내, 단원 1호는 이를 바득바득 갈며 원망이 가득한 눈으로 그 모습을 바라보고 있었다.

"좋아, 다음은 도서실이다!"

"알겠습니다냥!"

"알겠습니다멍!"

조사 결과, 마리코의 방에 카드키는 없다는 사실이 판명되었다. 하지만 마리코가 도서실에 반납한 책에 카드키가 그대로 들어있는 봉투가 있을지도 모른다는 가능성이 떠올랐다. 그것을 확인하기 위해 미라 일행은 마리코의 방을 뒤로하고 그대로 엘리베이터 홀로 향했다.

엘리베이터를 타고 향한 곳은 지하 10층이다. 미라 일행은 도착하자마자 안내판을 확인했다.

"흠…… 이번엔 좀 어려울 것 같구나……."

자세히 보니 이 지하 10층 전체가 도서실인 모양이었다. 지하에 있으면서도 한 층 한 층이 광대한 면적을 자랑하는 시설의 도서실이니 어느 정도 납득은 되었다.

미라는 마리코가 빌린 주요 서적의 작가명은 알아냈다지만 이 것 참 난감하게 되었다며 쓴웃음을 지었다.

그러자 단원 1호와 멍슨은 이번에도 활약할 기회가 왔다는 듯 의욕을 내비치기 시작했다.

"소생의 직감의 힘을 보여줄 때입니다냥."

"또 본인의 추리로 곧장 특정해 보이겠습니다멍."

그런 말로 서로를 견제하던 두 마리는 "좋아, 우선은 '하네사카 이오리'라는 작가를 찾아보거라!"라는 미라의 호령을 신호로 달 려나가, 중간에서 둘로 갈라져 도서실로 뛰어들었다.

"흠, 어디부터 찾아볼꼬."

안내판을 보니, 도서실의 책장은 출판사별로 정렬되어 있었다.

서점도 아닌데 출판사별로 정렬하다니, 대체 이유가 뭘까. 투 자자 등의 뜻이 반영되기라도 한 걸까. 그런 아무래도 좋은 생각 을 하며 미라는 일단 눈에 익은 출판사의 책장으로 향했다.

단원 1호와 멍슨이 경쟁적으로 도서실 안을 조사하는 가운데, 미라는 "오오, 시리즈가 다 모여 있구나!"라는 말과 함께 일희일 우하며 책장을 보고 돌아다녔다.

영상 디스크에 이어 또다시 현대에 존재했던 책이 몇 권이나 진 열되어 있었던 것이다.

전자책이 주류가 된 시대였지만 일부 독자층을 위해 소량이나 마 종이책이 인쇄되기는 했다. 그것이 잔뜩 꽂혀 있는 모습은 그 야말로 압권이라서, 당시만 해도 그런 일부 독자층이었던 미라는 그립다는 듯이 책을 집어 들고 팔랑팔랑 넘겨보았다. 그리고 아슬아슬한 수위의 일러스트를 보고 씨익 웃었다.

전자책과 종이책의 큰 차이점 중 하나로는 표현의 정도를 들 수 있었다.

시대의 분위기상 전자책에는 이런저런 제약이 걸려 있었다. 하지만 종이책은 그런 제약이 여전히 느슨한 상태였다.

역시 종이책은 좋구나. 그런 생각으로 흐뭇해하며 얼마간 조사를 진행하던 중에.

미라는 대여 접수라고 적힌 카운터에 놓여 있던 그것—— 클립보드에 붙은 한 장의 종이를 발견했다.

"허어, 이게 무엇이지?"

당연히 너덜너덜해져 있었지만, 자세히 보니 그것이 무엇인지 알 수 있었다.

대여표다. 거기에는 이용자의 이름 외에도 대여한 날짜와 반납 기한, 그리고 책의 제목과 서가의 번호가 적혀 있었다.

또한 표의 줄 간격이 균일하지 않거나 비뚤어져 있는 것을 통해 손으로 직접 그린 것이라는 사실도 알 수 있었다. 그 이유는 통신 기기를 사용하지 않고 메모로 소통을 했던 것과 같을 것이다.

"오오, 이거 마침 잘 됐구나!"

그 표를 조사해보니 마리코라는 이름을 몇 군데에서나 찾아볼 수 있었다.

그와 동시에 그녀가 좋아했던 작가의 책이 있는 책장의 위치도 판명되었다.

'하네사카 이오리'는 여러 출판사에서 집필을 했던 모양이다.

대여표를 보니 다섯 곳의 출판사에서 각각 세 권씩은 책을 낸 듯했다.

"이게 있으면 대충 확인할 수 있겠군그래."

그 명부는 카드키가 들어있을지도 모르는 책의 리스트인 셈이다.

일이 잘만 풀리면 곧 찾을 수 있을 거다. 유력한 단서를 얻었다. 미라가 그렇게 실감한 순간.

"또 꽝입니다냥~!"

단원 1호의 그런 비통한 외침이 들려왔다. 대체 무엇이 꽝이라는 것일까. 궁금해진 미라는 명부를 손에 들고 단원 1호가 있는 곳으로 향했다.

"무어냐, 무슨 일이냐?"

아무래도 단원 1호는 한발 먼저 '하네사카 이오리'의 책을 발견했던 모양이다. 달려가 보니, 그곳에는 여섯 권의 책이 놓여 있었다. 그리고 일기에도 적혀 있던 대로, 그 책들에는 표시용 봉투가 끼워져 있었다고 한다. 하지만.

"전부 다 비었습니다냥~!"

그렇게 말하며 단원 1호는 크게 한탄했다. 카드키는커녕 봉투에는 아무것도 들어있지 않았다는 것이다.

"흠, 그러했느냐……."

텅 빈 봉투. 그것을 보고 일말의 불안을 느끼기는 했지만 지금은 단서를 하나씩 확인해 나가는 수밖에 없다. 그런고로 미라는 멍슨도 다시 한 번 불러들여서 좀 전에 발견한 명부를 제시하고 다음 지시를 내렸다.

명부를 대조해서 마리코라는 인물이 빌린 이력이 있는 책을 모두 모아오라고.

"라저입니다냥!"

"알겠습니다멍!"

단원 1호와 멍슨은 똑 부러지게 답하더니 밀치락달치락하며 명부를 확인하고 경쟁이라도 하듯 뛰쳐나갔다.

또한 명부는 모두 일본어로 적혀 있어서 두 마리는 읽을 수 없었지만, '마리코'라는 문자와 '하네사카 이오리'라는 이름, 그리고 각 타이틀을 기호처럼 외워서 책장에서 찾고 있었다.

툭하면 옥신각신하는 애들 같은 면도 있지만, 그 능력은 그야말로 프로의 그것이었다.

"흠…… 이게 다로구나."

단원 1호와 멍슨의 빠른 다리, 그리고 미라의 착실한 선정으로 인해 '마리코'의 대여 이력에 있던 책이 모두 모였다.

마리코의 방에 있던 열 권과 좀 전에 단원 1호가 조사했던 여섯 권을 제외한, 도서실에 있던 나머지 스물다섯 권이 모두 모인 것이다.

"이 안에 분명 있을 겁니다멍."

멍슨은 나열된 책 중 한 권을 먼저 집어 들어, 자신만만하게 책을 펼쳤다. 거기에는 봉투 하나가, '마리코'가 읽었다는 증표인 그것이 끼워져 있었다.

"끄응······ 비었습니다멍."

멍슨이 꼬리를 축 늘어뜨렸다. 그러자 단원 1호는 유쾌하게 웃으며 "아깝게 됐습니다냥!"라고 말하더니 나열된 책 앞에 서서 "이겁니다냥!" 하고 한 권을 뽑아 들었다.

아무래도 이번에는 누가 먼저 카드키가 들어있는 책을 맞추느냐, 하는 승부가 시작된 모양이다.

"와라, 입니다냥!"

그렇게 기합을 넣으며 책을 펼치고 봉투를 뽑은 단원 1호는 슬그머니 안을 확인한 후, "꽝입니다냥~!"이라고 말하며 봉투를 내동댕이쳤다.

"승부는, 지금부터다멍."

"이기는 건 소생이다냥."

1차전은 둘 다 꽝이었다. 하지만 두 마리는 다음에야말로 뽑고야 말겠다며 의욕을 불살랐다. 단원 1호는 무언가를 느끼려 하듯 책 앞에 손을 내밀었다. 그 등에 걸린 팻말에는 [너희의 목소리를 들려주렴]이라고 적혀 있었다.

멍슨으로 말하자면 책뿐 아니라 명부에도 주목하고 있었다.

"빌린 시기와 반납한 시기, 그리고 카드키를 분실한 타이밍을 고려하면 자연스럽게 정답이 보일 겁니다멍——."

당시의 상황, 시기의 전후 등을 참조하여 정답을 추리할 생각인 모양이다. 그 눈빛은 명탐정의 그것이었다. 하지만 시추를 닮은 귀여운 모습을 하고 있어서 아무리 진지하게 굴어도 귀여움이 앞섰다.

'이 몸은…… 지켜보고 있어야 하려나…….'

지금 당장 전부 펼쳐 보고 싶은 심정이었지만 단원 1호와 멍슨의 진검(?) 승부에 찬물을 끼얹는 것은 좀 그럴 것 같아서 미라는 지켜보기로 했다.

그런 가운데, 두 마리의 승부는 2차전에 돌입했다. 그리고 곧이어 "또입니다냥~!"이라는 단원 1호의 절규와 "봉투조차 없습니다멍?!"이라는 멍슨의 한탄 섞인 목소리가 울려 퍼졌다.

"설마…… 전부 꽝일 줄이야."

단원 1호와 멍슨의 카드키가 든 봉투 맞히기 승부. 그것은 놀랍게도 '당첨 없음'이라는 결과로 끝나고 말았다.

그렇다. '마리코'의 대여 이력에 있던 책에, 카드키는 꽂혀 있지 않았던 것이다.

만약을 위해 봉투뿐 아니라 모든 페이지를 훑어보았으니 이 자리에 없다는 것은 확실했다.

"괜히 힘만 뺐습니다냥……."

단원 1호는 흩어진 봉투를 곁눈질하며 한숨을 내쉬더니 그대로 시선을 옮겨 멍슨을 노려보았다. 그토록 이 안에 있다고 자신만만하게 말했으면서 이게 어떻게 된 일이냐는 듯이.

"그럴 리가 없습니다멍……."

멍슨은 그보다 더 막대한 대미지를 입었다.

이럴 것이 틀림없다 믿고 도출해 낸 결과가 빗나가고 말았으니 당연한 일이다. 자신이 있었던 만큼 반동도 클 수밖에 없었다.

멍슨이 고개를 떨구었다. 하지만 그 눈은 아직 죽지 않았다. "아직입니다멍……. 분명 이 안에……"라고 말하며 근처에 널브러진 책을 쳐다보고 있었다.

실제로 멍슨의 추리에는 충분한 설득력과 가능성이 있었다. 하지만 봉투는 비어 있고 메모조차 남아 있지 않았다.

거기까지 생각한 미라는 그 차이를 알아챘다.

'곰곰이 생각해 보니, 그 방에서 발견했을 때는 안에 무언가가 들어있었지. 하지만 이곳에 있는 것은 모두 비었다. 다시 말해서 반납할 때는 빈 봉투를 골라서 끼워두었던 게야.'

표시로 사용된 봉투는 의도적으로 비워둔 것이 아닐까. 그렇게 추측한 미라는 그중 예외였던 한 권의 책을 집어 들었다.

그 책의 제목은 『기분 좋은 선라이즈』. 그것은 멍슨이 2차전에서 집어 들었던 책으로, 깜박한 것인지 누군가가 뺀 것인지 유일하게 봉투가 들어있지 않았다.

"흠? 지금 보니 이 타이틀은……."

다시 확인해 보니 그 제목은 어디선가 본 것 같다. 그런 기억이 머릿속을 스쳤다. 흐음, 대체 어디였더라.

"그래, 이것은……!"

몇 시간 전의 기억을 더듬던 미라는 그 순간을 기억해냈다.

지하 100층을 조사하던 때였다. 수많은 메모들 속에 그러한 제목이 섞여 있었던 것이다.

"어떤 내용이었지……?"

그때 보았던 메모에는 뭐라고 적혀 있었을까. 다시 기억을 더듬기 시작해서 얼마쯤 지나, 미라는 그것도 간신히 기억해내는 데 성공했다. 메모에는 『기분 좋은 선라이즈』를 빌려 가겠다는 내용이 적혀 있었다.

"그렇군, 이거다!"

그 사실을 알아챈 순간, 미라의 머릿속에 하나의 가설이 떠올랐다.

마리코의 대여 이력에 있던 『기분 좋은 선라이즈』. 그것을 빌려 가겠다는 메모. 거기에 지금까지의 일기 등을 통해 얻어낸 마리코의 정보를 합쳐 보았다.

읽는 속도가 느림에도 불구하고 한꺼번에 빌려간다.

책갈피 대신 봉투를 끼워둔다.

그리고 결정적인 것은 일기에 있던 '아직 읽는 도중이었는데~!'라는 마리코의 말이었다.

이 읽는 도중이었던 책이 『기분 좋은 선라이즈』였다면 어떨까. 다 읽었다는 표시가 아니라 책갈피로 썼던 봉투는, 내용물이 들어있을 가능성이 높다.

그리고 당연히, 읽는 도중이었다면 책갈피는 꽂혀 있을 것이다.

만약 이때 꽂혀 있던 봉투에 카드키가 들어있었다면? 그 후에 카드키를 잃어버렸다는 소동으로 자연스럽게 이어지지 않을까.

지금 여기 있는 『기분 좋은 선라이즈』에는 봉투가 꽂혀 있지 않았다. 다시 말해서 그 메모를 남긴 이가 책갈피 대신 꽂아둔 그것을 뽑아버렸다고 추측할 수 있는 것이다.

그 후, 그 봉투를 책갈피 대신 계속 사용했을지, 아니면 버렸을지. 그것까지 알 수는 없지만, 만약 카드키가 들어있었을 경우, 분실 소동이 벌어진 것으로 미루어 그 사실을 알아채지 못했을 가능성은 충분히 있었다.

"둘 다, 이 몸의 말을 들어보거라──."

우선 책을 빌려 가겠다고 하는 인물을 특정하는 것이 진실에 다가가는 첫걸음이 될 듯하다. 그렇게 생각한 미라는 곧장 그 추리를 단원 1호와 멍슨에게 전했다.

23

"역시 오너님. 멋진 추리입니다멍!"

깊은 사고의 바다를 표류하던 멍슨은 단숨에 바다에서 떠올라 분명 그럴 것이라고 단언했다.

"오호랴, 입니다냥!"

단원 1호 역시 어쩐지 모르겠다는 듯이 고개를 갸웃하기는 했지만 간신히 이해는 한 모양이었다.

"그럼, 좀 전의 대여표를 조사해봐야겠습니다멍. 책은 도서실의 것이니, 마리코 씨가 연체했던 책을 그대로 빌려 갔다면, 그 인물은 수속도 밟았을 겁니다멍."

반납 기한을 지난 지 오래였던 책을 도서실 담당자 대신 회수해서 그대로 빌려갔다. 그렇다면 마리코 다음으로『기분 좋은 선라이즈』를 빌린 이력이 있는 자야말로 카드키가 들어있었을지도 모르는 봉투를 손에 넣었을 가능성이 높다고 멍슨은 말했다.

"음, 일리 있는 말이로구나."

납득하고 고개를 끄덕인 미라는 곧장 명부를 확인했다. 많은 이용자의 이름이 늘어선 가운데, 우선 '마리코'의 이력을 찾았다.

그리고『기분 좋은 선라이즈』가 대여된 날로부터 한 달 정도가 경과했을 즈음에 그 이름이 적혀 있었다.

마리코 다음으로 같은 책을 빌린 인물의 이름은 '시도'였다.

심지어 이 인물은 상당한 독서가였는지 '하네오카 이오리'의 책만 읽는 마리코와 달리, 다종다양한 장르의 책을 빌려 갔다. 대여표의 3분의 1은 그의 이름으로 채워져 있을 정도다.

"우선은 이 시도라는 인물의 방을 조사해 봐야겠구나."

분명 무언가를 찾을 수 있을 터다. 그런 확신과도 같은 예감을 느낀 미라는, 단원 1호 일행과 어질러놓았던 책을 간단히 정리하고서 도서실을 뒤로 했다.

연구원들의 방이 모여 있는 층의 엘리베이터 홀.

그곳에서 '시도'라는 이름을 찾아보니, 해당하는 인물이 한 명 있었다. '시도 토시오미'라는 이름이었다.

미라 일행은 곧장 그 방으로 향했다. 그리고 인증키로 문제없이 잠금을 해제하고 시도의 방으로 들어갔다.

"이것 참…… 엄청난 방이로구먼……."

방의 구조는 다른 곳과 다르지 않아서 놀랄 만한 요소는 없었다.

하지만 가구류는 개인이 반입해온 것인지, 시도의 방은 온통 책꽂이로 가득했다.

그 사실을 통해 시도라는 인물이 지닌 책에 대한 강한 집념을 엿볼 수 있었다.

하지만 그곳에 있던 책들은 모두 가지고 돌아간 것인지, 지금 이곳에 있는 책꽂이는 모두 비어 있었다.

"자아, 이 방에 아무것도 없으면 다시 원점으로 돌아가야 한다. 철저하게 조사하거라."

"Yes, sir입니다냥!"

"네, 입니다멍!"

지금까지 조사한 곳 중 가장 카드키가 있을 가능성이 높은 방이다.

그렇기에 아무것도 찾지 못하면 백기를 들어야 할 판이었다.

때문에 미라 일행은 기합을 넣고 방을 구석구석 철저하게 조사했다.

책장 한 칸 한 칸, 서랍 안과 바닥, 그리고 위까지. 그런 곳에는 없지 않을까 싶은 장소까지 빠짐없이 조사해 나갔다.

그러던 도중.

"냐냥! 뭔가 잔뜩 들어있습니다냥!"

단원 1호가 그런 보고를 해왔다.

대체 어디에 무엇이 들어있다는 걸까. "무어냐, 무슨 일이야?" 하고 곧장 달려가 보니, 단원 1호는 책상 앞에 서서 서랍을 들여다보고 있었다.

"이겁니다냥. 뭔가 잔뜩 있습니다냥!"

자세히 보니 그것은 흔한 작업용 책상이었다.

그리고 단원 1호가 연 서랍은 그중 제일 위의 것이다.

안을 들여다보니 종이 다발이 산더미처럼 쌓여 있었다.

"오오, 이거 제대로 찾은 걸지도 모르겠군그래."

놀랍게도 거기에는 깔끔하게 정리된 메모가 있었던 것이다.

아무래도 '시도'라는 인물은 지독하게도 꼼꼼한 성격이었던 모양이다.

자신이 받은 메모는 꼼꼼하게 정리해서 책상에 넣어두었던 것 같다.

심지어 사소한 연락 사항, 지시와 같은 업무와 관련된 것뿐 아니라 하잘것없는 말이 적혀 있을 뿐인 메모까지 모두 들어있었다.

분류하는 것이 귀찮았는지, 아니면 그런 하잘것없는 대화도 좋아했던 것인지는 알 수 없다.

하지만 꼼꼼한 성격이라는 것은 분명해 보였다. 서랍 바닥 쪽에는 뭔가 화려한 색의 종이도 정리되어 있었다.

"어쩌면, 여기 섞여 있을지도 모르겠구나."

미라는 잽싸게 종이 다발을 책상 위로 꺼내, 그중에서 요란한 색의 종이 다발을 골라냈다. 예상한 대로 그것은 귀여운 디자인의 봉투 다발이었다.

어쩌면 책갈피 대신 꽂혀 있던 봉투도 그대로 이 다발에 섞였을지 모른다. 그럴 가능성은 충분히 있다.

"자아, 하나씩 확인해 보자꾸나."

"두근두근합니다냥."

"분명, 분명 있을 겁니다멍."

미라가 마치 제비뽑기에서 당첨 제비를 뽑으려는 사람처럼 봉투를 집어들어 안을 확인하자, 단원 1호와 멍슌이 그 모습을 조마조마한 얼굴로 지켜보았다.

봉투 안에는 메모가 그대로 들어 있었다. 그리고 그 메모를 통해, 다른 사람들이 이 시도라는 인물을 매우 의지하고 있었음을 알 수 있었다.

이런저런 업무 인수인계 보고뿐 아니라 여러 가지 고민 상담 말고도 『내일은, 5월 22일. 국장님의 생일이니, 잠깐 잡아둬 주세요!』라는 부탁. 심지어는 연애상담을 하는 내용까지 있었다.

또한 모든 사람의 생일을 축하했던 것인지, 그밖에도 생일을 알리는 메모가 몇 장이나 발견되었다.

"흠…… 생각했던 것보다 훨씬 사교적인 인물이었던 모양이로군."

방의 분위기며 군데군데서 보이는 성실할 것 같은 인상 탓에 까다로운 타입일 줄 알았지만, '시도'라는 인물은 오히려 사람들의 중심에 위치해 있었던 것 같다는 사실을, 그 메모들을 통해 추측할 수 있었다.

게다가 사람도 좋은 모양인지 『같이 찾아줘서 고마워요. 찾지는 못했지만요!』라는, 마리코의 메모도 남아 있었다. 내용으로 미루어 분명 카드키를 말하는 것이리라.

그 후로 몇 장인가 닫혀 있는 봉투를 열었을 때였다.

"오오…… 찾았다, 찾았어!"

미라는 드디어 그것을 발견하는 데 성공했다. 그렇다, 그토록 찾던 카드키다.

생각했던 것보다 작아서 손바닥의 절반 크기 정도밖에 안 되는 카드가 봉투에 들어 있었다.

메모도 한 장 들어있었는데 거기에는 『보안 초기화용 카드키입니다. 잃어버리지 말도록! 이스루기 토코.』라는 말과 함께 사용법에 관한 설명도 적혀 있었다.

"해냈다입니다냥~!"

"훌륭합니다멍!"

어찌 되었건, 목적했던 카드키는 발견했다.

남은 문제는 이것을 지금도 정상적으로 사용할 수 있을까 하는 것인데, 단원 1호와 멍슨은 그런 것은 둘째 치고 목표를 달성했다며 기뻐했다. 서로 으르렁거리는 사이이기는 하지만 결국에는 함께 기뻐하는 것이 이 두 마리의 평소 패턴이었다.

"그나저나, 여러 가지 우연의 산물이었구나."

두 마리가 신이 난 가운데, 미라는 카드가 들어있던 봉투를 바라보고 나직한 목소리로 중얼거렸다.

마리코와 시도도 그토록 찾아다녔던 카드키가 설마 이런 데에 섞여 있었을 줄은 꿈에도 몰랐을 것이다. 아니, 꿈에도 몰랐기에 지금 여기서 찾을 수 있었던 것일 테지만.

오히려 그 둘에게는 시간을 초월해 이 카드키를 전해준 일에 감사해야 할 것 같다. 그런 생각을 한 후, 미라는 임무 수행하느라 수고가 많았다며 단원 1호와 멍슨을 칭찬하고 송환하고서 소울하울과 합류하기 위해 시도의 방을 나섰다.

"설마, 정말로 찾아낼 줄이야……."

미라가 카드키를 발견하기까지의 경위를 자신만만하게 말하자, 소울하울이 가장 먼저 보인 반응은 놀라움이었다.

먼 옛날의 분실물을 찾아낼 가능성은 그리 크지 않다고 보고 있었던 모양이다.

때문에 소울하울은 새 카드키를 발행하는 방법에 초점을 맞추고 조사를 하고 있었다고 한다.

그런 소울하울이 조사한 바에 의하면 새 카드키를 발행하려면 여러 가지 절차가 필요하기는 하지만 그렇게 어렵지는 않다는 모양이다.

그리고 그 절차를 실행하려면 일주일은 걸린다고 한다.

시간은 걸리지만 확실한 방법이다.

"만약 이 카드키에 유효 기한이라는 것이 있다면, 다음에는 그 방법을 알아보는 게 좋을 것 같구나."

하지만 입수한 카드키를 사용해보는 것이 먼저다. 미라는 웃으며 그렇게 말하고는 이다음도 문제라고 말을 이었다.

카드키를 입수하기는 했지만, 문제는 그것의 사용법이다.

시설 전체의 보안에 영향을 미치는 작업이다보니 쉬운 작업은 아닐 터다.

미라가 그렇게 생각하던 참에 이번에는 소울하울이 의기양양한 미소를 지어 보였다.

"아아, 그거라면 문제없어. 카드키의 발행 방법을 조사하다가, 그 사용법에 관한 글도 몇 개 해독해뒀으니까. 그 부분은 나한테 맡겨."

듣자 하니 소울하울은 경비 관계자가 사용했던 방을 발견했다고 한다. 그곳에 남아 있던 자료를 통해 단편적이나마 그 사용법을 발견했다고도 했다. 소울하울의 말에 의하면 시설 입구에 감춰진 단말을 통해 조작할 수 있다는 모양이다.

"그럼 가볼까."

"음, 잽싸게 끝내도록 하자꾸나."

방법을 알았으니 행동으로 옮기는 일만 남았다. 미라와 소울하울은 평소처럼 움직이기 시작해, 곧장 엘리베이터에 올라탔다.

고대지하도시 7층의 아래에 감춰져 있던 비밀의 연구시설. 미라 일행은 그 입구에 해당하는 밀폐문 앞까지 돌아와 있었다.

"분명, 기록에 의하면 이 근처에……."

얼핏 보면 아무것도 없는 금속벽이었지만 소울하울이 본 서류에 의하면 그곳에 보안 시스템을 조작하는 단말이 감춰져 있다고 한다. 소울하울은 벽을 가만히 쳐다보며 한 걸음, 한 걸음 옆으로 이동했다.

미라로 말하자면 그런 그를 지켜보고 있었다. 자신에게 맡기라는 말만 하고 자세히 설명을 해주지 않았기 때문이다. 말로 설명하기에는 조금 귀찮은 공정이 있다는 모양이다.

"오, 찾았다. 이거야! 그럼, 이걸 이렇게 해서——."

소울하울이 몇 개의 점을 누르듯이 벽을 만지자, 그곳이 붉게 빛나기 시작했다. 하지만 거기서 끝이 아니었다. 이어서 푸른빛을 띤 점이 반대쪽 벽에 떠오른 것이다.

"좋아, 장로. 거기 제일 오른쪽 위에 있는 점하고 왼쪽에서 세 번째 줄, 아래에서 두 번째 점을 눌러줘."

"음, 알겠다."

벽에 손을 댄 채 지시하는 소울하울의 말에 따라 미라는 그 점에 손을 댔다. 그러자 그러한 점들이 하얗게 빛나고 사라짐과 동시에 모종의 기계음이 울리더니 일부 벽이 크게 변형되었다.

아무래도 성공한 모양이다. 자세히 보니 그곳에는 모니터로 보이는 화면과 입력용 터치 패널이 있었다.

"오오, 이게 맞는 것 같구먼!"

화면에는 '보안 제어 시스템 읽어 들이는 중'이라고 표시되어 있었다. 어찌 되었건 이것이 보안과 관련된 단말이라는 것은 분명해 보였다.

"이제 조작하는 일만 남았는데, 장로가 발견한 메모에 자세한 설명이 적혀 있었댔지? 그럼 맡길게."

"음, 이 몸만 믿어라."

카드키가 들어있던 봉투에는 안보 시스템을 리셋하는 절차가 적힌 메모도 같이 들어있었다.

미라는 그 메모를 꺼내며 단말기 앞에 섰다.

그리고 메모에 적힌 대로 조작해서 메뉴 화면을 표시하자, 드디어 카드키를 삽입하라는 지시 화면이 떠올랐다.

"어디…… 잘 돼야 할 텐데."

기한과는 상관없이 지금도 유효했으면. 미라는 그러기를 바라며 카드키를 삽입했다.

『읽어 들이는 중』

아무 문제 없이 다음으로 넘어가기를, 두 사람은 마른침을 삼키며 지켜보았다. 다음 순간, 그 마음이 닿았는지 표시가 변화했다. '시각 재설정' '시설 내 스캔 중' '파손 섹터 수복' '에러' '설정 초기화' '규정치 복원'.

그런 문자가 차례로 화면에 표시되었다가 전환되기를 반복하더니, 무언가가 기동을 시작한 듯한 소리가 여기저기서 울리기 시작했다.

아무래도 카드키는 지금도 유효한 모양이다.

어지럽게 변하던 화면은 드디어 '보안 시스템 설정 준비 중'이라는 문자를 표시한 채 멈추었다. 그와 동시에 한 가지 문제가 발생했다.

그 문자 아래에 『보안 코드? XXXX』이라는 표시가 뜬 것이다.

"이건 패스워드인가……? 그 메모에 적혀 있어?"

그 요구 화면으로 미루어 네 자리의 숫자나 문자를 입력할 필요가 있는 듯했다. 하지만 소울하울이 조사한 것 중에는 그러한 코드 같은 것은 하나도 없었다고 한다.

"아니, 표시에 따라 입력하라고만 적혀 있구나."

미라가 손에 든 메모에도 그런 문자열은 어디에서도 찾아볼 수 없었다. 다음 항목은 입력 후의 공정에 관한 것들이었다. 생각지도 못한 부분에서 발이 묶였다.

"이거, 난감하게 됐는걸……."

소울하울이 발견한 서류와 미라의 메모에 기재되지 않은 것을 보면, 비밀번호는 엄격하게 관리되었던 모양이다. 그것으로 추측되는 기록은 조사한 자료 중에 존재하지 않았다.

하지만 희박하기는 해도 한 가지 가능성은 남아 있었다. 그것은 이 시설이 현역이었을 당시의 보안 상황이다.

지금은 제대로 잠겨 있지만, 남아 있는 메모 등으로 미루어 당시의 보안 상태는 허술했다는 사실을 알 수 있었다.

믿을 수 있는 멤버들로만 편성된 팀이기도 했거니와 입지상 외부에서의 침입을 전혀 두려워할 필요가 없었던 것이 원인으로 추측되었다.

그러니 이 비밀번호 역시 단순한 것으로 되어 있을 가능성이 충분히 있었다.

"음…… 아니군. ──이것도 아닌가."

소울하울은 0000이나 AAAA 같은 문자열을 적당히 입력했다. 하지만 모두 다 아닌지 '인증 에러'라는 화면만 출력되었다. 더불어 문제가 하나 더 부각되었다.

"아, 이거 횟수 제한이 있는 것 같은데……."

자세히 보니 화면 우측상단에 점이 있었다. 그리고 그것은 잘못된 비밀번호를 입력할 때마다 하나씩 줄어, 지금은 세 개만 남아 있었다. 그것을 확인한 소울하울은, 나머지는 미라에게 맡기겠다는 듯 터치패널에서 물러났다.

"나 원, 무턱대고 눌러대니 그렇지……."

뭐든 바로 시험해보려 드는 것이 소울하울의 좋지 않은 버릇이다. 미라는 뻔뻔하게도 자기는 그렇지 않다는 투로 말하며 좀 전에 입력했던 문자열 이외에 뭔가 들어맞을 만한 것이 없을지 다시금 생각에 빠졌다.

'뭐어, 이렇게 된 이상 밑져야 본전이라 생각하고 입력해 보는 수밖에 없을 것 같지만 말이지.'

해킹 같은 기술은 익힌 적이 없는 데다 비밀번호에 관한 자료가 없으니 감으로 입력해 보는 수밖에 없다. 실패하면 그때 다시 방법을 생각하면 된다. 그렇게 결심한 미라는 가장 먼저 머릿속에 떠오른 숫자를 입력해 보았다.

그러자——

『인증 완료』

대체 어찌 된 일인지 그런 문자가 표시되더니 그대로 다음 공정으로 화면이 넘어갔다.

"오오?!"

예상치 못하게 정답을 맞추는 바람에 가장 놀란 것은 미라였다. 그리고 동시에 쓴웃음을 지었다. 역시 허술하기 그지없다.

"오, 성공한 거야? 용케 알아냈는걸."

소울하울은 감탄한 투로 그렇게 중얼거리고는 호기심이 가득한 투로 "그래서, 뭐라고 입력한 거야?"라고 물었다.

"0522다. 그냥 한 번 입력해 봤더니 이렇게 되는구나."

의기양양한 미소를 띤 채 그렇게 답한 미라는, 무슨 숫자냐는 소울하울의 질문에 "이곳 소장의 생일이지"라고 답하며 더욱 짙은 미소를 지어 보였다.

"생일이라……. 용케 그런 걸 알아냈는걸."

"그야 뭐어. 이 몸에게 걸리면 이 정도쯤이야."

비밀번호가 생일이라니.

'시도'의 방에 있던 대수롭지 않은 메모가 도움이 된 셈이다.

실로 단순한 결과 앞에서 이곳 연구원들의 허술함을 재인식한 두 사람은, 그들의 허술함에 감사하며 공정을 진행했다.

그리고 드디어 메모에 적힌 대로 마지막 공정이 완료되어, 미라 일행은 연구동의 보안을 셧아웃하는 데 성공했다.

『모든 방의 잠금 해제. 재설정해주십시오.』

화면에는 그렇게 표시되었지만, 조작이 필요한 것은 여기까지다. 이로써 이 연구시설의 보안 시스템은 모두 무효화되었다. 지금까지 들어갈 수 없었던 장소도 드디어 조사할 수 있게 된 것이다.

"어디, 그러면 비밀을 밝히러 가보실까."

화면에 표시된 취소 버튼을 눌러서 작업을 종료시킨 미라는 곧장 엘리베이터 홀을 향해 걸음을 옮겼다.

"보안 수준은 둘째 치고, 연구 내용에 관한 관리는 엄중했지. 살짝 기대되는걸."

과거 연구원들의 생활상이며 분위기는 여러 장소에서 엿볼 수가 있었다.

하지만 연구 내용에 관한 기록은 도저히 찾아볼 수가 없었다.

철저하게 감춰진 그 연구의 내용은 대체 무엇일까. 펜리르 문제도 해결해야 하기는 했지만, 두 사람은 순수한 호기심을 품은 채 엘리베이터를 타고 최하층까지 내려갔다.

그렇게 도착한 지하 100층.

보안 시스템이 무효화되었다고 경고음이 울리거나 회전등이 번쩍거리거나 하지 않은 것을 보니, 상황은 처음 왔을 때와 달라지지 않은 듯 보였다.

한 가지 다른 점이 있다면 바로 연구실의 문이다.

"오오, 정말로 잠금이 해제되었군그래!"

지금까지 꿈쩍도 하지 않았던 문이 매우 간단하게 열린 것이다. 의도한 대로의 성과를 거두었으니 작전은 대성공이다.

"이러면 마음껏 조사할 수 있겠는걸. 그럼, 여기부터 살펴볼까?"

문은 열렸지만 연구실 내부의 전등은 망가진 상태다. 소울하울은 조명 술식으로 빛구슬을 만들어내서 주변을 밝혔다. 그리고 이리저리 시선을 돌려 내부를 확인했다.

그에 반해 미라는 고개를 가로저어 답하고는 의기양양하게 웃으며 복도 끝을 가리켜 보였다.

"아니, 우선 저 앞부터 시작하자꾸나. 저쪽에 국장실이 있거든. 장소가 장소인 만큼 정보가 모여 있을 것 같지 않으냐?"

이 연구시설에서는 어떠한 연구가 이루어졌을까. 그것을 알려면 이곳 담당자의 방에 있는 자료를 뒤지는 것이 가장 효율적일 것이다.

그리고 그 위치는 이미 확인해 뒀다고 미라가 말하자 소울하울은 "듣고 보니 그러네"라고 답하더니 조명을 끄고 발걸음을 돌렸다.

"그러면, 처음에는 그곳을 보도록 할까."

소울하울은 으스스하게 깜깜해진 연구실의 문을 다시 닫고는 "그래서, 여기서 얼마나 걸리는데"라고 말을 이으며 복도 끝으로 시선을 던졌다.

하지만 그 순간, 미라는 깜깜한 연구실을 앞에 두고 한 가지 불안 요소가 있었다는 사실을 기억해냈다.

"아, 그러고 보니 말이다, 말하는 걸 깜박했다만──."

몇 시간 전, 100층을 조사하던 때의 일이다.

미라와 정령왕, 그리고 마텔은 봉쇄된 연구실에서 정체를 알 수 없는 무언가를 목격했다.

마치 호러 영화의 한 장면 같은 그것이 문득 머릿속을 스쳤다. 미라는 부르르 몸을 떨고서 그 일에 관해 설명했다.

"그런고로 말이다. 잠금이 해제된 지금, 그 언노운(unknown)도 연구실에서 나왔을지 모른다. 조심하는 편이 좋을지도 몰라."

대충 사정을 설명한 미라는 만일의 사태에 대비해 홀리나이트를 소환했다.

"그런 건, 내려오기 전에 말하라고……."

연구실에 있던 의문의 존재. 상황상 마물은 아니고, '생체감지'에 반응하지 않는 것을 보면 생물도 아니다.

그럼 무엇일까. 이곳에서 이루어졌던 의문의 연구로 인해 만들어진 괴물일까. 그런 생각에 소울하울은 어이가 없다는 듯 쓴웃음을 지은 후, 마찬가지로 자신을 보호하기 위해 사령술을 행사해서 골렘을 만들어냈다.

"어쩔 수 없지 않으냐. 방금 막 생각이 났으니."

미라는 부루퉁해져서 그렇게 변명을 하더니, 어쩐지 얼버무리듯 잽싸게 걸어 나갔다.

그리고 소울하울은 호기심 어린 눈을 한 채 그 뒤를 따랐다. 마물도, 생물도 아니다. 그렇다면 남은 것은 로봇이나 불사 계열 마

물과는 다른, 진정한 리빙 데드 정도가 아닐까 하는 생각에 기대
가 되기 시작한 것이다.

24

만약의 사태에 대비해 경계하며 얼마쯤 복도를 걸었다. 미라와 소울하울은 의문의 존재와 만나지 않고 무사히 목적했던 국장실에 도착했다.

"완벽하구나. 이곳도 열려 있다!"

국장실만은 특별하다거나 그러지는 않아서, 잠금이 해제되어 문은 부드럽게 열렸다. 여러모로 빙빙 돌아오기는 했지만, 이로써 드디어 이 방을 조사할 수 있게 된 것이다.

두 사람은 곧장 국장실에 들어서서, 그대로 둘로 나뉘어 그곳에 있는 것들을 닥치는 대로 조사하기 시작했다.

"어디, 어떤 정보가 잠들어 있을는지."

소울하울은 방을 둘러보며 조명 술식으로 만들어낸 빛구슬을 여기저기 띄우기 시작하더니, 자신의 근처부터 뒤지기 시작했다.

"옳지옳지. 다소 불안하기는 했다만, 아날로그 자료도 남아 있는 것 같구나."

미라 역시 방 여기저기에 빛구슬을 띄우며 안으로 성큼성큼 들어갔다.

그렇게 두 사람이 빛구슬을 배치한 결과, 국장실의 전모가 드러났다.

중앙에는 커다란 책상이 있다. 그리고 그곳을 에워싸듯 선반이 늘어서 있고 벽 근처에는 금속 상자가 몇 개나 쌓여 있었다. 내용물은 모르겠지만 큰 것부터 작은 것까지 크기가 다양했다.

그밖에도 구석에 책장이 있는 것이 보였다. 하지만 거기에 꽂혀 있는 것은 아무래도 책이 아니라 서류인 듯했다. 대량의 서류가 빽빽하게 꽂혀 있었다.

최첨단 기술이 결집된 연구소라 혹시나 싶어 불안하기는 했지만, 의외로 아날로그 자료의 신뢰성은 어느 정도 인정을 했던 모양이다.

하지만 종이 서류는 이곳에 있는 자료의 일부에 불과하다. 선반에 있던 많은 케이스를 조사해 보니, 크리스털 큐브라 불리는 최첨단 기록 매체가 잔뜩 담겨 있었다.

동봉된 팻말에 의하면 거기에는 실험 당시의 영상이며 음성 등이 기록되어 있다고 한다.

"흐음…… 이걸 재생할 수 있으면 좋으련만……."

크리스털 큐브는 현대에서 사용되고 있는 것이라 어느 정도는 다뤄본 적이 있었던지라 미라는 사용법을 알았다. 하지만 문제는 그것을 읽어 들이는 데 필요한 단말이다. 국장실 책상에 있는 컴퓨터에 희망을 걸어 보았지만 역시나 망가진 듯했다.

아무리 전원 버튼을 눌러도 반응이 없어서, 기록된 데이터를 확인할 수는 없을 것 같았다.

이젠 아날로그 서류를 믿는 수밖에 없다.

"이건, 회의용인가…… 이것도…… 흠, 이것도 그렇군그래."

책장에 꽂혀 있던 서류의 정체는, 모두 회의용 자료였다. 의제와 방침, 연구비 사용 용도, 우선순위 등, 연구에 관한 이런저런 회의가 이루어졌던 모양이다.

연구에 관한 상세 내용이나 실험 과정, 진전, 결과와 같은 부분은 그를 통해 유추해낼 수 없을 듯했다.

하지만 이 시설에서 어떠한 연구가 이루어졌는가 하는 것이라면 그 의제를 통해 어느 정도 알 수 있었다.

"흐음…… 공기의 조성 조절에…… 에텔 소자의 변이 분석…… 통합 사념 농도의 관측…… 키스홀 간섭률 수정……. 무슨 소리인지 도통 모르겠구먼."

알아내기는 했지만, 그것이 대체 어떤 내용인지 이해하는 것은 다른 이야기다.

미라는 일단 제일 왼쪽 끝부터 집어 들고 훑어보았지만 어려운 단어만 잔뜩 적혀 있었다. 대충 여러모로 복잡한 연구를 하고 있었던 것 같다고만 이해한 미라는, 이것들 중 무엇이 펜리르와 상관이 있는 걸까 싶어서 고개를 갸웃했다.

하지만 아직 자료는 많이 남았다. 분명 어딘가에 이거다 싶은 것이 있을 터다. 그렇게 어떻게든 되기를 바라며 남은 자료도 확인해 나갔다.

아무래도 책장에 꽂혀 있는 자료들은 시간 순서대로 정리가 된 모양이다. 왼쪽에서 오른쪽으로 갈수록 연구 내용의 날짜가 진행되어 있었다.

"호오, 마나가 성질 변화하는 조건…… 환경의 안정화…… 마물이라는 존재에 관하여……. 이러한 연구도 했었던 모양이군."

후반부로 치달을수록 단어를 통해 내용을 짐작할 수 있을 듯한 연구가 드문드문 나타나기 시작했다. 개중에는 은의 연탑에서도 행했던 실험에 가까운 것도 있어서, 미라는 흥미진진하게 그것들을 확인해 나갔다.

그렇게 하나씩 조사하다 보니 드디어 마지막 자료의 차례가 되었다. 이 시설에서 이루어졌던 마지막 연구는 어떤 것이었을까. 기대와 흥미를 품은 채 그것을 훑어본 미라의 얼굴이, 다음 순간 놀라움으로 물들었다.

미라가 손에 든 자료에 적힌 의제는 '인조신(人造神)의 창조'라는 것이었다.

"뭣……이라고? 이러한 일이 가능하다는 말인가……?!"

그 의제에 적힌 바를 순순히 받아들이자면, 인간의 손으로 신을 만들겠다는 뜻이다.

과연 그런 엄청난 일이 가능하긴 하다는 말인가. 애초에 무엇을 신으로 정의한다는 말인가. 그리고 무엇보다도 이 연구의 결과는 어떻게 되었는가. 수많은 의문, 수많은 흥미, 그리고 수많은 불안감이 단숨에 밀려들었다.

"어떻게 조사를 할꼬."

마지막 순간에 특대 안건이 날아들자 사태가 너무 커지는 것 같아 미라는 당황했다. 하지만 거기에서 하나의 가능성을 느끼기도 했다.

펜리르는 말했다. 고대지하도시의 깊숙한 곳에 있는 형제와 비슷한 힘을 느끼고 이곳을 찾았다고. 그리고 미라 일행이 이곳에 온 목적은, 그런 펜리르를 좀먹는 힘을 어떻게든 하기 위해서다.

원흉은 신조차도 잡아먹는다는 펜리르가 영향을 받은 무언가다. 크고 작은 이런저런 연구가 이루어졌다고는 하나, 그런 잡다한 연구로 그런 일이 가능할 것 같지는 않았다.

그러던 중에 발견한 것이 바로 이 인조신의 창조라는 연구였다. 내용은 둘째 치고 신에 관한 연구다. 그 부분이 마찬가지로 신격을 지닌 펜리르와 관련이 있지 않을까 하고 미라는 생각했다.

"가능성으로 치면, 이게 가장 클 테지."

확인한 연구 의제 중에서는 이게 가장 수상하다. 그렇게 확신한 미라는 의기양양한 얼굴로 반대쪽에서 조사 중인 소울하울에게 달려갔다.

"인조신의 창조……. 터무니없는 짓을 하고 있었군."

소울하울에게도 그것은 뜻밖의 내용이었던 모양이다. 미라가 발견한 자료를 확인한 그는 어쩐지 식겁한 투로 중얼거렸다.

『설마 신을 인간의 손으로 만들려 하다니……. 내가 이 세상에 태어나기 훨씬 전에 그런 시도가 있었을 줄이야…….』

『네에, 옛날 사람들은 정말 엄청난 생각들을 했네요.』

소울하울뿐 아니라 정령왕과 마텔에게도 터무니없이 충격적인 사실이었던 모양이다. 지금까지 조용했던 두 사람이 엉겁결에 그런 소리를 할 정도였으니 오죽할까.

하지만 그럴 만도 했다. 메모에서 보이는 연구원들의 느슨한 모습에서는 상상도 안 되는 정신 나간 연구 내용이다. 그 이미지 차이에 어이가 없는 부분도 어느 정도 있을 것이다. 그리고 그것은 미라도 마찬가지였다.

"이 몸도 설마 그럴까 싶어서 놀랐다. 여기서 이러한 연구가 이루어졌을 줄이야."

연구자라는 작자들은 죄다 매드 사이언티스트인 것일까.

미라는 자신이 주변에 어떻게 보이는지는 전혀 개의치 않고 그런 생각을 하며 "해서, 어떻게 조사해 볼까?" 하고 분위기를 전환하듯 입을 열었다.

"어떻게 조사할까……. 여기에 잔뜩 있는 크리스털 큐브를 재생할 수 있다면, 일이 쉬워질 텐데——."

주변에 있는 선반에는 수많은 크리스털 큐브가 수납되어 있었다. 막대한 데이터를 기록할 수 있는 데다 반영구적으로 보관이 가능한 최첨단 기억매체다. 이곳에 있는 숫자와 상자에 표기된 문자로 미루어 이곳에서 이루어진 모든 연구가 거기에 보존되어 있을 듯했다.

인조신의 창조. 그 시작과 과정, 그를 통해 얻어진 많은 데이터, 그리고 결과. 어떠한 실험이 행해졌을까. 어떠한 의도로 행한 것일까. 또한 그것은 과연 성공했을까.

이 세계의 신이라는 존재를 향해 던져진 커다란 수수께끼. 하지만 그것을 밝혀내는 데 필요한 정보는 눈에 보이지 않는 기호가 되어 수정 상자에 봉인돼, 손이 닿지 않았다.

"여기서 이러고 있는 것도 좀 그러니. 우선은 이 서류에 적힌 'B3호'라는 연구실로 가보지 않겠느냐? 실험은 모두 그곳에서 행해졌다고 하니 말이다. 어쩌면 아직 뭔가 남아 있을지도 모른다."

결과는 궁금했지만 지금 상태로는 답이 나오지 않는다. 그렇기에 우선해야 할 것은 펜리르를 좀먹는 힘의 원인을 구명하고 해결하는 것이다.

그렇게 재빨리 태도를 전환한 미라는 약간 미련이 남기는 했지만 국장실을 뒤로했다.

"그것도 그렇군."

아무리 놀랄 만한 정보가 넘쳐난다 해도 당초의 목적을 잊어서는 안 된다.

신을 만들 수 있다면, 그 힘을 일부라도 끌어낼 수 있다면, 훨씬 쉽게 여자 종교가를 구할 수 있지 않을까. 소울하울은 머리를 스친 그런 생각을 떨쳐내고 미라의 뒤를 따랐다.

그 후, 두 사람은 자료에 적혀 있던 연구실로 곧장…… 갈 수가 없었다. 'B3호'라고 한들 어디인지 알 수가 없었기에 우선은 엘리베이터 홀로 돌아간 것이다.

"오, 이것이로군. 으음~ 배양실이라고 적혀 있구나."

겨냥도에서는 방의 번호와 어떤 방이었는가 하는 정보를 확인할 수 있었다. 그밖에도 '무진무균실'이나 '유기화학 실험실' '무기화학 실험실' '미생물 실험실' '유전자 생물학실' '초상과학 실험실' 등이 있었다. 연구 내용에 따라 다른 방을 사용한 모양이다.

하지만 입수한 자료에 의하면 인조신의 제조를 목표로 한 연구와 실험이 행해진 것은 'B3호'── '배양실'뿐이었다.

신의 창조라고 할 정도니 실험 내용은 다방면에 걸쳐 이루어지지 않았을까 싶었다. 하지만 다른 방에서의 작업은 전혀 기재되어 있지 않았다.

"배양실이라…… 이것 참, 불길한 예감만 드는구나……."

인조신, 그리고 배양. 매드 사이언티스트들의 광기가 점차 강해지고 있는 것 같다는 느낌에 눈살이 찌푸려지기는 했지만, 미라는 그곳의 위치를 확인하고 걸어 나갔다.

"그래, 그러게 말이야. 동감이야."

소울하울은 동의하는 듯한 답을 입에 담기는 했지만, 그 목소리와 발걸음은 어쩐지 가뿐하게만 느껴졌다. 미라와 비슷한 상상을 했을 텐데, 아무래도 그에게는 이것이 기대할 만한 상황인 모양이다.

"으…… 하필이면 이곳이 배양실이었단 말인가."

엘리베이터 홀에서 신중하게 복도를 걸은 끝에 도착한 배양실은, 미라에게 낯익은 곳이었다. 그렇다. 그 배양실은 바로 정체를 알 수 없는 괴물이 있던 장소였던 것이다.

미라는 쭈뼛거리며 문에 다가가, 작은 창을 들여다볼 준비를 했다. 그러자.

『미라 공, 살며시. 살며시 들여다보도록.』

『미라 씨, 천천히 해야 해.』

정령왕과 마텔의 목소리가 머릿속에 들려왔다. 두 사람도 그 충격적인 호러 장면을 경계하고 있는 듯했다.

『아네, 알다마다.』

미라는 그렇게 대답하고서 신중하게 작은 창을 들여다보았다.

방은 여전히 깜깜했다. 하지만 그곳이 인조신의 연구가 행해졌던 배양실이라는 정보를 입수하고서 보니, 한층 더 으스스한 분위기가 짙어진 듯했다.

미라는 언제 무엇이 튀어나와도 대처할 수 있도록 홀리나이트를 옆에 세워두고 내부 상황을 확인하는 데 집중했다.

구석에 무언가가 숨어있지는 않은지. 움직이는 물체는 없는지. 그 괴물은 어디에 있는지, 신중하게 관찰해 나갔다.

바로 그때. 갑자기 문이 열렸다.

"우워어?!"

핫, 괴물의 습격인가. 미라가 당황해서 펄쩍 뛰어 뒤로 물러나자, 누군가가 어이가 없다는 눈으로 그 모습을 바라보고 있었다.

"뭐 하는 거야. 어서 조사해야지."

소울하울이다. 목적한 방 앞까지 왔음에도 뭉그적거리고 있는 미라를 보다 못해 냉큼 문을 연 것이다.

"이 녀석, 좀 전에 말하지 않았느냐! 이상한 괴물을 보았다고. 그것이 있던 것이, 바로 이 방이었다는 말이다!"

허겁지겁 충고를 한 미라는 슬그머니 홀리나이트의 등 뒤에 숨으며 "해서, 안은 괜찮으냐?"라고 확인했다.

"그런 건, 도착한 직후에 말했어야지⋯⋯."

뭉그적거리기 전에 이유라도 말하라고 투덜대며. 그렇게 투덜대며 소울하울은 벽처럼 생긴 골렘을 잽싸게 배양실에 투입했다.

이어서 크기가 무릎 높이 정도의 소형 골렘을 만들어내서 배양실 내부를 정찰시켰다. 그것은 생물을 제외한 움직이는 물체를 발견하면 술자만이 알 수 있는 신호를 보내는 동체(動體) 센서 같은 골렘이었다.

"음…… 가만히 있는 건지 없는 건지. 반응은 없는데. 장로가 말한 대로 탈출해서 복도를 배회하고 있는 건지, 아니면, 뭔가를 잘못 본 것뿐, 알고 보니 아무것도 없었던 거 아니야?"

조사 결과, 적의 모습은 발견되지 않았다. 이상한 점은 전혀 확인되지 않았다. 그 사실을 안 소울하울은 냉큼 벽골렘을 해제하고 배양실 안으로 들어가 버렸다.

"아니, 그럴 리가 있나. 이 몸이 이 눈으로 똑똑히 보았다는 말이다!"

잘못 봤을 리가 없다. '생체감지'에 반응하지 않은 데다, 마물일 가능성이 없지는 않지만 그것은 분명 이곳에 있었다. 미라가 그렇게 반론하자 『그래. 나도 분명히 보았다!』『맞아, 나도 똑똑히 봤어!』 소울하울에게는 들릴 리가 없는 목소리가 미라의 머릿속에서만 울렸다.

"그렇다면 역시, 복도로 나갔을 가능성이 큰 건가."

정체불명의 괴물은 잠금이 해제된 상태인 문을 통해 탈출해, 복도를 배회하거나 어딘가에 숨어있을 가능성이 크다. 그렇게 결론을 내렸으면서도 소울하울은 국장실에서 했던 것처럼 빛구슬을 띄워 배양실을 둘러보았다. 만약을 위해 골렘이 완벽하게 반응할 수 없는 부분인 책상 서랍 등을 확인하며.

"음, 분명 그럴 게다. 그것이 환상이었을 리가 없으니 말이야."

이쪽은 목격자가 셋이다. 그러니 괴물은 분명 있을 거다. 그런 확신을 가지고 단언한 미라는, 홀리나이트로 대비를 단단히 하고 마찬가지로 배양실을 조사하기 시작했다.

둘이서 빛구슬을 띄워 배양실 안을 환하게 비췄다.

보아하니 여러 개의 실험대 말고도 현미경과 같은 과학실에 있을 법한 실험 기재며 알 수 없는 무언가가 들어 있는 병, 튼튼해 보이는 철제 용기와 같은 것들이 잔뜩 나뒹굴고 있었다.

그런 방을 대충 뒤져보았지만, 펜리르를 좀먹는 힘의 원인과 관련이 있을 듯한 것은 딱히 찾을 수 없었다. 발견된 것은 몇 개의 크리스털 큐브와 하잘것없는 내용의 메모, 그리고 문이었다.

"그럼, 이곳만 남았는데."

"음, 그렇구나."

특필할 만한 것이 없었던 배양실 안쪽. 그곳에는 어쩐지 부자연스러워 보이는 문이 있었다. 이 시설 전체에 사용된 하이테크한 그것이 아니라 문손잡이가 달린, 전형적인 일반 가정용 문이었다.

그리고 그 옆에는 벽의 끝까지 선반이 빼곡하게 늘어서 있었다. 또한 그 위에는 금속 상자들이 천장에 닿도록 쌓여 있다.

명백하게 부자연스러운 공간이었다.

"그나저나, 억지로 방을 분할한 것처럼 보이는군그래."

미라는 그런 소리를 중얼거리며 배양실의 상태를 재확인했다.

배양실을 보고 가장 먼저 느낀 인상은 좁다는 것이었다. 방의 크기에 비해 기재와 물품 등이 지나치게 많았던 것이다. 장소에 따라서는 발 디딜 곳이 없을 정도였다. 그렇기에 괜스레 더 좁게 느껴졌다.

그래서 두 사람은 이 문과 선반을 주목할 수밖에 없었다. 이 둘을 방 한가운데에 세워, 저쪽과 이쪽의 공간을 나눈 것이 아닐까 하는 생각 때문이었다. 다시 말해서 물건들이 잔뜩 나뒹굴고 있는 것은, 저쪽에 두어야 할 물건까지 이쪽에 모아두었기 때문이 아닐까 싶었던 것이다.

그렇게 생각하니 문 안쪽이 신경 쓰였다. 안에 무엇이 있기에 이렇게까지 한 것일까.

"그럼, 간다."

"음, 조심하거라."

이 문의 존재로 인해 괴물이 안으로 들어갔을지도 모른다는 우려가 생겨났다. 심지어 사람 한 명이 지나기는 충분했지만, 탱커 역할을 하는 골렘이나 홀리나이트가 지나기에는 다소 문이 작았다. 따라서 소울하울은 우선 문을 살짝 열어 센서 골렘을 들여보냈다.

"반응은…… 없군."

이 앞에 무언가가 숨어있지는 않은 모양이다. 그 사실을 확인한 소울하울은 그대로 문을 활짝 열고 안으로 돌입했다.

그리고 직후에 "오오……!" 하고 놀랐다기보다는 어쩐지 감탄한 듯이 소리쳤다.

"무어냐, 무엇이 있었던 게냐?"

소울하울은 무엇을 본 것일까. 뒤따라 문 안으로 발을 들인 미라는 들뜬 듯한 소울하울의 표정과 그곳에 있던 것을 목격하게 되었다.

"이것은 혹시…… 묘인가……?"

"그래, 아마도."

굳이 배양실을 분단하면서까지 만들어진 공간. 그 안에 쌓여 있는 것은 관일까. 안에 무엇이 들었는지는 아직 알 수 없지만, 상당한 숫자가 그곳에 늘어서 있었다.

그리고 이 장소에 대한 인상에 강한 영향을 미치는 것이 그 앞에 놓여 있었다. 바로 손수 만든 듯한 느낌이 강하게 드는 작은 신사와 목조 불상, 그리고 금속판 등을 덧붙여 만든 묘비였다.

소재와 주변 환경 탓에 그것들은 상당히 이 장소와 어울리지 않는다는 인상을 주었다. 하지만 일본인이 이 광경을 본다면, 이곳이 죽은 자를 애도하기 위해 마련된 장소라는 것을 알아챌 만한 요소가 모여 있었다. 때문에 이 장소는 고요한 분위기로 가득했다.

"여기 뭐라 적혀 있군그래."

미라는 가만히 손을 모아 기도하고서 중앙에 떡 하니 세워져 있는 묘비로 다가갔다. 그 묘비에는 문자가 적혀 있었다. 그렇다면 그것은 분명 이곳에 잠든 자와 상관이 있을 것이다.

"어디 보자, 이건…… '미달신(未達神)'이라고 읽어야 하는 겐가."

역시나 직접 만든 것인지, 그럴싸한 소재를 여러 개 덧붙여 만든 묘비에는 '미달신의 묘'라고 새겨져 있었다.

"미달이라……. 글귀만 봐도, 이곳에 어떤 것이 잠들어 있는지 예상되는걸."

미라의 뒤에서 불쑥 고개를 내민 소울하울은, 묘비에 적힌 글씨를 바라보며 기쁨인지 슬픔인지 알 수 없는 묘한 감정이 느껴지는 표정을 짓고 있었다.

　"확실히 그렇구나……."

　신에 도달하지 했다는 의미의 미달신. 이곳에서 행해졌던 연구와 실험을 고려하면 그 의미를 자연스럽게 알 수 있었다.

　무엇을 위해 태어나, 죽어간 것일까. 그 덧없는 생명을 애도하기 위해 미라는 손을 모았다.

　"이것 참…… 생각했던 것 이상인걸."

　감상에 젖은 미라는 개의치 않고 소울하울이 그런 소리를 했다. 고개를 들어 보니 그는 어느새가 안에 쌓여 있던 관을 열고 있었다.

　"그대…… 용케 이 상황에서 거침없이 열어젖히는구나……."

　좀 전의 우수 어린 표정은 어디로 가버린 것인지. 소울하울은 보물이라도 찾듯 관을 열어 안을 조사하고 있었다.

　안타까운 마음이 없지는 않았겠지만, 사령술사인 그에게 시신은 전투력과 직결되는 중요한 요소였다. 더불어 그는 불사 소녀 애호가이기도 했다. 그 폭거인지 탐구인지 모를 행동을 막을 수 있는 자는 아무도 없었다.

배양실 안에서 발견한 손수 만든 묘. 그 안에 쌓인 관에는 '미달신'이라 불리는 자들의 시신이 들어있었다.

"이게 전부 '미달신'이라니……. 꽤나 많은 업을 쌓았구나."

품평이라도 하듯 관을 열어젖히는 소울하울을 곁눈질하던 미라는 그것을 들여다보며 눈살을 찌푸렸다.

관에 들어있던 것은 크고 작은 크기의 캡슐들이었다. 투명해서 안에 무엇이 들어있는지 바로 알 수 있었다.

작은 캡슐은 형태를 갖추기 전 단계의 것이었지만, 큰 캡슐 —— 갓난아기 크기 정도의 그것은 똑바로 바라보기도 괴로울 지경인 존재가 들어있었다. 더불어 큰 캡슐에 들어있는 것에는 목에 큼지막한 은제 고리가 채워져 있는 것이 보였다.

이 캡슐 안에 있는 것이 모두 실험으로 인해 태어나, 신이 되지 못하고 죽어간 자들인 셈이다.

『미라 공, 그 그릇에 손을 대봐 주겠나.』

이곳에는 대체 얼마나 많은 시신이 잠들어 있는 걸까. 그런 생각을 하며 관을 둘러보던 참에 문득 정령왕의 목소리가 머릿속에 울렸다. 가호를 통해 무언가를 조사하고 싶은 모양이다.

『음, 알겠네.』

미라는 그렇게 대답하고 오른손으로 가장 커다란 캡슐에 손을 댔다. 그러자 미라의 몸에 정령왕의 가호 문양이 떠올라, 희미하게 빛나기 시작했다.

"응? 왜 그러지?"

미라의 행동이 신경 쓰였는지 소울하울이 손을 멈췄다. 그러는 동안에도 빛은 강해졌고 잠시 후, 순식간에 수그러들었다.

『틀림없다. 이것이 바로 여러 문제들의 원인이야.』

정령왕은 그렇게 딱 잘라 말하더니 방금 전에 해석한 내용에 관해 설명해 주었다.

이 장소에 모여 있는 '미달신'들의 시신.

거기에는 미약하게나마 신이 된다는 목표를 달성하지 못하고 멸망한 것에 대한 미련이 남아 있다는 모양이다. 그리고 그것들이 잔뜩 모임으로 인해 하나의 사념체를 형성하여 이 자리에 머물고 있다는 것이다.

『거기 놓인 목제 상이 약간은 위로가 된 모양이다만, 신과 같은 힘을 지닌 펜리르 공이 가까이에 오자 동경과 질투심이 눈을 뜨고 만 것이지. 그리고 질투가 격해져 지금에 이른 것이다.』

결과적으로 그 사념체가 펜리르를 좀먹고 있는 원흉이라고 정령왕은 단언했다.

『오호라…….』

예상했던 대로 이 인조신을 만드는 연구가 펜리르에게 영향을 미친 원흉이었다. 미라는 그 진실에 납득한 동시에 문득 생각했다. 미련이 모여 사념체가 된 사건을 최근 겪은 것 같다고.

『아무래도 그 오니히메라는 자와 상황이 비슷한 것 같네만, 혹시 성검과 정령왕의 힘으로 정화할 수는 없는 겐가?』

키메라 클로젠 창설의 핵심이었던 존재. 오니의 증오가 모여들어 태어난 것이 오니히메였다. 경위를 보자면 비슷한 면이 있다. 그 사실을 알아챈 미라는 이번에도 같은 방법으로 정화할 수는 없겠느냐고 물었다.

답은 곧장 돌아오지 않았다. 하지만 얼마간 시간이 지나자 정령왕이『이거라면 가능할 거다』라고 말했다.

『다만 저번과는 상황이 크게 다르다. 이번에 필요한 것은 정화가 아니라 진혼에 가까워서 말이지──.』

정령왕은 말했다. 이곳에 소용돌이치고 있는 것은 오니 때와는 전혀 다른 감정으로 이루어진 것이라고. 증오 같은 것이 아니다. 너무도 순수한 동경과 선망, 그리고 미련과 절망이라고.

『흠…… 그런가……. 확실히 다르기는 하군.』

오히려 이곳에 안치된 '미달신'들이 죽은 것은 증오라는 감정이 싹트기도 전이었을 것이다.

무언가를 원망하는 방법조차 모른 채, 그저 살기를 바라 삶에 집착하고자 하는 마음이 모여든 사념체. 하지만 순수한 데다 미숙하기도 했기에, 펜리르가 지닌 신의 힘을 어지럽히고 폭주시키는 데 이른 것이다. 정령왕의 말에 의하면 사건의 전말은 그러한 모양이었다.

『헌데, 문득 생각이 난 것이네만. 혹 그때 보았던 무언가는, 오니히메에 씌었던 천사와 같은 자가 아니었을까?』

처음 이 배양실을 들여다보았을 때 본 괴물. 그 정체는 이곳에 있는 사념체에 씐 무언가가 아닐까. 미라는 그렇게 추측했지만,

그 가능성은 정령왕의 답으로 인해 사라졌다.

『아니, 미라 공의 손을 통해 엿본 감정에서, 그러한 의지는 느낄 수 없었다.』

정령왕은 그렇게 딱 잘라 말했다. 이곳에 있는 사념체가 무언가를 숙주 삼아 행동을 할 일은 없다고. 그렇게 부정한 후, 곧장 말을 이었다.

『있는 것은 그저 펜리르 공에 대한 동경뿐이었지──.』

어쩌면 비슷한 힘을 지닌 펜리르에게서 부모와 같은 인상을 받은 것일지도 모른다. 정령왕은 그렇게 말을 끝맺었다.

"부모라…… 참으로 안타깝구먼."

관에 담긴 캡슐을 바라보며 미라는 나직하게 중얼거렸다. 그러던 미라의 옆으로 누군가가 얼굴을 불쑥 내밀었다.

"그래서, 뭐 좀 알아냈어? 정령왕과 이야기한 거잖아?"

소울하울이다. 캡슐을 든 직후에 가호 문양이 빛나더니 그대로 입을 다물고, 겨우 입을 열었다 싶었더니 방금 전과 같은 말을 입에 담은 것이 의아한 모양이다. 대체 무슨 이야기를 했는지 알려 달라고 재촉을 해왔다.

"그래, 알았다."

안타까운 감정을 뒤로 한 채, 미라는 정령왕에게 들은 이야기와 지금부터 할 일을 요약해서 설명했다.

"과연. 역시 이곳이 원인이 맞았던 건가."

펜리르를 좀먹던 힘의 출처. 찾아다니던 그것이 발견되었고 해결 방법도 있다. 그 사실을 알게 된 소울하울은 "이렇게까지 도왔으니, 서로 빚진 거 없는 거야"라고 말하며 다시 관을 닫기 시작했다.

"뭐어, 그런 걸로 하자꾸나."

혼자서 찾아다녔다면 이렇게까지 빨리 원인을 밝혀내지 못했을 것이다. 납득한 미라는 그렇게 대답하고서 "엄선 작업은, 이제 끝난 게냐?"라고 말을 이었다. 사령술의 그릇으로 쓸 시신을 골랐느냐는 뜻이었다.

"그래, 그 사념체라는 것이 모두 빨아낸 건지. 이미 전부 다 비었어. 써먹을 방도가 없어."

실패했다고는 하나 그곳에 있는 것은 신을 목표로 만들어진 존재들이다. 사령술의 그릇으로 쓰면 전에 없던 힘을 발휘할 수도 있었을 것이다. 하지만 소울하울이 확인한 바에 의하면 모두 다 그릇으로 적합한 상태가 아니라는 모양이다.

"얼른 공양해주고, 돌아가자고."

아직 전부 다 확인한 것도 아닐 텐데 소울하울은 더 이상 볼 필요는 없다는 듯이 구석에 주저앉았다. 그리고 "무녀처럼 춤이라도 추는 거야?"라고 놀리듯이 말하며 웃어 보였다.

"무얼, 그냥 검을 휘두르는 것뿐이다."

이 자리에 잠든 가엾은 자들의 진혼이 끝날 때까지 그곳에서 기다릴 모양이다. 그런 소울하울의 태도 앞에서 미라는 참으로 의리 있는 녀석이로고, 라는 생각에 쓴웃음을 지으며 준비를 개시했다.

우선 진혼의 핵심인 성검 상크티아를 소환했다.

"그럼, 시작해 보실까."

미라는 성스럽고도 다정한 빛을 지닌 성검을 손에 들고 집중했다. 그때, 미라의 온몸을 정령왕의 가호 문양이 뒤덮었다. 그리고 미라의 손을 통해 정령왕의 기도가 성검 상크티아에 주입되었다.

정화를 할 때와는 다른, 매우 따스하고 평온한 빛이 성검에서 흘러나왔다.

미라는 연민의 정을 가슴에 품은 채로 성검을 오오누사(大麻 : 일본의 토속 신앙인 신도의 제사에서 제령, 정화를 할 때 사용. 종이, 삼 등으로 된 기다란 다발의 모양새를 하고 있음)처럼 천천히 휘둘렀다. 그러자 점차 빛이 퍼져서 이 자리에 있는 모든 것에 쏟아졌다.

빛은 손수 만든 신사에 목조 불상, 수많은 관들, 그리고 방황하는 사념체를 살며시 감싸 안았다.

환상적이면서도 어쩐지 서글퍼 보이기도 하는 광경이다. 빛이 수그러든 직후, 미라의 머릿속에 정령왕의 목소리가 울렸다.

『미련이 생각했던 것보다 강하군. 미라 공, 한 번 더 하지.』

최대한의 기도를 담은 진혼 의식이었지만 과연 신을 목표로 만들어진 자들의 사념체라 해야 할까. 한두 번의 의식으로 완전히 달래는 것은 무리인 모양이다.

『음, 알겠네.』

그 후, 미라는 '미달신'들의 안식을 바라며 같은 일을 두 번, 세 번 반복했다.

『수고했다, 미라 공. 이번 것으로 완전히 진혼하는 데 성공한 것 같군.』

그렇게 열세 번을 반복해서. 확연하게 주변의 분위기가 가벼워진 것이 느껴지던 참에 정령왕이 진혼이 완료되었다고 알려왔다.

"끄…… 끝났군……. 드디어……."

깊이 집중해서 기도하고, 온 힘을 다해 진혼 의식을 완수한 미라는 기진맥진해서 그 자리에 쓰러졌다.

대부분은 정령왕의 힘이었지만 그것을 성검을 통해 해방하는 데 필요한 것은 미라의 마나였다. 때문에 현재는 마나 잔량이 최대치의 4분의 1도 되지 않을 정도로 떨어진 상태다.

어찌 되었건, 이로써 펜리르를 좀먹던 힘의 근원은 뿌리 뽑은 셈이다. 정령왕의 말에 의하면 한 달 정도 지나면 주변에 퍼진 것들도 모두 사라질 것이라고 한다. 이로써 이 일은 완전히 해결된 것이다.

『고마워, 미라 씨. 이로써 펜리르 씨도 자유로워질 수 있겠어.
──아, 그리고 펜리르 씨가 전언을 부탁했어.』

미라가 힘없이 드러누운 가운데, 이번에는 마텔의 목소리가 머릿속에 울렸다. 그 내용은 약속을 완수한 미라에 대한 감사 인사와 펜리르의 전언이었다.

아무래도 마텔이 상황을 빠짐없이 중계했던 것인지, 연구시설에서 있었던 이런저런 일들을 모두 파악하고 있는 모양이다. 펜리르의 전언에는 소울하울을 비롯한 단원 1호와 멍슨에 대한 감사 인사도 포함되어 있었다.

"그럼, 용건도 끝났겠다, 돌아가 볼까."

축 늘어져 있던 미라가 회복될 타이밍을 재고 있었던 것인지, 소울하울이 자리에서 일어났다.

"음, 그러자꾸나. 이미 시간이 늦었으니 말이야."

이러한 장소에서 뒹굴대기보다는 여관에서 느긋하게 쉬고 싶다. 그런 생각을 하며 "여엉차" 하고 몸을 일으킨 미라는 아직 약간 나른하기는 했지만 문을 열고 '미달신'들의 묘를 뒤로했다.

그리고 배양실로 돌아온 직후.

"후오오오오?!"

미라는 놀란 나머지 괴상한 비명을 지르고 말았다. 소울하울이 그 목소리에 반응한 것인지 "뭐야, 무슨 일이야?" 하고 허겁지겁 고개를 내밀었다. 그런 두 사람의 눈에, 여성처럼 보이는 사람 모습의 무언가가 들어왔다.

너저분한 배양실. 그 출입구 부근. 빛구슬의 빛을 받아 떠오른 그 모습은, 그럼에도 그늘 속에 있는 것처럼 어두운 잿빛을 띤 채 으스스하게 흔들거리고 있었다. 또한 긴 검은머리 사이로 때때로 보이는 눈은 소름이 돋을 정도로 핏발이 서 있었다.

"녀석이다……. 그때 보았던——."

미라는 그 눈을 보고 확신했다. 눈앞에 나타난 이 자가 바로 배양실에 있었던 것으로 추측되는 의문의 존재의 정체라고.

바로 그 순간. 얼굴을 마주하고 확신한 찰나. 그것이 기분 나쁜 신음소리를 내며 갑자기 덤벼들었다.

"누오오옷?!"

미라는 허둥대면서도 적절하게 홀리나이트를 중간에 소환해서 그 기습을 막았다. 그러자 놀랍게도 잿빛 여자는 그대로 홀리나이트를 끌어안았다. 심지어 엄청난 힘으로 체격 차이 같은 것은 문제가 아니라는 듯 압도하기 시작했다.

"허어…… 이 정도라니."

하급 소환체라고는 하나 잘 단련된 홀리나이트의 힘은 그리 쉽게 제압할 수 있는 것이 아니다. 하지만 현재, 끌어안기만 했음에도 옴짝달싹하지 못하게 된 것은 물론이고 장갑까지 찌그러지기 시작한 상태였다.

그 상황을 근거로 미라는 전력을 더 추가하기 위해 소환 지점을 설정했다. 바로 그때, 그것을 가로막듯 소울하울이 앞으로 나섰다.

"헤에, 이게 장로가 말했던 괴물이란 말이지……."

소울하울은 차분하게 잿빛 여자를 물끄러미 쳐다보았다. 그리고 홀리나이트가 으직으직 소리를 내며 찌그러진 끝에 박살 난 순간, 잽싸게 골렘을 생성해서 잿빛 여자를 엎어뜨렸다.

"과연…… 이거 흥미로운데."

소울하울은 괴성을 지르며 날뛰는 잿빛 여자를, 두 번째 골렘으로 제압한 채 관찰했다. 그리고 미라 역시 쭈뼛거리면서 그 정체를 알기 위해 다가갔다.

잿빛 여자의 정체는 무엇일까. '생체감지'로 반응을 느낄 수 없는 것을 보면 살아있지는 않다. 따라서 현시점에서 가장 먼저 떠오르는 '미달신'의 생존자일 가능성은 희박하다 할 수 있었다.

그러면 불사 계열 마물일까. 하지만 마물의 발생 지점이 되었을 경우, 그밖에도 마물이 있어야 한다. 이 한 마리밖에 없는 것은 부자연스러운 일이다.

그렇다면 대체 무엇일까. 미라와 소울하울은 그 의문에 대한 한 가지 가능성에 도달했다.

"혹, 마수화 한 것인가?"

"그래…… 심지어 미달신의 시신을 토대로 한 것일지도 몰라."

몇 가지 전제와 직접 관찰의 결과를 바탕으로 도출된 답. 그것은 불사 계열 마수였다. 그리고 그 소재가 될 수 있는 것은 이곳에서는 한 종류밖에 없었다. 무엇보다도 잿빛 여자의 목에는 눈에 익은 은제 고리가 채워져 있었다.

현재, 마수화의 원리는 해명되지 않았다. 한 가지 분명한 것은 어디서든 일어날 수 있는 현상이라는 것이다.

두 사람은 예상했다. 모종의 조건이 갖추어진 결과, 이곳에 잠들어 있던 '미달신'의 시신이 마수화한 것이리라고.

게다가 사람이 마수가 된 예는 지금껏 한 번도 없었다. 다시 말해서 겉모습은 비슷해도 '미달신'은 인간이 아니라는 뜻이다.

하지만 그 겉모습이 신경 쓰였다. 묘에 있던 캡슐은 갓난아기 정도의 크기밖에 되지 않았다. 하지만 지금 눈앞에 있는 그것은 성인 여성과 다를 바가 없는 체구를 지니고 있었던 것이다.

원래부터 성인 여성이었는지, 아니면 성장한 것인지. 이유는 알 수 없지만 '미달신'이라는 미지의 존재가 토대가 된 것이다. 희한하기는 해도 충분히 있을 수 있는 일이다.

"어이쿠……!"

"흠!"

그렇게 지그시 관찰하던 참에. 잿빛 여자가 유달리 크게 날뛰어, 자신을 구속하던 골렘을 억지로 떼어냈다. 심지어 지금까지 보인 것보다 훨씬 민첩한 동작으로 뛰어다니기 시작했다.

"이것 참, 팔팔하기도 한 걸……. 그래, 좋아, 굉장히 좋아."

펄쩍펄쩍 뛰며 덤벼드는 잿빛 여자. 그 맹공을 골렘으로 방어하는 소울하울의 입가에 서서히 미소가 걸리기 시작했다.

"나 원, 또 병이 도지기 시작한 모양이로군……."

그 모습을 본 미라는 쓴웃음을 지었다.

잿빛 여자의 첫인상은 최악이었지만, 찬찬히 보니 본래는 미인이었다는 것을 짐작할 수 있는 이목구비를 하고 있었다.

지금은 핏기도 없고, 생기 없는 눈에는 핏발이 섰고, 축 처진 자세를 취하고 있지만, 실오라기 하나 걸치지 않은 그 모습은 다시 보니 어쩐지 선정적인 느낌이 들어서, 소울하울이 반색을 하는 것이 당연할 정도였다. 그 상황을 통해 판단을 내린 미라는 곧장 뒤로 물러났다. 이렇게 된 그를 방해하지 않기 위해서다.

미라는 괜히 휘말리지 않도록 홀리나이트의 뒤에서 상황을 지켜보기로 했다. 그 시선 끝에서는 치열한 전투의 막이 올라 있었다.

작은 동물이 토대가 된 것이라 해도 마수화하면 B랭크 이상의 위험도를 띠게 된다. 더불어 이것은 '미달신'이다. 잿빛 여자의 힘은 A랭크를 능가하지 않을까 싶은 수준이었다.

미라의 시야 안에서 여러 가지 초자연적인 현상이 펼쳐졌다. 그것은 마치 극에 달한 폴터가이스트 현상 같았다.

주변에 있던 책상이며 기재 따위가 허공에 떠올라 탄환처럼 골렘과 소울하울에게 쏟아졌다.

거기에 잿빛 여자 자체도 자유자재로 날아다니며 거무죽죽하게 물든 손으로 덤벼들었다. 그 손은 평범한 손이 아닌 모양이다.

골렘은 손에 닿을 때마다 침식되는 모양새로 서서히 무너져 갔다.

아무리 봐도 소울하울이 열세인 광경이었다. 쉴 새 없이 생성되는 골렘이 간신히 공격을 막는 형세라 소울하울이 망령에게 농락당하는 것처럼만 보였다.

하지만 미라는 움직이지 않았다.

잿빛 여자가 아무리 저항해도, 소울하울이 눈독을 들인 이상 결국 불사 소녀는 그 운명에서 벗어나지 못할 것이 뻔하기 때문이다.

"아아, 멋져. 이렇게나 강하고 아름답다니. 자아, 내 것이 되어 주실까."

폴터가이스트 현상이 요란하게 일었다. 하지만 그것은 다음 순간, 완전히 무의미해졌다. 소울하울의 【사령술 : 더스트 골렘】으로 인해 이 방에 있는 물건들이 모두 모여들어 한 마리의 골렘이 되었기 때문이다.

그렇게 생성된 더스트 골렘은 두 팔다리를 뻗어 폴터가이스트의 힘에 저항했다. 그 결과, 잿빛 여자는 공격 수단을 하나 빼앗겼다.

하지만 잿빛 여자는 그럼에도 포기하지 않고 검은 손으로 소울하울을 직접 노리기 시작했다. 하지만 그것은 완전히 악수(惡手)였다.

"어이쿠, 승부가 났군그래."

잿빛 여자는 재빨리 허공에 떠올라, 사납게 덤벼들었다. 그리고 검은 손이 소울하울에게 닿기 직전. 그 손은 갑자기 나타난 진흙에 가라앉았다. 이번에는 【사령술 : 머드 골렘】이다. 진흙으로 된 그 몸이 모든 것을 받아내고 집어삼켰다.

검은 손의 힘으로 인해 머드 골렘은 내부부터 붕괴하기 시작했다. 하지만 계속해서 생성되어 합체되는 머드 골렘을 완전히 붕괴시키려면 더 많은 순간적인 힘이 필요했다.

그 결과 머드 골렘은 최종적으로 잿빛 여자의 온몸을 집어삼켰다. 그리고 잠시 후, 머드 골렘이 그 자리를 떠나자 돌로 된 구속구로 인해 바닥에 구속된 모습의 잿빛 여자만이 남았다.

분명 상대가 소울하울이 아니었다면, 혹은 미라 일행이 아니었다면 그녀는 흉악한 위협이 되어 수많은 희생자가 발생했을 것이다. 하지만 유감스럽게도 폴터가이스트도 검은 손도 두 사람에게는 대응하기 쉬운 공격 수단이었다.

아홉 현자의 일원인 '초상의 플로네'는 무형술을 통해 거대한 바위를 수백 개나 조종한다. 그 광경을 아는 자에게 이런 폴터가이스트 현상은 그저 열화 카피에 불과했다.

그리고 아홉 현자의 일원인 '장악의 메이린'은 그 선술을 통해 손에 닿은 물체를 간단히 파괴한다. 거기에 거리를 두어도 붙잡고야 마는 기술까지 사용해서 당해내기가 어려웠다.

　그런 두 사람을 알기에, 대전 같은 것도 해보았기에, 그리고 상대가 불사 소녀였기에 이 전투는 소울하울의 압승으로 끝났다.

　"자아, 얌전히 있으라고."

　소울하울은 계속해서 날뛰려 하는 잿빛 여자에게 가벼운 발걸음으로 다가갔다. 그곳에 있는 것이 마수가 아니었다면 범죄 이외의 그 무엇도 아닌 장면이었다.

　"아아, 장로, 미안하지만 조금만 기다려 줘."

　그렇게 말하며 돌아본 소울하울의 표정은 실로 환하기만 했다. 그에 미라는 "오냐, 알겠다"라고 답하고는 더스트 골렘에서 의자를 빼다 앉았다. 그리고 소울하울의 작업을 느긋하게 지켜보았다.

　소울하울은 구속한 잿빛 여자를 더욱 완벽하게 제압하기 위해 술식을 행사하기 시작했다. 그것은 시체를 정상적인 시체로 되돌리는, 매우 특수한 사령술 중 하나였다.

　상태에 따라 다르기는 하지만 다소의 파손이나 부패와 같은 것을 어느 정도 회복하는 효과가 있는데, 불사 계열 상대에게는 회복 술식 같은 것이다.

　하지만 사실 특수한 사용법이 하나 있었다. 불사 계열 마수에게 사용하면 약간이기는 하지만 마수화 상태에서 정상으로 되돌리는 작용을 하는 것이다.

"좋아, 여기구나."

작용은 하지만 마수화가 풀리는 것은 아니다. 마수화의 원인은 핵이라 할 수 있는 마소의 결정이 체내에 있기 때문이다. 하지만 술식을 걸면 결정이 마수화를 유지하고자 활성화된다. 소울하울은 그 반응을 보고 최단 거리로 나이프를 찔렀다.

그 직후. 잿빛 여자의 절규가 울려 퍼졌다.

온몸에 소름이 돋을 듯한 목소리다. 그와 동시에 검은 장기(瘴氣)가 흘러나왔다.

잿빛 여자를 제압하던 구속구가 그 장기에 닿자마자 박살 났다. 그뿐 아니라 여자가 한 번 소리를 치자 방 전체가 격렬한 폴터가이스트 현상으로 인해 진동하더니, 바닥에 놓여 있던 책상과 의자가 튕겨 나갔다.

"어이쿠……! 역시, 이런 곳에 계속 갇혀 지내서 그런지 강한걸. 허투루 오랜 세월을 지낸 게 아닌 모양이야."

그 모습을 확인한 소울하울은 더더욱 짙은 미소를 지었다.

"무어냐, 무어냐. 방금 그건 '불사 회귀의 단말마'냐? 그런 것치고는 강렬하구나."

성가신 짓을 하는구먼. 그런 표정을 지은 채 미라는 더욱 거리를 벌렸다. 그러자마자 놀라운 일이 일어났다. 좀 전의 폴터가이스트 현상이 원인인지, 이 배양실을 둘로 나누고 있었던 선반 같은 것들이 우르르 붕괴하고 만 것이다.

"아니, 이럴 수가……."

뒤를 돌아보니 문 안에 있던 '미달신'들의 묘가 보였다. 하지만 피해를 입은 것은 그 앞에 있던 벽뿐, 신사와 관은 모두 무사해 보였다.

이만한 여파를 흩뿌리는 절규라니. 미라와 소울하울은 잿빛 여자가 무슨 짓을 한 것인지, 짚이는 바가 있었다.

특별히 강한 힘을 지닌, 그리고 오랜 세월을 지낸 마수가 행사하는 최후의 발악. 그것이 '불사 회귀의 단말마'다.

그 효과는 장기를 둘러 능력을 향상하는 것과 일부 공격을 무효화하는 것. 그리고 방황하는 영혼의 구현화다.

심지어 그냥 구현화만 하는 것이 아니다. 그것이 품은 어두운 감정을 증폭하는 효과도 지닌 것이다.

그 때문에 구현화된 영혼은 그 감정을 발산하기 위해 날뛴다. 그 자리에 용이나 괴수 따위의 영혼이 방황하고 있을 경우, 그야말로 단번에 판세가 뒤집힐 수도 있는 성가신 힘이다.

하지만 그와 반대되는 결과도 있을 수 있다.

미라는 '불사 회귀의 단말마'로 인해 구현화된 영혼들 앞에서 어찌 하면 좋을까, 하고 눈살을 찌푸렸다.

이곳을 방황하는 영혼. 그것은 모두 '미달신'들뿐으로, 영혼에 남겨져 있는 것은 갓난아기로서의 감정뿐이다. 심지어 선악의 구별은커녕 감정이 자라나기 전에 죽은, 무구한 영혼들뿐이다.

따라서 수십에 이르는 숫자가 구현화 되었음에도 그것은 전혀 잿빛 여자의 전력에 보탬이 되지 않았다. 아닌 게 아니라 무슨 상황인지 이해조차 못 한 듯 보였다.

"이거 혹시, 아이는 잔뜩 갖고 싶다는 메시지인가? 나 참, 귀여운 구석이 있는걸!"

소울하울은 아주 신이 나 있었다.

방황하는 영혼에 의한 전력 증강은 이루어지지 않았지만, 장기로 인해 잿빛 여자의 힘은 증폭되었다. 그 결과, 폴터가이스트의 정확도와 거기 담긴 힘도 좀 전처럼 간단히 구속할 수 없을 정도로 증가했다.

그럼에도 소울하울은 개의치 않고, 모든 것을 물리쳐 나갔다. 잿빛 여자를 손에 넣기 위해, 그 손으로 마음껏 애정을 퍼붓기 위해.

처절한 전투였지만 객관적으로는 그렇게 보이지 않았다. 그것은 전적으로 소울하울의 변태성에서 비롯된 사랑 때문일 것이다. '내성' 능력을 추가한 머드 골렘은 서서히 장기에 적응해서 최종적으로 무효화하기에 이르렀다.

그 결과, 상황은 잿빛 여자가 단말마를 사용하기 직전으로 돌아가 있었다.

"금방 끝내줄게."

잿빛 여자는 바닥에 구속되었다. 소울하울은 날뛰는 여자의 얼굴을 살며시 쓰다듬고서 다시 한번 마소의 결정이 있는 부분에 칼을 찔렀다. 그리고 그대로, 실로 능숙하게 결정을 끄집어냈다.

"장로, 이것 좀 부탁해."

꺼내자마자 소울하울은 그 결정을 미라에게 던졌다. 그것은 동물뿐 아니라 성수와 영수까지도 마수로 바꾸고 마는 마소의 덩어리다. 인간에게 역시 독이라 할 수 있는 것이라, 미라는 "이 녀석, 던지지 마라"라고 답하며 홀리나이트에게 지시해서 그것을 산산이 부수었다.

그 후 소울하울은 잿빛 여자의 몸에 사령술로 만들어낸 위혼석(僞魂石)을 심어넣었다.

"좋아~ 착하지."

거기서부터는 소울하울의 전문 분야였다. 정상적인 시체로 되돌리는 술식으로 인해 마수화했던 잿빛 여자는 서서히 본래의 모습을 되찾기 시작했다.

하지만 소울하울의 말에 따르면 마수화에 의한 변이는 제법 성가신 것이라 시간이 걸린다고 한다. 따라서 기다릴 필요가 있었는데, 그보다 미라는 좀 전부터 신경 쓰이는 것이 하나 있었다.

"이봐라, 저것은 어떻게 안 되는 게냐?"

그렇게 말하며 미라가 시선을 던진 곳에는, 아직도 좀 전의 단말마로 구현화한 '미달신'들의 영혼이 남아 있었다. 심지어 한 명이 울음을 터뜨리는가 싶더니, 그것이 전염되기라도 한 듯 차례로 울기 시작한 것이다.

"알아서 해."

소울하울의 답변은 그 한 마디로 끝났다. 그 한 마디에는, 자신은 다정한 손놀림으로 잿빛 여자의 뺨을 쓰다듬는 데 집중해야하니, 다른 짓을 할 시간은 없다는 절대적인 감정이 담겨 있었다.

"흐음…… 어쩌라는 게냐, 나 원."

이 '불사 회귀의 단말마'로 인해 구현화된 영혼은 마수 본체를 쓰러뜨려도 사라지지 않는다. 그에 관해서는 이미 알고 있고, 그것을 처리한 경험도 제법 있었다.

평소에는 악의에 물든 영혼만 구현화 되어서 망설임 없이 실력을 발휘해서 퇴치할 수 있었다.

하지만 이번에는 상황이 다르다. 장소가 너무 특수한 것이다.

그 결과, 미라는 어떻게 할까 하고 고민했다. 순진무구한 갓난아기에게 실력을 행사하는 것은 무리라고 생각했기 때문이다.

그렇다고 이대로 내버려 둘 수도 없는 노릇이다.

뭔가 완만하게 해결할 방법이 없을까 고민하던 미라는 우는 소리를 더 이상 듣고 있을 수가 없었는지, 자연스럽게 아기를 주워들었다.

"옳지, 옳지~. 착하다, 착해~."

그렇게 평범한 아기처럼 달래기 시작한 것이다. 그리고 아기들의 중심에 앉아서 두 명, 세 명 안아 올리고 무릎에 얹기도 해서 울음을 그치도록 계속해서 달랬다.

"자아~ 왜 그러냐~. 어찌 우는 것이야~."

어떻게 하면 울음을 그칠까. 어떻게 하면 원래대로 돌려놓을 수 있을까. 아기가 직접 답해주지 않을까 하는 실낱같은 희망을 품은 채, 이런저런 수단을 모색했다.

"응? 왜 그러냐? 젖 말이냐? 미안하구나. 이 몸은 안 나와서 말이지."

아기가 무언가를 찾듯 미라의 가슴께에 얼굴을 들이밀었다.

그것은 영혼에 남은 아기의 본능 같은 것이리라. 미라는 그 몸짓을 통해 무엇을 원하는지 알아채기는 했지만, 그 부탁은 들어줄 수 없을 것 같다는 생각에 눈썹을 늘어뜨렸다.

하지만 그 순간, 미라의 머리에 한 가지 묘안이 떠올랐다. 그것은 '불사 회귀의 단말마'의 효과를 이용하는 것이었다.

구현화된 영혼은 증폭된 어두운 감정을 발산하기 위해 날뛴다. 하지만 발산하면 원래대로 돌아갔다. 이번에는 너무도 순진무구한 탓에 어두운 감정은 증폭되지 않았다. 하지만 울고 있는 것을 보면 그와 관련된 감정은 있을 터다.

그것을 해소하면, 어쩌면 원래대로 돌아가지 않을까. 미라는 그렇게 생각한 것이다.

하지만 모유는 나오지 않는다. 미라는 그렇다면 그를 대신할 만한 것이 없을까 싶어서 아이템 박스를 뒤졌다.

각종 오레가 발견되었다. 모두 다 과일과 우유가 절묘한 하모니를 이루고 있는 일품들이다. 하지만 그 순간, 미라의 머릿속에 과거의 기억이 되살아났다. 그것은 여동생이 막 태어났을 무렵의 기억이다.

"그러고 보니…… 갓난아기에게 우유는 먹이면 안 되었지."

오빠로서 여동생을 돌보는 일에 적극적이었던 당시. 어머니에게 그렇게 배운 미라는 각종 오레를 아이템 박스에 돌려놓고 다시 한번 생각하기 시작했다.

감정을 전하는 언어를 지니지 않은 갓난아기를 돌보는 것은 이다지도 어려운 일이란 말인가. 계속해서 울어대는 아기들을 달래며, 부모의 심정을 조금은 알게 된 미라는 문득 아기들의 상태가 달라졌다는 것을 알아챘다.

좀 전의 아기는 품에 안기자 본능적으로 가슴께로 얼굴을 들이댔던 것뿐인 모양이다. 그에 반해 다른 아기들은 하나같이 위를 신경 쓰는 듯 보였다.

아기들이 정말로 원하는 것은 무엇일까. 미라는 그것을 알아낼 수 있을지도 모르는 방법을 하나 알고 있었다.

『정령왕, 이 아기들의 감정을 읽을 수는 없는가?』

캡슐에 손을 댔을 때, 정령왕은 거기에 남아 있던 감정을 해독해 보였다. 그와 마찬가지로 이 아이들의 감정도 읽을 수는 없을까. 미라가 그렇게 묻자 정령왕은 다정한 목소리로 『그래, 해보지』라고 답했다.

직후, 미라의 온몸에 정령왕의 가호 문양이 떠올랐다. 미라의 손을 통해 정령왕이 아기들의 영혼과 접촉했다.

『이것은, 마수의 힘의 잔재인가……. 그렇다면 우회해서…….』

이렇게 되기까지의 경위가 경위인지라 다소 어려운 듯했다. 하지만 과연 정령왕이라 해야 할지. 얼마쯤 지나자 아기의 마음에 접촉하는 데 성공한 모양이었다.

『알아냈다, 미라 공——.』

정령왕은 그렇게 운을 떼더니 아기가 가슴에 품은 가장 강한 감정은 '동경'이라고 말했다.

『흠…… 동경이라, 그렇구먼……. 그래서 위를…….』

'불사 회귀의 단말마'로 인해 증폭된 신이 되지 못하고 단명한 영혼들의 감정은, 동경이었다. 요컨대 동경을 발산시켜 주면 영혼을 원래대로 되돌려 놓을 수 있을지도 모른다는 것이다.

하지만 동경을 발산시키는 것은 어떻게 해야 가능할까. 미라는 잠시 고민에 빠졌지만 적어도 이 '미달신'들이 동경하는 대상에 관해서는 알았다.

그 존재는 계속 이 위에 있었다.

그렇다, 펜리르다. 이 아기들은 펜리르에 대한 동경이 폭발해서 울고 있는 것이다.

'펜리르 공을 만나면, 발산할 수 있으려나……. 하지만 이 아기들은 그를 그렇게 만든 원흉이나 다름없으니…….'

진혼의 의식으로 인해 문제는 해결됐을 터다. 하지만 직접 펜리르와 만나면 다시 문제가 불거지지는 않을까 싶어 미라는 걱정이 앞섰다.

바로 그때.

『미라 씨, 펜리르 씨가 말이야, 그쪽으로 불러 달라고 하고 있어. 직접 만나고, 직접 이야기하고, 직접 기도하고 싶다고.』

마텔이 그런 말을 해왔다.

상황을 지켜보던 마텔이 펜리르에게 설명한 것이리라. 그리고 펜리르는 이 장소에── 자신이 폭주하는 원인이 된 중심지로 들어설 각오를 한 모양이다.

『알겠네. 펜리르 공이 그렇다면 맡겨보도록 하지.』

불안은 가시지 않았지만 당사자인 펜리르가 그렇다면 그것을 존중해야 하리라. 미라는 그렇게 승낙하고서 곧바로 소환 준비를 개시했다.

아르카나 제약진을 사방에 배치하고 로자리오 소환진으로 승화시킨 후, 미라는 영창의 말을 낭랑하게 읊었다.

고조된 마나가 흘러넘친다. 힘을 얻은 소환진은 맥동하여 인도의 문이 되어 공간을 연결한다. 그리고 배양실 전체를 진동시키는 힘의 격류가 이윽고 한 곳으로 집속되어 커다란 문을 여는 열쇠가 되었다.

"고맙다, 미라 공."

소환진에서 나타난 펜리르는 곧바로 감사 인사를 입에 담았다.

"이쪽이 할 말이네. 마침 펜리르 공의 힘을 빌리고 싶던 참이었거든."

그렇게 답한 미라는 직후에 그로 인한 영향력을 볼 수 있었다.

동경하던 대상이 눈앞에 나타나자 극적인 효과가 나타났다.

펜리르가 다가감과 동시에 아기들의 울음소리가 뚝 그친 것이다. 그뿐만이 아니었다. 좀 전까지와는 딴판으로 미소가 넘쳐나고 있었다.

"이것 참, 인기도 좋군그래."

한 아기가 펜리르에게 엉금엉금 기어갔다. 그렇게 손이 닿는 장소까지 다가가서는, 그대로 꼭 끌어안았다.

하지만 몸을 움직이는 것이 서툴러 쓰러지고 말았다.

"어이쿠, 위험하군."

펜리르는 그 순간을 놓치지 않고 몸 전체를 사용해서 보기 좋게 아기를 받아내, 그대로 천천히 앉았다. 그러자 아기는 펜리르에게 올라타는 모양새가 되었는데, 그것이 기분 좋았는지 그 폭신폭신한 털에 파묻혀 잠을 자기 시작했다.

아기의 표정은 매우 만족스러워 보였다. 그리고 그렇기에 보고 있는 쪽도 마음이 훈훈해져서 절로 미소가 지어졌다.

'분명, 이러는 것이 정답이었던 게야.'

본래 아기들의 영혼은 이대로 자연스럽게 영혼이 있어야 할 장소── '하늘의 피안 사당'으로 돌아갔어야 했다. 하지만 이번 일이 발단이 되어 동경의 대상이었던 펜리르를 만나게 해줄 기회가 생겼다.

그것은 분명 미련이 남은 아기들에게 진정한 위로가 되었을 것이다. 본래 있을 곳으로 돌아가느니 마느니 하기 이전에, 미라는 이 선택지가 정답이었으리라고 확신했다.

그렇게 잠시 감동에 젖어있던 그때. 미라의 귀에 예상치 못한 목소리가 날아들었다.

"무어냐, 무슨 일이야?!"

그 목소리는 아기들의 울음소리였다. 미라는 무슨 일이 있었는지 허겁지겁 확인했다.

이유는 잠시 상황을 살펴본 것만으로 알 수 있었다. 아직 엉금엉금 기어가지도 못할 정도로 작은 아이들만 울고 있었기 때문이다.

"이거, 이 몸이 나서야겠군그래."

미라는 안고 있던 아기를 펜리르에게 맡긴 후, 열심히 다른 아기들을 안아 올려 펜리르의 옆으로 데려가 주었다.

모든 아기를 펜리르에게 데려다 놓자 드디어 아기들의 울음소리가 완전히 그쳤다. 그 대신 서서히 밝은 웃음소리가 퍼져 나갔다.

"갓난아기들은, 호기심 덩어리로군."

끌어안고 달려들고 장난을 치고 쓰다듬고 때리고 입에 넣고.

평범한 아기들이 할 수 있는 행동을 모두 받아낸 펜리르는, 아기들을 달래며 유쾌한 듯 웃었다.

겉모습은 새끼 늑대지만 몸집은 커다란 펜리르와 아기들이 장난을 치는 모습은 그림책에라도 나올 것 같을 정도로 평온하기만 해서, 저절로 미소가 지어졌다.

또한 미라의 노력이 전해졌는지, 아니면 어머니와 같은 온기를 느낀 것인지, 정신이 들어보니 몇몇 아이들이 미라를 따르고 있었다.

"그러게 말이네. 섣불리 눈을 뗄 수가 없지."

미라는 아기를 안은 채 여동생을 돌봐주었을 때의 일을 떠올리며 동의했다. 그리고 품은 들지만 성장하는 모습은 사랑스럽기 그지없다며 미소를 지었다.

그렇게 미라와 펜리르가 아기들을 달래고서 얼마쯤 시간이 경과했을 즈음. 놀다 지쳤는지 아기들이 한 명, 또 한 명 안심한 듯한, 만족한 듯한 얼굴로 잠들기 시작했다.

그 얼굴은 무구하고 귀여우며, 안식으로 가득했다.

"잘 자거라, 아이들이여."

가만히 잠에 드는 아기들을 보듬어 안은 채, 펜리르는 기도하는 듯한 투로 그렇게 말했다.

"좋은 꿈 꾸거라."

미라 역시 품 안에서 눈을 감는 아기들을 살며시 안아주며 그렇게 기도했다.

동경은 발산한 것일까. 소원은 이룬 것일까. 이윽고 아기들은 희미한 빛이 되어 본래 영혼의 모습으로 돌아갔다. 반짝이는 잔재가 미라와 펜리르를 살며시 감싸며 흩어졌다.

그 자리에는 희미한 온기와 이것이 정답이었으리라는 확실한 달성감만이 남았다.

아기들의 영혼은 무사히 '불사 회귀의 단말마'에서 해방되었다. 거친 수단을 사용하지 않고 영혼의 윤회로 돌려보낸 미라는 펜리르에게도 감사 인사를 하고서 송환한 후, 그대로 소울하울의 상태를 살폈다.

그 많은 일이 있었음에도 불구하고 소울하울의 작업은 순조롭기 그지없어 보였다. 무시무시한 집착, 무시무시한 집중력이다.

술식의 효과가 상당히 강하게 나타나서 마수화했던 흔적은 씻은 듯 사라져서, 잿빛 여자는 과거의 것으로 추측되는 모습으로 돌아가 있었다.

그 호러스러운 요소들은 놀랄 만큼 말끔하게 사라지고 나서 보니, 잿빛 여자는 역시나 미녀였다.

그런 모습을 보고 나니 이제 현재 상태가 신경 쓰이기 시작했다. 바닥에 구속된 지금의 상태는 범죄 현장으로만 보였다. 하지만 이곳에는 정상인 자가 없었다.

"이것 참, 미인이로구먼."

미라는 헤벌쭉한 표정을 지을 따름이다.

"그래, 이 만남을 운명이라고 하지 않으면, 뭐라 하겠어."

심지어 소울하울은 여성용 옷을 끄집어내서는 신이 나서 어떤 것을 입힐지 고르고 있었다.

더불어 마텔은 여전히 착각에 빠져 진지하게 『사랑하는 그녀를,

아직 구하지 못한 반동이구나』따위의 말을 중얼거리고 있었다.

정령왕만이 유일하게 『마수가 되다니, 미달신은 대체 어떠한 존재였던 것인지』라고 냉정하게 말했지만 아무도 듣고 있지 않았다.

소울하울의 아내가 늘어난 후에는 딱히 이렇다 할 일이 없었다.

배양실을 나서 엘리베이터 홀로 향해, 그곳에서 최상층까지 올라간 다음 시설의 출구까지 단숨에 돌아갔다.

"이곳에는, 아직도 많은 비밀이 숨어있을 듯하다만, 나머지는 전문가에게 맡기는 게 좋겠군그래."

"그래, 중요한 건 회수했으니까 좋을 대로 하라지."

도중에 있던 계단에서 돌아보니 유리 너머로 광대한 연구시설이 보였다. 명백하게 현대 세계가 관련된 것으로 보이는 연구시설이었지만, 그렇다고 둘이서 조사한들 모종의 진전을 거둘 수 있을 것 같지는 않았다.

그렇게 생각한 미라와 소울하울은 히노모토 위원회에 연락하고 손을 떼자고 합의를 보았다. 또한 그런 선택을 한 이유에는 귀찮을 것 같다는 것도 포함되어 있었다.

그렇게 이렇다 할 미련도 없이 출구에 도착한 참에 미라는 보안 단말이 있던 곳으로 눈길을 돌렸다.

"보안은…… 이대로 두어도 되는 건가?"

"괜찮지 않을까? 라고는 생각하지만, 글쎄. 일단, 다시 잠가둘까?"

현재, 연구시설의 보안 시스템은 모두 해제된 상태다. 다시 말해서 이대로 두면 얼마든 도둑이 들 수 있다.

하지만 이 시설은 공략에 시간이 걸리는 고대지하도시의 최하층에서 더 깊숙이 내려와야 하는 곳에 위치했다. 게다가 보안 레벨 5 이상의 인증키가 필요하며 그것을 입수하려면 마키나 가디언을 쓰러뜨려야 하는 구역에 들어올 필요가 있었다. 그렇게 쉽게 도달할 수 있는 곳이 아니다.

따라서 이대로 두어도 문제는 없을 듯했다. 또한 이번에 미라가 발견한 카드키가 몇 번이나 사용할 수 있을지는 모를 일이다. 사용 한도가 정해진 타입이라면 다음에 조사를 하러 올 히노모토 위원회의 조사대가 그 보안 시스템에 발목을 잡히게 될 것이다. 그렇게 되면 소울하울이 발견한 내용에 따라 인증키를 갱신해야할 테고, 그에는 일주일이 소요된다.

조사를 앞두고 실로 성가신 상태에 빠지게 되는 셈이지만, 겉보기와 달리 신중한 성격인 소울하울은 다시 보안 시스템을 가동하자고 제안했다.

그 이유 중 가장 큰 것은 마키나 가디언이 없다는 것이다.

어떻게 보면 이곳의 보안 시스템보다 견고한 보안 시스템이었던 마키나 가디언이 없으니, 지금은 누구나 쉽게 보안 레벨 5 이상의 인증키를 입수할 수 있는 상태다. 그 사실이 그는 마음에 걸렸다.

"흠…… 뭐어, 이 몸들이 기다리게 되는 것은 아니니 말이다. 게다가 어떻게 될지 궁금하기도 하니 말이지."

미라는 그렇게 말하며 고개를 끄덕이더니 곧장 보안 시스템 제어용 단말로 달려가서 카드키를 꽂았다. 그리고 다시금 모니터에 『모든 방의 잠금 해제. 재설정해주십시오.』라고 표시된 부분에서 『재설정』을 누르고 이어서 『재기동』을 선택했다.

모니터의 표시가 『재기동 중』으로 바뀌었지만 이곳에서는 어떻게 되고 있는지 확인할 방법이 없었다.

그렇게 얼마쯤 시간이 지나 『잠금 완료』라는 표시가 떴다. 이로써 연구시설의 문은 모두 미라 일행이 이곳에 왔을 때의 상태로 돌아갔다.

"흠…… 사용 제한이 있는 타입이었군그래."

"그럼, 갱신 방법도 전달해야겠는걸."

확인을 위해 다시 한번 카드키를 꽂아보니 『권한이 없습니다. 재발행해 주십시오.』라는 메시지가 떴다.

다시 말해서 언젠가 이곳을 찾을 히노모토 위원회의 조사원은 인증키 갱신을 위해 일주일 동안 발이 묶일 수밖에 없게 된 것이다.

또한 히노모토 위원회에 보고하는 일은 소울하울이 맡아주겠다고 한다. 마키나 가디언과의 전투에서 얻은 전리품으로 일리나의 매장품을 업그레이드할 수 있게 되었으니 중간에 히노모토 위원회에 들르겠다는 것이다.

"드디어 돌아왔구나아."

"그래봐야, 아직 7층이지만."

길고 긴 계단을 낑낑대며 오른 미라와 소울하울은 그대로 비밀문이 있던 방으로 나와서 보스방 근처에 위치한 문 앞까지 이동했다.

그 문에는 손잡이가 없었다. 손잡이는커녕 기복도 거의 없는 대신, 한 줄기 홈이 끄트머리에 있을 뿐이었다.

우선 소울하울이 아이템 박스에서 꺼낸 인증키를 그 홈에 꽂았다. 그러자 놀랍게도 홈을 중심으로 빛의 선이 문 전체로 퍼지더니 눈앞의 문이 소리 없이 열렸다.

그리고 그 문은 소울하울이 지남과 동시에 재빨리 닫혔다. 한 사람씩 통과하지 않으면 지나지 못하도록 되어 있는 것이다.

"생각해 보니, 이러한 것도 SF 같군그래."

새삼 그 문을 바라보며 미라 역시 인증키를 꽂고 문을 지났다.

문밖은 작은 방이었다. 금속 벽으로 둘러싸인 그곳은 몇 가지 장치로 보이는 것이 늘어서 있고, 중앙에는 천장을 뚫고 지상까지 이어져 있는 튜브가 있다. 그리고 그 안에는 사람 한 명이 탈 수 있을 듯한 캡슐이 누군가를 기다리듯 대기하고 있었다.

"그러면, 5분 후에 보자고."

거기 있는 튜브와 캡슐이 이곳의 탈출 장치였다. 지하 깊숙한 곳에 있어서인지 탈출에는 5분이라는 미묘하게 긴 시간이 걸렸다. 소울하울은 어쩐지 빈정대는 듯한 투로 말하더니 캡슐에 들어갔다.

캡슐의 뚜껑을 닫자 그것은 마치 빨려들기라도 하듯 세차게 튜브를 타고 올라갔다.

"분명 하이테크이기는 한데 말이지……."

튜브에 곧바로 다음 캡슐이 설치되었다. 미라 역시 이어서 그 캡슐에 들어가며 어이가 없다는 듯 중얼거리고서 그대로 몸을 맡겼다.

뚜껑이 닫히고 캡슐이 움직이기 시작했다. 밖에서 봤을 때는 상당히 빨라 보였지만 캡슐 안은 실로 조용했다.

밖에서 봤을 때는 상당한 중력 가속도가 붙을 듯했지만, 내부에는 영향이 없었다. SF기술의 산물인가, 라는 생각을 하며 미라는 지상으로 나갈 때까지의 5분이라는 시간을 느긋하게 기다렸다.

약 5분 후. 캡슐이 멈추고 뚜껑이 열렸다. 정지시의 관성도 느껴지지 않아서 "역시 하이테크이긴 한데 말이지……"라고 투덜대며 미라는 캡슐에서 내렸다.

"정말, 왜 여기만 이건지 모르겠다니까."

먼저 도착했던 소울하울이 캡슐 옆을 쳐다보며 그렇게 말했다. 불평이라도 하는 듯한 말투였다.

"사람 놀리는 것으로만 느껴지는구나."

그런 소울하울의 말에 미라 역시 동의하듯 답했다.

탈출용 캡슐이 도착한 곳은 커다란 석실의 끄트머리였다. 캡슐에서 나와 중앙 방면으로 시선을 돌리자 반대편 끄트머리에서 바로 앞까지 여섯 개의 커다란 제단 같은 것이 보였다.

그 제단은 각각이 네 개의 돌기둥에 둘러싸여 있고, 그 중앙에는 마법진이 새겨진 석판이 묻혀 있었다.

미라와 소울하울이 원망스럽다는 눈으로 그것을 쳐다보던 그 때, 문득 안쪽에서 두 번째 마법진이 빛나더니 모험가로 보이는 다섯 명이 그곳에서 모습을 드러냈다.

그 다섯 명은 전리품 분배에 관해 이야기하며 석실의 출구로 향했다. 그러던 도중에 튜브 앞에 있던 미라 일행과 눈이 마주쳤다.

"거기 두 사람~ 그건 출구 전용이라, 아무리 기다려도 안 열릴 거다~."

머리가 듬성듬성한 남자가 미소를 띤 채 그렇게 말하며 석실을 뒤로 했다. 어지간히 많이 벌었는지 꽤나 기분이 좋아 보였다. 그에 반해 뒤를 따르는 네 사람은 하나같이 미안하다는 얼굴로 미라와 소울하울에게 고개를 숙이고 떠났다.

"나 원, 누가 모르는 줄 아는가."

미라는 5인 그룹을 배웅하고서 중얼거렸다. 머리가 듬성듬성한 남자의 말대로 튜브는 출구 전용이다. 그리고 이곳은 고대지하도시의 탈출용 출구가 모여 있는 장소였던 것이다. 하지만 7층이외의 곳은 순식간에 지상으로 돌아올 수 있는 전이 마법진으로 되어 있어서 5분이나 기다릴 필요는 없었다. 그리고 이것이 바로 미라와 소울하울이 비아냥거림 섞인 말을 중얼거린 이유이기도 했다.

"요즘 세상에는, 7층에서 돌아왔다고 생각하는 녀석은 없다 이건가. 더더욱 비싸게 팔릴 것 같은걸."

7층까지 내려가, 인증키를 입수하는 것이 이 탈출구를 이용하기 위한 조건이다. 좀 전의 반응으로 미루어 소울하울의 말대로 요즘 세상에는 매우 드문 일인 모양이다.

하지만 그런 만큼 7층에서 얻은 전리품은 값이 뛰었을 것이다. 미라는 소울하울의 한 마디에 대담한 미소로 답했다.

출구 전용 석실은 삼환도시 그란 링스에 있는 가장 오래된 교회의 지하에 있었다.

미라와 소울하울은 석실에서 나와 긴 계단을 올라가서 그 앞에 있던 문을 통해 교회의 예배당으로 나왔다.

오래 되기는 했어도 구석구석 관리가 이루어진 그곳은 세월의 흐름이 농후하게 느껴질 정도로 장엄한 분위기를 띠고 있었다. 그리고 역사가 오래되었음을 말해주는 조각과 벽화가 전체에 장식되어 있고, 촛불이 밝혀져 보다 신비로운 색채를 띠고 있었다. 그곳은 신앙심이 없는 이도 감탄하고 말 정도의 성스러운 분위기로 가득한 공간이었다.

그런 예배당에는 많은 수의 예배자들이 늘어서 있었다. 그리고 그 안쪽에 위치한 제단 앞에는 매우 지위가 높아 보이는 제복을 걸친 사제가 신자들에게 뭐라 설교를 하고 있다.

매우 엄격한 분위기라 이러한 곳으로 나온 미라 일행은 실로 이곳의 분위기와 어울리지 않았지만, 그런 것을 신경 쓰는 이는 아무도 없었다.

문득 시선을 돌려 보니 미라 일행이 나온 문 앞에 세워진 기둥에 '고대지하도시에서 돌아오신 모험가 분들께'라는 문장이 글머리에 적힌 한 장의 커다란 벽보가 붙어 있었다. 내용은 아래와 같았다.

『부상과 질병 등으로 치료가 필요할 때는 좌측으로 통로의 첫 번째 방이 진료소이니 부디 이용해 주십시오. 본 교회에서도 손 꼽히는 실력의 성술사가 언제나 대기 중입니다.

평일 낮은 두 시부터 네 시까지가 예배 시간입니다. 그 시간에 이용하실 때는 정숙해 주시기를 부탁드립니다.

휴일 밤은 여섯 시부터 일곱 시까지 삼신교와 관련된 이야기 강연회를 갖고 있습니다. 관심이 있으신 분들은 부디 참석해주십시오. 급하실 때는 모쪼록 정숙하게 나가주시기 바랍니다.

시간, 혹은 특정한 날에는 예배와 강연회와 같은 여러 행사를 개최하고 있을 경우가 있습니다. 이러한 행사 도중에 돌아오신 모험가분들은 진심으로 죄송하지만, 정문을 사용하지 말고 우측 방면에 보이는 화살표를 따라 측면 문으로 정숙히 나가주시기를 부탁드립니다.』

벽보에는 그런, 모험가들을 향한 당부가 줄줄이 적혀 있었다.

"오호라……."

벽보를 대충 훑어본 미라는 주변을 둘러보고서 그렇게 중얼거렸다.

과거에는 이러한 벽보 같은 것이 없었다. 하지만 그럴 만도 했다. 당시에는 모험가라는 것이 없었으니. 다시 말해서 이 또한 시대의 흐름에 의한 것이라는 뜻이다.

모험가 종합 조합이 생겨나고 모험가라는 존재가 폭발적으로 증가한 결과, 고대지하도시로 들어가는 인원 역시 늘었다. 그리고 들어가는 사람이 늘어나면 당연히 돌아오는 사람들의 수도 늘어나기 마련이다.

이 고대지하도시는, 들어갈 때는 시간이 걸리지만 돌아올 때는 탈출용 전이 마법진이 있다. 그렇다면 당연히 누구나 그것을 사용할 것이다. 그렇게 한 결과가 이 벽보인 것이다.

무시할 수 없을 정도로 소란스러운 모험가가 몇 번이나 이 출구 전용 석실에서 나온 것이리라.

"글이, 쓸데없이 정중한걸. 이거 꽤나, 쌓인 게 많았나 본데."

소울하울은 웃으며 작은 목소리로 '정숙히'라는 단어가 몇 번이나 나왔다는 소리를 하고는 예배당을 들여다보았다.

바로 그때, 다른 모험가들이 석실에서 예배당으로 나왔다. 그리고 그자들은 "아, 강연회 중이다" "켁, 철권 사제잖아" "절대로 소리 내지 마" "설교는 두 번 다시 듣고 싶지 않다고"라고 조용히 수군거리며 허둥지둥 우측에 표시된 화살표를 따라 도망치다시피 퇴장했다.

"뭔가 꽤나 무서워하고 있군그래……."

모험가들이 수군거리는 소리를 들은 미라는 대체 무엇이 저렇게까지 저들을 벌벌 떨게 한 걸까 싶어, 제단 앞에서 열심히 강연을 하는 사제에게로 시선을 옮겼다.

나이대는 50대 중반 정도. 얼굴은 차분하고 평온한 분위기를 띠고 있어서 얼핏 보면 '철권'이라는 이름과는 인연이 없을 듯한 인상이었다.

"뭐가 어떻게 돼서 이렇게 된 건지, **조사해** 보면 재미있는 걸 알 수 있을 걸."

문득 사제를 쳐다보던 소울하울이 어쩐지 즐거운 듯한 미소를 띤 채 그렇게 말했다. 그 말에 미라도 어디 보자, 하고 사제를 **조사해** 보았다.

"오호라. 이것 참, 꽤나 유쾌한 사정이 있었군그래."

사제의 능력치는 육체적인 면만 보면 상급 모험가를 상회하는 수치였다. 하지만 두 사람이 주목한 것은 그 능력치가 아니라 이름이었다.

"과연 대륙에서 가장 많은 모험가가 모이는 도시다운걸. 사제까지 이 정도 수준이라니 놀라워."

뭉뚱그려 모험가라고 부르기는 해도 그 성질은 가지각색이다. 예의 바른 이가 있는가 하면 버릇없는 자도 있다. 그런 모험가가 모이는 이 그란 링스에서는 그들이 얽힌 문제가 매일 같이 발생한다. 따라서 그것을 제압할 만큼의 힘도 필요한 것이다.

그리고 고대지하도시의 출구가 위치한 교회는 모험가 종합 조합 다음으로 모험가의 출입이 많은 시설이다.

그런 문제의 발생률이 높은 장소에 사제로 임명된 자의 이름은 '다츠바르드 블러디크림슨 킹스블레이드'.

과거, 오즈슈타인의 지하 투기장에서 천승 무패를 자랑했던 역대 최강의 챔피언이었다.

28

지하투기장의 패자 다츠바르드 블러디크림슨 킹스블레이드.

그와 어느 이벤트에서 여러모로 얽힌 적이 있었던 미라와 소울하울은 일찍이 챔피언이었던 시절과 사제인 지금의 분위기 차이에 놀람과 동시에 대체 무슨 일이 있었기에 이렇게 된 것인지 궁금해졌다.

싸움이야말로 삶의 낙이다. 적을 피투성이로 만드는 것이 이번 생의 사명이다. 그런 소리를 입에 달고 다니고 늘 임전 태세가 갖춰져 있었으며, 온갖 것과 대적하고 죽일 듯이 노려보았던 그 다츠바르드가, 지금은 실로 온화한 분위기를 띤 채 자애로 가득한 얼굴로 참배객들에게 신화를 들려주고 있었다.

그 모습은 당시의 그를 아는 자라면 무조건 다른 사람이라고 판단할 만한 광경이었다. 하지만 이것은 현실이다.

"챔피언에서 사제라. 무슨 일이 있었던 겐지."

"글쎄. 전혀 짐작도 안 되는 조합인데."

미라와 소울하울의 마음에 그 수수께끼에 대한 관심이 싹튼 바로 그때. 마침 돌아온 모험가 그룹이 사제의 모습을 확인하더니 위험 지대에 돌입하기라도 한 것처럼 기척을 죽이고 몰래, 조용히 출구로 향하는 모습이 보였다.

그것을 보자마자 소울하울은 저들에게 물어보고 오라고 미라에게 재촉을 했다. 이럴 때는 자신처럼 수상쩍은 남자보다 미소녀가 정보를 끌어내기 쉬울 거라면서.

미라는 "어쩔 수 없구나"라고 중얼거리고는 모험가들 중 한 명을 붙잡고 물었다.

"이보거라, 조금 궁금한 게 있다만, 물어도 되겠느냐?"

젊은 남자를 붙잡고 미라가 그렇게 속삭이듯 물었다.

그러자 남자는 사제와 미라를 번갈아 쳐다본 후, 결심을 굳힌 듯 "뭐니? 뭐든 물어봐"라고 말하며 미라에게 고개를 돌렸다.

사제의 설교 회피와 미소녀와의 대화. 남자는 후자를 택한 모양이다. 하지만 그 목소리는 매우 작았다.

"저 사제, 보통내기가 아닌 것 같다만, 뭐 아는 바가 있다면 알려줄 수 있겠느냐?"

미라는 눈짓으로 사제를 가리키며 더욱 목소리를 죽여서, 비밀 이야기를 하듯 남자에게 고개를 바짝 들이댔다.

"으음, 킹스블레이드 사제 말이야? 혹시 너, 이 도시에 온 지 얼마 안 된 거니?"

미라의 얼굴이 다가오자마자 남자는 얼굴을 붉히더니, 자연스럽게 미라의 정보를 얻으려 들었다.

"음, 최근에 왔다. 해서, 저 사제는 듣자 하니 '철권 사제'라 불리는 것 같더구나. 사제에게 철권이라는 이름을 붙이다니, 살짝 요상한 조합이 아니냐."

"확실히 그럴지도 몰라. 뭐어, 이건 유명한 이야기이기는 하지만 보통내기가 아니라는 걸 꿰뚫어 보다니 제법 안목이 있는걸. 저 사제, 듣자 하니 왕년에는 지하 투기장의 챔피언이었다더라고."

남자가 보란 듯이 지식을 과시했다. 하지만 그 사실은 이미 알았다. 궁금한 것은 어째서 그 챔피언이 사제가 되었는가 하는 것이다.

"호오, 그것참 굉장하구나. 해서, 어찌하여 그 챔피언이 사제 같은 것을 하고 있는 게지?"

미라는 적당히 놀라는 척을 하고서 가장 궁금한 점을 질문했다.

그러자 남자는 잽싸게 주변을 살피고서 더욱 목소리를 죽여 "소문으로 들은 이야기인데 말이야"라고 운을 떼고서, 그에 관해 말했다.

오즈슈타인 지하투기장에서 지금까지도 역대 최강으로 이름이 언급되고 있는 다츠바르드 블러디크림슨 킹스블레이드.

일찍이 파란만장한 인생을 보낸 그는 힘만을 믿고 승리야말로 자신의 존재를 증명하는 유일한 수단이요, 패배란 존재 가치를 상실하는 것이라는 이념 아래서 싸우고 있었다. 속된 말로 뇌까지 근육으로 된 남자의 극치라고 할 수 있는 자였던 것이다.

그 이념은 그에게 힘을 주었고 패배를 멀리 밀쳐내어, 그것을 더욱 확고히 해주었다고 한다.

계속해서 싸우기를 반복한 끝에 모든 이가 그 존재를 인정하게 되었고, 그는 살아있는 전설이 되었다.

하지만 지금으로부터 7년 전, 그 전설은 종지부를 찍게 되었다. 불패를 자랑했던 그는 무사 수행 중이라는 소녀에게 예상치 못한 패배를 당하고 말았다.

그는 자신의 존재 가치가 사라져 버렸다며 한탄했다. 하지만 소녀가 그런 그에게 말했다고 한다.

힘이란 증명하는 도구 중 하나에 불과하다고. 그리고 패배해서도 목숨이 붙어 있다면 거기서 끝이 아니라고.

하지만 그는 소녀의 그 말을 인정할 수가 없었다고 한다. 그 말이 지금까지의 인생을 부정하는 것이나 다름없는 것이었기 때문이다.

그러자 소녀는 난감한 투로 그에게 이렇게 말했다. 당신보다 강한 내가 하는 말이니 그런 것이라고. 힘이 전부가 아니라 말해 놓고 그런 소리를 한 것이다.

하지만 그렇기에 그의 심금을 울렸다. 이만한 힘을 지녔음에도 그것이 전부가 아니라 말하는 소녀의 기개가 그의 딱딱하게 굳어 있던 이념을 자극한 것이다.

이렇게 힘이 전부인 세계에서 탈각하게 된 그는 소녀에게 물었다. 앞으로 자신은 어떤 길을 걸어야 하느냐고.

소녀는 답했다. 지금까지와는 정반대의 일을 해보는 것은 어떻겠느냐고.

"그래서 세례를 받고 수행을 해서, 지금은 사제가 된 거지. 굉장하지 않아?"

킹스블레이드 사제의 역사에 관한 이야기를 그렇게 끝맺은 남자의 얼굴에는 동경에 가까운 감정이 담겨 있었다.

살아있는 전설이라고까지 불렸던 힘을 사용하지 않고 새로운 장소에서 확고한 지위에 올라섰다. 아무래도 킹스블레이드 사제는 두려움뿐 아니라 존경도 받고 있는 모양이다.

더불어 현재, 그 살아있는 전설이라 불렸던 힘은 모험가 한정으로 해금된 상태라고 남자는 말했다.

듣자 하니 일전에 예배 중에 소란을 피운 A랭크 모험가 그룹이 사제의 손에 걸레짝처럼 숙청되어 내던져진 일이 있다는 모양이다. 그 때문에 '철권'이라는 이명이 붙은 것이다.

"오호라. 일이 그렇게 된 것이었나⋯⋯."

감동적인 것 같기도, 실로 멍청한 전개 같기도 하고, 그러면서도 시종 올곧은 다츠바르드다운 면모를 이야기에서 엿본 미라는 온화하게 말을 이어가고 있는 사제를 보고 살며시 미소를 지었다.

"그런데⋯⋯ 너도 역시, 남자는 강할수록 좋다고 생각해?"

뭔가를 생각하는 듯한 미라의 옆얼굴을 보고 자극을 받았는지, 남자는 문득 그런 말을 입에 담았다.

"흠⋯⋯ 강해서 나쁠 것은 없다만, 역시 무릇 사내라면 신사다워야지."

미라는 자신이 목표로 하는 이상적인 신사상(像)을 그리며 말했다. 이제는 멀어져 버린 덧없는, 줄곧 동경해 왔던 모습에 관해서.

그러자 남자는 "신사라⋯⋯ 그렇구나"라고 중얼거리며 다시 미라에게 고개를 돌렸다.

"아가씨, 만약 괜찮다면, 이따가 식사라도――."

남자가 어색하지만 신사적인 태도로 미라에게 함께 식사를 하자고 권하려던 그때였다.

"이런 데서 뭐 하는 거야, 사제한테 찍히면 어쩔―― 아니, 벌써 찍혔잖아?!"

좀 전에 함께 있었던 동료인지 경계하며 돌아온 그 사람은 예배당 쪽을 살피자마자 남자의 목덜미를 잡고 달아나듯 떠나갔다.

그러던 도중, 남자는 미라에게 뭐라 말하려 했지만 강연회 중인 예배당에서 큰 소리를 낼 수는 없어서 그 말이 미라에게 전해지는 일은 없었다. 그리고 미라가 그 사실을 마음에 두는 일도 없었다.

"그렇게 된 모양이다."

어찌 되었건 수라(修羅)라고 해도 과언이 아닌 챔피언이 사제가 된 경위가 판명되었다. 미라는 강제 퇴장한 남자에 관한 이야기는 전혀 하지 않고 옆에서 이야기를 듣고 있던 소울하울을 바라보며 말했다.

"사람은 변하기 마련이구나. 그런 이유로, 사제가 되다니."

소울하울은 어쩐지 감탄한 것 같기도, 어이가 없다는 것 같기도 한 투로 말했다. 미라 역시 크게 동감하여 어이가 없다는 투로 "나 원, 주먹으로 말을 나누는 사상을 지닌 녀석들의 심정은 도통 모르겠군"이라고 말하며, 다츠바르드의 호쾌한 삶을 평가해 보였다.

"장로도, 굳이 말하자면 그쪽인 것 같지만 말이야."

"흠, 뭐라 했느냐?"

"아무것도 아냐."

은근슬쩍 소울하울이 입에 담은 말 역시, 미라의 귀로는 들어가지 않은 모양이다.

"그나저나, 그거 말인데. 이야기에 등장한 무사 수행 중인 소녀라는 건, 혹시⋯⋯."

정반대의 길로 나아가는 것. 말로 하면 간단하지만 실행하자면 상당히 어려운 일이다. 소울하울은 그 사실에 감탄하면서도 그 계기가 된 소녀에 주목했다.

미라 역시 같은 생각을 했는지 "그럴지도 모르겠구나⋯⋯"라고 중얼거렸다.

두 사람의 머리에는 어떤 공통된 인물이 떠올라 있었다. 그것은 아홉 현자의 일원인 메이린이다.

무사 수행. 그것은 메이린의 일상이나 다름없었다.

어쩌면 그녀와 마찬가지로 무사 수행을 하고 있는 다른 소녀가 있을지도 모른다. 하지만 근접전으로 한정하면 삼신국의 장군 다음으로 강하다는 소문이 플레이어들 사이에서 자자했던 다츠바르드를 이길 수 있는 소녀는 그리 흔치 않을 것이다. 아니, 또 있을 리가 없다는 것이 두 사람의 생각이었다.

"만약 메이린이라면, 사제는 현재 있는 곳을 알지 않을까."

"글쎄, 어렵지 않을까. 벌써 7년 전 일이잖아? 사범——메이린의 무사 수행에 재대결이라는 말은 없는 데다 한곳에 오래 머무르는 타입도 아니고."

"흠. 듣고 보니 그렇구먼⋯⋯."

소울하울의 말대로 무사 수행이라는 이름의 일상을 보내고 있는 메이린은 게임이었던 시절에도 늘 방랑을 하고 다녔다. 그녀가 탑에 돌아온다는 것은 곧 방어전의 시작을 의미하기도 했을 정도다.

따라서 사제가 메이린의 현재 위치를 알 가능성은 매우 희박하다 할 수 있었다.

"음, 슬슬 우리도 퇴장하는 게 좋을 것 같은데……."

문득 예배당 쪽으로 고개를 돌린 소울하울의 표정이 경직되었다. 왜 그러나 싶어서 시선을 쫓았다가, 제단 앞에 있는 킹스블레이드 사제와 눈이 딱 마주치고 말았다.

"……그런 것 같구나."

예배당에는 왔을 때와 마찬가지로 사제의 목소리가 계속해서 울려 퍼지고 있었다. 하지만 달라진 점이 하나 있었다.

그것은 지금까지 환한 얼굴로 예배당 전체를 둘러보던 사제가 물끄러미 이쪽을 쳐다보고 있다는 점이었다.

아무래도 예배당 구석에 오랫동안 머물며 수군수군 이야기를 하던 미라 일행을 발견한 모양이다.

사제가 되어 상당히 온순해진 듯한 인상을 풍겼지만, 그 눈빛은 현역이었던 당시와 같았다.

"서둘러 탈출하자꾸나."

"그래, 그러자."

이대로 가면 말로만 들은 철권이 날아오는 사태가 벌어질지도 모른다. 미라와 소울하울은 조용히 퇴장하기로 결심하고 통로에 표시된 화살표에 따라 출구로 향했다.

그러는 도중에도 킹스블레이드 사제의 목소리가 들려왔다. 아무래도 오늘 강연회는 신들과 예언에 관한 것인 모양이다.

『머나먼 옛날, 어둠이 세계를 뒤덮었습니다. 하지만 신과 정령, 그리고 인간들이 힘을 합쳐 그 어둠을 물리쳤습니다. 서로 손을 잡는 것이 모든 어둠을 물리치는, 유일한 방법인 것입니다. 우리의 신께서도 손에 손을 잡고 지켜보고 계십니다. 그것이 무엇보다도 확실한 증거입니다.』

대륙에서 가장 많은 이들이 신앙하고 있어 영향력이 큰 삼신교.

신앙의 대상인 세 신은 서로 손을 잡고 힘을 합치는 것이 수많은 고난과 나약함에 굴하지 않는 유일한 방법이라고 설파하고 있다.

그리고 이 세 신을 수호신으로 하나씩 모시고 있는 국가가 대륙 최대의 국가, 그림다트, 오즈슈타인, 아리스파리우스다.

따라서 이 세 나라는 가르침에 따라 서로 싸우지 않고, 손에 손을 잡고, 나란히 대륙의 패자로서 절대적인 지위에 군림하고 있었다.

좌우간 미라가 게임이었던 당시에 어디선가 들었던 이야기를 떠올리는 동안 사제의 이야기는 계속 진행되었고, 출구도 코앞까지 다가와 있었다.

『신께서는 우리에게, 손에 손을 잡고 다가올 미래에 대비하라 말씀하셨습니다. 미래에, 일찍이 세계를 뒤덮었던 어둠이 심연이 되어 다시금 나타날 것이라며. 하지만 두려워할 필요는 없습니다. 서로 손을 맞잡으면, 빛은 반드시 찾아올 터이니──.』

출구를 지나 문을 닫자 그때까지 낭랑하게 들려오던 사제의 목소리가 딱 끊기고, 대신 밤바람이 속삭이는 소리와 멀리서 들려오는 떠들썩한 소리가 훅 닥쳐왔다.

교회 측면 문으로 나와 보니 조용한 골목길이었다. 눈앞에는 커다란 건물이 우뚝 서 있고 좌우로 길이 뻗어 있다.

밤에 돌아오는 모험가들을 위한 것인지 골목길에는 조명이 걸려 있어, 생각 외로 밝았지만 그 골목길에서 나와 교회의 정면으로 돌아들자 그곳은 보다 장엄한 빛으로 넘쳐나고 있었다.

교회 앞에 위치한 커다란 광장. 그 중앙에 있는 분수를 무수히 많은 촛대가 둘러싸고 있어서 주변을 따스하게 밝혀주고 있는 것이다.

"벌써 이런 시간이었나."

하늘은 깜깜하고 별이 빛나고 있었다. 시간을 확인해 보니 밤 일곱 시가 지난 참이다. 연구시설의 탐색에 펜리르를 좀먹고 있던 의문의 힘까지 해명하느라 걸린 시간은 길어서, 이미 아침에 일어난 뒤로 짧은 시계 바늘이 한 바퀴를 돈 시간이었다. 하지만 게임 감각으로 그만큼 커다란 시설을 반나절 만에 공략했다고 생각하면 오히려 빨리 나온 편이라 할 수 있었다.

"하아, 오랜만에 밖에 나왔는걸."

소울하울은 하늘을 올려다보며 어쩐지 감탄한 듯 중얼거렸다. 역시 오랫동안 지하에 있으면 한없이 이어진 하늘이 그리워지는 모양이다. 그리고 그것은 미라도 마찬가지인지 "그러게 말이다"라고 조용히 답하며 얼마간 밤하늘을 올려다보고 있었다.

"자아, 그대는 이제 어쩔 것이냐. 이 시간이면 저렴한 여관은 전멸한 지 오래일 텐데."

어디선가 구수한 요리의 냄새가 풍겨왔다. 잘 생각해 보니 점심도 거르고 조사를 하고 돌아다닌 탓에 아침 식사 말고는 아무것도 먹은 것이 없다는 사실을 기억해낸 미라는 문득 소울하울에게 그렇게 물었다.

"나는, 이대로 나갈 테니 괜찮아. 최대한, 다음 장소까지 이동하고 싶거든."

밤하늘에서 눈앞에 있는 분수로 시선을 옮기며 소울하울은 그렇게 말했다.

말끔하게 정리된 침대에 느긋하게 쉴 수 있는 공간. 그는 여관에 묵으면 맛볼 수 있는 안식에는 눈길도 주지 않고 다음 목적지로 곧장 출발하겠다고 한다.

"무어냐, 벌써 가는 게냐. 성미도 급하구나. 뭣하면 이 몸이 쾌적한 저택정령에 하루 더 묵게 해줄까 했건만."

저렴한 여관을 찾지 못하면 저택정령을 제공하겠다고 미라가 제안하자 소울하울은 의심이 가득한 눈으로 미라를 쳐다보더니 한숨을 내쉬었다.

"무슨 소리야. 보나 마나 요리사로 부리려는 거잖아."

"흠⋯⋯. 하지만, 그 뭣이냐. 지금 출발하면 노숙을 해야 할 게 아니냐."

자신의 계획을 완전히 간파당한 미라는 쩔쩔매며 지적했다. 지금 시간에 출발할 경우, 오늘 중에 다른 도시에 도착하기는 어려울 것이라고. 그러면 노숙을 할 수밖에 없다.

하지만 소울하울은 전혀 문제될 것이 없다며 대담하게 웃었다.

"여행을 시작하고서, 계속 이래왔으니까. 이제 아무렇지도 않아. 그리고, 장로의 저택만큼 쾌적하지는 않지만, 나한테도 비바람을 막을 수단은 있어."

소울하울은 여행을 시작하고서 지금까지 좌우간 이동시간을 중시해 왔다고 한다.

밤이 되어 도시에 접어들더라도 용건이 없으면 그대로 통과해, 갈 수 있는 곳까지 간다. 어지간히 좋은 타이밍에 도시에 도착하지 않는 한, 그대로 노숙을 했다는 모양이다.

그리고 그때마다 작은 요새 골렘을 만들어, 그곳에서 비바람을 견뎠다고 소울하울은 말했다.

"호오, 작은 요새 골렘이라……."

"그래, 사령술도, 제법 응용성이 높다고."

그것은 게임이었던 시절에는 없었던 사령술이었다.

주택 정도의 크기라 태풍에도 견딜 수 있는 튼튼한 요새라는 모양이다. 이것 덕분에 느긋하게 휴식을 취할 수 있기에 상당한 강행군이었던 여행도 어찌어찌 계속할 수 있었다고, 소울하울은 어쩐지 그립다는 투로 말했다. 인간은 사방이 벽으로 된 방에서 잘 때 가장 편안한 법이다.

"뭐어 장로처럼, 샤워, 화장실, 부엌 같은 건 없지만. 솔직히 말해서, 그건 반칙이야."

이러니저러니 해도 소울하울 역시 없는 게 없는 저택정령을 보고 놀란 모양이었다.

그 말을 들은 미라는 "정령과의 인연의 승리로군"이라고 말하며 의기양양하게 가슴을 폈다.

"그러면, 슬슬 가볼까."

소울하울이 그렇게 말하며 사령술을 발동시켰다.

그러자 바로 옆에 한쪽 뿔이 부러진 바이콘의 스켈레톤이 나타났다.

실로 으스스하다 못해 흉흉하게 느껴질 지경인 그 모습 탓에 주변 사람들이 약간 술렁대기는 했지만, 소울하울은 전혀 개의치 않았다. 늘 있는 일인 것이리라.

"냉큼 용건을 마치고 돌아오거라. 그렇게 전했다고 그 녀석에게도 보고해 둘 테니 말이다."

미라는 못을 박듯 그렇게 말했다.

미라의 임무는 아홉 현자를 나라로 데리고 돌아가는 것이었지만, 반드시 달성해야만 하는 일이 있다는 소울하울을 억지로 끌고 갈 수는 없는 일이다.

그 대신 미라는 완료 후에 돌아가겠다는 약속을 받아내고, 여차할 때를 위한 연락수단도 준비해 두라고 말했다.

"그래, 알아. 슬슬 자리를 잡는 것도 나쁘지 않겠다고 생각하던 참이니까. 이 일이 끝나면 반드시 돌아갈게. 상급 술식도 해금되었으니, 예정보다 훨씬 빨리 돌아갈 수 있을걸. 그리고 연락수단은, 뭐어 히노모토 위원회에 도착해서 생각해 봐야겠군. 일단 솔로몬 씨한테 연락해서 정할게."

구두 약속이라 반드시 지켜지리라는 보장은 없지만, 소울하울은 전에 없이 진지한 표정으로 답했다.

"그렇다면 되었다. 기다리마."

설령 구두약속이라 하더라도 미라는 그로 충분하다며 고개를 끄덕였다.

솔로몬, 그리고 아홉 현자들은 약속을 할 때는 거짓 없이 하기로 정해두어서, '반드시'라는 말을 붙이는 것 자체로 맹세를 하는 것이나 다름이 없었기 때문이다.

"아아, 그러고 보니. 정령왕 씨와 마텔 씨에게, 한 번 더 고맙다고 전해줘. 덕분에 일이 잘 풀릴 것 같다고."

소울하울은 바이콘의 등에 올라타 다시 한번 미라를 쳐다보고서 그렇게 말했다.

지금까지 봉인되어 있던 상급 사령술을 사용할 수 있게 된 것이 상당히 기뻤는지, 소울하울의 얼굴에는 어쩐 일로 감사의 빛이 떠올라 있었다.

"음, 전해두마. 아니, 이미 전해두기는 했다만. 좋아서 한 일이다, 힘내~ 라는군."

미라는 고개를 끄덕이는 동안 머릿속에 들려온 정령왕과 마텔의 말을 그대로 전달했다.

또 감상 중이었던 정령왕과 마텔은 미라가 말을 전달한 후에도 소울하울을 응원하는 말을 던져왔다.

아무래도 이 둘은 이별을 아쉬워할 정도로 소울하울이 마음에 든 모양이다.

"그래? 그러면, 또 보자고. 장로 덕분에 살았어."

소울하울은 미라가 전해준 두 사람의 생생한 말에 살며시 미소를 짓더니, 끝으로 작은 목소리로 수줍은 듯이 미라에게 감사 인사도 한 후, 바이콘을 몰고 근처에 있던 건물 옥상으로 뛰어올랐다.

"흠, 잘 해내고 오거라."

미라는 그렇게 격려하고서 지붕에서 지붕으로 건너뛰어 눈 깜짝할 새에 밤의 어둠에 녹아든 소울하울의 뒷모습을 배웅한 후, 그 반대쪽으로 걸어 나갔다.

29

소울하울과 헤어진 후, 미라는 거리를 향해 걸어 나갔다. 그렇게 교회 정문에 접어든 순간. 갑자기 그 문이 열리더니 킹스블레이드 사제가 불쑥 나타났다.

키가 2미터를 넘는 킹스블레이드 사제는 가까이서 보니 그 이상으로 커 보일 정도로 박력이 넘쳤다.

문이 열림과 동시에 그런 사제가 느닷없이 눈앞에 나타나는 바람에 미라는 몸을 움찔 떨고서 그 모습을 올려다보았다.

"당신은 좀 전에 예배당에서……."

그곳에 있던 미라의 모습을 본 사제는 불과 몇 분 전에 예배당에서 있었던 일을 떠올리는 듯한 표정으로 미라를 바라보았다.

아무래도 사제는 고대지하도시의 출구에서 나타나 그대로 예배당 구석에서 쑥덕대던 미라와 소울하울의 모습을 기억에 남겨두었던 모양이다.

"그나저나 방금 여기서 수상한 사령술을 사용한 남자가 있었다는 보고를 들었습니다만, 당신은 보셨습니까?"

조용히 움직여 미라의 앞에 선 사제는, 아이를 상대하듯 몸을 웅크리고서 다정한 목소리로 그렇게 물었다.

하지만 그 눈은 평온한 사제의 그것에서, 현역이었을 적의 눈빛으로 돌아와 있었다.

"아니…… 이 몸은 모르겠군그래."

교회라는 장소. 그리고 죽은 자와 밀접한 관계가 있는 사령술. 이 세계의 종교에 관해 자세히 아는 것은 아니지만, 혹시 교회 부지 내에서 사령술을 사용해서는 안 된다는 규정 같은 것이라도 있는 걸까. 그렇다면 성가시게 됐다는 생각에 미라는 시치미를 떼기로 했다.

그러자 사제의 눈빛이 더욱 날카로워졌다.

"그 수상한 자의 옆에, 당신처럼 귀여운 소녀가 있었다는 보고도 들어왔습니다만. 정말로 모르십니까?"

사제는 미라를 똑바로 바라본 후, 그렇게 연달아 물었다.

아무래도 상당히 상세한 보고가 들어간 모양이다. 이미 대략적인 상황은 아는 듯한 분위기다. 말하는 것을 보니 이미 수상한 남자 사령술사의 외모 등도 알고 있는 듯해서, 이대로 얼버무리기는 무리일 것 같았다.

"……아~ 그자가 뭔가 실수라도 했는가?"

대체 무슨 죄를 지었다는 걸까. 일단 미라는 양형의 경중을 확인하기 위해 넌지시 물어보았다. 그러자 아무래도 사정이 다소 다른 듯했다.

킹스블레이드 사제가 받은 보고는 그 수상한 사령술사가 귀여운 소녀를 홀리려 한다는 내용의 것이었다고 한다. 그리고 남자와 소녀의 특징을 듣고 막상 밖을 확인해 보니 남자 쪽은 보이지 않고 특징과 일치하는 소녀만 눈앞에 있었다는 것이다.

"그래서, 정말로 짚이는 바가 없으십니까?"

"아아, 그래, 그러했지. 그 녀석 말이로군. 알지, 알다마다. 이 몸의 지인이다. 이것 참, 그 녀석의 사령술에 적응이 된 탓에 수상한 사령술이라기에 무슨 소리인가 했다만, 분명 처음 보면 수상해 보일지도 모르지."

괜히 귀찮은 일에 휘말려들 걱정은 없을 듯하다. 그 사실을 알아챈 미라는 솔직하게 그렇게 말했다.

"그렇습니까, 아는 사이였습니까. 그렇다면 됐습니다. 시간을 빼앗아 미안하군요."

사제는 그 수상한 자와 미라가 아는 사이라는 사실을 더욱 강조해 말했다. 그리고 문득 뒤를 돌아보더니 교회 문 옆에서 몰래 이쪽을 바라보던 여성에게 "문제는 없는 것 같군요"라고 말했다. 아무래도 그녀가 보고자인 모양이다.

사제는 고대지하도시의 출구 부근에서 미라와 소울하울이 함께 있는 모습을 목격했다. 그 때문에 두 사람의 관계성은 대충 짐작하고 있을 텐데 왜 이렇게까지 캐묻는 것일까 싶었지만, 그녀를 납득시키고 오해를 없애기 위해서였던 모양이다.

"그런가요, 다행이네요."

그 여성은 안심한 표정을 지어 보이더니 사제에게 감사 인사를 하고서 어디론가 떠나버렸다.

의심을 산 쪽은 억울할 따름이겠지만 지금은 보호를 받는 입장인 미라는 여성의 모습을 바라보며 새삼 이런 문제는 참 복잡하다는 생각을 했다.

하지만 소울하울이 다른 사람들의 눈에 귀여운 소녀를 노리는 수상한 인물로 보였다는 사실을 안 미라는 다음 순간, 이거

놀릴 만한 재미있는 이야깃거리가 생겼다며 의기양양한 미소를 지었다.

"그리고 한 가지 더. 교회 앞에서의 술식 행사는 경우에 따라 처벌될 수 있다고, 그 지인을 만나면 전해주십시오."

사제는 그런 미라에게 고개를 돌리더니 환한 얼굴로 그렇게 말했다.

경우에 따라 다르다고는 하지만 아무래도 사령술뿐 아니라 술식 전반에 제한이 있었던 모양이다.

미라는 사제의 환한 표정 속에 숨은 박력 앞에서 "음, 알겠다"라고 순순히 답해두었다.

"그럼 실례하겠습니다. 협력해주셔서 감사합니다."

킹스블레이드 사제는 그렇게 말해 감사 인사를 하고서 교회로 돌아갔다.

하고 싶었던 말을 다 해서인지, 그 뒷모습에서는 좀 전까지 느껴졌던 위압감이 전혀 느껴지지 않았다.

"헌데, 한 가지만 물어도 되겠는가?"

미라는 그런 킹스블레이드 사제의 등에 대고 말했다.

"네, 뭐가 궁금하십니까?"

돌아본 사제는 솔직하고도 온화한 표정으로 미라에게 답했다.

"좀 전에 들은 이야기다만, 듣자 하니 지하 투기장의 챔피언이었던 사제공을 이쪽 길로 이끈 무사 수행 중인 소녀가 있었다더군. 그자의 이름을 듣지 못했는가? 그리고 지금, 어디에 있는지 짚이는 바가 있다면 알려주었으면 한다만."

미라는 소울하울과의 대화를 통해 그 소녀가 상황상 아홉 현자의 일원인 메이린일 가능성이 높다고 판단했다. 그리고 7년이나 된 일이니 사제가 메이린에 관한 단서를 쥐고 있지는 않을 것이라고 결론을 내렸더랬다.

하지만 어쩌면 알고 있을지도 모른다. 미라는 사제 쪽에서 먼저 접촉해 왔으니 겸사겸사 물어보자는 생각으로 물은 것이다.

"……과연. 그 일로 예배당 구석에서 수군거리고 있었던 겁니까. 그런데 왜 그 소녀를 찾으시는 것인지?"

사라진 줄 알았던 강자의 기운이 사제의 몸속에서 다시금 피어나기 시작했다. 왕년의 급한 성미는 어지간한 일로는 고칠 수 없다는 것일까.

"아아, 아니, 무얼, 듣자 하니, 아무래도 이 몸의 지인과 비슷한 것 같아서 말이지."

미라는 날카로운 눈빛에서 도망치듯 시선을 피하며 그렇게 말했다. 그러자 그 직후, 사제가 두른 기운의 성질이 돌변했다.

"호오, 당신은 그분의 지인이십니까?!"

마치 신이라도 만난 듯한 얼굴로 사제는 미라에게 바짝 다가섰다. 그 기세는 상당해서, 미라는 엉겁결에 뒤로 몸을 젖혔다가 비슷한 행동을 했던 이가 지인 중에 있을 뿐, 지인이 확실하다는 보장은 없다고 답했다.

"그렇습니까……. 질문하신 분 말씀입니다만, 이름은 듣지 못했습니다. 다만 시합에서는 '타이야키 쿠리요칸'이라고 말했었습니다. 나중에 안 사실이지만, 아무래도 그런 음식이 있는 모양이더군요."

사제는 아쉽다는 듯 어깨를 축 늘어뜨린 채, 조금이라도 도움이 되길 바라며 그 이름을 말했다. 그리고 그 이름을 들은 순간, 미라의 머릿속에 있던 가능성이 확신으로 바뀌었다.

"아~…… 높은 확률로 이 몸의 지인인 것 같군그래. 그것은 그 녀석이 좋아하는 음식이거든."

붕어빵과 밤양갱(일본어로 '타이야키'는 붕어빵, '쿠리요칸'은 밤양갱을 뜻함). 그것은 둘 다 메이린이 좋아하는 음식이었다. 한때 지나치게 먹은 탓에 체형이 통통하게 변해서, 현실 세계에서 카구라가 함께 다이어트를 해준 적이 있는, 사연 있는 물건이다.

미라는 그런 생각을 하며 잠시 추억에 잠겨 그 시절을 그리워했다.

하지만 사제가 그러도록 내버려 두지 않았다.

"오호, 이렇게 반가울 수가! 그분의 지인을 만나다니…… 이토록 멋진 날이 얼마만인지!"

사제라는 입장임에도 킹스블레이드 사제는 신이 아니라 미라를 숭배하듯 무릎을 꿇었다.

아무래도 그에게 메이린은 신에 버금가는 존재인 모양이다. 지인이라는 미라를 통해 메이린을 보고 있는 것 같기도 했다.

"해서, 용건이 있어 그자를 찾고 있다만, 어디에 있는지 짚이는 바가 있는가?"

그런 사제에게 미라는 다시 한번 물었다. 하지만 방금 전 사제가 보인 반응을 통해 짐작했듯, 모른다는 답이 돌아왔다.

"아니요, 유감스럽게도……. 다만 그 무렵에는 제가 있던 지하 투기장뿐 아니라 커다란 투기장 등을 떠돌아다녔다는 이야기는 들은 적이 있습니다. 그분은 저를 이 길로 인도해 주신 은인입니다. 가능하다면 저도 다시 한번 만나 뵙고 싶군요. 그리고 이 감사한 마음을 전하고 싶습니다."

사제는 기도라도 하듯 말을 읊었다. 만약 어디에 있는지 알았다면 그대로 날아갈 듯한 표정이다.

그런고로 결과적으로 7년 전에 왕년의 지하 투기장 챔피언, 다츠바르드 블러디크림슨 킹스블레이드를 사제로 전직시킨 것은 높은 확률로 메이린일 것이라는 사실이 밝혀졌다.

하지만 알아낸 것은 7년 전에도 예전과 다름이 없었다는 사실뿐이다.

그리고 그것은 이미 알고 있는 사실이었다.

지금으로부터 두 달 남짓 전. 알카이트 학원 지하에 있는 '우자의 위협의 방──풀 더 분더캄머'에 갔을 때의 일이다. 필요한 아이템을 가지러 갔던 갈렛 일행이 강력한 마물의 습격을 받는 사태에 빠졌다. 하지만 그때, 쏜살같이 나타난 소녀가 마물을 가볍게 쓰러뜨렸다고 한다.

그때 보고된 소녀의 특징이 메이린과 일치했다. 그리고 사정을 들으면 들을수록 평소처럼 무사 수행 중이라는 사실도 알 수 있었다.

'커다란 투기대회라……. 지금도 무사 수행을 계속하고 있는 것

같으니, 그쪽 방면으로 조사해 보는 게 빠를 것 같군그래.'

어쨌든 메이린을 찾을 방법을 한 가지 생각해낸 미라는 "언젠가 녀석을 만나면 그대가 고마워하더라고 전하도록 하지"라고 사제에게 말하고서 그 자리를 뒤로했다. 사제는 그런 미라의 등에 대고 뜨거운 감사 인사를 거듭 던져댔다.

그때, 주변에 모여 있던 구경꾼들이 호기심 어린 눈으로 미라의 모습을 쫓고 있었다.

저 '철권'이라 불리는 킹스블레이드 사제가 저렇게까지 공손하게 구는 소녀는 대체 무엇일까 수군거리며.

훗날 교회 주변에 천사가 강림했다는 소문이 나돌았지만, 그것은 미라뿐 아니라 사제도 모르는 이야기였다.

밤 여덟 시가 조금 안 된 시각. 미라는 그란 링스 제일의 여관 거리에 와 있었다. 그리고 오늘 묵을 여관을 찾아 얼마간 걸어 다닌 끝에 작은 성이라 해도 과언이 아닌 건물 앞에 멈췄다.

"흠, 여기가 좋겠구먼."

여관 거리 안쪽에 있는 고급스러운 여관이 늘어선 구획. 그중에서도 특별히 비싼 분위기를 마구 풍겨대고 있는 것이 바로 이 여관이었다.

일전에 숙박했던 약간 비싼 여관, 포크스피크. 그곳에서의 하룻밤은 그 가격에 걸맞게 쾌적했었다. 그렇다면 그보다 비싼 여관은 어떨까.

한 번 사치를 맛보면 좀처럼 잊을 수 없기 마련이다. 미라는 지금까지 맛보았던 것 이상의 쾌적함을 기대하며 눈앞에 있는 여관을 올려다보았다.

전체에 불이 밝혀진 여관은 밤의 어둠에 묻히지 않고 성처럼 당당하게 우뚝 서 있었다. 왕족이 사는 진짜 성만큼은 아니지만 주변에 있는 어떤 여관보다 커서, 명백하게 차원이 다른 분위기를 내뿜고 있었다.

'수많은 마동석과 배회자, 마키나 가디언에게 얻은 전리품은 1억은 넘고도 남는 보물이니 말이지. 더는 주머니 사정을 신경 쓸 필요가 없겠군. 그렇다면 묵어갈 여관에는 돈을 좀 써도 되겠지!'

고급 여관은 방도 호화스럽고 식사도 호화롭지만, 무엇보다도 그곳에서 일하는 객실 담당자들의 질이 다른 곳과 달랐다. 극진한 서비스를 위한 각 분야의 전문가가 재직하고 있기도 하다.

하지만 사실 미라는 이미 최상급 서비스를 경험한 바 있었다.

어느 고급 여관보다 고급스러운 곳에서의 하룻밤. 바로 알카이트 성에서 하룻밤을 묵었던 경험이다.

왕성인 탓에 호화로운 것은 물론이고 미라를 위해 준비된 방도 흠잡을 곳이 없었고, 식사는 국왕인 솔로몬과 같은 것을 먹었으며 왕성에 근무하는 시녀들은 모두가 엄선된 엘리트들이다.

그중 미라 전속 시녀인 릴리의 기술은 매우 특출했다.

하지만 기분상 그것과는 약간 다르다. 따라서 미라는 기대를 품고 앞으로 나아갔다.

이 세계의 일류 모험가가 즐기는 서비스는 과연 어떠할까.

또한, 사실 이번에 미라가 입수한 전리품은 너무 가치가 높아서 사줄 사람을 쉽게 찾을 수 있는 물건이 아니었다. 하지만 미라는 게임이었던 시절과 같은 감각으로 어림셈을 하며 입구를 지났다.

여관의 얼굴이라 할 수 있는 로비는 겉모습과 마찬가지로 눈이 부시도록 호화현란했다.

천장에는 샹들리에가 반짝이고 바닥에는 푹신푹신한 융단, 그리고 곳곳에 고상한 집기품이 죽 늘어서 있다. 그야말로 그림으로 그린 듯한 고급스러운 광경이다. 그렇기에 직접 눈으로 날아들었을 때의 인상은 강렬하기 그지없었다.

'흠, 제법 사람이 있군그래. 행색만 보아도 흔한 모험가와는 다르구나.'

로비에서는 엄숙한 분위기마저 감돌았지만, 안에 들어가 보니 의외로 소란스러웠다. 그 모습은 다른 여관과 그리 다르지 않았다.

죽 둘러보니 객층은 모험가들뿐 아니라 큰 가게를 둔 상인이나 관광객으로 보이는 자들도 있었다. 방범, 그리고 추억 만들기에도 좋을 듯한 여관이었다.

접수처에 도착한 미라는 성황을 이룬 그 광경을 보고 혹시 빈방이 없지는 않을까 걱정이었다. 하지만 이토록 크다 보니 아직 빈방은 남아 있다고 한다.

그러나 하루에 5만 리프인 가장 저렴한 방은 이미 만실 상태이고, 7만짜리 방이 소량 남아있으며, 나머지는 10만에서 15만짜리 방뿐이라는 듯했다.

"그럼 15만짜리 방을 부탁하마."

가장 비싼 방을 현장 결제한 미라는 의기양양한 얼굴로 금빛으로 빛나는 열쇠를 받아들었다.

아무래도 15만짜리 방의 열쇠만 금색인 모양이다. 미라는 마치 그 열쇠를 자랑이라도 하듯 손가락으로 빙글빙글 돌리며 로비 중앙의 큰 계단으로 걸어갔다.

그러던 도중. 문득 귀에 익은 이름이 미라에게 들려왔다.

"저기 있잖아, 그 얘기 들었어? 퍼지다이스 님이 학스트하우젠에 나타났대!"

"들었어, 들었어! 돌레스 상회에 예고장이 도착했다는 얘기 말이지?"

"그래, 돌레스 상회! 갑자기 커진 곳인데 소문이 별로 안 좋더라."

"응응, 듣자 하니 요즘 화제인 키메라 클로젠에 연루되어 있어서 조사를 받았대. 하지만 증거는 아무것도 없어서 포기했다던데."

"그러게. 하지만 이제 괜찮을 거야! 왜냐하면 퍼지다이스 님이 왔으니까. 분명 증거도, 그걸로 얻은 돈도 모두 퍼지다이스 님이 찾아줄 거야!"

자세히 보니 로비 대합실에서 쉬고 있는 여성 모험가들의 모습이 눈에 들어왔다. 동료가 수속을 밟고 있는지, 그 틈에 잡담을 나누며 흥분한 그녀들은 "멋져라~"라고 목소리를 모아 말하며 몸부림을 치고 있었다.

여성 모험가 두 명이 언급한 괴도 퍼지다이스. 그것은 일전에 미라가 카드 게임용으로 카드를 박스째로 샀을 때 유일하게 나온 트리플 레어의 일러스트를 장식한 인물이었다. 그리고 미라는 그 인물에 관한 이야기를 아리아파리우스에서 돌아오는 열차에서 합석한 테레사라는 여성에게 자세히 들었다.

괴도 퍼지다이스는 나쁜 일을 한 자들만을 노리는, 이른바 의적이라고 한다.

미라가 그런 것을 기억해내는 동안에도 여성 모험가들의 이야기는 계속해서 열기를 더해 갔다. 그 이야기의 내용에 의하면 아무래도 오늘로부터 닷새 후 밤에 괴도 퍼지다이스가 나타나겠다고 했다는 모양이다.

장소는 학스트하우젠이라는 도시에 있는 돌레스 상회의 저택. 목적은 부정하게 얻은 전 재산이라고 한다.

'부정하게 얻은 재산이라. 괴도 퍼지다이스라는 자는 어디서 그러한 정보를 알아낸 것인지. 그리고…… 분명 고아원 등에 기부하고 있다고 했었지.'

여성 모험가들의 이야기를 흘려들으며 로비 중앙에 위치한 계단을 오르던 미라는 괴도 퍼지다이스에 관한 기억들을 끄집어내고 있었다. 그러다가 고아원이라는 키워드 탓인지, 문득 열차에서 들었던 또 하나의 이야기가 머리에 떠올랐다.

그것은 테레사 다음에 합석했던 음유시인 에밀리오에게 들은 것이었다.

에밀리오는 맹인 여성 리아나와 함께 여행 중이었다. 그는 여러 곳을 들렀고, 그곳에서 많은 정보를 얻었다.

그 중 하나가 이름조차 없는 마을에 고아원이 생겼다는 것이었다. 지금으로부터 약 8년 전, 삼신국 방어전으로 인해 수많은 전쟁 고아가 발생했던 시기에 설립된 고아원으로, 들은 것이 사실이라면 아홉 현자의 일원인 아르테시아가 관련되어 있는 듯한 낌새가 느껴지는 안건이었다.

'장소는 분명, 그림다드 북동쪽 산속이었지. 흠…… 이곳에서라면 가루다로 하루 이틀 정도 걸리려나'

그림다트 북동쪽에 펼쳐진 산맥 지대. 에밀리오의 말에 따르면 그 사이 어딘가에 그 마을이 있다고 한다.

문제는 그것이 산맥 지대의 어디쯤인가 하는 것인데. 거기까지 생각한 참에 한 가지 생각이 미라의 머리를 스쳤다.

'고아원…… 괴도…… 괴도…… 고아원……. 흠, 뭔가 알아낼 수 있을지도 모르겠군.'

고아원에 기부금을 나눠주고 있다면 소재가 불투명한 고아원에 관해서도 뭔가 알지도 모른다. 그렇다면 괴도 퍼지다이스를 노려보는 것도 나쁘지 않지 않을까.

미라는 그런 생각을 하며 드디어 하루에 15만 리프인 방의 문을 열었다.

<EX>

소울하울의 아내 이야기

학살의 일리나. 흉흉한 이명을 지닌 그녀는 지금으로부터 먼 옛날, 전란의 시대에 이름을 날린 용병단의 부단장이었다.

소수정예료 30명 정도로 이루어진 그 용병단 '흑사자 여단'은 마수 사냥꾼이라는 이명을 지닌 단장, 베오울프를 필두로 온 대륙을 무대로 활약하고 있었다.

그런 용병단의 단장인 베오울프는 마수조차도 간단히 베어 넘길 정도의 실력을 지녔음에도 그것을 과시하지 않고 동료들을 잘 챙겼으며 의뢰인을 비롯한 모든 이에게 신뢰받는 인물이었다.

그리고 일리나가 은밀히 사모하던 사람이기도 했다.

그렇듯 대활약을 펼친 흑사자 여단에 날아드는 의뢰는 베오울프의 이명을 따라── 아니, 이명이 사실이었으면 하는 기대가 담긴 마수 토벌 의뢰가 주를 이루었다. 그 때문에 여단 모두가 마수와의 싸움에 특화되었고, 정신이 들어보니 용병보다는 마수 퇴치꾼으로 더욱 유명해져 있었다.

어느 날, 그런 흑사자 여단에 대국의 공작이라는 거물이 마수의 토벌 의뢰를 해왔다. 거기에 보수가 파격적인 액수였다.

내용은 고대의 왕이 잠든 묘지에 갑자기 나타난 마수를 신속하게 토벌해달라는 것이었다. 이대로 가면 4년에 한 번 행해지는 제사 의식에 지장이 생긴다는 모양이었다.

베오울프는 이 의뢰를 받아들였다. 그리고 상세한 설명을 들은 후, 일리나를 비롯한 완전 무장한 흑사자 여단은 성묘(聖墓)로 향했다.

그곳에서 본 마수는 오히려 성스러워 보일 정도의 은랑(銀狼)이었다. 그리고 지금까지 싸웠던 것 중 가장 무시무시한 강적이기도 했다.

하지만 흑사자 여단은 한 발짝도 물러나지 않고 장기전 끝에 활로를 찾아냈다. 가장 은랑이 경계했던 베오울프가 미끼가 되었을 때, 일리나가 전투 도끼로 그 목을 치는 데 성공한 것이다.

역대 최강이라 할 수 있는 강적을, 부상자가 다수 발생하기는 했지만 사망자는 내지 않고 물리쳤다. 어느샌가 마수와의 전투에 긍지를 가지게 된 여단원들은 그 결과에 기뻐하고 환호했다.

하지만 다음 순간, 그 일이 일어났다. 머리를 벤 은랑의 머리에서 하얀 아지랑이가 뿜어져 나와 일리나를 감싼 것이다. 순간, 일리나의 비명소리가 울려 퍼졌다.

베오울프는 고함을 치며 달려가려 했다. 하지만 직후에 동료들이 그를 제지했다. 저 하얀 아지랑이가 무엇인지, 상황이 파악되지 않은 지금 섣불리 움직이는 것은 위험하다면서.

그래도 베오울프는 동료들의 충고를 뿌리치고 일리나에게로 달려갔다. 무슨 일이 일어났는지는 모른다. 그렇기에 빨리 구해내야만 한다는 생각에.

그 역시 일리나를 사랑했다. 그렇기에 걸음을 멈출 수가 없었다.

하지만 그 직후, 베오울프는 일리나가 지닌 전투 도끼에 두 동강 나고 말았다.

모두가 할 말을 잃은 채 그 모습을 보고 있었다. 희미해진 하얀 아지랑이에서 일리나가 걸어 나오는 모습을. 표정은 사라지고 생기를 잃은 눈으로 동료들을 바라보는 그 얼굴을.

위아래로 분단된 베오울프의 시체를. 피를 뒤집어써서 새빨갛게 물든 전투 도끼를.

처음으로 발생한 감정은 당혹감이었다. 여단원들은 모두 알았다. 베오울프에 대한 일리나의 마음을. 그리고 일리나에 대한 베오울프의 마음도.

가끔씩 그걸 가지고 놀리면 새빨갛게 물들었던 일리나의 얼굴은 현재, 창백하게 얼어붙어 있었다.

쑥스러워하며 언제 고백할지 동료들에게 상담하던 베오울프는 현재, 눈을 부릅뜬 채 싸늘한 주검이 되었다.

어째서 이런 짓을 한 거야. 누군가가 외쳤다. 그리고 그것을 신호 삼아, 일리나는 전투 도끼를 휘둘러 동료 중 한 명을 시체로 바꿔 놓았다.

성묘에 비명과 노호가 오가는 가운데, 일리나가 달려나갔다. 그리고 혼란 끝에, 일리나를 제외한 모든 여단원들의 목숨이 사라졌다.

이 비극을 멀리서 감시하던 자가 있었다. 의뢰를 한 공작의 수하다. 학살의 일리나라는 것은 그가 보고하며 언급한 이명이었다.

그런 비극 끝에 일리나는 이 땅에 머무르며, 성묘에 다가오는 자들을 모두 습격하게 되었다. 은랑의 썩은 몸을 이끄는 일리나는 생전 이상의 강적이 되었고, 얼마 후 성묘는 저주받은 땅으로 지정되어 봉인되었다.

그로부터 수백 년 후. 그 봉인된 땅에 발을 들인 자가 있었다. 소울하울이다. 그곳에 불사의 처녀가 있다는 이야기를 듣고 찾아온 것이다.

그 이야기에 등장하는 처녀는 당연히 일리나를 뜻했고, 그 내용은 학살이라는 이명에 걸맞은 것이었다.

성묘에 관해 기록된 문헌에는 이렇게 적혀 있었다. 재보를 노리고 성묘에 발을 들인 도적단이, 그 보물을 두고 살육을 벌였다. 그리고 동료를 모두 살해한 일리나는 그 후, 자신이 죽인 동료들의 원한으로 인해 목숨을 잃어 불사의 존재로 변했다.

지금도 일리나는 성묘에서 희생자를 기다리고 있다. 문헌은 그렇게 끝나 있었다.

그 문헌과 여러 가지 자료를 통해 이 봉인된 성묘를 발견한 소울하울은 자신이 바라던 대로 그 최심부에서 불사자가 된 일리나를 발견했다.

전투 도끼를 가볍게 휘두르는 일리나는 분명 강했다. 하지만 이때 이미 아홉 현자로서 이름을 날리고 있던 소울하울은 그것을 가차 없이 제압했다.

그리고 자신의 부하로 만들기 위해 불사자를 정화하는 술식을 사용했다. 하지만 그 술식은 불발로 끝났다.

지나치게 강한 불사자는 약화시키고서 술식을 걸 필요가 있었다. 소울하울은 처음에 실력을 확인하고서 통할 것이라고 판단했지만 좀 더 약화시킬 필요가 있겠다고 생각을 고쳤다.

어느 정도 싸워서 힘을 뺀 후, 다시 술식을 행사했다. 하지만 다시 불발로 끝났다.

뭔가 특별한 조건이 있는 모양이다. 그렇게 생각한 소울하울은 일단 그 자리를 떠나 성묘에 관해, 그리고 일리나에 관해 다시 조사하기 시작했다.

그 결과, 한 가지 사실이 판명되었다. 일리나는 도적이 아니라 흑사자 여단이라는 용병단에 소속되어 있었다는 사실이.

이를 통해 문헌에 적힌 사실이 엉터리라는 것을 알 수 있었다. 성묘로 돌아간 소울하울은 그곳 구석의, 백골이 흩어져 있는 장소를 조사했다. 백골은 모두 흑사자 여단원들의 시신이다.

그곳에는 너덜너덜해진 무구도 남아 있었다. 모두 다 못 써먹을 정도로 썩어 있었다.

하지만 단 하나. 한 자루의 검만은 아직 원형을 유지한 채 희미하게 빛나고 있었다.

소울하울은 상반신만 남은 시신의 손에 있던 그 검에, 당장에라도 사라져 버릴 만큼 작은 사념이 깃들어 있다는 것을 알아챘다. 그 검을 집어 든 소울하울은 거기 담긴 사념을 사령술로 해독했다.

사념은 미약해서 해독해낸 내용은 매우 적었다. 하지만 그것은 돌파구가 될 수 있는 힘이었다.

소울하울은 그 검을 손에 들고 다시금 학살의 일리나와 대치했다. 그리고 싸움 끝에 손에 든 그 검으로 일리나의 심장을 꿰뚫었다.

순간, 기적과도 같은 일이 일어났다. 검에서 빛이 흘러나와 일리나를 다정하게 감싸더니, 하얀 아지랑이 같은 것을 떨쳐낸 것이다.

직후, 소울하울의 눈앞에 환영 같은 두 명의 그림자가 나타났다. 그중 한 명은 일리나다. 그리고 또 한 명의 남자는 자신을 베오울프라고 소개했다.

소울하울은 그 두 사람에게 성묘에서 일어난 일에 관한 진실을 들었다.

흑사자 여단은 공작가로부터 성묘에 나타난 마수를 퇴치해달라는 의뢰를 받았다. 하지만 그곳에 있던 은랑은 마수 같은 것이 아니었다. 그것은 성묘를 지키는 성수였다.

그것을 토벌한 탓에 성수의 시신에서 가장 가까운 곳에 있던 일리나가 다음 묘지기로 선택되어, 불사의 저주에 걸렸다.

그리고 묘지기가 된 일리나는 의식을 빼앗겨, 그 자리에 있던 흑사자 여단의 동료들을 침입자로 인식해 살해했다. 그 후 지금까지 이렇게 침입자를 죽여 왔다는 것이다.

이 성묘에서 일어난 일의 진상을 밝힌 두 사람은 소울하울에게 명예를 회복해달라는 부탁과 감사 인사를 하고서 빛이 되어 사라졌다.

직후, 일리나의 시신에 꽂혀 있던 검은 역할을 다했다는 듯 허

물어져서 티끌이 되어 사라졌다.

그 검에 담겨 있던 사념. 그것은 일리나에 대한 사랑이었다. 베오울프의 깊은 사랑이 오랜 세월을 넘어 일리나를 해방시킨 것이다.

하지만 그런 것과는 무관하게, 드디어 일리나의 시신을 손에 넣게 된 소울하울은 신이 나 있었다.

그러던 참에 이번에는 은랑이 나타났다. 하지만 그 모습은 두 사람의 이야기에 등장한 성수…… 거구의 늑대가 아니라 약간 커다란 개 같은 모습을 하고 있었다. 옛 성수의 새끼일까. 작기는 해도 은랑은 확실히 성스러운 기운을 몸에서 풍기고 있었다.

그 은랑이 물었다. 그대는 성묘를 어지럽힌 괘씸한 자들의 동료냐고.

당연히 소울하울은 아니라고 답했다.

그렇다면 무슨 일로 왔느냐고 은랑이 물었다.

소울하울은 답했다. 성묘에 온 목적은 학살의 일리나라는 질 좋은 시신을 손에 넣기 위해서라고.

그 말이 통했는지 어떤지, 은랑은 소울하울에게 보내던 날카로운 눈빛을 거두었다. 그리고 조용히 빨리 떠나라고 말했다.

하지만 소울하울은 곧장 돌아가지 않았다. 그리고 궁금했던 것을 물었다. 성묘에 무엇이 있느냐고. 그리고 그 괘씸한 자라는 것은 어떠한 자들이냐고.

은랑은 말했다. 무엇이 있는지는 답할 수 없다고.

하지만 괘씸한 자들에 관해서는 말했다. 그의 말에 따르면 어떤 귀족의 사병이었다고 한다.

이야기를 마친 은랑은 어디선가 낡은 갑옷의 일부를 물고 왔다. 자세히 보니 그것은 분명 귀족의 것으로 보이는 문장이 새겨져 있었다.

그리고 은랑은 말했다. 떠나라, 라고.

소울하울은 일리나의 시신과 함께 그 자리를 뒤로했다.

성묘를 나선 그때, 소울하울의 눈앞에 수많은 영혼이 모습을 나타냈다. 하지만 그것들에게 악의는 없었다. 그자들은 일리나의 동료인 흑사자 여단의 단원들이었던 것이다.

영혼들은 일리나와 베오울프를 해방해 준 일에 고마워하며 하늘로 돌아갔다. 하지만 한 사람만은 그 자리에 남았다.

그 영혼은 마수 토벌 의뢰인 척 성수를 토벌하게 한 공작가에 관해 이야기했다. 그리고 어떠한 형태로든 이 원한을 풀어달라고 부탁했다.

원한에 사로잡힌 그 영혼은 베오울프의 어머니였다고 한다. 그녀는 만약 이 부탁을 들어준다면 흑사자 여단이 보금자리로 삼았던 비밀 장소를 보수 대신 알려주겠다고 약속했다. 그녀의 말에 따르면 그곳에는 여단원들이 모아둔 재물 같은 것이 잔뜩 보관되어 있다는 듯했다.

베오울프의 어머니는 말했다. 분명 일리나의 유품도 있을 것이라고.

소울하울이 사령술사라는 것을 꿰뚫어 보았는지 일리나의 시신이 목적이었다는 것을 아는 듯한 눈치였다. 그녀는 사령술에 관한 조예가 있는 모양이다.

유품── 그것은 '영령의 관'의 조건을 무시하고 매장품을 넣을 수 있는 것으로, 여러 가지 효과가 있기에 '영령재탄'을 사용할 경우에는 매우 중요한 요소였다.

더없이 좋은 조건이라는 생각에 소울하울은 그 부탁을 받아들였다.

단서는 낡은 갑옷의 일부에 있던 문장뿐이었지만, 소울하울은 그럭저럭 시간을 들여 공작가에 관해 조사했다. 문헌을 뒤지고, 거리를 돌아다니고, 역사 연구가 취미인 지인의 도움을 받아 조사를 계속했다.

또한 이때, 소울하울보다 더 역사를 좋아하는 지인은 특히나 의욕적이었다. 학살의 일리나에 관한 숨겨진 진실이라는 것이 호기심을 자극한 모양이다.

그렇게 지인의 활약 덕분에 결국 소울하울은 그 공작가를 발견했다.

베오울프의 어머니의 원한을 풀기 위한 수단을 소울하울은 이것저것 생각해 두었다. 하지만 지금의 진실 앞에서 어떻게 하면 좋을지 고민에 빠졌다.

마수 토벌 의뢰로 속여 흑사자 여단에게 성수를 토벌하게 한 공작가는, 200년 전에 멸문했기 때문이다. 원한을 풀어주고 싶어도 자손은커녕 친척까지 모두 이미 죽었던 것이다. 이래서는 원한을 풀 방법이 없다.

하지만 여기까지 조사해놓고 이런 결과로 끝나게 둘 수는 없어서 소울하울은 결국 폐허가 된 옛 공작가의 저택을 둘러보았다. 그리고 굳게 닫힌 서고에서 공작가의 역사를 알게 되었다.

그에 의하면 공작가가 멸문한 원인은 저주였다고 한다. 가문 사람들이 모두 어느 시점을 경계로 차례차례 비명횡사했다는 것이다.

성묘에 손을 대고 성수를 토벌시킨 응보일까. 소울하울도 처음에는 그렇게 생각했지만, 다음 기록을 보고 그런 것이 아니라고 생각을 고쳤다.

거기에는 이 저주를 풀기 위해 성묘에 잠든 아티팩트를 반드시 손에 넣어야만 한다고 적혀 있었기 때문이다.

다시 말해서 공작가는 가족을, 혈육을 구하기 위해 성묘에 손을 댄 것이다. 하지만 그곳은 성수가 수호하고 있어 얼씬도 할 수가 없다. 발을 동동 구르는 동안에도 가족이, 혈육이 차례로 죽어갔다.

그들의 마지막 희망은 흑사자 여단을 고용하는 것이었으리라. 그리고 그러한 결과로 이어졌다. 이토록 얄궂은 사실이 또 있을까.

그다음부터는 아무리 조사를 해도 다른 진실이 발견되지 않았다. 결국은 원한도 풀어줄 방법을 찾지 못했다. 하지만 그것이 진실이었기에 소울하울은 진실을 있는 그대로 베오울프의 어머니에게 전했다.

그러자 놀랍게도 원한이 풀리기라도 한 듯, 그녀의 표정이 단번에 가벼워졌다.

공작가가 한 짓은 결코 용서할 수 없는 것이다. 하지만 가족을 위해 한 일이라는 것이, 어머니인 그녀의 마음에 조금이나마 와닿은 모양이다.

그 결과, 소울하울은 흑사자 여단의 보금자리에 관한 정보를 얻어내는 데 성공했다.

베오울프의 어머니가 하늘로 돌아가는 장면을 잽싸게 넘긴 후, 소울하울은 곧장 그곳을 찾았다.

하지만 당시로부터 긴 세월이 흐른 탓에 그곳은 이미 누군가에 의해 훼손되어 있었다. 재물은 모조리 도난당한 뒤였다.

의기소침하기는 했지만 소울하울은 어질러진 바닥에 아무렇게나 널브러진 그것을 발견했다. 머리 장식일까. 나무를 깎아 만들었을 뿐인 그것은 매우 소박해서, 재물에 눈이 먼 자들에게는 잡동사니로만 보인 것이리라.

하지만 소울하울의 눈에는 그 머리 장식에 깃든 강한 감정이 보였다. 누구의 감정인지는 알 수 없다. 하지만 머리 장식의 주인만은 알 수 있었다.

그것이야말로 소울하울이 원했던, 일리나의 유품이었다.

"오늘도 예뻐, 일리나."

관 속에 잠든 일리나. 그 머리카락을 쓰다듬으며 순수한 애정을 쏟아붓는 소울하울.

하지만 왜곡된 그의 사랑을 이해할 수 있는 괴팍한 이는 그리 많지 않다. 악취미라며 거리를 두는 이도 많을 것이다.

하지만 그에게는 자랑할 만한 친구가 있었다.

그리고 또 한 사람. 그의 취미와 취향을 알면서도 혐오하기는커녕 흙발로 성큼성큼 다가오는 억척스러운 여성이 있었다.

그런 여성에게 심술을 부리기 위해, 소울하울은 오늘도 고난의 길을 걸어 나가고 있다.

후기

놀랍게도 벌써 11권입니다!

후지초코 선생님과 편집자인 I씨. 만화판의 스에미츠 짓카 선생님. 그 밖의 많은 관계자분들의 힘과 이 책을 구입해주신 여러분들의 덕분으로 여기까지 올 수 있었습니다. 감사합니다!

그럼 화제를 바꿔서, 지난권에 4월 안에 이사를 해야 한다고 적었습니다만……. 뭔가 공사를 맡은 업체가 바빠서 지금 살고 있는 집의 재건축 작업이 늦어진다더군요.

덕분에 이사 기간이 연기되었습니다! 6월 말 정도까지는 이대로 살 수 있을 것 같습니다.

이걸 적고 있는 4월 말 현재, 아직 이사는커녕 이사할 곳도 찾지 못했습니다!

과연 이 11권이 발매될 즈음에는 어떻게 되었을지……. 예산 내에서 이상적인 집과 만났을지. 애초에 기간 내에 만날 수 있기는 할지…….

그 결과는 이번에야말로 다음 권에서 밝혀…… 질 겁니다!

또 구입해주시면 감사하겠습니다.

이상, 류센 히로츠구였습니다.

KENJA NO DESHI WO NANORU KENJA
©2019 by Hirotsugu ryusen
First published in Japan in 2019 by Hirotsugu ryusen.
Korean translation rights reserved by Somy Media, Inc.
Under the license from MICRO MAGAZINE, INC., Tokyo JAPAN

현자의 제자를 자칭하는 현자 11

2021년 4월 1일 1판 2쇄 발행

저　　　자 류센 히로츠구
일 러 스 트 후지 초코
옮 긴 이 정대식
발 행 인 유재옥
본 부 장 조병권
담당편집자 정영길
편집 1팀 이준환 정현희
편집 2팀 정영길 김민지 조찬희
편집 3팀 오준영 곽혜민 김혜주
라이츠담당 김슬비 한주원
디 지 털 박상섭 이성호 최서윤
물　　　류 허석용
발 행 처 ㈜소미미디어
등　　　록 제2015-000008호
제 작 처 코리아피앤피
주　　　소 서울시 마포구 토정로222, 403호(신수동, 한국출판콘텐츠센터)
판　　　매 ㈜소미미디어
마 케 팅 한민지, 이주희
전　　　화 편집부 (070)4164-3962, 3963 기획실 (02)567-3388
　　　　　　 판매 및 마케팅 (070)4165-6688, Fax (02)322-7665
ISBN 979-11-6507-034-2 04830
ISBN 979-11-5710-460-4 (세트)